HEYNE ‹

SCIENCE FICTION

Ein Verzeichnis aller weiteren im HEYNE-VERLAG
erschienenen STAR-TREK-Romane
finden Sie am Schluss des Bandes.

JEFFREY LANG

STAR TREK
THE NEXT GENERATION

DAS UNSTERBLICHKEITS-PRINZIP

Roman

Star Trek®
The Next Generation™
Band 76

Deutsche Erstausgabe

WILHELM HEYNE VERLAG
MÜNCHEN

HEYNE SCIENCE FICTION & FANTASY
Band 06/5776

Titel der amerikanischen Originalausgabe
IMMORTAL COIL
Deutsche Übersetzung von Andreas Brandhorst

Umwelthinweis:
Dieses Buch wurde auf chlor- und
säurefreiem Papier gedruckt.

Redaktion: Rainer Michael Rahn

Erstausgabe by Pocket Books/Simon & Schuster Inc., New York

Der Wilhelm Heyne Verlag ist ein Verlag der
Ullstein Heyne List GmbH & Co. KG
http://www.heyne.de
Printed in Germany 2003
Umschlagbild: Pocket Books/Simon & Schuster, New York
Umschlaggestaltung: Nele Schütz Design, München
Technische Betreuung: M. Spinola
Satz: Schaber Satz- und Datentechnik, Wels
Druck und Bindung: Ebner & Spiegel, Ulm

ISBN 3-453-86357-7

Dies ist für Katie.
Für immer.

Siebzig Jahre zuvor

Wenn ich irgendwann einmal die Wahl habe, werde ich an einem Ort leben der heiß ist, dachte Noonien Soong. *Ein gemäßigtes oder warmes Klima genügt mir nicht. Ich will es heiß.*

Soong überprüfte das Seil, stützte sich mit den Beinen an der Felswand ab, hob die Hände vor den Mund und behauchte sie dreimal schnell hintereinander, nachdem er die Atemmaske ein wenig zur Seite geschoben hatte. Die Batterien für die Wärmspulen in den Handschuhen enthielten kaum mehr Strom. Beim ersten Gespräch über diese kleine Expedition hatte Ira Graves darauf hingewiesen, dass Soong eine Ausrüstung fürs Klettern in einer kalten Umgebung zusammenstellen sollte. Noonien Soong hatte sich Umweltbedingungen vorgestellt, wie man sie in den Rocky Mountains von Nordamerika oder schlimmstenfalls in den Alpen vorfand. Aber *dies* hier … Die Temperaturen lagen ein ganzes Stück unter dem Gefrierpunkt und die Atmosphäre war sehr dünn. Hinzu kamen tückische Felsformationen. In den knapp zwei Jahrzehnten seines Lebens hatte Soong einige schwierige Kletterpartien hinter sich gebracht, aber selbst mit den Antigravmodulen sah er sich hier einer recht problematischen Situation gegenüber.

Er beschloss, Graves die Schuld an allem zu geben. Warum auch nicht? Graves mochte auf arrogante Weise brillant sein – oder auf brillante Weise arrogant; Soong wusste nicht genau, welche dieser beiden Möglichkeiten zutraf –, aber das bedeutete nicht, dass er perfekte Kontrolle über *alles* hatte. Soong verglich die akademische Welt mit einem See, in dem die kleinen Fische – Studenten wie er –, von größeren Fischen gefressen wurden, von Assistenten wie Graves, die noch größeren Fischen zum Opfer fielen, wie zum Beispiel Dr. Emil Waslowick, der zu den allergrößten Fischen zählte.

Soong hätte gern geglaubt, dass er mit seiner hervorragenden Arbeit auf dem Gebiet der künstlichen Intelligenz Waslowicks Interesse geweckt hatte. Aber Soong kannte das System gut genug, um zu wissen, dass seine Erfahrungen als Bergsteiger bei dieser Sache eine wichtige Rolle spielten. Vielleicht hatte Waslowick davon gehört, dass er einmal am Uhrturm des Campus emporgeklettert war. *Du solltest lernen, nicht jedem plötzlichen Drängen nachzugeben, Noonien …* Nun, Graves hatte ihn angerufen und ihm mitgeteilt: »Nächste Woche erwartet Sie ein kleiner Ausflug.« Es war keine Bitte und Soong wusste, dass er nicht ablehnen konnte. Und deshalb war er jetzt hier: auf halbem Wege eine neunzig Meter hohe Felswand hinunter. Die beiden Männer, die ihn hierher gebracht hatten, befanden sich auf einem Sims zwanzig Meter weiter oben. *Es muss bessere Möglichkeiten geben, im Leben voranzukommen,* dachte Soong.

Der letzte Scan hatte ihm einen anderen Felsvorsprung etwa zwölf Meter weiter unten gezeigt, doch das Licht der am Gürtel baumelnden Lampe reichte nicht, um die Dunkelheit zu durchdringen. Er musste seinen Fähigkeiten vertrauen und langsam klettern, wie er es von seinem Vater gelernt hatte. Mit der Zungenspitze aktivierte Soong den Kommunikator der Atemmaske und sagte: »Ich setze den Abstieg fort. Zeigt der Tricorder irgendetwas Ungewöhnliches unter mir?«

»Nein«, erwiderte Graves zu laut. »Nichts. Die Felswand ist stabil. Sie sollten auf keine besonderen Schwierigkeiten stoßen.«

Erneut berührte Soongs Zungenspitze den Schalter. »Nicht so laut, Ira. Sonst stürze ich noch ab.«

Waslowick aktivierte ebenfalls seinen Kommunikator. »Ist alles in Ordnung dort unten, Noonien?«, fragte er. Seine Stimme klang ernst und gleichzeitig sanft.

Soong lächelte. Dies war das vierte Mal in zwanzig Minuten, dass ihm Waslowick diese Frage stellte. Aus irgendeinem Grund überraschte es ihn, dass sich die größte Kapazität auf dem Gebiet der Maschinenintelligenz als so … großväterlich erwies. *Was habe ich erwartet? Vielleicht jemanden, der in syntaktisch perfekten Sätzen spricht, während er dahingleitet wie ein Roboter auf Kugellagern?* Er erhob keine Einwände gegen Waslowicks großväterliche Art, denn sie bot einen guten Ausgleich zu Graves, der immerzu herablassend und ganz allgemein unausstehlich war.

Soong rief sich innerlich zur Ordnung. *Das ist genau der richtige Weg, um in Schwierigkeiten zu geraten.* Sein Vater hätte ihm eine Ohrfeige gegeben. *Besinn dich auf das Jetzt. Denk daran, wohin du deinen Fuß setzt.* Vermutlich lag es an der Kälte; dadurch fiel es ihm schwerer als sonst, sich zu konzentrieren.

Erneut überprüfte er das Seil und sah dann auf die Anzeigen der Antigravmodule. Beim rechten leuchtete die Ladeanzeige in einem satten Grün, doch beim linken blinkte sie gelb. Um die Geräte zu testen, stieß sich Soong kurz von der Felswand ab und spürte dabei ein Zittern. *Das gefällt mir nicht,* dachte er. Eigentlich sollten sich die Batterien gleichmäßig entladen und dadurch Stabilität gewährleisten. *Wahrscheinlich ist die Kälte dafür verantwortlich,* überlegte er. Die Antigravmodule waren nicht für den Einsatz bei Temperaturen unter dem Gefrierpunkt vorgesehen.

Aber derzeit ist noch alles in Ordnung, dachte Soong. *Ein Grund mehr, diese Sache schnell zu beenden.* Er justierte die Antigravmodule auf volle Leistung, löste dann die

Sperre am Seil und reduzierte anschließend das energetische Niveau der Agravs. Er sank sechs Meter weit in die Tiefe, fand dort einen Halt für die Füße und schaltete die Antigravmodule erneut auf volle Leistung. *Verdammt, diese Handschuhe taugen nichts!* Er sah nach unten und versuchte, irgendetwas zu erkennen, während der Lichtkegel der baumelnden Lampe über den Felsen strich. Der Sims sollte sich sechs Meter unter ihm befinden. *Moment mal. Was ist das?* Er bemerkte etwas Sonderbares, das er nicht einordnen konnte.

Soong versuchte, ein Stück seitwärts zu klettern, um das Etwas aus einem anderen Blickwinkel zu sehen, aber die Felswand war zu glatt. *Es würde mir sehr helfen, wenn ich wüsste, wonach es Ausschau zu halten gilt,* dachte er verärgert, aber in dieser Hinsicht war Waslowick verschlossen gewesen. »Sie wissen es, wenn Sie es sehen«, hatte er gesagt. »*Falls* Sie es sehen. Konzentrieren Sie sich zunächst darauf, den Boden der Schlucht zu erreichen, sodass wir dort Strukturverstärker aufstellen können. Sobald das geschehen ist, beamen wir die Computer hinunter, errichten eine Unterkunft, bereiten die Sensoren vor und machen uns ernsthaft an die Arbeit. Ich wäre recht überrascht, wenn Ihnen auf dem Weg nach unten etwas auffällt.« Es war der bis dahin längste Kommentar Waslowicks Soong gegenüber gewesen, und etwas an der Ausdrucksweise des ernsten, grauhaarigen Mannes bewirkte, dass man alles, was er sagte, sehr, *sehr* persönlich nahm. Er wandte nie den Blick von seinem Gesprächspartner ab, der seinerseits schon nach wenigen Sekunden den Wunsch verspürte, woanders hinzusehen. Es erforderte Willenskraft, Waslowick zuzuhören.

»Warum beamen wir uns nicht direkt auf den Boden der Schlucht?« Soong hatte in Erwägung gezogen, diese Frage zu stellen, sich dann aber dagegen entschieden. Wenn eine solche Möglichkeit existiert hätte, wäre

Waslowick bestimmt bereit gewesen, sie zu nutzen. Die Sensoren des Schiffes bestätigten Soongs Verdacht: Jener Ort zeichnete sich durch einen sonderbaren Aspekt aus. Die Sensoren – und es waren *gute* Sensoren – konnten die Interferenzen des betreffenden Bereichs nicht durchdringen. Vielleicht lag es an Ablagerungen von Mineralien oder niederenergetischer Strahlung ... Irgendetwas schirmte die Sensorsignale ab. Soong versuchte, nicht zu sehr darüber nachzudenken. Was auch immer der Fall sein mochte: Ein Transfer ohne Strukturverstärker war sehr riskant. »Als ob *dies* nicht riskant wäre«, murmelte er.

»Was haben Sie gesagt, Soong?«, fragte Graves.

»Nichts, Ira. Ich habe nur Luft geholt.«

Er ließ erneut die Gedanken treiben. *Na schön, Noonien, konzentrier dich. Geh so vor, wie es dich dein Vater lehrte. Orientiere dich, justiere die Antigravmodule auf volle Leistung, löse die Sperre des Seils ...* Er stieß sich vorsichtig von der Felswand ab und musste plötzlich feststellen, dass ihn auf der linken Seite nichts mehr hielt – das Antigravmodul versagte. Er hoffte, dass die Sperre automatisch reagierte und das Seil festhielt, aber er hatte bereits begonnen, in die Tiefe zu sinken.

Soong griff nach dem Seil, streckte sich und versuchte, irgendwo an der Felswand mit den Füßen Halt zu finden. Er war schon ein- oder zweimal in eine solche Situation geraten, wie jeder, der regelmäßig kletterte. Es ließ sich nicht vermeiden – irgendwann versagte die Ausrüstung. Doch bei den anderen Gelegenheiten hatte Soong einen erfahrenen Bergsteiger über sich gewusst, den er kannte und dem er vertraute – für gewöhnlich sein Vater –, der das Seil überwachte und sicherte.

»Soong! Soong«, rief Graves so laut, dass er fast das Seil losgelassen hätte, um das Kom-Modul vom Ohr zu lösen.

Er stieß mit dem Knie gegen einen kleinen Vorsprung

und glaubte, ein Knacken zu hören. Schmerz spürte er nicht, zumindest jetzt noch nicht – vermutlich setzte er mit einer Verzögerung von mehreren Sekunden ein. Das Seil glitt ihm durch die Hände – noch schützten ihn die Handschuhe vor der Reibungshitze –, aber er schien nicht langsamer zu werden. Vielleicht war das Seil nass.

Und dann der Aufprall, der die Beine jäh nach oben zu pressen schien. So mussten sich Eiszapfen fühlen, wenn sie ihren Halt an Dachvorsprüngen verloren, fielen und auf dem Pflaster zerbrachen. Die gesamte Wahrnehmung Soongs trübte sich und er begriff, dass er das Bewusstsein zu verlieren drohte. *O nein, das ist eine verdammt schlechte Idee,* dachte er und konzentrierte sich ganz darauf, wach zu bleiben. Alles unterhalb seiner Taille schien in Flammen zu stehen und er sah ein helles Licht. *Hat Ira schon damit begonnen, zu mir herabzuklettern?,* fragte er sich. Dann begriff er, dass er in den Lichtschein seiner eigenen Lampe blickte. Sie hatte sich vom Gürtel gelöst und lag auf dem Boden. Nein, nicht auf dem Boden … Auf einem Sims.

Soong kämpfte gegen die Panik an, tastete mit einer Hand nach dem Rand des Simses und fand ihn. Er schätzte die Breite auf einen Meter und weiter links schien der Sims noch etwas breiter zu sein. Vorsichtig verlagerte Soong sein Gewicht, rollte sich herum und brachte sich in eine sitzende Position. Die Hose war aufgerissen und Blut zeigte sich an den Stofffetzen, aber er konnte die Beine bewegen – es war also nichts gebrochen. Er holte die Medo-Tasche hervor, entnahm ihr ein anästhetisches Pflaster und drückte es auf den Oberschenkel. Fast sofort verschaffte es ihm Erleichterung, verwandelte den stechenden Schmerz in ein dumpfes Pochen. Eine kurze Sondierung mit dem medizinischen Tricorder bestätigte seine Vermutungen: einige tiefe Kratzer und starke Quetschungen, aber nichts Lebensgefährliches. Rasch flickte er sich selbst so gut wie möglich zusammen – es konnte fatale Folgen haben, an einem kalten Ort viel Blut zu verlieren.

Soong bemerkte ein Brummen und tastete umher, bis er das Kom-Modul fand. »Graves?«, brachte er hervor, nachdem er das Gerät aktiviert hatte. »Ira? Bitte hören Sie auf, mich zu rufen. Ich bin abgestürzt, aber halbwegs in Ordnung.«

Das Summen wurde leiser, und Soong identifizierte eine Stimme. Waslowick sprach.

»Noonien? Was ist los?«

»Ich sitze auf einem Sims etwa vierzig Meter unter Ihnen, Dr. Waslowick. Ich bin verletzt, aber nicht schwer. Bitte haben Sie etwas Geduld, während ich mich verbinde.«

»In Ordnung, Noonien. Stellen Sie Ihren Strukturverstärker auf, falls es notwendig werden sollte. Dann beamen wir Sie zum Schiff.«

Soong spürte, wie sich ein Teil seiner Sorge legte. Er konnte diesen Ort auf jeden Fall verlassen – vorausgesetzt natürlich, der Strukturverstärker hatte den Sturz unbeschadet überstanden. Er wollte den Rucksack abnehmen und nachsehen, entschied sich dann aber dagegen. Ihm blieb nur noch wenig Zeit, bevor er in der Kälte ganz die Kraft verlor. Die Umstände verlangten, dass er sich auf seine Aufgabe konzentrierte.

Soong zog die Lampe heran und versuchte, sie so aufstellen, dass er seine Beine in ihrem Licht untersuchen konnte. Aber sie wollte einfach nicht aufrecht stehen bleiben. Der Sims war uneben und Soong hielt vergeblich nach einem Riss Ausschau, in den er die Lampe hineinzwängen konnte. Er griff nach seinem Kletterhammer, um eine kleine Mulde ins Felsgestein zu hauen, holte damit aus und schlug zu. Erstaunt stellte er fest, dass der Hammer ungewöhnlich hart abprallte, und außerdem erklang dabei ein unerwartet dumpfes Geräusch. Er richtete den Lichtschein der Lampe auf die betreffende Stelle und beugte sich vor, um sie aus der Nähe zu betrachten. Nicht einmal ein Kratzer zeigte sich dort. Doch der Hammer wies eine kleine Delle auf.

Was hat das denn zu bedeuten?

Zuerst dachte Soong, dass es sich vielleicht um die versteinerte Wurzel einer Pflanze handelte, aber als er genauer hinsah, stellte er fest, dass es unmöglich eine Pflanze sein konnte. Später – viel später – begriff er, dass ihn die Finger so sehr verwirrt hatten. Sie waren ungewöhnlich lang, wirkten wie geschmolzen und anschließend in die Länge gezogen. Auch Arm und Oberkörper erweckten den Eindruck, gedehnt zu sein. Mehr ließ sich kaum feststellen, denn der untere Teil des Körpers reichte über den gegenüberliegenden Rand des Simses hinweg.

Soong hielt die Lampe so, dass er ein Auge der Gestalt sehen konnte, nahm dann den Rucksack ab und holte den Strukturverstärker hervor. Während er ihn vorbereitete, reaktivierte er den Kommunikator. »Dr. Waslowick?«, fragte er. »Ira? Vielleicht sollten Sie hierher kommen …«

ERSTER TEIL

1

»Es war eine dunkle und sehr stürmische Nacht ...‹«

Commander Bruce Maddox glaubte, sich verhört zu haben, beugte sich durch die Wartungsluke und fragte: »Wie bitte?« Er hatte nach einer gelockerten Verbindung oder einem defekten isolinearen Chip gesucht, nach *irgendeiner* Erklärung für die energetischen Fluktuationen, aber es gab keinen Grund zu der Annahme, dass auch Emil daran dachte. Manchmal glaubte Maddox, dass bei *Emil* irgendetwas locker saß. Etwas, durch das man zu einem Genie wurde. Soweit es Maddox betraf, gab es daran nicht den geringsten Zweifel: Emil Waslowick war ein Genie, wenn auch manchmal ein sehr *lästiges*.

Bei verschiedenen Gelegenheiten im Laufe seiner Karriere hatten bestimmte Leute Maddox als Genie bezeichnet und heute fragte er sich, ob es vor dem Substantiv unausgesprochene Adjektive gab. *Wie könnten sie lauten?*, überlegte er während eines seltenen Moments der Introspektion. Doch dann schüttelte er den Kopf und der Moment verstrich. *Nicht relevant für das Projekt,* dachte er und überprüfte mit dem Tricorder eine weitere Verbindungsstelle. Das Wort »relevant« spielte eine wichtige Rolle in Maddox' Vokabular, und deshalb fand er Emil Waslowicks Angewohnheit, in Rätseln zu sprechen, so ärgerlich.

»Ich sagte: ›Es war eine dunkle und sehr stürmische Nacht.‹«

»Ich hab's gehört«, erwiderte Maddox und lehnte sich mit dem Rücken an eine Konsole. »Aber was *bedeutet* das?«

»Es *bedeutet* nichts«, sagte Waslowick und es lag mehr als nur ein wenig Heiterkeit in seiner Stimme. »Ich habe aus dem Fenster gesehen und die Gewitterwolken bemerkt. Sie erinnerten mich an den Anfang des Romans *Paul Clifford*. Er ist recht berühmt. Beziehungsweise berüchtigt.«

Waslowick holte tief Luft. »›Es war eine dunkle und sehr stürmische Nacht‹«, sagte er. »›Der Regen fiel in Strömen – abgesehen von kleinen Pausen, während derer heftige Böen ihn durch die Straßen trugen (denn diese Szene ist in London angesiedelt), an Dächern rüttelten und die Flammen der Lampen flackern ließen, die gegen die Dunkelheit ankämpften.‹« Er hielt inne und sah Maddox an, der sich von der Konsole abstieß.

Maddox hielt sich nicht unbedingt für einen Meister der Literaturkritik, aber diesmal hielt er es für angebracht, eine Meinung zu äußern. »Das ist … *schrecklich*.«

Waslowick lachte. »Hinterlässt einen schlechten Geschmack im Mund, nicht wahr? Der Autor des Romans heißt Edward Bulwer-Lytton. Er schrieb viele solche Sachen im neunzehnten Jahrhundert. Der grässliche Kram machte ihn so berühmt, dass später eine literarische Agentur einen Wettbewerb zu seinen Ehren veranstaltete. Es ging darum, den schlechtesten Anfang eines Romans zu schreiben.«

Maddox musterte den Alten und hielt nach Anzeichen dafür Ausschau, dass er scherzte. Waslowick hatte einen sehr eigenwilligen Sinn für Humor, doch diesmal schien er es ernst zu meinen.

»Warum?«, fragte Maddox. »Welchen Sinn hat es, etwas *Schlechtes* zu schreiben?«

Waslowick zuckte mit den Schultern, doch in seinen Augen blitzte es amüsiert. »Keine Ahnung. Es geschah im zwanzigsten Jahrhundert. Wer weiß, welche Gründe die Leute damals für irgendetwas hatten? Selbsterkenntnis – oder auch nur aufgeklärtes Interesse an Persönlichkeitsstrukturen – schien nicht in ihrer Natur zu liegen. Ich schätze, man hielt es einfach nur für eine gute Idee.«

Maddox überprüfte die Anzeigen des Tricorders, um nicht sofort wieder in die Konsole hineinkriechen zu müssen. »Und *was* hat das damit zu tun, dass ich bis zur Hüfte in isolinearen Chips und EPS-Leitungen stecke?«

»Es ist eine dunkle und stürmische Nacht, *obwohl* ein Wetterkontrollnetz den Planeten schützt«, erklärte Waslowick. »Vielleicht hat das Problem, dem Sie auf den Grund zu gehen versuchen, gar nichts mit den Installationen dieses Laboratoriums zu tun. Vielleicht liegt es am Wetter.«

Maddox sah aus dem Fenster. Waslowick hatte Recht: Es war dunkel, obwohl die Sonne erst in einer Stunde untergehen würde. Wie die meisten Leute, die den größten Teil ihres Lebens auf Föderationswelten verbracht hatten, fühlte er sich von der Vorstellung eines *echten* Gewitters fasziniert: gleißende Blitze, Wind, der Gebäuden und Menschen Schaden zufügen konnte …

In den meisten Regionen von Galor IV herrschte ein gemäßigtes Klima – das war einer der Gründe, warum das Daystrom-Institut für Technik den Annex dort errichtet hatte. Aber Unwetter waren nicht völlig ausgeschlossen, was die Existenz des Wetterkontrollnetzes erklärte. Zu jedem beliebigen Zeitpunkt fanden sehr komplexe Experimente statt und niemand wollte riskieren, dass ein Blitzschlag alles ruinierte. Bisher hatte das Ambientale Kontrollzentrum immer dann Alarm gegeben, wenn sich ein Unwetter zusammenbraute, das vom Kontrollnetz nicht gebändigt werden konnte. Das sollte es allen Laboratorien ermöglichen, laufende Experimente angemessen abzuschirmen.

Aber früher oder später musste dies einmal passieren, dachte Maddox. Laut sagte er: »Ausgerechnet jetzt.«

»Wir waren noch nicht sehr weit«, erwiderte Waslowick. »Wir können aufhören und nach dem Gewitter noch einmal von vorn beginnen.«

Maddox legte seinen Tricorder aufs Fensterbrett und seufzte. »Das stimmt vermutlich. Aber ich habe gehofft, die Tests bis heute Abend beenden zu können.«

Plötzlich flackerte ein Blitz über den Himmel. Waslowick stolperte vom Fenster fort und Maddox hielt ihn fest, bevor er fallen konnte.

»Entschuldigung«, sagte Waslowick. »Das hat mich überrascht.« Wenige Sekunden später grollte Donner und ließ die Fensterscheibe vibrieren..

Im Licht eines weiteren Blitzes sah Maddox, wie heftiger Wind an den Ästen und Zweigen eines nahen Baums zerrte. Etwas schlug ans Fenster, prallte ab und verschwand irgendwo in der Dunkelheit.

»Haben Sie so etwas schon einmal erlebt, Bruce?«, fragte Waslowick.

»Nein, ich …« Maddox unterbrach sich verblüfft, als ein blauweißer Blitz keine zehn Meter entfernt den Boden traf. Er hätte schwören können, das Prickeln von ionisierten Sauerstoffmolekülen auf der Haut zu spüren, und es donnerte so laut, dass ihm und Waslowick der Atem stockte. Unmittelbar darauf hörte Maddox ein neuerliches Krachen, das von einer Explosion stammte – eine grünliche Flammenzunge leckte durch die Nacht. Das Licht war so grell, dass er den Kopf drehte und die Augen schloss.

Als er die Lider wieder hob, sah er nur einen roten Fleck, ein geisterhaftes Nachbild auf seiner Netzhaut.

»Die Energieversorgung ist ausgefallen«, sagte er. »Der Blitz scheint das Hauptnetz getroffen zu haben.« Als er den Blick senkte, bemerkte er die leuchtenden Anzeigen des Tricorders. Er griff nach dem angenehm vertrauten Gerät, das darauf justiert gewesen war, Schwankungen im Mikrovoltbereich zu orten, wie sie bei schlecht synchronisierten isolinearen Chips vorkamen. Die starken elektromagnetischen Emissionen des Blitzes hatten ein Reset ausgelöst. Maddox betätigte die Kontrollen, startete ein Diagnoseprogramm und sah im Licht des Displays, dass sich Waslowick wortlos vom Fenster abgewandt hatte und durchs Laboratorium ging.

»Wie stellen Sie das an?«, fragte er.

»Was?«, erwiderte Waslowick.

»Wieso sind Sie nirgendwo angestoßen? Ich habe nicht einmal gehört, dass Sie sich bewegten.«

»Ich habe die Schritte gezählt«, sagte Waslowick ruhig. »Zwölf Schritte vom Fenster zur Hauptkonsole. Sechs Schritte zum Experimentierraum. Fünf Schritte von dort zur Tür.«

»Und woher wissen Sie das?«

»Ich zähle immer die Schritte. Das ist eine alte Angewohnheit.«

Was für ein exzentrischer alter Mann, dachte Maddox. »Wenn das die Substation drüben beim Xenolabor war, dürfte die Energieversorgung im ganzen Bereich ausgefallen sein. Ich schätze, Hilfe können wir vorerst nicht erwarten. Glauben Sie, wir sollten das Experiment in den Vorbereitungsraum zurückbringen?«

Maddox hörte, wie Waslowick zustimmend brummte, vernahm dann andere Geräusche: Schalter wurden bestätigt, Verriegelungen gelöst. Waslowick war aktiv geworden, und zwar ziemlich schnell – vermutlich wollte er das Experiment sichern, bevor sie es bewegten. Es gefiel ihm ganz und gar nicht, jemanden ihre Arbeit sehen zu lassen, bevor sie fertig war. Andererseits: Wie sollten die Wächter in dem dunklen Laboratorium irgendetwas erkennen können?

Maddox befürchtete, dass sich der Alte verletzte, wenn er im Dunkeln umherwanderte, doch dann besann er sich auf sich selbst. *Wahrscheinlich weiß er, wie viele Schritte es bis zum Vorbereitungsraum sind,* dachte er. *Ich bin derjenige, der fallen und sich umbringen wird.*

Maddox wollte etwas sagen, als ein weiterer Blitz die Dunkelheit durchschnitt, und plötzlich stürzte die Welt um ihn herum ein.

Diesen Eindruck gewann er jedenfalls. Etwas unter dem Laboratorium explodierte und eine ganze Ecke des Gebäudes brach zusammen; Trümmerstücke flogen in alle Richtungen. Maddox fühlte sich von der Druckwelle erfasst und durch den Raum geschleudert. Er stieß mit dem Kopf gegen etwas Hartes, bemerkte kaum den stechenden Schmerz im Arm und die warme Nässe, die sich dort ausbreitete.

Maddox versuchte, etwas zu erkennen, aber die Dunkelheit schien undurchdringlich zu sein. Es dröhnte in seinen Ohren und er schmeckte Blut. Er rief nach Waslowick, hörte aber nicht einmal die eigene Stimme.

Nach einer Weile gewöhnten sich seine Augen an die Finsternis, und dann nahm er ein Geräusch wahr: ein dumpfes Knacken, das innerhalb weniger Sekunden zu einem Donnern anschwoll – so hörte es sich an, wenn ein Gebäude einstürzte. Maddox versuchte, sich zu bewegen, aber es hatte keinen Zweck. Wieder wurde alles dunkel, doch diesmal war es eine sonderbare Dunkelheit: eine von Silber durchsetzte Schwärze.

2

CAPTAINS LOGBUCH, STERNZEIT 51405.9

Die *Enterprise* hat ihren diplomatischen Auftrag bei Tzenketh erfüllt und ich glaube, es ist mir gelungen, die notwendige Überzeugungsarbeit zu leisten – der Autarch wird die Anstrengungen der Allianz gegen das Dominion unterstützen. Bevor wir mit der nächsten Mission beginnen, warten wir auf die Rückkehr von Lieutenant Commander Data, der das Schiff vor zwölf Tagen verließ, um eine schmerzliche persönliche Pflicht zu erfüllen.

Captain Jean-Luc Picard sah auf, blickte zum Chronometer und gelangte zu dem Schluss, dass er genug Zeit im Bereitschaftsraum verbracht hatte. Er beschloss, aufzustehen und ein wenig umherzuwandern, wieder das Schiff unter den Füßen zu spüren. Bei der Crew gab es Stimmungen, und die fand er nur heraus, wenn er den Kontakt mit ihr suchte. Natürlich konnte er Riker oder Troi darauf ansprechen – *Wie ist die Moral der Besatzung?* – und ihre unterschiedlichen Perspektiven hätten ihm ein klares, zuverlässiges Bild geliefert. Aber im Lauf der Jahre hatte Picard festgestellt, dass es dieser Methode an einer wichtigen Komponente mangelte.

Wenn er im Bereitschaftsraum blieb und darauf wartete, dass man ihm Antworten brachte, so erfuhr die Crew nicht, was ihr Captain empfand. Dann bekam er keine Gelegenheit, ihr den gewünschten Eindruck von ihrem Kommandanten zu vermitteln.

Als Picard die Brücke betrat, stand Commander Heyes von der Beta-Schicht sofort auf und wollte »Captain auf der Brücke« rufen, aber Picard winkte ab und bedeutete ihr, wieder im Kommandosessel Platz zu nehmen. Die Offiziere der Beta-Schicht hatten gerade mit der Arbeit begonnen. Einige Angehörige der Alpha-Schicht waren noch zugegen, wiesen ihre Kollegen auf ungelöste Probleme oder andere Dinge hin – es befanden sich also recht viele Personen im Kontrollraum. Picard fand Gefallen daran, während des Schichtwechsels auf der Brücke zu sein, insbesondere dann, wenn alles in Ordnung war. Dann erwies sich die *Enterprise*-E nicht nur als Arbeitsplatz, sondern auch als Gemeinschaftsunternehmen. Wenn Informationen über den aktuellen Status des Schiffes weitergegeben waren, nahmen sich die Besatzungsmitglieder auch Zeit, über ihre Familien zu sprechen oder sich zu Freizeitaktivitäten zu verabreden.

Picard nickte den Männern und Frauen zu, überprüfte den Kurs der *Enterprise*, betrachtete die astrometrischen Darstellungen auf dem großen Wandschirm und gab Heyes zu verstehen, dass er nur lange genug bleiben wollte, um seine Präsenz spüren zu lassen. Er trat zur Konsole des Ersten Offiziers, öffnete von dort aus das elektronische Logbuch und suchte nach Einträgen mit hoher Priorität. Als er keine fand, transferierte er den Rest zur Kommandostation, um sich später damit zu befassen.

»Falls Sie mich brauchen, Commander …«, sagte er dann und sah auf. »Ich bin zum Shuttlehangar unterwegs.«

Heyes nickte. »Aye, Captain. Commander Datas Shuttle trifft in siebzehn Minuten ein.« Sie lächelte. »Ich wünsche Ihnen einen angenehmen Spaziergang.«

»Danke, Commander.« Die Tür des Turbolifts schloss sich und Picard schmunzelte. Heyes befand sich erst seit kurzer Zeit an Bord der *Enterprise*, aber offenbar wusste sie bereits von der Angewohnheit des Captains, zwischen den Schichten durchs Schiff zu wandern. Sie war eine gute Offizierin, zweifellos eine der besten der bisherigen Beta-Gruppen. Sie wünschte sich das Kommando über ein wissenschaftliches Schiff, aber Picard hatte Riker gebeten, sie dazu zu überreden, zunächst auf eine Versetzung zu verzichten – als Köder lockte dabei die Möglichkeit eines Erstkontakts. Er nahm sich vor, selbst mit ihr zu sprechen und sie darauf hinzuweisen, dass ein Commander an Bord eines großen Schiffes manchmal mehr Zeit für die Wissenschaft hatte als der Kommandant eines Forschungsschiffes. Andererseits verstand Picard natürlich den Reiz des Kommandosessels. *Nun, warten wir's ab,* dachte er und sagte: »Deck vier.«

Beim dritten Deck hielt der Lift an und zwei Besatzungsmitglieder betraten die Transferkapsel. Sie waren so sehr in ihr Gespräch über die Mathematik der vierdimensionalen Raum-Zeit-Krümmung vertieft, dass sie den Captain erst bemerkten, als er den Lift beim vierten Deck verließ. Picard erwiderte ihr Nicken, ging durch den Korridor und unterbrach seine Wanderung, um mit Lieutenant Commander Keru über einen Bericht zu sprechen, bei dem es um die holographischen Dioden in der Stellaren Kartographie ging. Keru wies den Captain darauf hin, dass sich noch kein echtes Problem ergeben hatte, aber bei einigen Dioden war die empfohlene Verwendungsdauer überschritten und dadurch wuchs die Wahrscheinlichkeit von Fehlfunktionen. Picard blieb gerade lange genug, um Keru zu versichern, dass er Bescheid wusste. Er stellte ihm in Aussicht, schon sehr bald Abhilfe zu schaffen.

Am Ende des Korridors betrat Picard einen schmalen

Wartungslift und ließ sich von ihm zu dem Kontrollraum bringen, von dem aus man in den primären Shuttlehangar sehen konnte. Die beiden dort arbeitenden Besatzungsmitglieder nickten dem Captain zu, standen aber nicht auf – immerhin hatten sie derzeit einen Shuttle im Leitstrahl und mussten ihn sicher zur *Enterprise* bringen. Im Hangar bemerkte Picard vier Personen: den Ersten Offizier Commander William Riker, die Counselor Commander Deanna Troi, den Chefingenieur Lieutenant Commander Geordi LaForge und den neuen Sicherheitschef der *Enterprise*, Lieutenant Rhea McAdams.

In diesem Fall brauche ich Nummer Eins vermutlich nicht darum zu bitten, jemanden zu überreden, an Bord zu bleiben, dachte Picard. Er war McAdams bei zwei gesellschaftlichen Anlässen begegnet und der dabei ebenfalls anwesende Riker hatte deutlich zu erkennen gegeben, dass ihm die junge Frau gefiel.

Wie Heyes und einige andere neue Crewmitglieder war die so zierlich wirkende McAdams vor zehn Tagen an Bord gekommen, als die *Enterprise* die Starbase 105 erreicht hatte. Seit der Indienststellung der *Enterprise*-E vor zwei Jahren war McAdams der dritte Sicherheitsoffizier an Bord. Der erste, Daniels, hatte derzeit unbefristeten Vaterschaftsurlaub. Der zweite, Rowan, war ein guter Offizier gewesen, aber aus irgendeinem Grund hatte er sich nicht mit dem Rest der Kommandocrew verstanden.

Vielleicht lag es daran, dass er zu sehr Worf ähnelte, der sieben Jahre lang zu den Führungsoffizieren der *Enterprise*-D gehört hatte. Die Ähnlichkeiten in Hinsicht auf den Stil verunsicherten alle. Rhea Adams unterschied sich so sehr von ihm, wie es für ein Wesen mit zwei Armen, zwei Beinen und einem Kopf möglich war. Wo Worf geknurrt hatte, lächelte McAdams.

Während ihrer ersten Woche an Bord der *Enterprise*-E

war es zu einem Zwischenfall gekommen, der Picard vermuten ließ, dass er genau die richtige Person für den richtigen Posten gefunden hatte. Sie waren einem Zerstörer der Breen begegnet, und sein Kommandant schien auf einen Kampf aus zu sein. Worf hätte sich von der ersten Sekunde an bei den Auslösern der Quantentorpedos bereit gehalten, aber McAdams wies den Breen-Kommandanten, einen gewissen Thot Vog, auf die relativen Stärken und Schwächen eines Starfleet-Schiffes der Sovereign-Klasse und eines Zerstörers der Breen hin. Sie betonte insbesondere, welchen Schaden die Quantentorpedos anrichten konnten, und schließlich zogen sich die Breen zurück.

Picard blieb lange genug im Kontrollraum, um sich zu vergewissern, dass mit Datas Shuttle alles in Ordnung war. Dann verließ er den Raum und ging die Treppe zum Flugdeck hinunter.

LaForge bemerkte ihn als Erster. »Hallo, Captain.« Deanna, die ein Gespräch mit McAdams führte, lächelte freundlich. Sie wirkte erstaunlich müde, was vermutlich daran lag, dass sie derzeit als wachhabender Offizier zur Gamma-Schicht gehörte. Riker stand ein wenig abseits und sah zu den Sternen, die hinter dem Kraftfeld des Hangars leuchteten. Dem Captain fiel auf, dass er den Kopf ein wenig geneigt hielt – er schien zu lauschen und zu warten, dass beim Gespräch zwischen Troi und McAdams sein Name fiel.

Riker nickte Picard zu, als sich der Captain näherte, und Picard sah ein Pflaster an der linken Seite von Rikers Stirn. Er hob die Brauen. »Was haben Sie diesmal angestellt, Nummer Eins?«

Riker hob die Hand so zur Stirn, als hätte er die Verletzung vergessen. »Ach, dies hier? Es ist weiter nichts, Captain.«

»Lassen Sie mich raten – vielleicht eine Kneipenschlägerei?«

»Captain!«, erwiderte Riker mit geheuchelter Empörung.

»Was dann? Anbo-jitsu? Karate?«

»Vielleicht *Mok'bara*?«, fragte Lieutenant McAdams. Sie lächelte, trat auf Riker zu und griff nach seinem Arm. Picard hielt diese Geste zunächst für ein Zeichen der Zuneigung, aber dann sah er, dass McAdams Druck auf Rikers Ellenbogen ausübte, wodurch sich der Erste Offizier vorbeugte. McAdams stand auf den Zehenspitzen, als sie Rikers Stirn mit der Sorge einer Mutter betrachtete, die das blutige Knie ihres Sohns untersuchte.

»Geht es Ihnen besser, Commander?«, fragte sie.

»Ja«, erwiderte Riker resigniert. »Viel besser, danke.«

»Ah, ja, jetzt fällt es mir wieder ein«, sagte Picard. »Dr. Crusher erwähnte es beim Frühstück. Eine kleine Narbe, die Sie daran erinnern wird, Ihren Gegner nicht wegen seiner geringeren Größe zu unterschätzen.«

McAdams ließ Rikers Ellenbogen los und daraufhin richtete sich der Erste Offizier wieder auf. »Manchmal hat Dr. Crusher einen seltsamen Sinn für Humor.«

»Und einen gut geschulten Sinn für Gerechtigkeit«, fügte Troi hinzu.

»Ich würde da eher von einem Kunstfehler sprechen«, brummte Riker und blickte wieder zum Kraftfeld des Hangars.

Picard wandte sich an McAdams. »Sie kennen sich also mit dem *Mok'bara* aus, Lieutenant? Ich hoffe, Sie bekommen einmal Gelegenheit, Commander Worf kennen zu lernen. Er hat mehrere Turniere gewonnen, sowohl an Bord der *Enterprise* als auch offizielle Wettkämpfe.«

»Das hat mir Deanna erzählt«, erwiderte McAdams und lächelte unschuldig. »Und Commander Riker hat ihn ebenfalls erwähnt, als ich ihm in der Krankenstation half.«

Riker setzte zu einer Antwort an, klappte den Mund

aber wieder zu, als Picards Insignienkommunikator piepte. »Hangarkontrolle an Captain Picard.«

»Sprechen Sie.«

»Commander Datas Shuttle ist im Anflug, Captain.«

»Danke, Lieutenant«, sagte Picard und sein Blick glitt zu den Sternen jenseits des Kraftfelds.

Riker aktivierte seinen eigenen Insignienkommunikator und bat darum, die Kommunikation zwischen der Hangarkontrolle und dem Shuttle mithören zu können.

»Shuttle *Turing*, hier ist die *Enterprise*«, sagte der Kontrolloffizier. »Wir haben Sie im Leitstrahl. Ist mit dem Anflugvektor alles in Ordnung?«

»*Enterprise*, hier ist die *Turing*«, antwortete Data. »Der Anflugvektor ist einwandfrei. Ich übergebe Ihnen die Kontrolle.«

Der Shuttle nahm eine kleine Kurskorrektur vor und reduzierte die Geschwindigkeit, als die automatischen Systeme der *Enterprise* die Kontrolle übernahmen. Vor dem inneren Auge sah Picard, wie sich Data zurücklehnte, während seine Hände leicht an den Schaltflächen ruhten, dazu bereit, auf manuelle Kontrolle umzuschalten, wenn es zu irgendeinem Zwischenfall kommen sollte. *Seltsam,* dachte Picard, *dass wir es einer Maschine überlassen, den Shuttle sicher an Bord zu bringen, während eine andere Maschine – noch dazu eine weitaus komplexere – abwartet.* Als ihm klar wurde, was er dachte, tadelte er sich dafür. Data war mehr als nur eine Maschine – darauf hatte Picard bei zahllosen Gelegenheiten hingewiesen. *Ich bin sogar vor Gericht gegangen, um es zu beweisen.*

Die Anzeigen über und unter dem Kraftfeld im Hangarzugang wechselten von Grün auf Gelb und außerdem erklang ein akustisches Signal. Die Dichte des Kraftfelds veränderte sich, um die *Turing* passieren zu lassen. Fast geräuschlos glitt der Shuttle durch die unsichtbare energetische Barriere – das Impulstriebwerk war deaktiviert. Man hörte nur ein leises Knistern und Knacken, das von der Außenhülle stammte, die nun auf den Luftdruck und die Temperatur im Hangar reagierte. Die *Turing* sank auf die Landescheibe und drehte sich, während ihre Heckluke aufklappte.

Als Picard Datas Gesicht sah, fühlte er sich aus irgendeinem Grund von Sorge erfasst. Der Gesichtsausdruck des Androiden wirkte wie üblich neutral und entspannt, aber irgendetwas stimmte nicht. Picard gewann den Eindruck, dass Data mit *Absicht* eine solche Miene zur Schau stellte, weil er glaubte, dass man sie von ihm erwartete. Was verbarg sich dahinter?

»Willkommen an Bord, Mr. Data«, sagte Picard. »Es ist schön, dass Sie zurück sind.«

»Danke, Captain«, erwiderte der Androide. »Es freut mich, Sie alle wiederzusehen.« Er schritt zum unteren Ende der Rampe, drehte sich dort um und holte eine kleine Kontrolleinheit hervor. Er richtete sie auf den Frachtraum des Shuttles, betätigte einen Schalter und trat beiseite, als ein großer, rechteckiger Behälter in einem Antigravfeld über die Rampe schwebte. Er verharrte neben dem Androiden, und Data legte die Hand darauf.

Troi kam um den Behälter herum und berührte Data am Arm. »Herzliches Beileid.«

Picard hielt in Datas Gesicht nach Anzeichen von Emotionen Ausschau, fand keine und fragte sich, ob der Androide seinen Gefühlschip deaktiviert hatte. Seit seiner Installation war Data einige Male aufgrund zu starker und unvertrauter Emotionen gezwungen gewesen, den Chip auszuschalten. Aber normalerweise verzichtete er auf eine solche Maßnahme, denn er hatte festgestellt, dass die Emotionen durch eine Deaktivierung des Gefühlschips nicht verschwanden. Sie warteten vielmehr in einer Art Pufferspeicher auf die Reaktivierung des Chips.

Dann sprach der Androide und daraufhin wusste Picard, dass der Chip eingeschaltet war.

»Danke, Counselor«, sagte Data und seine Stimme vibrierte ein wenig. »Es bedeutet mir viel, dass Sie alle hier sind.« Er strich mit der Hand über die Seite des Sargs. »Und ich bin sicher, meine Mutter wüsste es ebenfalls zu schätzen.«

3

Geordi trat vor. »Sie war eine bemerkenswerte Frau, Data«, sagte er und legte ihm die Hand auf die Schulter. »Ich weiß, dass Ihnen niemand zurückgeben kann, was Sie verloren haben, aber wenn Sie darüber reden möchten ...« Er sprach nicht weiter und Picard sah, dass sich die Augen des Chefingenieurs mit Tränen füllten.

Data nickte. »Danke für Ihre Anteilnahme, Geordi.« In einem sachlicheren Tonfall fügte er hinzu: »Ich möchte betonen, dass ich es mir zwar erlaubt habe, Dr. Tainer als meine Mutter zu bezeichnen, doch von einer biologischen Beziehung kann natürlich nicht die Rede sein. Sie half Dr. Soong nur dabei, meinen Körper und mein positronisches Gehirn zu entwickeln.«

»Diese Definition für ›Mutter‹ ist so gut wie jede andere«, sagte Troi und lächelte.

Data erwiderte das Lächeln. »Mag sein, Counselor. Leider habe ich erst vor wenigen Jahren von Juliana Tainer und ihrer Rolle bei meiner Schöpfung erfahren.«

»Und in dieser Zeit haben Sie sich beide lieb gewonnen«, sagte Troi. »Bitte versuchen Sie nicht, die Bedeutung dieses Ereignisses herunterzuspielen. Juliana Tainer war Ihre Mutter, in jedem vernünftigen Sinn dieses Wortes, und Sie sollten es sich erlauben, über ihren Tod zu trauern.«

Data nickte. »Ich verstehe, was Sie sagen, Counselor. Zwar sollte ich jetzt das bedrückende Gefühl eines schweren Verlusts erleben, aber seltsamerweise habe ich den Eindruck, abseits des Geschehens zu stehen, fast so, als beträfe diese Angelegenheit jemand anders.« Er wandte sich an LaForge. »Vielleicht sollten wir den Gefühlschip auf Fehlfunktionen überprüfen, sobald ich meine Mutter bestattet habe.«

Als Geordi nicht wusste, was er erwidern sollte, sagte Troi: »Ich glaube, der Chip funktioniert perfekt, Data. Der Tod einer geliebten Person kann ein solches Gefühl der Leere bewirken. Dabei handelt es sich um einen emotionalen Schutzmechanismus, der uns hilft, mit einer Flut von sehr intensiven Gefühlen fertig zu werden. Lassen Sie sich einfach Zeit. Vielleicht sollten Sie in Erwägung ziehen, Urlaub zu nehmen.«

Data schüttelte den Kopf. »Nein, Counselor. Mir geht es jetzt vor allem darum, an die Arbeit zurückzukehren. Derzeit besteht mein größter Wunsch darin, mich einer Aufgabe zu widmen.«

»Das würden fast alle Starfleet-Offiziere sagen.« Troi seufzte. »Wie Sie wollen, Data. Bitte denken Sie daran, dass ich immer zur Verfügung stehe, wenn Sie mit jemandem sprechen möchten. Gerade darüber, welche Rolle die Mutter im Leben einer Person spielen kann, weiß ich gut Bescheid ...«

»Kam es zu Problemen mit der atreanischen Regierung, Data?«, fragte Riker.

»Nein, Commander«, antwortete der Androide. »Bei den Atreanern gibt es keine ehernen geistlichen Prinzipien in Hinsicht auf den Status eines Körpers nach dem Tod. Deshalb hatte Pran Tainer keine Bedenken, mir die sterblichen Überreste von Juliana Tainer zu überlassen.«

»Und es kam nicht zu ... Verwirrung?«

»Die Biofeedback-Schaltkreise funktionierten auch nach dem Tod meiner Mutter«, sagte Data und interpretierte Rikers Frage richtig. »Dr. Soong hatte sorgfältige Vorbereitungen für diese Eventualität getroffen. Das positronische Gehirn meiner Mutter stellte zwar seine Funktion ein, aber die Speicherzellen versorgten den Feedback-Prozessor weiterhin mit Energie und täuschten somit über ihren wahren Zustand hinweg. Was noch wichtiger ist: Ich traf schnell genug nach ihrem ›Tod‹ ein, um eine Autopsie zu verhindern. Bei den Atreanern gibt es ein Ritual namens *Tai-lun*: Der Ehemann und nahe Freunde sitzen über Nacht bei dem Leichnam. Es ähnelt dem klingonischen Brauch *Ak'voh* …«

»Wie bitte?« Rhea McAdams trat zwischen Riker und Picard.

»Ak'voh«, wiederholte Data. »Einige Klingonen setzen eine alte Tradition fort, indem sie über einen gefallenen Kameraden wachen, um Aasfresser von ihm fern zu halten. Wahrscheinlich geht dieser Brauch zurück auf …«

»Nein, nein«, sagte McAdams und winkte ab. »Ich weiß, was es mit *Ak'voh* auf sich hat. Mir ging es um …« Sie unterbrach sich. »Ich bitte um Entschuldigung, Commander. Wir sind uns noch nicht vorgestellt worden.«

»Ein Versehen meinerseits«, sagte Picard. »Data, das ist Lieutenant Rhea McAdams, die neue Leiterin unserer Sicherheitsabteilung. Sie kam an Bord, während Sie fort waren.«

Data streckte die Hand aus und McAdams schüttelte sie. »Wie geht es Ihnen, Lieutenant? Ich wünsche Ihnen Erfolg bei Ihren neuen Pflichten.«

»Danke, Commander. Ich möchte Ihnen mein Beileid aussprechen und mich für mein rüdes Benehmen entschuldigen. Ich muss zugeben, dass ich ein wenig verwirrt bin.«

»Meine Schuld«, gestand Picard. »Ich hätte Sie besser informieren sollen, bevor ich Sie bat, hierher zu kommen. Data, ich habe Lieutenant McAdams über den Tod Ihrer Mutter unterrichtet, ihr aber nicht den einzigartigen Zustand von Juliana Tainer erklärt. Unter den gegebenen Umständen …«

»Gewiss, Sir«, sagte Data. »Sie können mit ihr sprechen, während ich die Aufzeichnungen des Fluges dem Hauptcomputer der *Enterprise* übermittle.«

Riker folgte Data, als der Androide in den Shuttle zurückkehrte, und Picard nahm McAdams beiseite. »Wie Sie wissen, ist Data ein Androide«, begann er leise. »Der einzige voll funktionsfähige Androide, den Starfleet kennt. Konstruiert wurde er von Dr. Noonien Soong, einem Außenseiter auf dem Gebiet der künstlichen Intelligenz.«

McAdams nickte. »Ja, Sir. Ich habe in den Info-Berichten davon gelesen. Man schuf Data in der Kolonie Omicron Theta, die dem Angriff eines fremden Wesens zum Opfer fiel. Starfleet fand den Androiden später und aktivierte ihn, woraufhin er sich für eine berufliche Laufbahn in der Flotte entschied.«

»Ja, zum Teil deswegen, weil er sich Gelegenheit erhoffte, seinen Schöpfer zu finden«, sagte Picard. »Er fand ihn tatsächlich, außerdem einen ›Bruder‹ namens Lore. Nun, kaum jemand weiß, dass Soong verheiratet war. Seine Ehefrau – jene Frau, die Data für seine Mutter hält – erlitt eine tödliche Verletzung. Soong wollte sie nicht vollständig verlieren, schuf ein Androidenduplikat und transferierte Julianas Erinnerungen in ein neurales Netz. Soong programmierte den Androiden so, dass er davon überzeugt war, die echte Juliana Tainer zu sein.«

»Und er hat ihr nie die Wahrheit gesagt?«, fragte McAdams. Es klang fast entsetzt.

Picard zuckte mit den Schultern. »Er glaubte vermutlich, ihr damit einen Gefallen zu tun. In ihrem Körper hatte er ein komplexes Tarnsystem installiert, sodass niemand ihre wahre Natur feststellen konnte – bis sie vor einigen Jahren Data begegnete. Er bemerkte, dass sie in Fibonacci-Sequenzen blinzelte …«

»Oh, natürlich«, sagte McAdams, ohne die Miene zu verziehen. »Das musste sie ja verraten.«

Picard lächelte. »Wie dem auch sei … Data fand heraus, dass Dr. Tainers Androidenkörper dazu bestimmt war, Alterung und letztendlich sogar den Tod zu simulieren. Als sich Pran Tainer mit ihm in Verbindung setzte, begriff Data, dass die Zeit gekommen war – er musste rasch handeln, um das Geheimnis zu wahren.«

»Er sprach von seiner ›Mutter‹«, sagte McAdams. »Vielleicht liegt es daran, dass ich von dieser Situation gerade erst erfahre, aber mir erscheint Dr. Tainer mehr wie eine Schwester.«

»Sie half Soong, Data zu konstruieren«, erwiderte Picard. »Einige seiner wichtigsten Merkmale gehen auf sie zurück. So bestand sie zum Beispiel darauf, dass Soong Data ein kreatives Potenzial gab, und sie bewog ihn, Data Emotionen zu geben.«

»Warum?«

»Sie befürchtete, dass sich Data so entwickeln könnte wie Lore, der psychotische Tendenzen zu zeigen begann. Er wurde so gefährlich, dass sich Data gezwungen sah, ihn zu deaktivieren. Diese Entscheidung fiel ihm sehr schwer …«

»Weil Lore ein ›Verwandter‹ war, sein Bruder.« McAdams nickte. »Ja, das verstehe ich. Aber etwas anderes verstehe ich nicht: Warum ist es niemandem sonst gelungen, einen Androiden vom Soong-Typ zu konstruieren?«

»Entsprechende Versuche fanden statt«, sagte Picard. »Datas Komponenten sind zwar sehr komplex, stellen aber kein Rätsel mehr dar. Alles konnte repliziert werden – bis auf das positronische Gehirn. Jeder Versuch …«

Hinter Picard erklang Datas Stimme. »Jeder Versuch, es nachzubilden, scheiterte. Und bis heute ist der Grund dafür unklar.« Er kam die Rampe herunter, in der einen Hand eine kleine Reisetasche. »Oder um es anders auszudrücken: Es ist nicht klar, warum mein positronisches Gehirn – beziehungsweise das meines Bruders Lore oder das Julianas – funktioniert. Es gibt mehrere Theorien, die schwer zu beweisen sind. Fasziniert hat mich ein Artikel in *Fortschritte bei der künstlichen Intelligenz*, in dem Bronwin und Satar die Existenz einer einzigartigen, bisher noch nicht identifizierten Substanz bei den Komponenten postulieren, die Dr. Soong für die Konstruktion der positronischen Gehirne verwendete. Meine eigenen Nachforschungen in Bezug auf diese Theorie sind bisher ergebnislos geblieben.«

»Vielleicht war Dr. Soong erfolgreich, weil er so fest daran glaubte, dass seine Arbeit erfolgreich sein *sollte*«, sagte McAdams. »Der Glaube ist eine starke Kraft. Denken Sie nur daran, was der Glaube für Peter Pan und die Fee Naseweiß bedeutete.«

Data neigte den Kopf zur Seite und Picard wusste, was das bedeutete: Er griff auf eine seiner internen Datenbanken zu. »Das ist eine interessante Theorie«, sagte er. »Aber es wäre extrem schwer, sie zu beweisen. Sie würde auch nahe legen, dass es beim positronischen Gehirn meiner Tochter zu einem Kaskadendefekt kam, weil ich nicht stark genug an sie glaubte.«

»Entschuldigung«, sagte McAdams. »Ihre Tochter?«

»Ja«, bestätigte Data. »Lal. Ich habe sie vor einigen Jahren konstruiert. Sie lebte nur fünfzehn Tage, aber ich war …« Er zögerte. »Ich kann nicht behaupten, dass ich intensive Gefühle für sie hegte, denn damals hatte ich überhaupt keine Emotionen. Aber …« Wieder zögerte er und suchte nach den richtigen Worten. »Ich weiß nicht, wie ich ausdrücken soll, was ich damals empfand.«

»Ich verstehe«, sagte McAdams. »Und bitte verzeihen

Sie, dass ich so rücksichtslos über etwas gesprochen habe, von dem ich nichts wusste.«

»Sie brauchen sich nicht zu entschuldigen, Lieutenant. Ich habe mich eingehend mit der Literatur über die Entwicklung positronischer Gehirne befasst und manche der dargelegten Ideen waren weit weniger glaubwürdig. In Band 72 der zweiten Ausgabe von *Über die Positronik* postuliert M'Yea zum Beispiel ...«

»Data«, sagte Picard sanft.

»Ja, Captain?«

»Dies kann doch bestimmt warten, bis Sie sich um die sterblichen Überreste Ihrer Mutter gekümmert haben, oder? Und ich glaube, Lieutenant McAdams muss zu ihren Pflichten zurückkehren.«

»Vielleicht haben Sie Recht, Captain. Ich bitte um Entschuldigung, Lieutenant. Ich wusste nicht, dass Sie noch im Dienst sind. Danke dafür, dass Sie mich hier empfangen haben.« Data streckte die Hand aus und McAdams griff danach. Sie schüttelten sich förmlich die Hand, *so wie es bei einer Beerdigung üblich ist,* dachte Picard.

»Vielleicht können wir unser Gespräch bei einer anderen Gelegenheit fortsetzen, Commander.«

»Sehr gern, Lieutenant.«

Nachdem McAdams gegangen war, wandte sich Data wieder dem Sarg zu und reaktivierte das Antigravfeld – der Behälter stieg etwa zehn Zentimeter vom Boden auf. Wortlos bezogen Picard, Riker, LaForge und Troi an den vier Ecken des Sargs Aufstellung und dirigierten ihn vorsichtig zum Turbolift. Data folgte ihnen. Unterwegs begegneten sie niemandem; Riker hatte dafür gesorgt, dass die Korridore zwischen dem Shuttlehangar und ihrem Ziel leer waren.

Sie schwiegen, während die Transferkapsel des Lifts sie durchs Schiff trug. Schließlich hielt er an und daraufhin lenkten sie den Sarg durch einen weiteren Korridor zu Datas Laboratorium. Der Androide gab den Zugangscode ein und drehte sich dann zu seinen Freunden um. »Ich danke Ihnen sehr für Ihre Anteilnahme. Wenn Sie gestatten, möchte ich jetzt ein wenig allein sein.«

»Natürlich, Data«, sagte Troi und sprach für sie alle. »Das verstehen wir. Bitte geben Sie uns Bescheid, wenn Sie irgendetwas brauchen.«

Data nickte, bedankte sich noch einmal und schob den Sarg durch die Tür. Als sie sich hinter dem Androiden geschlossen hatte, atmeten die vier Sargträger tief durch und seufzten.

»Geht es nur mir so oder haben Sie ebenfalls Appetit?«, wandte sich Riker an die anderen.

Data blieb einige Sekunden lang stumm stehen, bevor er sich methodisch an die Arbeit machte und den Sarg öffnete. Es dauerte nur wenige Minuten, die unveränderten Überreste seiner Mutter in einem der transparenten Behälter unterzubringen, die er einige Monate zuvor installiert hatte. Nachdem er die Tür der letzten Ruhestätte seiner Mutter geschlossen hatte, trat Data zurück und betrachtete seine »Familie«: die drei namenlosen, fehlerhaften Prototypen, die Soong zuerst konstruiert hatte; dann Lore, Juliana und schließlich Lal. Als er den Blick auf seine Tochter richtete, merkte Data, dass immer mehr im Hintergrund laufende Subroutinen zum Stillstand kamen – ein einzelner Gedanke beanspruchte einen schnell wachsenden Teil seiner Ressourcen.

Langsam, ganz langsam streckte er die Hand aus und berührte die transparente Trennfläche, betrachtete Lals Gesicht. Die Kraft wich aus seinen Beinen und er sank zu Boden, blieb mit dem Rücken an die Wand gelehnt sitzen und starrte ins Leere. Eine Wartungs-Subroutine warnte ihn und wies auf die hohe Anzahl von Prozessen hin, die von jenem einen Gedanken beansprucht wurden, doch Data konnte sich einfach nicht aufraffen. Es gab keinen

Grund, sich zu bewegen. Es gab nichts, wofür sich Bewegung oder emotionales Engagement lohnte …

Dann, ohne den Grund dafür zu wissen, murmelte er: »Es tut mir Leid.« Die Worte fühlten sich bitter und hohl an, aber sie entsprachen dem einzigen Gedanken, zu dem sein positronisches Gehirn fähig war, und deshalb sprach er sie erneut. Und noch einmal. Er wiederholte sie immer wieder, jedes Mal ein wenig leiser, bis sich schließlich seine Lippen lautlos bewegten.

4

»Es tut mir Leid, Captain«, sagte Data und betupfte sich die Augen mit einem Papiertaschentuch. Auf dem Schreibtisch im Bereitschaftsraum hatten sich bereits ziemlich viele angesammelt.

»Das haben Sie schon einmal gesagt und meine Antwort lautete: Sie brauchen sich nicht zu entschuldigen«, erwiderte Picard. »Diese Erfahrung ist sehr schwer für Sie; hinzukommt, dass Sie nicht an derartige emotionale Aufwallungen gewöhnt sind … Wenn Ihnen dies hilft, Data: Mir erging es ähnlich, als mein Bruder und sein Sohn ums Leben kamen. Ich habe mich einfach schrecklich gefühlt.«

Data nickte langsam. »Ich verstehe, was Sie sagen, Captain, aber das ist nicht … das ist nicht …« Bevor er den Satz beenden konnte, erlag er einer weiteren Welle des Kummers. Die Schultern sanken nach unten und er schluchzte leise. Data ließ den Kopf hängen, hob die Hände vors Gesicht und bebte am ganzen Leib. Picard befürchtete schon einen regelrechten Zusammenbruch, als das Schluchzen ganz plötzlich aufhörte. Ruckartig hob Data den Kopf. Zwar tränten die Augen noch immer, aber ganz offensichtlich hatte jemand den Hahn zugedreht.

»Data?«

»Ja, Captain?« Der Androide streckte die Hand nach der Schachtel mit den Papiertaschentüchern aus, zog eins daraus hervor und wischte sich damit die Wangen ab.

»Ist gerade etwas geschehen?«

»Sir?«

»Haben Sie … den Gefühlschip deaktiviert?«

Data neigte den Kopf so zur Seite, als müsste er die Anzeigen einer inneren Instrumententafel ablesen. »Ja, Captain, der Gefühlschip ist deaktiviert, aber es steckt keine bewusste Maßnahme meinerseits dahinter.«

»Sollen wir Geordi verständigen?«

Data überlegte und schüttelte dann den Kopf. »Nein, Sir. Ich glaube, das ist nicht notwendig. Ich weiß nicht, ob die Deaktivierung des Chips auf ein spezielles Sicherheitssystem oder einen unbewussten Wunsch meinerseits zurückgeht, aber derzeit halte ich es für besser, wenn er ausgeschaltet bleibt. Schlafen Menschen nicht oft, nachdem sie einen schweren Schock erlitten haben?«

»Ich verstehe, was Sie meinen. Sie glauben also, dass es sich um eine automatische Reaktion handelt, die mit dem ›Schlafengehen‹ vergleichbar ist.«

»Ja, Captain«, bestätigte Data. Er betrachtete die Papiertaschentücher auf dem Schreibtisch so neugierig, als sähe er sie zum ersten Mal. »Dies ist alles sehr faszinierend.«

Picard lehnte sich in seinem Sessel zurück und rieb sich die Schläfen. »Ja«, sagte er. »Das ist es.« *Außerdem auch sehr ermüdend.* Er stand auf und ging zum Replikator. »Wissen Sie, wie sich Menschen sonst noch verhalten, wenn sie einen Schock erlitten haben?« Er wandte sich an das Gerät. »Tee. Lapsang Souchong. Heiß.«

Data sah überrascht auf. »Keinen Earl Grey, Captain?«

Picard griff nach der Tasse und schnupperte an ihr. »Als ich ein Junge war«, sagte er und lächelte, »kochte meine Mutter diesen Tee, wenn eine ihrer Schwestern zu Besuch kam, um von ihrer neuesten emotionalen Krise zu berichten.« Er zögerte einige Sekunden lang, in Erinnerungen verloren, schüttelte sich dann. »Möchten Sie eine Tasse?«

Data überlegte kurz. »Ja, Captain. Danke. Ich möchte tatsächlich eine.«

Picard nickte, orderte eine zweite Tasse und brachte sie dem Androiden. »Können Sie den Gefühlschip reaktivieren, wenn Sie wollen?«

Data nahm die Tasse entgegen. »Ja, Captain.«

»Und wollen Sie diese Möglichkeit nutzen?«

»Ich weiß es nicht, Sir. Vielleicht sollte ich mit Counselor Troi darüber reden. Sie kann mir sicher den einen oder anderen Rat anbieten.«

Picard trank einen Schluck. »Um ganz ehrlich zu sein: Es überrascht mich, dass Sie sich nicht an die Counselor wandten, als Sie in Schwierigkeiten waren. Oder an Geordi.«

Data atmete den Duft des Tees tief ein, trank aber nicht. Er stellte die Tasse auf den Schreibtisch. »Ich bin mir nicht ganz sicher, Sir, aber ich glaube, die Entscheidung, mich an Sie zu wenden, war rein emotionaler Natur. Als sich meine kognitiven Funktionen stabilisierten, betraf meine erste Erinnerung jenes Gespräch, das wir in der Sternkartenkammer der *Enterprise*-D führten, als ich mich von dem Chip überwältigt fühlte.«

»Ja, ich erinnere mich«, sagte Picard. »Ich wies Sie dabei auf Folgendes hin: Wenn Sie wirklich verstehen wollen, was es bedeutet, ein Mensch zu sein, müssen Sie mit Ihren Gefühlen zurechtkommen, mit den angenehmen ebenso wie mit den unangenehmen, und an ihnen wachsen.«

»Ja«, erwiderte Data. »Ihre Worte waren mir ein großer Trost. Vielleicht führte mein überreizter Zustand dazu, dass ich mich erneut nach einem solchen Trost sehnte.«

Picard zuckte mit den Schultern und stellte seine Tasse ebenfalls ab. »Was auch immer der Grund war … Es freut mich, dass ich Ihnen helfen konnte. Auch wenn mir nicht ganz klar ist, welche Hilfe ich geleistet habe. Data, was *genau* können Sie mir über den emotionalen Zustand sagen, in dem Sie sich befanden?«

»Ich war …«, begann Data und zögerte. »Ich fühlte …« Er unterbrach sich erneut, blickte sich um und schien nach etwas Ausschau zu halten. »Dies ist ein Paradox. Es ist sehr schwer, ohne Emotionen über einen emotionalen Zustand zu sprechen. Doch wenn ich den Gefühlschip reaktiviere, könnte ich nicht mehr über die Gefühle sprechen, weil ich von ihnen überwältigt wäre.« Er neigte den Kopf zur Seite und sah Picard an. »Wie schaffen Sie so etwas, Captain?«

Picard lächelte schief. »Man braucht Übung dazu. Viel Übung. Und selbst jene, die behaupten, den Vorgang gut zu verstehen, können nicht immer vorhersagen, wie sie auf extremen Stress reagieren. Ein überaus interessantes Thema für ein Gespräch mit der Counselor. Aber um auf Ihr Problem zurückzukommen: Möchten Sie den Chip reaktivieren?«

Datas Miene schien zu erstarren und seine Lippen bildeten eine dünne Linie.

»Was ist los, Data? Fürchten Sie sich?«

»Nein, Captain«, erwiderte der Androide. »Derzeit kann ich mich nicht fürchten. Allerdings bin ich auch ohne den Gefühlschip imstande, das bedrohliche Potenzial einer bestimmten Situation zu erkennen. Trotzdem werde ich den Chip jetzt reaktivieren.« Data drehte ruckartig den Kopf zur Seite – diese Bewegung hatte Picard bereits bei anderen Gelegenheiten beobachtet – und brachte ihn dann langsam in die vorherige Position zurück. Das Gesicht schien plötzlich um zehn Jahre zu altern; Falten erschienen dort, wo eben noch keine gewesen waren. Er seufzte tief.

»Data?«

Der Androide antwortete nicht und Picard begann zu

befürchten, dass sich sein Selbst in einer Art Katatonie verloren hatte. Doch dann kehrte der Blick der gelben Augen langsam ins Hier und Heute zurück.

»Ja, Captain«, sagte Data. »Ich bin hier.«

»Ist alles in Ordnung mit Ihnen?«

»Ich denke schon. Die Gefühle von Kummer und Verzweiflung sind noch immer da, aber ich habe mich einigermaßen an sie gewöhnt. Ja.« Plötzlich lächelte Data. »Das Nickerchen hat mit gut getan.«

Picard lächelte ebenfalls. »Ich glaube, Sie haben gerade gescherzt, Mr. Data.«

»Tatsächlich?«, erwiderte der Androide. »Und war es ein guter Scherz?«

»Ich habe schlechtere gehört«, sagte Picard freundlich. »Was ist geschehen?«

Data setzte sich auf und sein Blick schien den Erinnerungen an eine ferne Vergangenheit zu gelten. Er faltete die Hände im Schoß. »Als ich meine Mutter zur Ruhe legte, offenbarte sich mir eine Erkenntnis.« Er sah Picard so an, als müsste er ihn um Erlaubnis bitten fortzufahren. Der Captain nickte. »Sie werden sterben.«

Picard wartete, doch die Stille dauerte an, wurde unangenehm. »Und?«, fragte er schließlich.

»Aber ich nicht«, fügte der Androide hinzu.

Es fiel Picard schwer, einen neutralen Gesichtsausdruck zu wahren. Ein Teil von ihm wollte mit Ärger reagieren, ein anderer lachen. »Das muss nicht unbedingt stimmen, Data«, sagte er schließlich. »Ich will den Teufel nicht an die Wand malen, aber es könnte zu Unfällen oder etwas in der Art kommen.«

»Natürlich, Captain. Ich könnte so stark zusammengequetscht werden, dass eine Reparatur unmöglich ist. Es wäre auch möglich, dass ein Phaserstrahl mich desintegriert oder ein romulanischer Warbird die *Enterprise* vernichtet. Aber diese Gefahr betrifft alle Personen an Bord. Ich meine das natürliche Ende einer jeden biologischen

Entität. Wenn Ihr Leben zu Ende geht, werden Sie sterben. Ich hingegen bin dazu geschaffen, ewig zu funktionieren.«

Picard nickte und versuchte, sich von Datas Worten nicht betrüben zu lassen. »Na schön. Ich glaube, ich weiß, worauf Sie hinauswollen. Mit ziemlicher Sicherheit überleben Sie uns alle. Das ist die Natur Ihrer Existenz – Sie sind eine künstliche Lebensform. Ich dachte, das hätten Sie verstanden.«

»Verstanden?«, wiederholte Data und seine Stimme klang plötzlich scharf. »Ja, ich habe es *verstanden.* Mir ist immer klar gewesen, dass ich bei Geordis Bestattung zugegen sein werde, bei der von Counselor Troi ... bei den Bestattungen aller Personen an Bord der *Enterprise.* Und wenn ich anschließend Mitglied einer anderen Crew werde, wiederholt sich der ganze Vorgang.«

Picard beobachtete, wie Datas Augen wieder feucht wurden, und starke Emotionen ließen seine Stimme vibrieren.

»Außerdem gibt es jene, die bereits gestorben sind«, fuhr der Androide fort. »Meine Mutter, meine Tochter, mein Bruder ...« Er ließ den Kopf hängen und rieb sich mit dem Handballen die Augen. »Und Tasha ...« Data zögerte und fasste sich. »Seit ihrem Tod ist kein Tag verstrichen, an dem ich nicht an sie dachte, aber heute ... Heute habe ich zum ersten Mal verstanden, *wirklich* verstanden, dass ich sie nie wiedersehen werde. Ich kann sie nicht einmal dann wiedersehen, wenn es ein Leben nach dem Tod gibt, *denn ich bin unsterblich.*«

Datas Kopf sank noch tiefer und er blickte zu Boden. Picard wartete und hörte, wie der Androide tief durchatmete. Data rang mit sich selbst und versuchte, die Tränen zurückzuhalten.

Eine halbe Minute verstrich und Picard begriff, dass er nie zuvor Datas Atemzügen gelauscht hatte. Er wusste natürlich, dass Soong den Androiden darauf programmiert hatte, viele menschliche Funktionen zu simulieren

– Atmung, Blutkreislauf, sogar Verdauung –, doch er hatte noch nie Gelegenheit gefunden, darauf zu achten. Seit mehr als zehn Jahren kannte er Data und hielt ihn für einen Freund, doch nie hatten sie länger als einige wenige Sekunden schweigend zusammengesessen. Es war ein ernüchternder Gedanke.

»Captain ...«, sagte Data und blickte noch immer zu Boden. »Ich möchte den Gefühlschip deaktivieren.«

Picard rutschte im Sessel zur Seite. »Glauben Sie, es könnte erneut zu einer automatischen Deaktivierung kommen? Befürchten Sie eine Gefahr für andere Systeme?«

Data schüttelte den Kopf und sah auf. »Sie haben mich falsch verstanden. Ich möchte ihn ausschalten – für immer.«

Picard runzelte die Stirn. »Data ... Wir haben schon einmal darüber gesprochen. Sie selbst haben eben darauf Bezug genommen. Ich richte jetzt die gleichen Worte an Sie wie bei jener Gelegenheit: Sie können sich nicht immer dann vor Ihren Gefühlen verstecken, wenn sie unangenehm werden.«

»Aber gaben Sie mir nicht eine entsprechende Anweisung, als die Borg in die *Enterprise* eindrangen?«

Picard schauderte innerlich, als er daran dachte. Eine Zeitreise hatte die *Enterprise* ins einundzwanzigste Jahrhundert gebracht, um die Borg daran zu hindern, die Vergangenheit der Erde zu verändern. Den Borg war es gelungen, die Verteidigungssysteme des Schiffes zu überlisten und die unteren Decks zu übernehmen. Picard hatte einen Stoßtrupp geleitet, um die Stärke des Feindes in Erfahrung zu bringen, und unterwegs hatte Data ständig über die Fluktuationen seiner Gefühlslage berichtet.

Der Stoßtrupp hatte zum größten Teil aus jungen Kadetten bestanden, die Datas Eigenarten nicht kannten und bereits verunsichert waren angesichts der Vorstellung, gegen Borg-Drohnen kämpfen zu müssen. Picard hatte sich nicht die Zeit nehmen können, den Kadetten oder Data die Dinge zu erklären, und deshalb war ihm nichts anderes übrig geblieben, als dem Androiden zu befehlen, seinen Gefühlschip zu deaktivieren. Die Sicherheit des Schiffes hatte Vorrang vor dem Wohlergehen eines einzelnen Crewmitglieds. So wenig es ihm auch gefiel: Picard wusste immer, wie er sich in einem solchen Fall entscheiden musste.

»Vielleicht habe ich Ihnen damals ein Unrecht angetan, Data«, sagte Picard. »Wenn Sie wirklich verstehen wollen, was es bedeutet, ein Mensch zu sein, so müssen Sie lernen, über solche Perioden in Ihrem Leben hinauszuwachsen und innere Kraft zu finden. Hemingway schrieb: ›Die Welt bricht jeden, aber nachher sind viele stark an den Bruchstellen.‹«

»Mir ist aufgefallen, dass meistens nur dieser eine Satz zitiert wird, nicht aber die nächsten«, sagte Data. »Sie lauten: ›Aber jene, die sie nicht bricht, bringt sie um. Unvoreingenommen tötet sie die sehr Guten, die sehr Freundlichen und die sehr Tapferen. Wer nicht zu ihnen zählt, kann sicher sein, ebenfalls getötet zu werden, ohne besondere Eile.‹« Data schwieg, um den Worten zusätzliches Gewicht zu verleihen. »Aber Hemingway wusste nichts von künstlichen Lebensformen.«

»Nein, davon wusste er nichts«, pflichtete Picard dem Androiden bei. »Doch ich glaube, ihm war das erstaunliche Heilvermögen des menschlichen Herzens klar. Das ist ein weiterer Aspekt der menschlichen Natur, den Sie noch erleben müssen, Data. Ich will nicht in Counselor Trois Rolle schlüpfen – aber sie gäbe Ihnen vermutlich den Rat, sich Zeit für die Heilung zu nehmen.«

Picard beobachtete, wie einige Falten aus Datas Mund- und Augenwinkeln verschwanden, und schließlich nickte der Androide. »Nun gut, Captain, ich werde mir Zeit nehmen.« Und mit einer Bitterkeit, die Picard nie zuvor in seiner Stimme gehört hatte, fügte er hinzu: »Davon steht mir jede Menge zur Verfügung.«

Picard versuchte zu lächeln, aber es gelang ihm nicht. »Gut«, sagte er unsicher. »Ausgezeichnet.« Er wollte sich zurücklehnen, doch dann fiel ihm der Tee ein und er griff nach der Tasse. »Dies scheint mir der richtige Augenblick zu sein, auf Angelegenheiten des Dienstes zu sprechen zu kommen und Ihnen von einer Nachricht zu erzählen, die ich vor kurzer Zeit bekommen habe. Sie steht in einem gewissen Zusammenhang mit den gerade besprochenen Dingen. Admiral Haftel vom Daystrom-Institut auf Galor IV hat mir Unerfreuliches mitgeteilt. Offenbar hat Commander Bruce Maddox während der letzten beiden Jahre unter seinem Kommando an einem speziellen Projekt gearbeitet. Vor zwei Wochen kam es in Maddox' Laboratorium zu einem Unfall – ein Teil des Gebäudes stürzte ein und Maddox war dabei zugegen. Der Admiral wollte keine Details nennen, wies uns aber an, unverzüglich nach Galor IV zu fliegen.«

»Ist Commander Maddox am Leben?«, fragte Data.

»Ja«, erwiderte Picard. »Aber allem Anschein nach gibt es Komplikationen, denn der Admiral bat ausdrücklich darum, dass Dr. Crusher uns begleitet.«

»Ich verstehe«, sagte Data. »Wies Admiral Haftel darauf hin, wozu die *Enterprise* gebraucht wird?«

»Nein, das gehört mit zu dem Rätsel«, entgegnete Picard. »Ich habe recherchiert. Es gibt gleich mehrere Raumschiffe, die Galor IV näher sind als wir und schneller allgemeine Hilfe bringen könnten. Aber der Admiral will uns.«

»Interessant«, sagte Data. »Und rätselhaft.«

»Ja.« Picard nickte. »Wer weiß, was uns erwartet?« Er gab diesen Worten, einen lockeren, scherzhaften Klang.

Aber Data lächelte nicht. Er war in Gedanken versunken und versuchte, ein neues Empfinden zu identifizieren. War es ihm gerade »kalt über den Rücken gelaufen«, wie es die Menschen nannten?

5

CAPTAINS LOGBUCH, STERNZEIT 51407.6

Wir haben Galor IV erreicht und treffen Vorbereitungen dafür, uns auf den Planeten zu beamen, um dort Admiral Haftel zu begegnen. Ich mache mir Sorgen über Datas emotionalen Zustand und halte es für angebracht, ihn an dieser Mission zu beteiligen. Counselor Troi begleitet uns, um Data im Auge zu behalten.

Die Landegruppe hatte sich im Transporterraum eins eingefunden und wartete seit zehn Minuten darauf, dass Dr. Crusher »grünes Licht« gab. Bei einer Routinekontrolle hatte sich herausgestellt, dass die Filter des Transporters eine neue Virusart nicht neutralisierten, und Crusher bestand auf einer genauen Untersuchung – sie wollte eine Kontamination des Planeten vermeiden. Die Reprogrammierung des Transporters nahm nur einige Minuten in Anspruch. Zwar ließ Picard den Admiral nicht gern warten, aber niemand schlug vor, den Transfer einzuleiten, bevor Crusher ihre Analysen beendet hatte. Alle kannten die Protokolle, und was noch wichtiger war: Alle kannten Crusher.

Während sie warteten, standen LaForge und Data in einer Ecke und sprachen über einen Artikel, den sie für eine Fachzeitschrift schreiben wollten. Troi und Riker nutzten die Gelegenheit, um über einige noch ausstehende Bewertungen von Crewmitgliedern zu reden.

Picard und McAdams standen ein wenig abseits; es war erneut eine angenehme Überraschung für den Captain, wie leicht ihm die Konversation mit der neuen Sicherheitsoffizierin fiel.

»Haben Sie jemals eine der Niederlassungen des Daystrom-Instituts besucht, Lieutenant?«

»Ja«, sagte McAdams. »Als kleines Mädchen.« Sie lächelte, als sie sich erinnerte. »Mein Großvater wurde gebeten, einen Vortrag zu halten, und nahm mich mit. An den Ort erinnere ich mich kaum mehr. Ich weiß nur noch, dass es dort keine anderen Kinder gab und dass mich die Erwachsenen nicht an ihre Spielzeuge heranließen.«

Picard lachte. »Was war das Fachgebiet Ihres Großvaters?«

»Molekularbiologie, glaube ich. Zu *jener* Zeit. Er hielt es nie sehr lange bei einem Gebiet aus und wechselte immer wieder. Als ich das letzte Mal mit ihm sprach, nahm er an archäologischen Ausgrabungen in Zentralamerika teil.«

»Tatsächlich?« Picards Interesse erwachte. »Das ist eine Art Hobby von mir.«

»Die Archäologie? Terranische oder Xeno?«

»Xeno. Besonders faszinierend finde ich die frühen galaktischen Saat-Zivilisationen.« Picard erwärmte sich für das Thema. »Und Ihr Großvater?«

»Ihm geht es hauptsächlich um terranische Archäologie. Aber er interessierte sich auch für frühe Mondsiedlungen.«

»Ah«, sagte Picard. »Vor kurzer Zeit habe ich einen Artikel über die Entdeckungen eines Abfallhaufens unweit des Meers der Ruhe gelesen …«

Die Tür des Transporterraums öffnete sich. »Dem Himmel sei Dank«, sagte Beverly Crusher. Offenbar hatte sie Picards letzten Satz mitbekommen. »Ich bin gerade noch rechtzeitig gekommen.« Picard drehte sich um und sah, wie die Ärztin die Justierung ihres medizinischen Tricorders überprüfte. »Lieutenant, Sie ahnen nicht, in welcher Gefahr Sie sich befanden. Wenn er richtig in Schwung gekommen wäre, hätten wir gar keine Möglichkeit mehr bekommen, uns auf den Planeten zu beamen.«

McAdams lächelte. »Das sagen die Leute auch von meinem Großvater.«

Picard seufzte gutmütig. »Ist mit den Filtern alles in Ordnung, Doktor?«

»Ja, Captain.«

»Dann sollten wir uns an die Arbeit machen.«

Der Retransfer fand vor dem Eingang der Krankenstation statt und dort wartete Admiral Anthony Haftel auf sie. Zwischen ihm und Picard war es vor einigen Jahren zu einer Auseinandersetzung gekommen, die Datas Tochter Lal betraf. Von seinen Vorgesetzten unterstützt hatte Haftel verlangt, dass Lal der Forschungsabteilung von Starfleet für genaue Untersuchungen übergeben wurde. Die Tragödie von Lals fatalem Kaskadendefekt war nötig gewesen, um Haftel zu veranlassen, von seinen Forderungen Abstand zu nehmen. Picard dachte darüber nach. Bruce Maddox hatte vor Jahren alles versucht, um die Möglichkeit zu erhalten, Data zu demontieren, sein Geheimnis zu lüften und weitere Androiden vom Soong-Typ zu konstruieren. In gewisser Weise ergab es einen Sinn, dass ausgerechnet er unter Haftel an einem speziellen Starfleet-Projekt arbeitete.

Nachdem sie sich begrüßt und einander vorgestellt hatten, bat Dr. Crusher darum, sofort zu Maddox geführt zu werden. Die anderen nahmen sich ein Beispiel an der Ärztin und bemühten sich, leise zu sein, als sie durch die Korridore schritten. Allerdings sah Picard keine Hinweise auf weitere Patienten.

»Hier herrscht nie viel Betrieb«, sagte Haftel. »Die

meisten Ärzte sind auch Forscher und deshalb freut es uns, dass Sie gekommen sind, Dr. Crusher.«

»Bei allem Respekt, Admiral – bitte sprechen Sie leiser«, erwiderte Crusher.

Picard zuckte innerlich zusammen. Zum Glück schien Haftel bereit zu sein, der Ärztin einen gewissen Spielraum einzuräumen. »Keine Sorge, Doktor«, sagte er. »Derzeit gibt es hier nur einen Patienten und der lässt sich nicht stören. Was ich bedauere, denn wir würden ihm gern einige Fragen stellen.«

Picard sah, dass sich Crusher eine scharfe Antwort verbiss. Stattdessen fragte sie: »Ist der behandelnde Arzt hier?«

»Nein«, erwiderte Haftel. »Ein medizinischer Notfall rief Dr. Jika fort, kurz bevor die *Enterprise* in den Orbit schwenkte. Sie versprach, so schnell wie möglich zurückzukehren, aber ich habe ihr gesagt, dass ich Sie nicht aufhalten werde. So, da wären wir.«

Das Zimmer, in dem sich Maddox befand, war hochmodern eingerichtet, wie man es in einem Forschungsinstitut erwarten konnte. Der Commander lag auf einem Biobett, mit kortikalen Sensoren an Hals und Stirn. Jemand in Starfleet-Uniform saß neben dem Bett zusammengesunken auf einem Stuhl, mit dem Rücken zur Tür. Er rührte sich nicht, als Crusher nach einem Handcomputer griff, der auf einer nahen Konsole lag, und Maddox' Daten abrief.

Ein lautes Schnarchen kam von der Gestalt auf dem Stuhl. Picard musterte den schlafenden Mann und lächelte, als er ihn erkannte.

LaForge warf Picard einen fragenden Blick zu und der Captain nickte, lächelte noch immer. Geordi beugte sich so leise wie möglich vor und nahm ein Tablett mit einer Mahlzeit vom Schoß des Schlummernden. Dann berührte er ihn an der Schulter. »Reg?«, sagte er leise. »Reg? Zeit zum Aufwachen.«

Reginald Barclays Lider klappten nach oben und er reagierte so, wie Geordi vermutet hatte: Er sprang auf, ohne einen Gedanken daran zu verschwenden, dass zuvor ein Tablett auf seinem Schoß gelegen hatte. Mit großen Augen starrte er die Personen im Zimmer an und schien zu versuchen, sie von dem Traum zu trennen, den er bis eben geträumt hatte.

»Geordi!«, rief er dann. »Ich meine, Commander LaForge! Sie sind hier. Ich meine, natürlich sind Sie hier. Ich wusste, dass Sie kommen, aber ich habe nicht erwartet ...« Barclay sah sich erneut um und kehrte ganz in die Realität zurück. »Sie sind *alle* hier.« Er strich sich übers Haar und bemühte sich, die Uniform zu glätten. Die Papierserviette unterm Kinn fiel ihm ein und er riss sie fort. »Admiral ...«, sagte er. »Bitte entschuldigen Sie. Ich ... ich muss eingenickt sein. Captain Picard, ich ... ich ... ich ...«, stotterte er, holte tief Luft und war bemüht, sich wieder zu fassen. »Wie spät ist es?«

Geordi blickte zum Chronometer in der Ecke seines optischen Displays. »Neun Uhr morgens lokale Zeit. Schon gut, Reg. Offenbar sind Sie schon seit einer ganzen Weile hier.«

»In der Tat, Mr. Barclay«, sagte Picard. »Sie brauchen sich nicht zu entschuldigen. *Wir* sollten uns bei Ihnen entschuldigen, weil wir Sie so plötzlich geweckt haben.«

»Oh, das ist nicht nötig«, erwiderte Barclay. »Nein, wirklich nicht. Neun Uhr? Das bedeutet, ich habe ... eine Stunde geschlafen. Das ist mehr als genug. Wissen Sie, ich habe hier bei Bruce – ich meine Commander Maddox – gesessen und zu ihm gesprochen. Es heißt, das hilft manchmal.«

»Ja, Reg«, sagte Dr. Crusher. »Manchmal hilft das tatsächlich. Aber manchmal schadet es dem Sprecher.« Sie sondierte Barclay mit dem medizinischen Tricorder, sah auf die Anzeigen, rollte mit den Augen und seufzte. »Ich habe schon schlimmere Werte gesehen«, murmelte sie, holte einen Injektor hervor und programmierte ihn. »Dies sollte Ihre Elektrolyte in Ordnung bringen, aber Sie brauchen bald echten Schlaf. Vorzugsweise in einem Bett.« Sie presste den Injektor an Barclays Arm und Reg schien sich zu entspannen, als das Mittel in seinen Blutkreislauf gelangte.

»Danke, Doktor«, sagte er.

»Und essen Sie etwas Vernünftiges«, fügte Crusher hinzu und blickte voller Abscheu aufs Tablett.

»Ja, Doktor.« Barclay seufzte zufrieden.

Manche Leute brauchten mehr Bemutterung als andere, überlegte Geordi. Oder sie fanden größeren Gefallen daran. Oder vielleicht auch beides.

»Es ist schön, Sie wieder zu sehen, Reg«, sagte er. »Seit Ihrer Versetzung ist es an Bord der *Enterprise* viel, äh, stiller. Ich wusste nicht, dass es Sie hierher verschlagen hat. Ich habe Sie in der Jupiter-Station vermutet …«

»Dort war ich auch«, sagte Barclay. »Eine Zeit lang. Hierher kam ich vor …« Er versuchte sich zu erinnern.

»Vor drei Monaten«, warf Haftel ein. »Und es sind sehr *ereignisreiche* drei Monate gewesen. Reg ist unser Verbindungsmann bei Dr. Lewis Zimmerman in der Jupiter-Station gewesen, der Commander Maddox bei der theoretischen Arbeit half. Aber als es darum ging, den … Apparat zusammenzusetzen … Maddox meinte, es wäre für Reg nun sinnvoller, hier zu sein.«

»Ja, genau«, sagte Barclay und sah Data an. »Es tut mir Leid, dass wir Sie nicht früher informiert haben, Commander. Ich habe Bruce immer wieder darauf hingewiesen, dass wir Ihnen das schuldig sind, zumindest aus Höflichkeit, aber er …« Barclay sprach den Satz nicht zu Ende und zuckte hilflos mit den Schultern.

Data neigte den Kopf ein wenig zur Seite. »Was meinen Sie damit, Lieutenant?«

»Dazu kommen wir später«, sagte Haftel. »Wir sollten

Dr. Crusher jetzt Gelegenheit geben, Commander Maddox zu untersuchen.«

»Ja, danke, Admiral«, erwiderte die Ärztin. »Ich habe bereits eine erste Sondierung vorgenommen. Das hiesige Medo-Personal hat bei der Behandlung der physischen Verletzungen ausgezeichnete Arbeit geleistet – sie sind fast ganz geheilt. Beim neuralen Scan sieht die Sache ganz anders aus. Die entsprechenden Daten sind konfus und widersprüchlich. Ich bin fast versucht, von *Absicht* zu sprechen, möchte aber lieber nicht spekulieren, bevor ich weitere Untersuchungen durchgeführt und mit dem behandelnden Arzt gesprochen habe.«

»Dann sollten wir Sie besser Ihrer Arbeit überlassen, Doktor«, sagte Haftel und deutete zur Tür. »In der Zwischenzeit möchte ich Ihnen und Ihren Begleitern einige Fragen stellen, Captain.«

»Wie Sie wünschen, Admiral«, erwiderte Picard, als sie in den Korridor traten. »Ich muss gestehen: Abgesehen von unserem kurzen Kontakt mit Commander Maddox bin ich mir nicht ganz klar über den Grund, weshalb die *Enterprise* hierher beordert wurde. Woran hat Commander Maddox gearbeitet, wenn Sie mir diese Frage gestatten?«

Data kam Haftel zuvor. »Commander Maddox hat den Durchbruch erzielt, den er sich erhoffte. Er war mit der Konstruktion eines intelligenten Androiden beschäftigt.«

6

Ich weiß von Commander Maddox, dass Sie und er sich in der letzten Zeit nicht viel zu sagen hatten«, wandte sich Admiral Haftel etwas später an Data. »Bitte erklären Sie, wie Sie zu dieser erstaunlichen ...«

»... aber richtigen ...«, fügte Barclay hinzu.

»... aber richtigen Schlussfolgerung gelangten«, beendete Haftel den Satz, ohne einen tadelnden Blick auf Reg zu richten. Als aktiver Wissenschaftler – er genoss einen guten Ruf als Kybernetiker – nahm es Haftel mit dem Protokoll weitaus weniger genau als andere Angehörige der Admiralität, stellte Riker fest. Wahrscheinlich steckte gesunder Menschenverstand dahinter. Es war einfach sinnlos, davon auszugehen, dass Leute wie Barclay oder Lewis Zimmerman (der angeblich noch exzentrischer war als Reg) immer spurten – diese Lektion hatte auch Riker lernen müssen, auf die schwere Art.

Die Besucher von der *Enterprise*, Haftel und Barclay saßen in einem Konferenzzimmer, das sich im Hauptverwaltungsgebäude des Instituts befand. Zwei- und dreidimensionale Bilder beachtenswerter Forscher, die für das Institut gearbeitet hatten, zierten die Wände und waren so angeordnet, dass sie den Blick des Betrachters zu einem Porträt von Richard Daystrom höchstpersönlich lenkten. Es wies eine Gemeinsamkeit mit den anderen Daystrom-Bildern auf, die Riker gesehen hatte: Auch hier wirkte der große Erfinder ein wenig besorgt, so als fragte er sich, ob er im Laboratorium ein laufendes Experiment vergessen habe.

Natürlich gab es keinen Grund, warum Genialität einen fröhlichen – oder wenigstens mental-emotional *stabilen* – Ausblick aufs Leben garantieren sollte. Riker hatte Zefram Cochrane die Hand geschüttelt, mit ihm gesprochen und die Realität hinter der Legende gesehen, die von einem Mann berichtete, der angeblich ein Ausbund an Tugend gewesen war. Was er von Daystrom wusste – abgesehen von den Dingen, die man in den Geschichtsseminaren der Akademie lehrte –, deutete darauf hin, dass er kein besonders glückliches Leben geführt hatte.

Deanna spürte offenbar, dass er die Gedanken treiben ließ, denn sie drehte sich halb auf ihrem Stuhl um, wölbte eine Braue und sah demonstrativ zu Data. Ihre Botschaft war klar: *Pass auf.*

»Unsere regelmäßige Kommunikation hörte auf, als ich mich weigerte, ihm die Körper von Lal und Lore zu überlassen«, sagte Data gerade. »Ich glaube, er hielt mich für unvernünftig. Es lag nicht in meiner Absicht, ihm gegenüber respektlos zu sein, Admiral, und ich habe mehrmals versucht, den Kontakt wiederherzustellen, aber Commander Maddox konnte … kann … recht nachtragend sein.«

Haftel brummte zustimmend. Datas Beschreibung schien die Eindrücke zu bestätigen, die er selbst gewonnen hatte. »Was geschah, nachdem Sie die drei Prototypen Soongs geborgen hatten? Haben Sie während jener Zeit mit ihm gesprochen?«

»Gesprochen?«, wiederholte Data und runzelte die Stirn. »Nein, nicht in dem Sinne. Ich erfuhr von den Prototypen, als ich Dr. Soongs frühere Frau, Dr. Juliana Tainer kennen lernte. Anschließend ergriff ich die notwendigen Maßnahmen, um die Prototypen zu lokalisieren und von Omicron Theta fortzubringen. Als Commander

Maddox davon hörte, bat er um die Möglichkeit, sie gründlich zu untersuchen. Ich lehnte ab. Anschließend schickte er mir noch einige Mitteilungen.«

»Wie würden Sie diese Mitteilungen beschreiben?«

Data dachte über die Frage nach. »Sie deuteten darauf hin, dass er sehr verärgert war«, antwortete er. »Ich glaube, Commander Maddox befand sich damals in einem Zustand extremer Frustration. Ich glaube, er hatte bei seinen Forschungen alle Möglichkeiten ausgeschöpft, das von Dr. Soong geschaffene positronische Gehirn nachzubauen. Er wollte meine Gründe dafür, ihm den Zugriff auf meine Vorgänger zu verweigern, nicht akzeptieren. Vermutlich ging er von der Annahme aus, dass ich meine persönlichen Gefühle dem Wohl der Föderation überordne. In der Rückschau finde ich das recht interessant, denn diese Ereignisse fanden statt, *bevor* ich Gefühle hatte. Jetzt kenne ich Gefühle, verstehe Frustration und Ärger und bin zu dem Schluss gelangt, dass es besser gewesen wäre, dem Commander zu erlauben, sich mit der frühen Arbeit meines Vaters zu beschäftigen.«

»Was hat Sie daran gehindert, sich mit ihm in Verbindung zu setzen?«

»Der Commander weigerte sich, meine Mitteilungen zu empfangen. Die letzte Nachricht, die ich von ihm bekam, lautete: ›Ihr Recht darauf, das eigene Schicksal selbst zu bestimmen, wurde offiziell anerkannt, Data. Und ob Sie's glauben oder nicht: Trotz allem möchte ich nichts daran ändern. Aber die Geschichte kann noch immer ein Urteil über Ihre Entscheidungen fällen.‹«

Einige Sekunden lang saß Haftel still da und dachte über diese neue Information nach. Schließlich sah er auf und lächelte schief. »Wissen Sie, Data, als Sie Maddox zitierten, haben Sie nicht nur seine Stimme nachgeahmt, sondern auch eine Kontraktion verwendet. Das geschah zum ersten Mal, soweit ich weiß.«

»Tatsächlich?«, erwiderte Data. Sein Blick schien sich kurz nach innen zu kehren, als er sich auf die zitierten Worte besann. »Danke für den Hinweis, Admiral. Offenbar hat in meinem neuralen Netz eine neue Wachstumsperiode begonnen. Das würde auch ... einige andere Dinge erklären, die ich in letzter Zeit erlebt habe.«

Reg Barclay hatte die Kontrollen einer Bildschirmkonsole bedient und räusperte sich nun. »Äh, Commander Maddox hat eine Präsentation vorbereitet, die vielleicht ein wenig Klarheit in diese Sache bringt.«

»Gute Idee, Reg«, sagte Haftel und blickte zur Tischmitte. Es wurde dunkler im Zimmer und das Logo des Daystrom-Instituts erschien. Nach wenigen Sekunden verschwand es und wich der Darstellung, die Riker als *vitruvischen Mann* erkannte, gezeichnet von Leonardo da Vinci: ein nackter Mensch, Arme und Beine in zwei verschiedenen Positionen. Es war vermutlich die bekannteste anatomische Zeichnung der Menschheit. Das Bild wurde klarer und Riker stellte fest, dass der Gestalt zur Hälfte die Haut fehlte. Zum Vorschein kamen nicht etwa Fleisch und Knochen, sondern Stahl und Schaltkreise. Das Gesicht gehörte Data.

»Oh«, murmelte Reg und sah zum Androiden. »Das hatte ich ganz vergessen. Ich dachte, er wollte diese Darstellung ändern.«

»Schon gut«, erwiderte Data. »Ich fühle mich geschmeichelt. Bitte fahren Sie fort.«

Reg lächelte erleichtert. »In Ordnung«, sagte er. »Los geht's. Bruce – ich meine Commander Maddox – erreichte bei seinen Forschungen einen Punkt, an dem er zu vermuten begann, dass bei Dr. Soongs Arbeit – damit meine ich Data und Lore – der glückliche Zufall eine ebenso große Rolle spielte wie wissenschaftliche Präzision. Nun, er stand mit seiner Meinung ziemlich allein da und ich vermute, dass es ihm vor allem darum ging, seine Würde zu wahren.« Reg strich sich das schwarze

Haar zurück, sah die am Tisch sitzenden Personen an und schien zu begreifen, dass er nicht zur Sache kam. »Wie dem auch sei: Commander Maddox kam bei seinen Bemühungen, ein stabiles positronisches Gehirn zu konstruieren, einfach nicht weiter. Er begann zu glauben, an der falschen Stelle nach einer Lösung zu suchen, als er von anderen außergewöhnlichen Entwicklungen auf dem Gebiet der künstlichen Intelligenz erfuhr, für die es keinen ersichtlichen Grund gab. Er sprach in diesem Zusammenhang von ›spontaner Intelligenz‹. Diese von Commander Maddox geprägte Bezeichnung bezieht sich auf eine KI, die ganz plötzlich und auf bisher noch unerklärliche Weise ein Eigenbewusstsein entwickelt. Seine Aufmerksamkeit galt drei Beispielen dafür.« Mehrere Hologramme bildeten sich: ein kleiner achteckiger Behälter auf Hoverkufen; ein attraktiver, vornehmer Mann, der einen Abendanzug im Stil des neunzehnten Jahrhunderts trug; und drei kristalline Stäubchen. »Sie kennen sie alle: Farallons Exocomps, das Moriarty-Hologramm und, äh, Wesleys Naniten.«

Riker hörte, wie jemand tief durchatmete, und er sah nach links zu Picard. Der Captain runzelte die Stirn und fragte sich vielleicht, ob dies der Grund war, warum Haftel die *Enterprise* nach Galor IV geholt hatte. Die von Barclay angesprochenen Zwischenfälle standen alle mit der Crew der *Enterprise* in Zusammenhang. Riker wusste: Picard hatte sich direkt mit den ethischen und wissenschaftlichen Aspekten jener Ereignisse auseinander setzen müssen und deshalb verstand er Maddox' Interesse daran.

»Insbesondere das Moriarty-Hologramm faszinierte Bruce«, fuhr Barclay fort. »Bei den KI-Spezialisten des Daystrom-Instituts wächst der Konsens darüber, dass die Holotechnik von Starfleet der Schlüssel für höher entwickelte Formen der künstlichen Intelligenz sein könnte. Die Theorie basiert größtenteils auf Beobachtungen des von Dr. Zimmerman geschaffenen medizinischen Holo-Notprogramms und der damit in Zusammenhang stehenden Daten, die wir von der U.S.S. *Voyager* im Delta-Quadranten bekommen haben. Und natürlich auch auf Moriarty.«

Riker erinnerte sich daran, dass Barclay in die Moriarty-Angelegenheit verwickelt gewesen war. Hinzu kam, dass er mit Dr. Zimmerman zusammengearbeitet hatte – diese beiden Dinge erklärten vermutlich seine Beteiligung an Maddox' Projekt.

»Das größte Problem bei Soongs positronischem Gehirn bestand immer darin, dass es zu einem Kaskadendefekt kommen konnte. Mit nur einigen wenigen Ausnahmen …« Bei diesen Worten blickte Barclay kurz zu Data. »… kann dieses System nicht mit der schnellen Entstehung neuer Verbindungen im neuralen Netz fertig werden, zu denen es kommt, wenn das Gehirn neue Erfahrungen verarbeitet.« Reg zögerte – vielleicht wurde ihm klar, dass er alle Anwesenden an Lals Tragödie erinnert hatte.

Data sah zu Admiral Haftel, der ihn bei seinen Versuchen unterstützt hatte, Lal zu retten, als ihre Kaskadenanomalien exponentiell zunahmen. Haftel schwieg und schien mehr an den Gesichtern der *Enterprise*-Offiziere interessiert zu sein als an der Präsentation. Riker fing Deannas Blick ein, um festzustellen, was sie von dieser Sache hielt. Sie sah ihn kurz an und schüttelte kaum merklich den Kopf. Ihre stumme Botschaft lautete: *Mit Data ist alles in Ordnung.*

»Commander Maddox muss gewusst haben, dass auch ich einem Kaskadendefekt sehr nahe gekommen bin«, sagte Data plötzlich.

Barclay nickte. »Ja, das wusste er. An d-dieser Stelle kommen Moriarty und die MHN ins Spiel, denn sie verwenden eine ganz andere Methode für die KI-Matrix …« Barclay unterbrach sich und befürchtete offenbar, sich nicht klar genug auszudrücken. »Es ist einfacher, wenn ich es Ihnen zeige ...« Seine Finger glitten über die Kontrollen des Holoprojektors und ein neues Bild erschien: ein schematisches Diagramm, so kompliziert, dass Riker es nicht verstand. LaForge und Data betrachteten es eine Zeit lang und schließlich brummte Geordi anerkennend.

»Commander Maddox benutzte eine holographische Matrix, um ein positronisches Gehirn zu konstruieren«, sagte Data. »Faszinierend.«

»Nun«, sagte Barclay, »um ganz ehrlich zu sein – und ich bin sicher, Bruce würde ebenfalls darauf hinweisen: Ohne Dr. Zimmermans Beitrag hätte er dies nicht leisten können.«

»Oder ohne den Ihren«, fügte Haftel hinzu.

Barclay errötete. »Äh, danke, aber ich schätze, meinen Teil der Arbeit hätte er selbst übernehmen können. Es gab ein Problem mit der Matrix: Bei der Zykluserneuerung tendierte sie zu einem Kollaps ...« Er merkte, dass ihn alle groß ansahen. »Schon gut. Lassen Sie uns fortfahren.«

Wieder wechselte das Bild und eine holographische Aufnahme erschien. Sie zeigte Maddox, Barclay und einen grauhaarigen, mittelgroßen Mann, dessen Alter sich kaum schätzen ließ. Sie standen an einem Labortisch, auf dem ein silberfarbener Humanoide ohne individuelle Merkmale lag. »Wir fanden heraus, dass die holographische Matrix weniger anfällig für Kaskadenanomalien ist, was dem Androiden während der frühen Entwicklungsphase eine höhere Überlebenschance gibt«, erklärte Barclay. »Außerdem ermöglicht sie dem neuralen Netz des Gehirns komplexere Verbindungen.«

»Was bedeutet, dass sich diese Androiden rein theoretisch sehr schnell entwickeln könnten«, warf Haftel ein. »Vielleicht sogar noch schneller als Mr. Data.«

»Interessant«, sagte Picard und beugte sich vor. »Wer ist der dritte Mann?«

»Der dritte ...?«, wiederholte Haftel. »Oh, entschuldigen Sie. Ich dachte, Sie kennen ihn. Das ist Emil Waslowick.«

»Emil Waslowick?«, fragte LaForge überrascht. »Wie haben Sie ihn dazu gebracht, an dem Projekt mitzuwirken? Soweit ich weiß, war er nie bereit, für Starfleet zu arbeiten.«

»Es war nicht leicht«, sagte Barclay. »Das meinte Bruce jedenfalls. Ich bin nicht an den Verhandlungen beteiligt gewesen, aber ich weiß, dass sich Dr. Zimmerman für das Projekt entschied, weil auch Waslowick daran mitarbeitete.«

»Es tut mir Leid, aber der Name ist mir nicht vertraut«, sagte Riker.

»Ein Neurokybernetiker«, erwiderte LaForge. »*Der* Neurokybernetiker, wie einige Leute meinen. Vor Waslowicks Studien ging es bei der KI-Forschung vor allem darum, menschliche Denkvorgänge in Maschinensystemen nachzuahmen. Waslowick vertrat den Standpunkt, dass man nicht versuchen sollte, Computer darauf zu programmieren, sich wie Menschen zu verhalten. Er sprach sich vielmehr für die Konstruktion von Maschinensystemen aus, die die menschlichen neuralen Strukturen nachbilden und sich von allein weiterentwickeln. Die neue Technik der bioneuralen Gel-Massen verdankt Waslowicks frühen Arbeiten viel.«

»Es wird auch vermutet, dass meinem Vater Waslowicks Forschungen als Basis für die Konstruktion meines positronischen Gehirns dienten«, sagte Data. »Außerdem geht man davon aus, dass Waslowick die Grundlagen für Ira Graves' Leistungen auf dem Gebiet der molekularen Kybernetik legte.«

Riker erinnerte sich an Graves als ein sterbendes Genie, das versucht hatte, dem Tod ein Schnippchen zu schlagen, indem es sein Bewusstsein in Datas Körper transferierte.

»Waslowick ist auch für seine ablehnende Haltung Starfleet gegenüber bekannt«, fügte LaForge hinzu. »Den größten Teil seiner Arbeit leistete er vor Jahrzehnten. Es erstaunt mich zu hören, dass er noch lebt.«

»Ich fürchte, in dieser Hinsicht habe ich schlechte Nachrichten«, sagte Haftel. »Dr. Waslowick starb bei der Explosion, bei der ein Teil des Laboratoriums auf Maddox herabstürzte und der Prototyp des Androiden zerstört wurde.«

Stille herrschte, als die Gruppe am Tisch diese neue Information verarbeitete.

»Was haben Ihre Sicherheitsleute herausgefunden?«, fragte McAdams.

»Sie entdeckten keine Hinweise auf ein Verbrechen«, sagte Haftel, der sofort verstand, was McAdams andeutete. »Im Anschluss an diese Besprechung sorge ich dafür, dass der *Enterprise* ein detaillierter Bericht übermittelt wird. Um es zusammenzufassen: Primäre Ursache war eine Fehlfunktion im Wetterkontrollnetz. An jenem Abend kam es zu einem starken Gewitter und das Kontrollnetz versagte, während Maddox und Waslowick im Labor arbeiteten. Ein Blitz traf einen ungeschützten Transtatorblock des Energieversorgungssystems, was zu einer Überladung in der zentralen EPS-Leitung des Labors führte. Waslowick muss direkt neben der Wand gestanden haben, in der es zur Explosion kam, denn es blieb kaum etwas von ihm übrig. Maddox hatte mehr Glück.«

»Sie waren nicht da, Mr. Barclay?«, fragte Picard.

»Nein, Captain«, erwiderte Barclay. »Ich w-wäre drei Stunden später dort eingetroffen. Wir wollten den Androiden an jenem Abend aktivieren. Ich bedauere sehr, dass ich mich nicht früher auf den Weg zum Labor gemacht habe. Vielleicht hätte ich Bruce und Emil retten können …«

»Sie wären das dritte Opfer geworden«, warf Haftel scharf ein. »Wir haben bereits darüber gesprochen, Reg. Sie trifft keine Schuld. Hören Sie auf, sich verantwortlich zu fühlen.«

»Aye, Sir«, sagte Barclay leise.

»Was stellte sich bei den Untersuchungen sonst noch heraus?«, fragte McAdams.

»Nicht viel. Das Laboratorium war so schwer beschädigt, dass die Rettungsgruppe Mühe hatte, zum Unglücksort vorzustoßen – es bestand die Gefahr, dass auch der Rest des Gebäudes einstürzte. Es gelang ihr, Maddox in Sicherheit zu bringen, und anschließend mussten Wege und Mittel gefunden werden, um das Laboratorium zu stabilisieren. Das kostete Zeit. Als wir schließlich Gelegenheit bekamen, uns am Ort des Unglücks genauer umzusehen, stellte sich heraus, dass der Androide unter herabgefallenen Trümmern begraben wurde. Es ist uns noch nicht gelungen, ihn zu bergen. Das große Trümmerstück, unter dem er liegt, stützt einen Teil des oberen Stockwerks, und deshalb können wir es nicht einfach fortbeamen.«

»Sie scheinen diese Tragödie für einen Unfall zu halten, Admiral«, sagte Picard. »Wenn das stimmt, so verzeihen Sie mir bitte, wenn ich eine frühere Frage wiederhole: Warum wurde die *Enterprise* hierher beordert?«

Haftel nickte. »Schon gut, Captain. Es ist eine durchaus berechtigte Frage und ich verstehe Ihre Ungeduld. Aber zuerst müssen Sie noch etwas anderes erfahren. Im Labor fanden wir ein Detail, das sich kaum mit den anderen Hinweisen in Einklang bringen ließ. Ich habe es zum Anlass genommen, alle Untersuchungen ruhen zu lassen, bis Sie und Ihre Offiziere Gelegenheit bekommen, sich im Labor umzusehen. Computer, zeige Sicherheitsbild M0341-A. Autorisierung: Haftel Gamma fünf null fünf.«

Ein akustisches Signal bestätigte den Empfang der

Anweisung und ein neues holographisches Bild erschien, aufgenommen vermutlich von einem DI-Sicherheitsbeauftragten im Innern des Laboratoriums. Es handelte sich um eine Nahaufnahme des Bodens. Der Rand einer dunkelroten Blutlache war zu sehen und im Zentrum des Bildes zeigten sich vier Buchstaben, die jemand mit Blut auf den Boden geschrieben hatte. Sie bildeten ein einzelnes Wort, einen Namen:

DATA

Alle Blicke richteten sich auf den Androiden, dessen Aufmerksamkeit auch weiterhin dem Hologramm galt.

»Faszinierend«, sagte Data schließlich.

7

Die Sonnenstrahlen des späten Nachmittags warfen lange Schatten, als Haftel und die *Enterprise*-Offiziere über den Hauptplatz des Campus gingen und sich Maddox' Laboratorium näherten. An den hohen, geraden Bäumen zeigten sich nur vereinzelt Blätter und ein feuchter, kalter Wind rüttelte an den nackten Zweigen. Er erinnerte Riker an seine Kindheit in Alaska.

Wenn dort *der Wind von den Bergen wehte, wurde es Zeit, die Angelausrüstung beiseite zu legen und die Schneeschuhe abzustreifen,* dachte er. Eine Bö durchdrang die Isolierung der Uniformjacke und ließ Riker frösteln. *Es ist ziemlich lange her, seit ich zum letzten Mal daheim war.* Vor der Zerstörung der *Enterprise*-D hatten Worf und er darüber gesprochen, gemeinsam Landurlaub zu nehmen und ihn in der Wildnis von Alaska zu verbringen. Riker hatte Worf zeigen wollen, dass die Lebensbedingungen mancher Terraner mindestens ebenso schwer gewesen waren wie die der Klingonen.

Inzwischen war Worf nach DS9 versetzt und Riker hielt es für sehr unwahrscheinlich, dass sie Gelegenheit bekommen würden, jene Urlaubspläne zu verwirklichen. Das bedauerte er sehr. Er war als Einzelkind aufgewachsen und verstand nicht genau, was es bedeutete, einen Bruder zu haben. Er vermutete, dass seine Freundschaft mit Worf der Beziehung zu einem Bruder ähnelte – sie beruhte sowohl auf Zuneigung als auch auf Konkurrenz. Er erinnerte sich daran, Worf aufgezogen zu haben, als er nach ihrer letzten Begegnung mit den Borg von der manövrierunfähigen *Defiant* an Bord der *Enterprise* gebeamt worden war.

Zähes kleines Schiff.

Riker lächelte bei diesem Gedanken. Der Klingone hätte fast laut geknurrt, aber er hatte Rikers wahre Botschaft verstanden: *Sie sind jetzt der Captain. Gute Arbeit.* Hin und wieder bereute er, sich nicht für jenen Weg entschieden zu haben. Er hätte längst Captain eines kleinen Schiffes sein können. Ein eigenes Kommando … *Nun, vielleicht eines Tages …*

»Aber erschien es Ihnen nicht ein wenig … seltsam, sich an einem solchen Projekt zu beteiligen?« Rikers Blick glitt zu LaForge, der leise mit Barclay sprach, während sie zum Labor gingen. Nur Riker war ihnen nahe genug, um die Worte zu hören, und es erstaunte ihn, dass die Frage Barclay keineswegs beunruhigte.

»Wegen der Dinge, die geschahen, als Bruce Data demontieren wollte?«

»Nun, ja«, sagte LaForge.

»Ich habe daran gedacht und mit der Frage gerungen«, gestand Barclay. »Aber dann wurde mir klar, dass diesmal nicht die Gefahr besteht, Data zu schaden. Ganz im Gegenteil. Commander Maddox' Bemühungen hätten ihm letztendlich zum Vorteil gereicht.«

»Wie meinen Sie das?«, fragte LaForge.

Reg sah ihn verwirrt an, als übersehe Geordi etwas, das für ihn offensichtlich war. »Wenn Bruce einen Erfolg erzielt hätte, wäre Data nicht mehr allein gewesen.« Er schüttelte den Kopf und strich sein Haar zurück. »Es ist nicht gut, wenn man ganz allein ist.«

LaForge wurde sehr nachdenklich und schwieg, als sie den Weg fortsetzten.

Maddox' Labor befand sich in einem Gebäude, das nicht weit vom Campusrand entfernt war. Das fünfstöckige

Bauwerk stand auf einem kleinen Hügel. Gepflegte Rasenflächen säumten es und grenzten an einen Wald aus alten Bäumen. Als sich die Offiziere näherten, fielen ihnen die großen Schäden an einer Seite des Gebäudes auf. Der Admiral nickte zwei Sicherheitswächtern zu, die auf dem Anwesen patrouillierten, trat dann vor den Netzhautscanner am Eingang.

»Zugangsberechtigt«, stellte der Computer fest. Es klickte im Verriegelungsmechanismus und die Tür öffnete sich.

Als die anderen eintraten, wich McAdams von der Tür zurück und ließ ihren Blick über den vorderen Teil des Gebäudes schweifen. Riker zögerte und hörte, wie sie den Admiral fragte: »Ist dies der einzige Eingang?«

»Ja. Wir verwenden einen Transporter im obersten Stock, um Geräte und andere Dinge herbeizuschaffen oder fortzubringen. Deshalb gibt es nicht einmal ein Tor für die Anlieferung der Ausrüstung.«

»Benutzt sonst noch jemand das Gebäude?«

Haftel schüttelte den Kopf. »Nein. Maddox, Waslowick und Barclay waren hier allein.«

»Ist das nicht ein wenig ungewöhnlich?«

Haftel nickte. »Es waren ungewöhnliche Umstände. Die meisten Arbeiten hier im Annex sind theoretischer Natur: viel holographisches Modellieren, kaum echte Technik. Maddox hingegen bemühte sich, tatsächlich etwas zu *konstruieren*, und dabei verwendete er auch gefährliche Materialien. Deshalb wollten wir sicherstellen, dass seine Gruppe möglichst weit von allen anderen entfernt war.«

»Mit anderen Worten: Es befand sich niemand sonst in der Nähe des Gebäudes, als es zu dem Zwischenfall kam. Wie praktisch.«

»Mag sein«, sagte Haftel. »Aber bevor Sie zu viel darin lesen: Angesichts des schlechten Wetters hätte sich ohnehin niemand im Freien aufgehalten.«

McAdams seufzte. »Und ich schätze, das Sicherheitssystem hat nichts festgestellt.«

»Nein«, bestätigte Haftel. »Durch den Blitzschlag sind die Sensoren ausgefallen.«

Das Innere des Gebäudes bestand im Wesentlichen aus einem großen Raum, der mithilfe von modulierten Kraftfeldern und mobilen Wänden in einzelne Arbeitsbereiche unterteilt werden konnte – Standarddesign für Laboratorien, die für viele verschiedene Zwecke genutzt wurden. Auf der linken Seite gab es ein Büro mit einer Bibliotheks-Workstation und mehreren anderen Computern. Auffälligstes Merkmal des Raums war ein holographischer Projektionstank mit einer Seitenlänge von drei Metern. Die Beschriftung wies auf den Hersteller hin: BROCK-CEPAK, einer der wenigen Hersteller der bioneuralen Schaltkreise, die in den modernsten Computern der Föderation eingesetzt wurden. Riker zeigte darauf und Barclay nickte bestätigend.

»Waslowick«, erklärte er. »Er bestellte diese Anlage und bekam sie wenige Wochen nach Beginn seiner Arbeit an dem Projekt.«

Riker war beeindruckt. Durch die langsame Produktion von bioneuralen Gel-Massen kam der Bau von Starfleet-Raumschiffen nicht richtig voran. Das war einer der kritischen Aspekte dieser neuen Technologie, insbesondere in Hinsicht auf den andauernden Konflikt mit dem Dominion.

»Ihm standen beträchtliche Ressourcen zur Verfügung«, sagte Haftel.

»Gelinde gesagt«, erwiderte LaForge.

Der große Innenraum diente als Hauptarbeitsplatz. Ein großer Teil des Bodens war geborsten, vermutlich durch die Explosion der vom Admiral erwähnten EPS-Leitung, die eine ganze Ecke des Gebäudes zerstört hatte. Die Decke war teilweise eingestürzt und zwischen den Trümmern lagen auch Einrichtungsgegenstände aus dem nächsten Stock. Einige Generatoren summten und die von ihnen erzeugten Kraftfelder stabilisierten die Struktur des Gebäudes.

»Achten Sie darauf, wohin Sie treten«, ermahnte Haftel seine Begleiter. »Und rühren Sie nichts an.«

Trotz des allgemeinen Durcheinanders gelang es Riker, eine Vorstellung davon zu gewinnen, wie das Labor vor der Explosion ausgesehen hatte. Vor dem inneren Auge sah er einzelne Lampen, die von der Decke herabhingen, und ihr Licht fiel auf niedrige Tische, die so aufgestellt waren, dass sie konzentrische Kreise bildeten, mit einer drei Meter langen schwarzen Metallplatte im Mittelpunkt. Teile von elektronischen Geräten – Scanner, Hologeneratoren und Computerkomponenten – lagen überall verstreut. Die zentrale Metallplatte war umgestürzt und hatte eine silberfarbene humanoide Gestalt unter sich begraben.

Es zeigten sich weder Blut noch andere Flüssigkeiten in dem leeren Gesicht. Ein Ausdruck des Entsetzens fehlte ebenfalls, aber Riker fand den Anblick sowohl grässlich als auch unsagbar traurig.

Das mit Blut geschriebene »DATA« befand sich in dem Teil des Raums, der am weitesten von der Explosionsstelle entfernt war, neben einem großen dunkelroten Fleck auf dem Boden. Riker stellte fest, dass sich die Beschädigungen in diesem Bereich in Grenzen hielten; zwei oder drei Konsolen schienen noch zu funktionieren.

Data und McAdams schritten umher, sondierten mit ihren Tricordern.

»Ich registriere menschliche DNS von zwei Personen«, sagte der Androide.

»Bestätigung.« McAdams ging in die Hocke und betrachtete das blutige Graffito. »Die eine haben wir hier, nehme ich an. Wurde Commander Maddox an dieser Stelle gefunden?«

»Ja«, bestätigte Haftel.

»Die anderen DNS-Spuren sind verstreut, wie durch eine Desintegration«, sagte Data. »Dr. Waslowick muss direkt auf der EPS-Leitung gestanden haben, als sie explodierte.«

»Zu diesem Schluss gelangten wir ebenfalls«, erwiderte Haftel.

McAdams richtete sich auf und kehrte zu den anderen zurück. Der Captain bedachte sie mit einem fragenden Blick, dessen Bedeutung Riker mühelos erriet. *Irgendetwas Neues?* McAdams schüttelte nur den Kopf.

Data setzte die Sondierungen fort und ein sonderbarer Ausdruck zeigte sich in seinem Gesicht. Er blickte so auf seinen Tricorder hinab, als gefielen ihm die Anzeigen nicht, und dünne Falten bildeten sich in seiner Stirn. Schließlich richtete er das Gerät auf die Blutflecken und betrachtete das Display einige Sekunden lang. Dann straffte er die Schultern, klappte den Tricorder zu und ging zu den funktionierenden Konsolen unweit seines mit Blut geschriebenen Namens. Dort aktivierte er ein Kommunikationsmodul und stellte eine Verbindung zum Hauptcomputer des Daystrom-Instituts her.

»Computer?«, fragte Data.

Ein bestätigendes akustisches Signal erklang.

»Hier spricht Lieutenant Commander Data von der U.S.S. *Enterprise*. Überprüfe mein Stimmmuster.«

Stille folgte, während der Computer in seinen Datenbanken nach Datas Stimmmuster suchte. »Identifiziert«, antwortete er dann.

»Was machen Sie da, Data?«, fragte Picard.

»Computer, veranlasse einen planetaren Sicherheitsalarm der Klasse eins«, sagte der Androide. »Autorisierung Data Epsilon eins eins vier. Ausführung.«

»Widerrufen Sie diese Anweisung, Commander Data!«, rief Haftel, aber diese Worte waren gerade erst über seine Lippen gekommen, als erneut die Stimme des Computers erklang.

»Ausführung.«

Das Heulen von Sirenen hallte über den Campus. Riker wusste, dass in allen bewohnten Bereichen des Planeten Transporter in den Bereitschaftsmodus umschalteten. Raumschiffe blieben am Boden oder kehrten zu ihren Startplätzen zurück. Alle offenen Kommunikationskanäle, mit Ausnahme der Notrufsysteme, wurden mit höflichem Nachdruck geschlossen. Computer erfüllten ihre aktuellen Aufgaben und teilten den Benutzern dann mit, dass sie weitere Anweisungen nur mit einer speziellen Genehmigung ausführen konnten. Automatische Verteidigungssysteme wurden aktiv, alle Sicherheitsabteilungen – in jeder Stadt, in jedem Dorf, in jeder Forschungsstation – wechselten zur obersten Alarmstufe und erwarteten weitere Anweisungen.

Data hatte die Maschine namens Galor IV abgeschaltet.

Eins musste man Haftel lassen: Er blieb ruhig. Eigentlich hatte er auch gar keine andere Wahl, als ruhig zu bleiben, denn ihm waren die Hände gebunden, bis Data den Planeten wieder freigab. »Commander«, presste er hervor, »warum haben Sie das getan?«

Data wandte sich dem Admiral zu. »Ich bitte um Entschuldigung, Sir, aber ich durfte keine Zeit verlieren.« Er deutete auf die vielen Trümmer im Laboratorium und sagte mit eines Sherlock Holmes würdiger Stimme: »Dies war kein Unfall, sondern der Versuch, uns zu täuschen. Jemand wollte dieses Laboratorium zerstören und ich glaube, die Schuldigen befinden sich noch auf Galor IV.«

8

Haben Sie den Verstand verloren?« – Es war nicht unbedingt die taktvollste Frage, die der Captain je gestellt hatte, fand Troi, aber wenigstens kam er direkt auf den Punkt.

Die am Tisch des Aussichtsraums sitzenden Personen – der Captain, Geordi, Rhea und Admiral Haftel – sahen Data an und erwarteten eine Antwort. Will befand sich auf der Brücke und half den Behörden von Galor IV, Ordnung in das vom Androiden angerichtete Chaos zu bringen. Reg hatte sich auf die Suche nach einer leeren Koje gemacht, denn er vermutete ganz richtig, dass man ihn derzeit nicht brauchte.

»Nein, Captain«, erwiderte Data in einem neutralen Tonfall. »Das glaube ich nicht.«

Troi öffnete ihren empathischen Sinn und spürte genau das, womit sie gerechnet hatte: Verwirrung und auch ein wenig Furcht. Darunter entdeckten sie einen Hauch Sorge.

Admiral Haftel stand kurz davor, die Beherrschung zu verlieren, und diese Reaktion hielt Troi für verständlich. Immerhin hatte er Data nach Galor IV geholt, damit er ein Problem *löste,* nicht um ein weiteres zu schaffen. »Commander«, sagte er zornig, »ich verlange eine unverzügliche Erklärung von Ihnen.«

»Admiral, ich bitte um Entschuldigung für die Unannehmlichkeiten, die ich Ihnen und allen Bewohnern des Planeten bereitet habe«, erwiderte Data. »Als mir klar wurde, dass ich mich am Tatort eines Verbrechens befand, hielt ich es für erforderlich, sofort zu handeln. Verzögerungen hätten den Schuldigen vielleicht Gelegenheit zur Flucht gegeben.«

»Mr. Data«, sagte Picard, »welche Beweise haben Sie dafür, dass Absicht hinter der Verwüstung von Commander Maddox' Labor steckt?«

Troi spürte, wie sich Picard und LaForge innerlich auf eine tadellos geordnete Kette von Beobachtungen und Schlussfolgerungen vorbereiteten – darauf liefen die verbalen Berichte des Androiden meistens hinaus. Sie hatten gelernt, so etwas zu erwarten, aber Troi fühlte auch, dass diesmal etwas nicht stimmte. Plötzlich empfing sie völlig ungewohnte Ungewissheit von Data.

»Leider gibt es kein empirisches Beweismaterial, mit dem ich meine Schlussfolgerung stützen könnte, Captain«, sagte der Androide.

Einige Sekunden lang herrschte verblüffte Stille im Aussichtsraum.

Picard beugte sich langsam zum Tisch vor. Troi wusste, dass er nicht verärgert war, nur verwirrt. Außerdem befürchtete er, Data falsch verstanden zu haben. Der Captain versuchte immer, Missverständnisse zu vermeiden, und er neigte zu Ärger über sich selbst, wenn er glaubte, irgendetwas übersehen oder überhört zu haben. »Wie bitte?«

»Ich habe kein empirisches Beweismaterial«, wiederholte Data und sah den Captain an. »Weder in den Trümmern noch aufgrund der Anzeigen des Tricorders habe ich einen Hinweis gefunden, dass die Sicherheitsgruppe des Instituts bei ihren Ermittlungen zu einem falschen Ergebnis gelangte. Es explodierte tatsächlich eine EPS-Leitung unter dem Labor und alles deutet darauf hin, dass ein Blitz die Überladung des Energieversorgungssystems verursachte. Der Androide wurde zerstört, Dr. Waslowick getötet und Commander Maddox verletzt. Ich habe keinen Grund zu der Annahme, dass sich die Ereignisse nicht auf diese Weise zugetragen haben.«

»Aber ...?«, fragte Picard.

»Aber es *fühlt* sich nicht richtig an«, fügte Data hinzu.

Haftel kniff die Augen zusammen.

Picard bemühte sich sichtlich, seinen Gesichtsausdruck so neutral wie möglich zu halten, doch Troi spürte, wie die Sorge von ihm abfiel. »Es *fühlte* sich nicht richtig an«, wiederholte der Captain.

»Nein, Sir«, bestätigte Data.

»Ich verstehe.« Picard schloss die Augen, rieb sich mit Daumen und Zeigefinger den Nasenrücken, hob die Lider und sah den Androiden an. »Lieutenant Commander Data, Sie sind mit sofortiger Wirkung vom Dienst suspendiert. Hiermit ordne ich an, dass Lieutenant Commander LaForge eine vollständige Überprüfung Ihrer Systeme vornimmt. Lieutenant McAdams?«

»Sir?«

»Begleiten Sie sie.«

»Ja, Sir.«

»Aber, Captain ...«, begann Data und Troi spürte, wie seine Ungewissheit zunahm. »Die Untersuchungen ...«

»Werden ohne Sie fortgesetzt. Tut mir Leid, Data, aber wir müssen die Möglichkeit in Erwägung ziehen, dass die Belastungen der jüngsten Ereignisse Ihr ... Bewusstsein beeinflusst haben, ohne dass Sie etwas davon merken.«

»Captain«, sagte Data und seine Stimme vibrierte ein wenig, obgleich er ruhig sprach, »ich glaube nicht, dass sich mein emotionaler Zustand negativ auf meine Wahrnehmungen auswirkt.«

»Ich verstehe, Commander. Bitte versuchen Sie jedoch, auch mich zu verstehen. Meine Hauptsorge gilt derzeit Ihrem Wohlergehen. Wenn Mr. LaForge keine Fehlfunktionen entdeckt, sprechen wir über den nächsten Schritt.«

Data nickte, als er begriff, dass sich Picard nicht umstimmen ließ. »Aye, Sir.«

»Sie können gehen«, sagte Picard.

Der Androide erhob sich und ging zur Tür. LaForge und McAdams folgten ihm. Niemand sprach, als das Trio den Aussichtsraum verließ, aber als sich die Tür geschlossen hatte, stand Haftel auf und sagte: »Captain, bitte entschuldigen Sie, aber ich muss mich mit meinen Leuten auf dem Planeten in Verbindung setzen. Innerhalb von vierundzwanzig Stunden erwarte ich von Ihnen einen ausführlichen Bericht über Mr. Data ...«

»Wollen Sie den Sicherheitsalarm beenden?«, fragte Troi.

Haftel sah sie an. »Ich glaube, mir bleibt keine Wahl. Sind Sie anderer Ansicht, Counselor.«

Troi schürzte die Lippen und runzelte die Stirn. »Nein«, sagte sie. »Das bin ich nicht. Mich besorgt nur, was dies alles für Data bedeutet.«

»Counselor«, sagte Haftel streng, »wir alle machen uns Sorgen um Mr. Data. Und ja, in Hinsicht auf den Unfall gibt es noch einige Dinge, die geklärt werden müssen. Deshalb habe ich die *Enterprise* hierher gerufen. Aber eben hat er praktisch zugegeben, dass er nicht richtig funktioniert.«

»Bei allem Respekt, Admiral, das hat er *nicht*«, erwiderte Troi.

»Was sagen Sie da, Counselor?«, fragte Picard.

»Vielleicht übersehen wir hier einen wichtigen Punkt, Captain«, fuhr Troi fort. »Denken Sie darüber nach, Sir. *Sie haben Data gerade mitgeteilt, dass er einen Fehler gemacht hat*. Ist so etwas jemals zuvor geschehen?«

Picard runzelte die Stirn. »Ja, so etwas ist tatsächlich geschehen, aber zum Schluss behielt Data immer Recht.« Er zuckte mit den Schultern. »Doch das war vor der Installation des Gefühlschips, vor seiner ... wie würden Sie es nennen? Vor seiner emotionalen Krise.«

»Ich habe Datas Gefühle den ganzen Tag überwacht«, sagte Troi. »Er hat unter großem Stress gestanden, aber er wurde recht gut damit fertig. Zur einzigen für mich Besorgnis erregenden emotionalen Reaktion kam es, als er begriff, dass Sie ihm nicht glauben.«

»Was bedeutet das?«, fragte Haftel unsicher.

»Data versucht, mit einigen sehr komplexen Konzepten zurechtzukommen, unter anderem mit dem der Sterblichkeit und der Isolation«, erklärte Troi. »Selbst organischen Wesen fällt es schwer, diese Dinge zu verstehen. Aber ich glaube, gleichzeitig geschieht auch noch etwas anderes, etwas, auf das er mit unserer Hilfe seit Jahren hinarbeitet. Und er hat nicht damit gerechnet, dass er sein Ziel so schnell erreicht. Wir haben eben von ihm gehört, dass er einen Schluss zog, ohne ihn mit Beweisen stützen zu können. Die besten Starfleet-Offiziere machen so etwas routinemäßig. Bei Data könnte es auf eine Fehlfunktion hinweisen. Oder …«

»Oder?«, fragte Haftel. Ihm gefiel ganz offensichtlich nicht, in welche Richtung das Gespräch sich bewegte.

»Oder er entwickelt Gedankenprozesse, die über den Bereich reiner Fakten hinausgehen«, sagte Troi und sah, dass der Captain bereits verstanden hatte.

»Intuition«, hauchte er. »Data hat Intuition entwickelt.«

9

Mit geübtem Geschick fand Geordi LaForge die gesuchte Stelle an Datas Nacken, drückte mit der Fingerkuppe des Daumens darauf und zog dann den oberen Teil des Kopfes beiseite. Geordi blickte durchs Laboratorium zu Rhea McAdams und sah, wie sie sich abwandte. Er lächelte unwillkürlich und erinnerte sich an seine Sorge, als er Datas Schädel zum ersten Mal geöffnet und befürchtet hatte, dem Androiden dadurch Schmerzen zuzufügen oder irgendetwas zu beschädigen. Wie lange war das jetzt her? Zehn Jahre? Elf? Seit damals hatte er viel gelernt und wusste, dass dieser Vorgang für Data nicht lästiger war als ein Haarschnitt für ihn. Außerdem konstruierte Noonien Soong seine Geschöpfe so solide, dass man sie nicht unabsichtlich beschädigen konnte.

Was aber keineswegs bedeutete, dass es in Data nichts gab, das ausfallen konnte. Die Ereignisse im Aussichtsraum mochten das geschafft haben, was weder der Borg-Königin noch Lore oder dem Sammler Fajo gelungen war: Vielleicht hatten sie in Data etwas so sehr verbogen, dass es schließlich brach. Der Gefühlschip, der verdammte Gefühlschip … Manchmal bedauerte Geordi, Data bei der Installation geholfen zu haben.

Zugegeben, Soong hatte den Chip geschaffen, um Data bei seiner persönlichen Entwicklung zu helfen, und Data *wünschte* sich Emotionen. Andererseits: War er nicht auf einen solchen Wunsch *programmiert*? Als LaForge jetzt darüber nachdachte, erschien es ihm seltsam;

Soong hatte Data so konstruiert, dass er sich wünschte, etwas anderes zu sein, anstatt sich mit der eigenen Natur zufrieden zu geben. Warum? Geordi und Data hatten viele Abende damit verbracht, über die Details von Datas Struktur und Potenzial zu diskutieren, ohne jemals über die Motivationen seines Schöpfers zu sprechen. *Vielleicht habe ich vermieden, darüber nachzudenken,* dachte LaForge. *Aus einer gewissen Verlegenheit heraus. Es macht mir nichts mehr aus, Datas Schädel zu öffnen, weil ich zu verstehen glaube, wie die einzelnen Teile darin funktionieren und zusammenwirken. Aber ihn aufzufordern, zu überlegen, was sich Soong gedacht hatte … Es liefe darauf hinaus, ihn zu bitten, in die eigene Seele zu schauen.*

Vorsichtig verband er den Computer mit den wichtigsten Knotenpunkten und startete dann das Diagnoseprogramm, das alle Elaborationszentren des Androiden auf Anzeichen für Leistungsabfall und Fehlfunktionen überprüfte. Etwa viermal im Jahr nahmen sie solche Kontrollen vor, und wenn Data besonderen Belastungen ausgesetzt war, fanden zusätzliche Untersuchungen statt. Geordi wusste, dass er für den Androiden fast so etwas wie ein persönlicher Arzt war.

So sehr es dem Stolz des Chefingenieurs auch widerstrebte: Er musste zugeben, dass er ohne Datas Anleitungen nicht zu wichtigen »chirurgischen Eingriffen« imstande gewesen wäre. Geordi war sich darüber klar, welche Funktion bestimmte Komponenten des Androiden erfüllten, aber das *Wie* blieb ihm ein Rätsel. Deshalb war Bruce Maddox so versessen darauf gewesen, Data auseinander zu nehmen. Soongs Arbeit zu duplizieren war derzeit der Heilige Gral all derer, die sich mit künstlicher Intelligenz beschäftigten. Aber sezieren heißt töten und nach Geordis Meinung hatte Data jedes Recht, sich gegen eine Demontage zu sträuben. Was die anderen betraf, Lore, Lal und die drei Prototypen … Nun, das war Datas Angelegenheit.

McAdams schien Geordis Gedanken zu lesen und schritt zu den transparenten Behältern mit den reglosen Androiden.

Beim Hereinkommen hatte LaForge bemerkt, dass die Behältertüren nicht wie üblich undurchsichtig waren, aber dahinter brannte kein Licht, und deshalb ließen sich nur die schattenhaften Konturen der Androiden erkennen. Als McAdams das Glas berührte, reagierten die Sensoren auf ihre Präsenz und schalteten die Lampen ein. Überrascht wich McAdams einen Schritt zurück, gab dann aber ihrer Neugier nach, trat wieder vor und musterte die starren Gesichter. Nach einigen Sekunden deutete sie auf die drei Androiden, die auf der einen Seite standen.

»Das sind Soongs Prototypen?«, fragte sie.

»Ja«, bestätigte Data.

»Sie haben keine Gesichter«, stellte McAdams fest. »Und doch sind sie nicht wie die Gestalt, die wir in Maddox' Laboratorium gesehen haben.«

»Nein«, sagte Data. »Ein Androide bekommt erst ganz zuletzt ein individuelles Gesicht. Diese Phase hatten Commander Maddox und Dr. Waslowick offenbar noch nicht erreicht.«

»Aber Lieutenant Barclay wies darauf hin, dass geplant war, den Androiden am Abend des Gewitters zu aktivieren«, sagte McAdams. »Sollte er bei der Aktivierung nicht individuelle Züge haben?«

»Nicht unbedingt«, erwiderte Data. »Ich gab Lal keine, damit sie die Möglichkeit haben würde, selbst welche zu wählen.«

McAdams sah zur kleinen jungen Frau am anderen Ende der Androidenreihe. Sie wirkte so gelassen, als meditierte sie nur und könnte jeden Moment die Augen öffnen, fand Geordi.

»Sie war sehr hübsch«, sagte McAdams.

»Danke«, entgegnete Data; es klang zufrieden. Geordi

nahm beeindruckt zur Kenntnis, dass McAdams das Präteritum benutzte, als sie von Lal sprach – damit bewies sie Einfühlungsvermögen und Verständnis. Die leere Hülle hinter dem Glas war nicht mehr Datas Tochter als das Porträt in einem Mausoleum.

McAdams lächelte und wandte ihre Aufmerksamkeit den anderen Androiden zu. »Dies ist Lore?«

»Ja«, sagte Data in einem neutralen Tonfall. »Mein Bruder.«

»Warum sieht er aus wie Sie?«

»Unser Schöpfer konstruierte uns nach seinem Ebenbild.«

»Oh«, sagte McAdams. »Warum?«

»Eine interessante Frage, Lieutenant«, erwiderte Data. »Ich habe oft darüber nachgedacht. Vielleicht lautet die Antwort schlicht und einfach Eitelkeit. Angesichts des Selbstbildes meines Vaters erscheint das keineswegs abwegig. Ich glaube aber, der wahre Grund ist dieser: Mein Vater wünschte sich, dass ein Teil von ihm nach seinem Tod erhalten blieb. Er hatte keine Kinder.«

»Keine *biologischen* Kinder«, korrigierte McAdams.

Data wirkte erfreut. »Ja, das stimmt.«

McAdams deutete auf den letzten Körper. »Und das ist Ihre Mutter? Dr. Tainer?«

»Ja.«

»Auch sie war sehr hübsch.«

Data nickte, schwieg aber. Eine Zeit lang blieb es still im Raum, während LaForge seine Arbeit fortsetzte. McAdams' Blick galt noch immer Tainers Gesicht, als sie fragte: »Data?«

»Ja, Lieutenant?«

»Warum reparieren Sie die Androiden nicht?«

Zu Geordis Überraschung antwortete Data, ohne zu zögern. »Derzeit ist es noch nicht möglich, ein positronisches Gehirn nach einem fatalen Kaskadendefekt zu reparieren. Wenn ein neurales Netz solchen Anomalien zum Opfer fällt, lässt sich die Struktur der Matrix nicht wiederherstellen.«

»Das ist bei Lal der Fall. Aber was ist mit Dr. Tainer und Lore?«

»Mein Vater programmierte Juliana so, dass zu einem bestimmten Zeitpunkt in ihrem Leben ein Kaskadendefekt begann. Und Lore stellte während seiner bewussten Existenz eine zu große Gefahr für andere dar; deshalb habe ich dafür gesorgt, dass sein positronisches Gehirn nicht noch einmal aktiviert werden kann.«

McAdams dachte darüber nach. »Wenn Sie mir die folgende Frage gestatten ... Wenn es keine Möglichkeit gibt, die sechs Androiden zu reaktivieren – warum haben Sie sich dann dagegen entschieden, sie Commander Maddox zu überlassen?«

LaForge erstarrte förmlich. McAdams hatte gerade eine Frage gestellt, die ihm nie in den Sinn gekommen war. Er hielt unwillkürlich den Atem an und sein Diagnosestab verharrte über einem Interfaceknoten in Datas Kopf, als er auf die Antwort wartete.

Data schwieg einige Sekunden lang und sagte dann ruhig: »Es erschien mir einfach falsch, sie dem Commander zu überlassen.«

LaForge gestattete sich ein kleines Lächeln, ließ den angehaltenen Atem entweichen und setzte die Arbeit fort.

McAdams betrachtete wieder Dr. Tainers Gesicht. »Ich bin Ihrer Meinung, Commander«, sagte sie nach einigen Momenten.

Sie wandte sich von dem Behälter ab. »Und ich stimme auch Ihrer Einschätzung in Hinsicht auf Maddox' Laboratorium zu.«

LaForge und Data sahen gleichzeitig auf. »Tatsächlich?«

McAdams runzelte die Stirn. »Ja. Warum finden Sie das so überraschend?«

Data öffnete den Mund, um zu antworten, überlegte es sich dann aber anders und klappte ihn wieder zu. »Stört es Sie nicht, dass ich keine Beweise für meine Schlussfolgerung vorweisen kann?«

»Genau das ist es ja gerade«, sagte McAdams. »Die Dinge passen zu gut zusammen. Das Versagen des Wetterkontrollnetzes, der Blitzschlag, die überladene EPS-Leitung – alles an jenem Abend, an dem der Androide aktiviert werden sollte. Und der einzige überlebende Zeuge liegt in einem Koma, aus dem ihn niemand wecken kann. Sie haben Recht, Commander: Dies fühlt sich nicht richtig an.«

»Einen Augenblick«, sagte LaForge. »Glauben Sie, das Gewitter wurde künstlich erzeugt? Ebenso wie der Blitz, der das Energieversorgungssystem traf?«

»Nein, natürlich nicht«, erwiderte McAdams. »Aber jemand könnte das Wetterkontrollnetz sabotiert und während des Gewitters eine EPS-Überladung herbeigeführt haben, sodass es nach einem Unfall aussehen würde.«

»Eine interessante Theorie«, sagte Data. »Leider gibt es auch dafür keine Beweise.«

»Bisher nicht«, gestand McAdams. »Aber das könnte sich ändern. Ich werde das Gefühl nicht los, dass *jemand* uns an eine Version der Realität glauben lassen möchte, die für uns viel bequemer wäre. Eines hat mich das Leben gelehrt, Commander: Wenn etwas einfach aussieht, so trügt der Schein meistens. Das Leben ist nie einfach, sondern … kompliziert.« Irgendetwas in ihrer Stimme wies Geordi darauf hin, dass die letzten Worte gar nicht mehr ihnen galten. Sie schienen zu einem Gespräch zu gehören, das McAdams mit jemand anders geführt hatte, vielleicht mehr als nur einmal.

LaForge sah Data an und stellte überrascht und auch erfreut fest: Zum ersten Mal seit seiner Rückkehr zur *Enterprise* wirkte er weder gestresst noch verwirrt. Sein Gesicht zeigte einfach nur … Interesse.

»Lieutenant?«, fragte Data.

»Ja?«, erwiderte McAdams geistesabwesend.

»Möchten Sie Ihre Theorie eingehender erörtern?«

McAdams schüttelte sich, als erwachte sie aus einem Traum. Sie sah sich um und sagte: »Ich habe Hunger. Wie wär's, wenn wir beim Essen darüber sprechen, Commander?«

»Ich brauche keine Nahrung zu mir zu nehmen, Lieutenant.«

»Dann können Sie reden, während *ich* esse.«

Data überlegte. »Zwar benötige ich keine Nahrung, aber das bedeutet nicht, dass ich keine zu mir nehmen kann.«

»Umso besser, Commander«, sagte McAdams.

»Nennen Sie mich Data, Lieutenant.«

McAdams lächelte. »Ich heiße Rhea.«

Picard betätigte den Türmelder und hörte, wie Data »Herein!« rief. Die Tür glitt auf und der Captain trat zielstrebig ein. Dann spürte er die Stimmung im Raum, ging langsamer und musterte die drei Offiziere. McAdams und Data wirkten wie die personifizierte Aufmerksamkeit, aber Picard spürte, dass auch noch etwas anderes in der Luft lag, so als hätte gerade jemand einen Witz erzählt, den niemand in seiner Gegenwart zu erzählen wagte. LaForge gab vor, auf das Display seines Handcomputers konzentriert zu sein.

Picard lächelte schief. »Was haben Sie herausgefunden, Geordi?«, fragte er.

»Alle primären und Reservesysteme arbeiten optimal«, sagte LaForge. »Es gibt keine Probleme mit dem Interface zwischen positronischem Gehirn und neuralem Netz.« Er scrollte durch die Datenflut und fügte hinzu: »Es zeigen sich Belastungen bei den emotionalen Subroutinen, aber sie bleiben im Toleranzbereich. Um ganz sicher zu sein, lasse ich die Untersuchungsergebnisse vom Bordcomputer analysieren, aber wenn ich nichts übersehen habe, kann ich Data einen einwandfreien Gesundheitszustand bescheinigen.«

Picard nickte. »Ausgezeichnet, Mr. LaForge.« Der Chefingenieur trat zu einer Konsole auf der gegenüberliegenden Seite des Laboratoriums und Picard wandte sich an McAdams. »Sie können gehen, Lieutenant. Offenbar brauchen wir niemanden, der auf Commander Data Acht gibt. Bitte kommen Sie am Ende Ihres Dienstes in den Bereitschaftsraum, damit ich einen Sonderauftrag mit Ihnen besprechen kann.«

»Wie Sie wünschen, Sir. Danke.« McAdams stand auf und lächelte. »Auf Wiedersehen, Commander LaForge.« Und mit mehr Wärme in der Stimme. »Bis später, Data.«

Picard wölbte eine Braue und sah zu Geordi, um festzustellen, ob er wusste, was dies zu bedeuten hatte. Aber der Chefingenieur zuckte einfach nur mit den Schultern, lächelte und blickte wieder auf den Diagnoseschirm.

»Nun, wie fühlen Sie sich?«, wandte sich der Captain an Data.

Der Androide hatte zur Tür gesehen und richtete seinen Blick jetzt auf Picard. »Bei allem Respekt, Captain: Diese Information scheint nicht relevant zu sein.«

Autsch. Ich schätze, das habe ich verdient. Picard seufzte, zog einen Drehstuhl heran, nahm neben dem Androiden Platz und ordnete seine Gedanken. »Counselor Troi hat mich auf die Bedeutung Ihrer Gefühle hingewiesen, Data. Ich habe gerade mit Admiral Haftel gesprochen und ihn davon überzeugt, dass Sie Gelegenheit erhalten sollten, sich persönlich mit der Maddox-Angelegenheit zu befassen und alle Untersuchungen anzustellen, die Sie für erforderlich halten. Es war für ihn keine leichte Entscheidung und Admiral Haftel wird die Ergebnisse Ihrer Ermittlungen sehr genau prüfen.«

Data griff nach oben und löste die Diagnosekabel von seinem Kopf. »Danke, Sir«, sagte er. »Ich hoffe, dass ich den Admiral beruhigen kann. Darf ich einen Wunsch äußern?«

Picard nickte.

»Ich möchte, dass mir Lieutenant McAdams bei den Untersuchungen hilft. Ihre Talente und Erfahrungen in Hinblick auf Sicherheit wären sehr hilfreich.«

Picard lächelte. »Genau über diesen Sonderauftrag wollte ich mit Lieutenant McAdams sprechen. Die *Enterprise* bleibt drei Tage lang in der Umlaufbahn und steht zur Ihrer Verfügung. Wenn Sie nach Ablauf dieser Frist nichts gefunden haben, schließen wir die Ermittlungen ab. Auf diesen Kompromiss habe ich mich mit dem Admiral geeinigt.«

»Ich verstehe, Sir«, erwiderte Data. »Ich werde Ihnen keinen Grund geben, Ihre Entscheidung zu bedauern.«

»Das haben Sie noch nie, Data«, sagte Picard. »Vertrauen Sie einfach Ihrem Instinkt. So wie ich.«

10

Nachdem der Captain das Laboratorium verlassen hatte, verharrte Data einige Sekunden lang in völliger Reglosigkeit, was alles andere als typisch für ihn war. Seine Gedanken rasten. Er freute sich darüber, dass Captain Picard ihm die Erlaubnis für die Untersuchungen erteilt hatte, aber es besorgte ihn auch, dass er sein neues Erkenntnisvermögen unter derartigen Umständen auf die Probe stellen musste. Hinzu kam die Frage, welche Verbrechen eventuell begangen worden waren. Verfügte er über die notwendigen Ressourcen, um diesen Weg zu verfolgen, in seinem gegenwärtigen geistigen Zustand?

Da sich keine Antwort präsentierte, überließ Data die Frage einem Prozessor-Cluster, komprimierte und archivierte mehrere Dateien, die parallel verarbeitet wurden (sie betrafen eine Analyse und Rekonfiguration der Bussard-Kollektoren der *Enterprise*, eine Rezension der Werke von Tom Stoppard und die Komposition eines Sonetts über seine Mutter), und legte sie im Langzeitspeicher ab. All diese Dinge konnten warten. Andere Dinge verlangten seine Aufmerksamkeit, etwa seine unerwartete emotionale Reaktion auf Rhea McAdams.

Bei einer oberflächlichen Selbstdiagnose stellte sich heraus, dass eine überraschend große Anzahl von Reserveprozessoren aktiviert worden war, und sie alle verarbeiteten sensorischen Input, der die neue Leiterin der Sicherheitsabteilung betraf: ihre durch die Luft übertragene chemische Signatur, ihr Mienenspiel, die Farbe ihrer Augen, die Form ihres Körpers, die Bewegungen des Haars, wenn sie den Kopf drehte, der Klang ihrer Stimme …

Eine weitere Anomalie: Die Temperatur seiner Außenhaut, insbesondere im Bereich des Gesichts und der Extremitäten, war um null Komma drei Grad gestiegen. Seine sexuelle Begegnung mit Tasha Yar hatte eine ähnliche physiologische Reaktion bewirkt, allerdings ohne emotionalen Kontext.

Diesmal war das anders.

Data griff auf Informationen über Etikette und Protokoll zu. Er versuchte festzustellen, zu welchen möglichen Problemen es während des gemeinsamen Essens mit McAdams kommen konnte, und entwarf Szenarien, um nach Lösungen zu suchen. Er merkte schnell, dass diese Dinge zu komplex waren für die Ressourcen, die er ihnen zugewiesen hatte, und deshalb bemühte er sich, die Variablen nach Prioritäten zu sortieren. Dadurch klärte sich sein Denken nicht sonderlich, aber es wies Data auf eine sonderbare, nicht ganz unangenehme Nervosität hin.

»Data?«

»Ja?«, antwortete er etwas zu schnell. Er begriff, dass er Geordi vergessen hatte. Nein, das stimmte nicht ganz. Er hatte seine Präsenz nur weniger beachtet, so als wäre er selbst … gedankenverloren gewesen. Auch diese neue Erfahrung faszinierte ihn.

»Ich sagte, Sie haben da ein interessantes Gespräch mit Lieutenant McAdams geführt.«

Data nickte. »Ja, das stimmt. Allerdings befürchte ich, den einen oder anderen Unterton überhört zu haben.«

Geordi lächelte und lehnte sich an die Konsole. »Ich bin sicher, dass nichts Wichtiges Ihrer Aufmerksamkeit entging. Für mich hatte es den Anschein, dass Sie durch Neckereien versuchten, sich besser kennen zu lernen. Ein solches Verhalten ist nicht annähernd so einfach, wie man glauben könnte, und Sie haben sich gut geschlagen. Ich muss zugeben, dass ich mit diesen Dingen nicht besonders gut zurechtkomme, und Lieutenant McAdams dürfte eine harte Gegnerin sein.«

»Gegnerin?«, wiederholte Data verwirrt. »Ich spüre, dass Sie diese Bemerkung ironisch meinen, aber ihre Bedeutung ist mir nicht ganz klar.«

Geordi zögerte. »Ich wollte nur sagen ...« Er zögerte erneut und klopfte sich mit der Spitze des Zeigefingers an die Lippe. »Nun, mir erscheint Rhea als eine Frau, die einen auf Zack hält. Sie ist sehr schnell und sehr ... wie soll ich es ausdrücken ... kampfbereit? Verstehen Sie, was ich meine?«

Data überprüfte Geordis Worte auf mögliche Bedeutungen. Mehrere Interpretationen kamen infrage, aber keine besaß ausreichend Wahrscheinlichkeit, um die Frage des Chefingenieurs mit einem klaren Ja zu beantworten. Er schüttelte den Kopf. »Nein, Geordi, ich verstehe nicht.«

»Ich meine nur ...« LaForge seufzte resigniert. »Tut mir Leid. Dies ist nicht gerade mein Spezialgebiet. Was ich zu sagen versuche, ist dies: Sie wagen sich auf ein Terrain vor, das selbst Personen mit jahrelanger Erfahrung Schwierigkeiten bereitet.«

Data nickte. »Ich glaube, jetzt verstehe ich. Sie sind um mein Wohlergehen besorgt und wollen mich vor Umständen warnen, die mir gefährlich werden könnten.«

Geordi seufzte erleichtert. »Ja«, sagte er. »Das stimmt haargenau.«

»Darüber hinaus befinde ich mich derzeit gewissermaßen in einer emotional verwundbaren Situation.«

»Ja.«

»Aber wäre es nicht möglich, dass dieser Situationsaspekt zu den Attributen zählt, die Lieutenant McAdams attraktiv findet?«, fragte Data.

Geordi dachte darüber nach und kapitulierte dann,

indem er die Hände hob. »Vielleicht brauchen Sie meine Hilfe gar nicht«, sagte er.

Rhea McAdams' Quartier war einfach, fast dürftig eingerichtet. Sie hatte den größten Teil der üblichen Starfleet-Möbel entfernt und den Hauptraum mit bemalten spanischen Wänden in einzelne Segmente aufgeteilt. Im Zentrum des Wohnbereichs stand ein niedriger, breiter Tisch, von Kissen umgeben. Neben dem Fenster hingen mehrere Tuschezeichnungen des Fudschijama. Rhea hatte sie während ihres Studiums angefertigt, erklärte sie. Ein vager Weihrauchduft lag in der Luft und Data bemerkte einen kleinen Tisch am Rand des Wohnbereichs – darauf standen ein schmales Gefäß mit Weihrauch und drei kleine Hologramme.

»Das sind meine Eltern«, rief Rhea aus dem Esszimmer, wo sie offenbar mehrere Kochgeräte aktiviert hatte. Ein derartiges Instrumentarium stand allen Besatzungsmitgliedern zur Verfügung, aber die meisten zogen den Replikator vor. »Und meine Großmutter mütterlicherseits.«

Der Mann war blond und hellhäutig, die Frau schwarzhaarig und zierlich gebaut. Sie wies große Ähnlichkeit mit Rhea auf. »Steht Ihre Mutter auf dem Deck eines Bootes?«

»Das ist die *Ryo-oh-ki*, eins der Fischerboote, die ihr gehörten«, erwiderte Rhea.

»Fischerboote?«, wiederholte Data. »Meinen Sie gewerbliches Fischen?«

»Ja«, bestätigte Rhea. »Manche Japaner, insbesondere die traditionelleren Familien, nehmen Fisch sehr ernst. Die meisten essen keinen replizierten Fisch, erst recht nicht, wenn es um Sushi geht. Die Textur ist nicht richtig.«

»Das klingt so, als wüssten Sie viel über Fisch«, entgegnete Data.

Rhea lachte überraschend laut. »Das könnte man sagen. Ich habe einen großen Teil meines Lebens, praktisch von Kindesbeinen an, in der Gesellschaft von Fisch verbracht. Ich habe auf den Booten und den Docks gearbeitet, Fische aus Netzen geholt, gesäubert und verpackt. Raten Sie mal, was wir heute Abend essen.«

Data überlegte. »Fisch?«

»Nein!« Rhea lachte erneut. »Alles, nur das nicht! Ich verabscheue Fisch. Ich habe mich für eine berufliche Laufbahn bei Starfleet entschieden, um dem Fisch zu entkommen. Wissen Sie, welches Spezialgebiet man mir an der Akademie vorschlug?«

»Ich kann nur spekulieren ... Marinebiologie?«

»Ja!« Wieder lachte Rhea. »Aber ich entschied mich für die Sicherheitsabteilung. Dort hielt ich die Wahrscheinlichkeit für besonders gering, es jemals wieder mit Fisch zu tun zu bekommen.«

»Und sind Ihre Hoffnungen in Erfüllung gegangen?«, fragte Data.

»Ich musste einmal einen Antedeaner verhaften«, sagte Rhea. »Aber das war's auch schon.« Sie kam mit einer Flasche Wein und einem Korkenzieher aus dem Esszimmer. »Trinken Sie Wein?«

»Gelegentlich«, antwortete Data. »Wenn mein Gefühlschip eingeschaltet ist, gefällt mir der Geschmack. Aber Alkohol beeinflusst mich nicht so wie Menschen.«

»Nie?«

Data dachte über die Frage nach, bevor er antwortete. »Einmal wurde mein positronisches Gehirn von einem Xenovirus befallen. Das hatte eine ähnliche Wirkung wie Trunkenheit.«

»Ah«, sagte McAdams und schenkte den Wein ein. Sie reichte dem Androiden ein Glas und lächelte. »Zum Wohl.«

Sie stießen mit den Gläsern an, dann schnupperte Data an seinem. Anerkennend hob er die Brauen. »Dieser Wein ist nicht repliziert, oder?«, fragte er.

»Wein aus dem Replikator ...« Rhea schnitt eine Grimasse.

»Wussten Sie, dass Captain Picards Familie einen Weinberg besitzt?«

Rhea nippte an ihrem Glas und lächelte erneut. »Ja, ich weiß. Ich habe einige der dort gekelterten Weine probiert. Die meisten sind sehr gut, aber es gibt Probleme mit den Schaumweinen.«

»Tatsächlich?«, fragte Data. »Darauf sollten Sie den Captain hinweisen. Ich glaube, derzeit kümmert sich seine Schwägerin um das Weingut, aber er hat mehrmals darauf hingewiesen, dass er sich eines Tages dorthin zurückziehen könnte.«

Rhea lachte einmal mehr. »Wenn ich jemals schnell von der *Enterprise* versetzt werden möchte, spreche ich ihn darauf an.«

Data drehte den Kopf und betrachtete die Hologramme auf dem kleinen Tisch. »Und dies ist Ihr Vater? War er ebenfalls Fischer?«

»Nein«, erwiderte Rhea und ihre Stimme bekam einen sanften Klang. »Er war Marineingenieur. Er und meine Mutter lernten sich kennen, als er in Kobe ein Dock für ihre Boote baute. Ihre Ehe dauerte nicht lange, aber sie blieben Freunde bis zu seinem Tod. Ich war damals erst sieben und er wohnte nicht viele Jahre in Kobe. Deshalb erinnere ich mich nur an einen großen, freundlichen Mann.«

»Bitte verzeihen Sie meine Unkenntnis«, sagte Data und deutete auf den Tisch. »Aber ist dieser Altar allein den Toten gewidmet?«

Rhea lächelte traurig. »Ja, nur den Toten. Meine Großmutter starb vor etwa zehn Jahren. Und meine Mutter ...« Sie zögerte und Data gewann den Eindruck, dass sie nach geeigneten Worten suchte.

»Wenn Ihnen dieses Thema unangenehm ist, so brauchen Sie nicht weiter darüber zu sprechen«, sagte der Androide.

Rhea sah zu ihm auf. »Das ist es nicht. Ich habe befürchtet, zu viel zu sagen und dadurch *Sie* zu verletzen. Meine Mutter starb vor etwa einem Jahr. Sie verhedderte sich in einem Netz und wurde über Bord gezogen ...« Sie unterbrach sich und sammelte ihre Gedanken. »Seltsam. Eigentlich haben wir uns nie sehr nahe gestanden, denn meine Mutter war oft fort, aber während der letzten beiden Jahre – insbesondere nach der Akademiezeit –, war das anders. Indem ich mich mit ganz anderen Dingen beschäftigte, eröffnete sich mir eine neue Perspektive. Wir brachten es sogar fertig, über das eine oder andere zu reden.«

»Sie wurden Freunde«, schloss Data.

Rhea lächelte erfreut und überraschte Data, indem sie die Hand hob und ihn an der Wange berührte. »Sie sind ein wahrer Schatz, Mr. Data. Und Sie können gut mit Worten umgehen.«

Data antwortete nicht sofort, denn es hatte ihm die Sprache verschlagen. Andere Personen stellten nur selten einen physischen Kontakt mit ihm her und er wusste nicht, wie er darauf reagieren sollte. Rheas Geste führte zu besonderer Verwirrung, denn sie war weder eindeutig kokett noch rein platonisch. Data öffnete seine Verhaltensdateien, fand in ihnen aber kaum etwas Nützliches. Er beschloss, zunächst nur zu beobachten und die gesammelten Daten später auszuwerten.

Wenige Millisekunden nach dieser Entscheidung spürte er angenehme Wärme, die von der Stelle ausging, an der Rhea ihn berührt hatte. Sie breitete sich aus, wuchs durch Datas neurales Netz. Einmal mehr stellte der Androide fest, dass seine emotionalen Reaktionen immer etwas später einsetzten als die intellektuellen.

Er trank einen Schluck vom Cabernet und der Geschmack gefiel ihm. Rhea kehrte ins Esszimmer zurück, um den dortigen Stand der Dinge zu überprüfen, und Data folgte ihr.

»Was essen wir, wenn kein Fisch auf den Tisch kommt?«

»Zuerst hatte ich vor, echtes Sukijaki zuzubereiten, denn repliziertes Rindfleisch *ist* ziemlich gut; und im Arboretum wachsen Schalotten. Aber dann dachte ich daran, dass Sie vielleicht Vegetarier sind. Sind Sie's?«

»Ich glaube nicht«, erwiderte Data.

»Nun«, sagte Rhea und überprüfte zwei Töpfe auf einem kleinen Kochgerät, »heute Abend bekommen Sie vegetarische Kost. Fettucini mit Marinarasoße und Pilzsalat. Ich dachte, damit kann nichts schief gehen.« Sie rührte die Soße um, öffnete zwei Nudelpackungen und gab ihren Inhalt ins kochende Wasser. »In Ordnung, ich habe genug geredet. Jetzt koche ich und Sie übernehmen die Konversation.«

»Was möchten Sie von mir hören?«

»Erzählen Sie mir von *Ihrer* Mutter«, sagte Rhea und öffnete eine Schranktür. »Wie war sie?«

Data nahm auf einem der beiden Metallstühle Platz, die vor der Anrichte standen, und stützte das Weinglas aufs Knie. »Ich kannte sie nicht sehr gut«, sagte er. »Erst vor vier Jahren begegneten wir uns zum ersten Mal und seit jener ersten Begegnung sahen wir uns nur einige wenige Male.« Er zögerte und versuchte, die wichtigsten Dinge zusammenzufassen. »Sie war eine ausgezeichnete Wissenschaftlerin. Sie kochte nicht gern, brachte die Dinge hinterher aber gern in Ordnung. Ihre meisten Ohrringe waren grün, denn sie meinte, dass diese Farbe gut zu ihrem Haar passte. Sie hätte gern die Töpferei erlernt, fand jedoch nie Zeit dazu …«

Rhea hatte die Suche nach einem Sieb in den Schränken aufgegeben und hörte aufmerksam zu. »Und sonst?«, fragte sie.

Data neigte das Glas von einer Seite zur anderen und fand Gefallen daran, wie die rubinrote Flüssigkeit das Licht reflektierte. Nach einer Zeitspanne, die ihm ziemlich lang erschien, sagte er schließlich: »Vielleicht hätte sie die Töpferei erlernt, wenn ihr klar gewesen wäre, dass sie ein Androide ist.« Er hob die Hand, tastete mit den Fingerspitzen nach den Augen und fühlte Feuchtigkeit. »Dieses Gefühls könnte ich schon sehr bald überdrüssig werden.«

»Welches Gefühl meinen Sie?«, fragte Rhea sanft.

Data trank einen Schluck Wein und zog die Möglichkeit in Erwägung, das Thema zu wechseln. Er wusste, dass so etwas durchaus akzeptabel war, aber unerklärlicherweise beschloss er, die Frage zu beantworten. »Ich kann es noch nicht genau identifizieren«, sagte er schließlich. »Es hat etwas mit Bedauern zu tun, das nicht mich selbst oder mein Leben betrifft, sondern die Gelegenheit, die sie nicht nutzen konnten.« Er erklärte nicht, wer »sie« waren, aber Rhea schien zu wissen, wen er meinte: Lore, Lal, die drei namenlosen Androiden und auch Juliana Tainer, die – nach Dr. Soongs Maßstäben – ein langes, erfülltes Leben gelebt hatte. »Die häufigen Veränderungen in meinem emotionalen Status sind strapaziös. Ich habe mit bloßen Händen gegen Borg-Drohnen gekämpft, ohne mich so mitgenommen zu fühlen.«

Rhea streckte die Hand aus, um ihn erneut zu berühren, doch dann kochte das Wasser über; sie musste die Hitze reduzieren und dadurch ging der besondere Moment vorbei. Sie rührte erneut die Soße um. »Wissen Sie, einer der wichtigsten Ratschläge, die mir meine Mutter gab, lautete: Man kann nicht gegen das Leben ankämpfen. Nun, sie sprach nicht vom Leben, sondern vom Meer, aber diese beiden Begriffe waren für sie synonym. ›Man kann nicht gegen das Leben ankämpfen‹, sagte sie. ›Man muss lernen, es wie einen Walzer zu behandeln, und die Probleme sind die Tanzpartner. Sei leichtfüßig, bleib im Takt mit der Musik und lächele.‹« Rhea bewegte den Löffel unbewusst wie einen Taktstock, wodurch Soße auf den Boden und an die Wand spritzte.

»Oh, wie elegant und würdevoll«, lachte sie und hielt nach einem Tuch Ausschau. Data sah es zuerst und wischte die Spritzer damit fort. »Wie meine Mutter mache ich lieber sauber, anstatt zu kochen«, erwiderte er.

»Wie ich schon sagte, Data – Sie sind ein wahrer Schatz.«

»Ich bin auch ein ausgezeichneter Tänzer«, sagte Data. »Deshalb sollte es mir leicht fallen, den Rat Ihrer Mutter zu beherzigen.«

»Sie sind wirklich ein *ausgezeichneter* Tänzer?«, fragte Rhea.

»Ja«, bestätigte Data ohne falsche Bescheidenheit. »Einer der besten Tänzer in Starfleet hat mir Unterricht erteilt.«

Einige Sekunden lang musterte ihn Rhea so, als zöge sie eine Herausforderung in Erwägung. Dann schaltete sie das Kochgerät aus und legte einen Deckel auf den Topf mit der Soße.

»Ein ausgezeichneter Tänzer«, wiederholte sie nachdenklich. »Na schön – beweisen Sie es.«

11

Picard saß am Ende der Theke, in einem kleinen Alkoven, den die Crew »Ecke des Captains« nannte. Er gab vor, nichts von dieser Bezeichnung zu wissen, und dafür »übersah« ihn die Crew, wenn er dort saß. Auf den Hocker neben Picard setzte sich niemand, es sei denn, alle anderen Plätze im Aufenthaltsraum waren besetzt, und dazu kam es fast nie, denn der Captain besuchte diesen Ort nur, wenn wenig Betrieb herrschte. Das gehörte zu den Veränderungen, seit er vor mehr als zehn Jahren das Kommando der *Enterprise*-D übernommen hatte. Damals hätte er den Kontakt mit der Crew gemieden und wäre nicht einmal bereit gewesen, in einem ruhigen Aufenthaltsraum zu sitzen und zu lesen. Aber seit damals hatte er das eine oder andere hinzugelernt. Isolation machte ihn nicht zu einem besseren Captain. Inzwischen empfand er das Hintergrundsummen leise geführter Gespräche sogar als ganz angenehm.

In einer Ecke des Raums versuchte es Fähnrich Ubango mit einem recht schwierigen klassischen Stück. Gelegentlich hielt sie inne und wiederholte einige besonders problematische Tonfolgen.

Picard hörte Will Rikers Stimme hinter sich. »Bach?«

»Tschaikowski«, sagte der Captain. Er fragte sich oft, ob Riker wirklich nichts von klassischer Musik verstand oder ihm nur Gelegenheit geben wollte, ihn zu korrigieren. »Setzen Sie sich, Will.«

Riker nahm neben Picard Platz und winkte dem Barkeeper zu, der lächelte und ihm einen Single Malt Whisky brachte. Seit sie an Bord der *Enterprise*-E gekommen waren, bestand eine der Angewohnheiten von Picard und Riker darin, sich ein- oder zweimal in der Woche im Aufenthaltsraum zu treffen und dort über Dinge zu sprechen, von denen sie aus irgendeinem Grund nicht wollten, dass sie in den offiziellen Logbüchern erschienen. Eigentlich lief es auf Klatsch hinaus, allerdings auf Klatsch besonderer Art. Picard wusste schon seit einer ganzen Weile, dass bei einer so komplexen Gemeinschaft wie der *Enterprise*-Crew Klatsch eine wichtige Rolle spielte. Er unterschätzte nie die Bedeutung der inoffiziellen Informationen, die Riker ihm brachte.

Der größte Teil des Klatsches drehte sich natürlich um die eskalierenden Feindseligkeiten im Konflikt mit dem Dominion und die Möglichkeit eines Abkommens mit den Romulanern. Viele Besatzungsmitglieder der *Enterprise*-D waren inzwischen versetzt worden, aber es befanden sich noch genug Angehörige der alten Crew an Bord der *Enterprise*-E, die sich an die Begegnungen mit den Romulanern und ihren riesigen Warbirds der D'deridex-Klasse erinnerten. Es wäre sicher ein großer Vorteil, sie als Verbündete zu haben, aber wie lange konnte die Föderation ihnen trauen? Und wie lange konnten Romulaner und Klingonen zusammenarbeiten, bis sich die alte Feindschaft bemerkbar machte?

Riker deutete auf den Handcomputer, den Picard auf die Theke gelegt hatte. »Was ist das? Sieht nicht gerade nach leichter Lektüre aus.«

Picard rieb sich den Nasenrücken. »Da haben Sie Recht. Es handelt sich um eine Übersicht über die jüngsten Entscheidungen in Bezug auf Bürgerrechte für künstliche Lebensformen.«

Riker nahm den Handcomputer und sah sich einige Bildschirmseiten an. Schließlich legte er das Gerät auf die Theke zurück. »Ich kämpfe lieber gegen die Borg, herzlichen Dank.«

Picard lachte leise. »Oh, aber Sie sind zumindest teilweise für dies alles verantwortlich. Es ist ein direktes Ergebnis der Verhandlung, bei der Richterin Louvois entschied, dass Data alle Bürgerrechte besitzt und nicht Eigentum von Starfleet ist.«

Riker schauderte übertrieben. »Ich tröste mich mit dem Gedanken, dass ich zwar ein schlechter Anklagevertreter bin, dafür aber ein guter Posaunist.«

»Ein schlechter Anklagevertreter? Warum so bescheiden? Ihr Auftritt war erstklassig. Als Sie Data abschalteten, hätte ich fast den Gerichtssaal verlassen.« Es war sehr knapp gewesen, erinnerte sich Picard. Richterin Louvois hatte darüber befinden müssen, ob Data sich Bruce Maddox' Absicht, ihn zu demontieren, widersetzen durfte. Nur Datas Redegewandtheit und Picards mit Leidenschaft vorgetragenen Argumente hatten ihn gerettet.

Riker lächelte, als er sich erinnerte. »Das war ziemlich gut, nicht wahr? Damals habe ich mich dafür gehasst. Aber Louvois ließ mir keine Wahl. Sie drohte damit, gegen Data zu entscheiden, wenn sie nicht den Eindruck gewann, dass ich mein Bestes gab. Letztendlich triumphierte die Tugend, wie immer.« Er hob das Glas zum Toast. Picard stieß mit ihm an und sie sprachen über Admiral Haftel und Datas Untersuchungen in Hinsicht auf die Ereignisse in Maddox' Laboratorium. Der Captain hatte gerade auf den mit Haftel ausgehandelten Kompromiss hingewiesen, als Troi den Aufenthaltsraum betrat, neben Riker Platz nahm und Picard einen isolinearen Chip reichte. Unmittelbar nach dem Ende ihres Brückendienstes war Dr. Crushers neuester Bericht eingetroffen und sie hatte beschlossen, ihn sofort dem Captain zu bringen. Picard nahm den Chip und schob ihn in seinen Handcomputer.

»An Maddox' Zustand hat sich praktisch nichts geändert«, sagte er und blickte aufs Display. »Dr. Crusher kann das Koma auf keine konkrete Ursache zurückführen. Ein Trauma kommt als Grund ebenso wenig infrage wie eine Infektion. Ein Scan nach Giftstoffen blieb ebenfalls ohne Ergebnis. Die Sache gefällt ihr ganz und gar nicht.«

Troi lächelte. »Beverly hasst Geheimnisse dieser Art.«

»Ja«, bestätige Picard. »Das stimmt. Sie will auf dem Planeten bleiben, bis sie dieses Rätsel gelöst hat.«

»Könnte sie Maddox nicht zur *Enterprise* beamen?«, fragte Riker.

»Das habe ich sie heute Morgen ebenfalls gefragt«, sagte Troi. »Aber sie meinte, hier oben gäbe es nichts, das es nicht auch dort unten gibt. Ich persönlich glaube, sie hält das Personal der dortigen Krankenstation für zu lax und nutzt die Gelegenheit, es auf Trab zu bringen.« Picard und Riker lachten leise. »Habe ich irgendetwas verpasst?«, erkundigte sich Troi. Sie wusste von den Besprechungen des Captains und des Ersten Offiziers. »Sind bereits alle Neuigkeiten dieses Tages erörtert?«

Riker winkte den in Zivil gekleideten Barkeeper herbei, der strahlend lächelte, als er den neuen Gast erkannte. »Was möchten Sie, Deanna?«

»Heißen Kakao«, antwortete Troi und lächelte ebenfalls. »Mit Schlagsahne, bitte.«

Deannas Blick ruhte auf dem Barkeeper, als er ihre Bestellung in den Nahrungsmittelreplikator eingab. Riker bemerkte das und lächelte. »Ihr habt euch bereits kennen gelernt?«

»Oh, ja«, erwiderte Deanna geistesabwesend. »Bei einer routinemäßigen psychologischen Bewertung. Wir haben ein interessantes Gespräch geführt.«

»Wie interessant war es?«

»*Sehr* interessant, Commander«, erwiderte Deanna neckisch. »Wir sprachen über Kunst und Musik, darüber, wie man die Galaxis sieht, wenn man zum Dienstpersonal eines Raumschiffs gehört.« Als der Barkeeper zurückkehrte, sagte Deanna. »Sam, ich möchte Ihnen Commander Riker vorstellen.«

»Wir kennen uns bereits«, erwiderte Sam. »Er mag Single Malt.«

Riker hob bestätigend sein Glas und trank einen Schluck. »Wie kommen Sie hier zurecht, Sam?«

Der Barkeeper straffte die Schultern, sah sich im Aufenthaltsraum um und strich mit einer perfekt manikürten Hand sein dichtes Haar zurück. Auf Picard wirkte er dabei wie ein Löwe, der sein Revier überprüfte und alles in Ordnung fand. »Es ist ein faszinierender Ort«, sagte Sam. »Mit einer interessanten Mischung aus Personen. Soweit ich weiß, gab es früher mehr Zivilisten an Bord. Sogar ganze Familien.«

»Das stimmt«, sagte Riker. »Aber die Zeiten ändern sich.«

»Schade«, meinte Sam. »Ich hätte das gern erlebt. Mit Familien an Bord wäre alles noch ... unvorhersehbarer.«

Picard hatte bisher stumm zugehört und sagte nun: »Wir geben uns alle Mühe, die Dinge aufregend zu gestalten.«

Sam lächelte und wischte einen imaginären Fleck von der Theke. »Klingt gut, Captain. Allerdings könnte ich auf Zeitreisen und die Borg verzichten. In dieser Hinsicht sollten Sie Ihre Bemühungen nicht übertreiben.«

»Zur Kenntnis genommen.«

»Wissen Sie ... das erinnert mich an etwas. Warten Sie, ich bin gleich zurück.« Er verschwand im Lagerraum hinter der Theke. Picard und die anderen hörten, wie dort Behälter hin und her geschoben wurden.

»Ich habe Will von meinem Gespräch mit Admiral Haftel erzählt«, wandte sich der Captain an Troi. »Data und Lieutenant McAdams sind mit einer Untersuchung des rätselhaften Zwischenfalls auf Galor IV beauftragt.

Ich glaube, sie werden gut zusammenarbeiten.« Er lächelte und fügte hinzu: »Ein Paar wie Nick und Nora Charles.«

Riker und Troi sahen ihn groß an.

»Nick und Nora Charles«, wiederholte Picard. »›Der dünne Mann‹?«*

»Ein Detektivroman, schätze ich«, vermutete Riker.

Troi nickte und trank einen Schluck Kakao. »Jemand sollte ihm einmal etwas anderes zu lesen geben.«

Picard heuchelte Enttäuschung. »Ich weiß gar nicht, warum ich überhaupt noch auf solche Dinge zu sprechen komme.«

Sam kehrte mit einem folienumwickelten Gegenstand und einem Korkenzieher zurück. Er löste die Folie vom Flaschenhals und zog den Korken. »Normalerweise würde ich so etwas vorsichtig dekantieren, aber das würde zu lange dauern. Lassen wir die Flasche einfach ein wenig atmen.«

»Was Lieutenant McAdams betrifft«, sagte Riker zu Troi. »Habe ich schon erwähnt, dass sie mich gestern beim *Mok'bara*-Training *viermal* auf die Matte brachte?«

»Ja«, erwiderte Troi mit gespieltem Abscheu. »Du hast es mir *viermal* erzählt. Vielleicht deshalb, weil es dir sehr gefallen hat.«

Riker wölbte die Brauen, zuckte die Schultern – was so viel wie *Wem nicht?* bedeutete – und leerte sein Glas. »Nun, ich muss noch einige Berichte lesen ...«, sagte er und stand auf.

Sam erschien mit vier Gläsern. »Einen Augenblick, Commander. Probieren Sie das hier.« Er schenkte ein wenig rubinrote Flüssigkeit in eins der Gläser und stellte es vor Picard, der den Wein ins Licht hielt und seine Farbe prüfte. Dann schnupperte er an der Blume, trank und

---

* Dashiell Hammett, »The Thin Man« (1934) – *Anmerkung des Übersetzers.*

ließ den Wein über die Zunge rollen, bevor er schluckte. Überrascht hob er die Brauen.

»Bemerkenswert«, sagte er. »Ein Bordeaux, wenn ich mich nicht irre. Comte de Vogue. *Maison St. Gaspar?*«

Sam nickte. »Sie haben einen sehr guten Geschmackssinn, Captain. Jahrgang?«

Picard trank noch einen Schluck und überlegte. »Sehr fruchtig und ausgewogen. Elegant im Abgang.« Er zögerte. »Entweder ein 67er oder ein 65er.«

Sam löste den Rest der Folie und reichte die Flasche dem Captain. »65er, Captain. Ich bin beeindruckt.«

Picard nahm die Flasche entgegen und blickte aufs Etikett. »Das ist sehr außergewöhnlich. Mein Bruder war mit jenem Weinbauern befreundet, aber selbst er konnte keine Flasche von diesem Wein bekommen. Wie sind Sie daran gekommen?«

Sam hob und senkte die Brauen. »Barkeeper verfügen über gewisse Quellen.« Er griff nach der Flasche, schenkte Picard erneut ein, dann auch Riker, Troi und sich selbst. *»Skol«,* sagte er. Counselor und Erster Offizier tranken. Riker war kein großer Weinliebhaber, aber diesmal nickte er anerkennend. »Nicht schlecht.«

Troi klopfte ihm auf den Arm. »Der Whisky hat deinen Geschmack ruiniert.«

»Oder ihn über dieses schwache Zeug hinaus verfeinert.«

Picard achtete nicht auf den Wortwechsel und konnte es noch immer kaum fassen. »Danke«, wandte er sich an Sam. »Aber warum ...«

Sam stöpselte die Flasche zu und stellte sie vor Picard auf die Theke. »Ein Geschenk«, sagte er. »Für gute Arbeit.«

Bevor Picard etwas erwidern konnte, wurde Sam von einer Bewegung beim Eingang des Aufenthaltsraums abgelenkt. Picard, Troi und Riker drehten sich um und sahen, wie Data und McAdams Arm in Arm hereinkamen. Beide trugen zivile Kleidung, Data einen schlichten, aber eleganten Abendanzug, Rhea ein bodenlanges, mitternachtsblaues Abendkleid.

Vor ihnen teilte sich die Menge, als sie zur kleinen Tanzfläche schritten. Data sprach mit Fähnrich Ubango, die lächelte und voller Enthusiasmus nickte. Sie hatte schon vor einer ganzen Weile mit Tschaikowski aufgehört und einige leichtere Stücke gespielt. Worum auch immer Data sie bat – sie schien sich darüber zu freuen.

Der Androide und die Sicherheitsoffizierin bezogen mitten auf der Tanzfläche Aufstellung, hoch aufgerichtet und förmlich. Data hielt McAdams an der Taille und sie berührte ihn mit einer Hand an der Schulter. Als Ubango sah, dass die beiden Tänzer bereit waren, begann sie mit einem Stück, das Picard sofort als Chopins Walzer Nr. 1 erkannte.

Data und McAdams tanzten präzise, voller Leidenschaft und mit offensichtlichem Vergnügen. Ihre Beinarbeit war bemerkenswert, erst recht dann, wenn man die relativ kleine Tanzfläche berücksichtigte. Alle Bewegungen erwiesen sich als perfekt synchronisiert und exakt im Takt mit der Musik. Manchmal war nicht klar, ob die Musik die Tänzer führte oder ob die Tänzer Ubango dabei halfen, den Takt zu halten.

Als sich das Paar immer wieder drehte, begriff Picard: Dies war das erste Mal seit der Hochzeit von Miles und Keiko O'Brien, dass er Data tanzen sah. Er erinnerte sich an die seltsame starre Miene, als er damals mit Keiko getanzt hatte. Jetzt zeigte sein Gesicht ein warmes, freundliches Lächeln, das einer ganz bestimmten Person galt. Und jene Person, so stellte Picard fest, erwiderte das Lächeln auf die gleiche Weise.

Als der Walzer endete, begann Ubango mit einem Stück von Brahms. Data schien bereit zu sein, den Tanz ohne Unterbrechung fortzusetzen, aber McAdams musste eine Pause einlegen, um wieder zu Atem zu kommen und ein Glas Wasser zu trinken. Anschließend griff sie nach Datas Hand und die beiden Tänzer wirbelten erneut über den Tanzboden. Picard hörte Applaus von den Zuschauern und wollte sich mit einem Kommentar an Riker und Troi wenden, doch dann bemerkte er Wills resignierten Gesichtsausdruck. Troi klopfte ihm auf den Arm und Riker griff nach ihrer Hand, drückte kurz zu.

Picard sah Sam an und hätte fast gefragt: *»Ist das interessant genug für Sie?«* Doch er behielt diese Worte für sich, als er das melancholische Lächeln auf den Lippen des Barkeepers bemerkte – er schien sich an einen anderen Tag zu erinnern, an einen anderen Tanz. Picard schwieg und trank einen Schluck Wein.

Die Musik erklang auch weiterhin.

Und die Tänzer tanzten.

Geordi LaForges Insignienkommunikator piepste beharrlich und weckte ihn aus tiefem Schlaf. Er nahm das kleine Gerät vom Nachtschränkchen, aktivierte den Chronochip in seinem linken Implantat und überprüfte die Zeit: null Uhr fünfundvierzig. Warum sollte sich jemand um diese Zeit mit ihm in Verbindung setzen? Die *Enterprise* befand sich im Orbit eines Planten und das Warptriebwerk im Bereitschaftsmodus. Wenn es im Maschinenraum zu einem Notfall gekommen wäre, hätte der Computer ihn benachrichtigt. Es sei denn, das Problem betraf den Computer …

Er klopfte auf den Insignienkommunikator. »Hier LaForge«, sagte er heiser und setzte sich auf. »Was ist los?«

»Geordi? Bitte entschuldigen Sie. Habe ich Sie geweckt?«

»Data?«

»Ja«, sagte der Androide. »Ich bedauere, Sie so spät zu stören, aber ich wollte Sie etwas fragen.«

»Worum geht's, Data? Ist etwas mit dem Hauptcomputer nicht in Ordnung?«

»Nein, Geordi. Der Computer arbeitet einwandfrei und der Schiffsstatus ist optimal. Die Frage ist *persönlicher* Natur.«

Geordi lehnte sich zurück. »Oh«, sagte er. »Na schön. Und es kann nicht bis morgen warten?«

»Leider nein, Geordi.«

»Wie Sie meinen.« LaForge seufzte. »Ich höre.«

Data atmete tief durch. »Ist es angemessen, eine Frau anzurufen, mit der man zu Abend gegessen und getanzt hat, um sie zu einem gemeinsamen Frühstück einzuladen?«

Geordi seufzte erneut und überlegte. »Reden wir hier über Lieutenant McAdams?«

»Ja.«

»Nun«, sagte Geordi, »Sie sollten sich vielleicht zuerst eine andere Frage stellen: Möchten Sie sich auf eine persönliche Beziehung mit einer Arbeitskollegin einlassen?«

»Ich habe darüber nachgedacht«, erwiderte Data. »Commander Riker, Counselor Troi, der Captain und Dr. Crusher sind dazu imstande. Also sollte das auch bei mir möglich sein.«

»Das ist nicht unbedingt das Gleiche, oder? Ich meine, Commander Riker und die Counselor … Das war vor langer Zeit. Und der Captain und Dr. Crusher … Ihre Beziehung ist eher theoretischer Natur.« An Bord der *Enterprise* wurde oft darüber gesprochen, aber niemand wusste genau, welche Art von Beziehung es zwischen dem Captain und der Bordärztin gab – wahrscheinlich wussten sie es selbst nicht, vermutete Geordi.

Einige Sekunden lang herrschte Stille. »Data?«, fragte LaForge.

»Ja, Geordi?«

»Laden Sie sie zum Frühstück ein. Aber warten Sie damit bis morgen früh.«

»Wäre sieben Uhr eine akzeptable Zeit?«

»Ja. Das heißt, nein. Warten Sie bis sieben Uhr dreißig.«

»Warum?«

»Ich weiß es nicht. Es fühlt sich einfach besser an.«

»Danke, Geordi.«

Der Androide atmete erneut tief durch und schien mit der Antwort sehr zufrieden zu sein. »Darf ich Sie noch etwas fragen?«

Geordi knüllte das Kissen unterm Kopf zusammen, legte sich den Insignienkommunikator auf die Brust, schloss die Augen und bereitete sich auf ein längeres Gespräch vor. »Schießen Sie los.«

»Wäre es unangemessen, ihr Blumen zu bringen?«

»Nein«, erwiderte LaForge. »Ich kann mir nicht vorstellen, warum so etwas unangemessen sein sollte. Frauen mögen Blumen. Die meisten jedenfalls.«

»Soll ich sie ihr jetzt sofort bringen?«

»Nein, nicht sofort. Vielleicht morgen früh. Beim Frühstück.«

»Ah. Guter Vorschlag. Wenn ich noch eine Frage stellen dürfte …«

»Nur zu, Data.«

Der Androide bombardierte Geordi weiterhin mit Fragen, die Rendezvous und Beziehungen zwischen Personen unterschiedlichen Geschlechts betrafen. Einige davon waren bezaubernd naiv, andere scharfsinnig. Manche erschienen LaForge sehr seltsam, wenn man berücksichtigte, dass sie von jemandem stammten, den er für ausgesprochen intelligent und reif hielt. Er fühlte sich in die Akademiezeit zurückversetzt – damals hatte er sich als Vorbereitung auf Prüfungen von den Fragen seiner Stubengenossen bedrängen lassen.

Nach rund einer Stunde wurde es ihm zu viel. Data mochte Rhea McAdams ganz offensichtlich und wollte die Dinge möglichst schnell voranbringen, aber Geordis Mund wurde trocken und der Schlaf lockte immer mehr.

»Das genügt jetzt, Data«, sagte er benommen. »Können wir morgen fortfahren?«

»Aber, Geordi …«

»Nein, Data, es reicht wirklich. Ich verstehe Ihre Gefühle, aber Sie können nicht alles in einer Nacht erledigen. Gehen Sie es langsam an. Verschrecken Sie die arme Frau nicht. Sie haben alle Zeit der Welt.«

Data antwortete nicht sofort und Geordi befürchtete, ihn beleidigt zu haben. Er wollte sich schon entschuldigen, als Data schließlich sagte: »Ja, Geordi. Das stimmt. Ich habe alle Zeit der Welt.« Und etwas leiser fügte er hinzu: »Aber alle anderen nicht.«

ZWEITER TEIL

Siebzig Jahre zuvor

»Verdammt, Ira«, brummte Soong und rieb sich den Hals. »Ich dachte, Sie könnten klettern.«

Graves murmelte einen Fluch und gab dann zu, den Abstand zum Sims falsch eingeschätzt zu haben. Er war nicht einmal zwei Meter tief gefallen und seine Ellenbogen hatten Soongs Hals nur gestreift. Aber es war zu einem kritischen Moment gekommen, als sie beide über den Rand in die Tiefe zu stürzen drohten.

»Ist dort unten alles in Ordnung?«, fragte Waslowick über die Kom-Verbindung. Er sollte den Abstieg erst versuchen, wenn feststand, dass der Sims stabil genug war.

»Ja«, sagten Soong und Graves gleichzeitig.

»Gut.« Waslowick klang wie ein Lehrer, der mit zwei aufsässigen Schülern sprach. »Wie sieht es bei Ihnen aus?«

Graves holte seinen Tricorder hervor und sondierte den Sims, aber Soong stellte fest, dass es ihm schwer fiel, den Blick von dem Körper abzuwenden. Das verstand Noonien gut, denn es ging ihm kaum anders. Die Sondierungsdaten, die er während des Wartens auf Graves ermittelt hatte, waren verblüffend. Das Alter des Körpers ließ sich schwer feststellen, nicht nur wegen der konservierenden Kälte, sondern auch, weil sich im Lauf der Zeit Mineralien mit der »Haut« verbunden hatten. Aber selbst eine sehr vorsichtige Schätzung lief darauf hinaus, dass der Humanoide viele Jahrtausende alt sein musste. Soong hatte die Sondierungen dreimal nach einem Reset wiederholt, aber immer wieder die gleichen unglaublichen Anzeigen bekommen.

Ira starrte auf seinen Tricorder und stöhnte.

»Fühlen Sie sich nicht wohl?«, fragte Soong.

»Ich ... bin in Ordnung«, erwiderte Ira. »Aber offenbar wurde mein Tricorder beim Sturz beschädigt. Dies *kann* nicht stimmen.«

»Fünfhunderttausend Jahre?«, fragte Soong.

Ira drehte ruckartig den Kopf. »Ihr Gerät zeigt die gleichen Werte an?« Er vollführte eine hilflose Geste. »Na schön. Vermutlich gibt es irgendwelche Verunreinigungen in den Mineralien, die die Sondierungssignale beeinflussen.«

»Oder beide Geräte zeigen korrekte Daten an.«

Sie hörten, wie Waslowick mit dem Abstieg begann. Soong hatte die Antigravmodule mit einem dünnen Seil nach oben geschickt und den älteren Mann auf die schwache Batterie hingewiesen. Es sollten sich keine besonderen Probleme für ihn ergeben. Inzwischen hatte Soong großen Respekt vor dem gesunden Menschenverstand des Professors.

»Es kann nicht stimmen«, sagte Graves. »Nach so langer Zeit hätte sich selbst eine mumifizierte Leiche in Staub aufgelöst.«

»Überprüfen Sie noch einmal die Anzeige, Ira«, sagte Soong. »Es ist keine Leiche, zumindest nicht im üblichen Sinn. Vergessen Sie nicht, was wir oben gefunden haben.«

Aus einem Reflex heraus glitt Graves' Blick zum oberen Teil der Felswand, richtete sich dann wieder aufs Display des Tricorders.

»Ja, natürlich«, sagte er und plötzlich wirkte er sehr aufgeregt. »Tut mir Leid. Daran habe ich überhaupt nicht mehr gedacht.«

Soong war zu erschöpft, um schockiert zu sein, aber er beschloss, später darüber nachzudenken: Ira Graves hatte sich gerade bei ihm entschuldigt und einen Fehler zugegeben.

»Professor«, wandte sich Graves über die Kom-Verbindung an Waslowick. »Sie werden dies hier nicht für möglich halten.«

»Bin derzeit beschäftigt«, erwiderte Waslowick. »Einen Augenblick, Ira.«

Soong blickte nach oben und sah, dass Waslowick etwa die Hälfte der Felswand hinter sich gebracht hatte und gut vorankam. Das an einem Sicherheitshaken befestigte Seil zitterte ein wenig unter der Belastung, aber nicht mehr, als man erwarten durfte. »Sind Sie sicher, dass der Sims uns drei trägt?«

»Ja«, bestätigte Soong. »Dies scheint der Rest einer vor Jahrtausenden eingestürzten Brücke zu sein.« Er leuchtete mit seiner Lampe in die Tiefe, doch die Dunkelheit verschlang den Lichtstrahl, bevor er den Boden der Schlucht erreichen konnte. »Was ist mit dem anderen Strukturverstärker?«, fragte er und erinnerte sich an das Exemplar, das Ira bei sich trug. »Bitte sagen Sie mir nicht, dass er bei dem Sturz beschädigt wurde.«

»Er ist in Ordnung«, entgegnete Graves geistesabwesend und blickte auf die Anzeigen seines Tricorders, während er den Körper sondierte. »Ganz sicher bin ich nicht, aber ich glaube, die atomare Struktur ist mit der des anderen identisch, den wir oben gefunden haben.«

»Das glaube ich auch«, sagte Soong und suchte nach einer Flasche Wasser in seinem Rucksack. Er befürchtete, dass ihr Inhalt inzwischen halb gefroren war. »Allerdings wirkte der Körper dort oben menschlich und offenbar wurde er vor etwa fünfzig Jahren geschaffen. Dieser ist älter.«

»Viel älter«, brummte Graves. »Wer mag den anderen erschaffen haben?«

»Schwer zu sagen«, erwiderte Soong und wärmte die

Wasserflasche mit den Händen. »Die gleichen Leute, die mit einem Phaser auf ihn schossen, hoffe ich.«

»Das *hoffen* Sie?«

»Ja«, sagte Soong. »Wenn andere Leute dafür verantwortlich sind, so wäre die Wahrscheinlichkeit doppelt so groß, dass wir hier auf jemanden treffen, der sich nicht über unsere Präsenz freut.« Die erste Aufregung angesichts der Entdeckung ließ nach und er begann sich Sorgen zu machen. Graves erging es ebenso.

Der Professor hatte ebenfalls nachgedacht, allem Anschein nach aber nicht über die Gefahr. Als er den Sims erreichte – auf eine wesentlich elegantere Weise als vor ihm Graves –, kniete er sich sofort neben den Körper. Waslowick streifte die Handschuhe ab und strich mit den bloßen Fingerkuppen über eine starre Hand. Wie Soong schon früher bemerkt hatte: Arme und Hände der Gestalt wirkten in die Länge gezogen, was sich vielleicht auf eine Deformation zurückführen ließ. Oder auf die Absicht, das künstliche Wesen seinen Schöpfern ähneln zu lassen.

»Das ist wirklich außergewöhnlich«, hauchte Waslowick. Er sprach schnell und so leise, dass Graves und Soong Mühe hatten, ihn zu verstehen. »Sie haben Sondierungen vorgenommen, nicht wahr? Mit welchem Ergebnis? Gibt es einen Zusammenhang zwischen diesem Körper und dem anderen, den wir oben fanden?«

»Schwer zu sagen«, erwiderte Graves und versuchte, gleichgültig zu klingen – wie Soong glaubte. »Wir brauchen eine Probe für den Scanner. Die Sensoren der Tricorder sind nicht empfindlich genug ...«

»Kommen Sie mir nicht mit irgendwelchen Ausflüchten, Ira«, sagte Waslowick ungeduldig. »Verwenden Sie alle Ihre Instrumente, einschließlich Ihres Gehirns. Was teilt Ihnen Ihre Intuition mit?«

Graves seufzte leise und murmelte: »Es gibt einen

direkten Zusammenhang.« Seine Worte schienen sich fast im Eis zu verlieren. »Das muss der Fall sein.«

»Der Meinung bin ich ebenfalls«, sagte Waslowick. »Was glauben Sie, Noonien?«

Soong hatte nicht damit gerechnet, dass der Professor eine Frage an ihn richtete. Er sprach das aus, was ihm durch den Kopf ging. »Dieses Etwas – was auch immer es ist – kletterte nicht hierher, um zu sterben. Vielleicht befand es sich auf der Brücke, als sie einstürzte. Wir haben es jetzt also mit zwei ... künstlichen Geschöpfen zu tun ...«

»Androiden«, sagte Waslowick. »Nennen Sie sie Androiden. Denn das sind sie.«

»Na schön. *Androiden.*« Eine seltsame Aufregung erfasste Soong beim Klang dieses Wortes. »Zwei Androiden, die irgendeiner Gewalteinwirkung zum Opfer fielen. Meine Frage lautet: Gibt es noch mehr? Und wenn ja – wo befinden sie sich? Und warum habe ich das Gefühl, dass sie sich vielleicht nicht darüber freuen würden, uns zu sehen?«

Waslowick wandte sich von dem Fund ab und untersuchte die Felswand. »Das sind gute Fragen«, sagte er. »Und ich kenne nur eine Möglichkeit, Antworten zu bekommen.« Er hob seine Lampe und in ihrem Licht zeigte sich etwas, das Soong bisher übersehen hatte: ein Umriss im Fels. Nein, mehr als nur ein Umriss. Eine *Tür*.

»Und wann wollten Sie mir dies alles erklären?«, fragte Soong, holte den Strukturverstärker hervor und stellte ihn achtloser auf den Sims, als er dies hätte tun sollen. Er war zornig. Und müde. Und nur er konnte hier wieder hinaufklettern, falls das erforderlich wurde. Ha! Sollten Graves und Waslowick versuchen, ohne einen Transporter nach oben zu gelangen.

»Ich erkläre es Ihnen jetzt«, sagte Waslowick. Er

sprach ruhig und vernünftig. »Weil es jetzt notwendig wird.«

»Und es war nicht notwendig, als ich auf halbem Wege nach unten an der Felswand hing?«, fragte Soong gereizt. Sein Vorrat an Geduld war nahezu erschöpft und gleichzeitig wuchs der Ärger. Alles tat ihm weh, und es war kalt. »Angeblich ging es um archäologische Artefakte«, sagte er. »Um die Reste einer uralten Zivilisation, die vielleicht Androiden konstruiert hat.«

»Darum geht es nach wie vor«, erwiderte Waslowick. »Und inzwischen haben wir zwei Androiden gefunden.«

Soong deutete mit einem Brecheisen nach oben. »Wir haben einen Raum entdeckt, der einst eine Art Laboratorium enthielt und aus dem vor nicht allzu langer Zeit alles entfernt wurde. Und nicht weit vom Rand der Schlucht entfernt fanden wir den ersten Körper, beziehungsweise den ersten Androiden.«

Waslowick nickte. »Nennen wir ihn Brown. Ein Phaserstrahl zerstörte ihn.«

»Ja«, sagte Soong. »Mag sein. Aber darum geht es nicht. Der andere Androide wirkte menschlicher als dieser. Er kann kein archäologisches Artefakt sein.«

»Das ist diskutabel«, sagte Waslowick.

Soong rieb sich das Gesicht und spürte trotz des Handschuhs die Bartstoppeln. »Wie kann das diskutabel sein?«, erwiderte er. »Die Sensordaten deuten darauf hin, dass der Androide vor relativ kurzer Zeit von einem Phaserstrahl getroffen wurde. Was kann daran ›archäologisch‹ sein?«

»Ein Phaserstrahl zerstörte den Androiden vor etwa vierzig Jahren«, sagte Waslowick. »Aber es ist möglich, dass er sehr alt gewesen ist. Ohne weitere Forschungen lässt sich das kaum feststellen. Und wie gesagt: Es gibt hier einen Zusammenhang.«

Soong hätte am liebsten mit der Hacke ausgeholt und

sie auf den Schädel des Professors geschmettert – sicheres Zeichen seiner Erschöpfung. »Was hängt hier zusammen?«, fragte er aufgebracht. »Nehmen Sie einmal an, dass ich nicht die geringste Ahnung habe, wovon Sie reden. Ich bin kein Bediensteter oder bezahlter Helfer. Wenn Ihnen etwas an meiner Mitarbeit liegt, so sollten Sie Ihr Wissen mit mir teilen. Andernfalls beame ich mich an Bord des Schiffes und lege mich dort schlafen.«

Sie sahen sich an und Soong glaubte zu spüren, wie Waslowick mit ihm um die Kontrolle über sein Bewusstsein rang. Es wäre viel einfacher gewesen, dachte er, Waslowick als Vorgesetzten anzuerkennen, ihm alle Entscheidungen und auch die Verantwortung zu überlassen. Dann konnte Soong nachher – was auch immer geschah – einfach sagen: »Ich habe nur meine Befehle befolgt.« Aber dann bekam er keine Möglichkeit, Anspruch auf den Ruhm zu erheben, und Soong war jung und ehrgeizig genug, um Ruhm allein für erstrebenswert zu halten.

Waslowick schien seine Gedanken zu spüren. Es musste sehr, sehr lange her sein, seit zum letzten Mal jemand bereit gewesen war, ihn herauszufordern, denn er lächelte. Es war kein nachsichtiges Lächeln, sondern das Lächeln eines Menschen, der einen anderen als Gleichgestellten anerkannte. Soong fühlte sich ... bestätigt, so als behandelte man ihn endlich wie einen Erwachsenen.

»Na schön«, sagte Waslowick und sprach leise. »Folgendes habe ich erfahren, bevor wir hierher kamen: Der Raum weiter oben enthielt einen besonderen Apparat, der Dinge duplizierte.«

»Dinge?«, fragte Soong skeptisch.

»Personen.«

»Klone?« Soong spürte sowohl Abscheu als auch Enttäuschung. Das ganze Theater ... Und es ging nur um Klone?

»Nein, nein«, sagte Waslowick. »Keine Klone. Nicht in

dem Sinne. Nach meinen Quellen stellte die Maschine biosynthetische Kopien von Humanoiden her. Androiden. Allein das ist schon interessant genug. Aber der faszinierende Aspekt ist: Der Apparat konnte auch das Bewusstsein eines organischen Wesens kopieren und es im Körper des Androiden unterbringen.«

Das weckte Graves' Aufmerksamkeit. »Meinen Sie das ernst?«

»Ja«, sagte Waslowick.

Soong fühlte sich innerlich zwischen Interesse und Ungläubigkeit hin und her gerissen. So etwas schien unmöglich zu sein ... Keine existierende Zivilisation in diesem Teil der Galaxis verfügte über eine solche Technik oder die nötigen physiologischen Informationen. Und dann begriff er plötzlich. Keine existierende Zivilisation. Eine archäologische Expedition.

»Na schön«, sagte er. »Ich verstehe. Angenommen, es stimmt. Dann ergeben sich mehrere Fragen. Wer baute die Maschine? Und warum? Und wohin verschwand sie? Und möchte ich jemals erfahren, woher ihr Wissen stammt? Normalerweise findet man solche Dinge nicht in den Rundschreiben der Fakultät.«

»Um Ihre Fragen der Reihe nach zu beantworten ...«, erwiderte Waslowick. »Ich weiß nicht, wer die Maschine gebaut hat, zumindest nicht genau, aber der Grund dafür sollte offensichtlich sein, wenn man sich die Sache durch den Kopf gehen lässt. Nun, deshalb sind wir hier – um mehr herauszufinden. Wohin die Maschine verschwunden ist? Das weiß nur Starfleet. Allerdings vermute ich, dass die Tugendbolde, die den Apparat fanden, ihn anschließend zerstörten, um einen Missbrauch zu verhindern. Zum Glück für uns versäumten sie es, das Relikt zu beseitigen, das wir oben fanden, und sie verzichteten darauf, den Planeten genauer zu untersuchen. Und ob Sie erfahren möchten, woher ich dies alles weiß ... *Nein, Sie möchten es nicht erfahren.* Was die Rundschreiben der Fakultät betrifft: Sie wären überrascht, wie viele nützliche Informationen sie enthalten.«

»Starfleet?«, brachte Soong hervor. Er konzentrierte sich auf dieses eine Wort, kaum dass es ausgesprochen war. »Warum sollte Starfleet so etwas tun? Die Sternenflotte ...«

»Seien Sie nicht naiv«, unterbrach Waslowick den jungen Mann verärgert. »Die wichtigste Aufgabe von Starfleet besteht darin, den Frieden zu wahren, was darauf hinausläuft, die Souveränität der Föderation zu sichern, falls Sie das noch nicht wissen. Vergessen Sie das nie. Außerdem sind die Kommandanten von Starfleet-Schiffen dafür bekannt, mit dem Herzen zu denken, nicht mit dem Kopf. Sie zerstören, was sie für zu gefährlich halten.« Waslowick wandte den Blick ab und murmelte: »Und was sie begehren, nehmen sie für sich selbst.«

»Das verstehe ich nicht«, sagte Soong. »Behaupten Sie, Starfleet hat diese Technik zerstört, weil sie jemand für zu gefährlich hielt? Bei allem Respekt, Professor: Was zum Teufel machen wir hier eigentlich?«

Überrascht sah Soong, wie es in Waslowicks Mundwinkeln zuckte, und dann lachte er. »Wir sind hier, um das zu tun, was man eigentlich von Starfleet erwarten sollte: um die Wahrheit herauszufinden und dann zu entscheiden, was wir mit dem Wissen anfangen.«

Soong seufzte und rieb sich den Nasenrücken. »Na schön«, sagte er. »In Ordnung. Aber erklären Sie zunächst einmal das.« Er drehte sich um und deutete auf die massive Tür in der Felswand.

Irgendwann einmal war kalkhaltiges Wasser über die Felsen getropft und hatte große Stalaktiten geformt. Mit Brecheisen und Hacke hatten Graves und Soong die Ablagerungen entfernt, doch die Tür selbst widerstand ihren stundenlangen Versuchen, sie zu öffnen. Mit roher Gewalt kamen sie ebenso wenig weiter wie mit elektronischen Geräten.

Graves holte mit seinem Brecheisen aus und schlug zu – es prallte von der Tür ab, ohne auch nur einen Kratzer an ihr zu hinterlassen. Graves ließ die Stange fallen und fluchte. Soong hielt ihn allmählich für das unflätigste Individuum, das er kannte.

»Auf diese Weise kommen wir nicht weiter«, sagte Waslowick und näherte sich der Tür.

Graves verzog das Gesicht und wischte sich grauen Staub von der Stirn. »Gut«, brummte er. »Ich spüre meine Hände kaum noch.«

Waslowick lächelte grimmig und schwieg, als er den Reißverschluss seines Parkas aufzog und in eine Innentasche griff. Soong wartete gespannt darauf, was der Professor hervorholte, doch zum Vorschein kam nur ein Stift, der auch noch recht altmodisch aussah. Vorsichtig drehte Waslowick den unteren Teil, bis eine kleine Antenne aus dem oberen Segment kam. Dann drehte er den unteren Teil erneut hin und her, behielt dabei die Anzeige eines kleinen Displays im Auge. Soong vernahm ein hochfrequentes Summen, das ihn veranlasste, die Zähne zusammenzubeißen und einen Schritt zurückzuweichen.

»Was ist das?«, fragte er.

»Nur ein kleines Spielzeug«, erwiderte Waslowick geistesabwesend und sah auch weiterhin aufs Display. »Ich habe es vor einigen Jahren erworben. Es sondiert den Mechanismus und sucht nach einer Resonanzfrequenz, für den Fall, dass die Verriegelung ...« Er zögerte und suchte nach den richtigen Worten. »Es ist schwer zu erklären.«

»Kann ich mir denken«, sagte Soong skeptisch.

Dann kam ein lautes, bedrohliches Klicken von der Tür, genau die Art von Geräusch, die Soong von der Tür des Haupttresorraums auf der klingonischen Heimatwelt erwartet hätte. Graves trat einen Schritt zurück.

Im Innern der Tür gerieten Dinge in Bewegung. Statische Elektrizität prickelte auf Soongs Haut und er vernahm ein leises Zischen, wie bei einem Druckausgleich.

»Wie lange, sagten Sie, ist diese Tür geschlossen gewesen?«, fragte Soong leise und hoffte, dass es beiläufig klang.

»Ich habe nichts gesagt«, erwiderte Waslowick.

»Hm. Offenbar hat die Tür gute Lager.«

Waslowick trat vor. »Ich bin immer der Meinung gewesen, dass man eine Kultur nach der Qualität ihrer Kugellager beurteilen kann.« Mit dem Zeigefinger tastete er nach dem Rand der Tür und zog. Sie schwang auf. Warme, verbrauchte und trockene Luft wehte nach draußen. An der Decke und den Wänden glühten Leuchtflächen und erhellten einen Raum ohne besondere Merkmale. An der Rückwand zeigte sich eine zweite Tür.

»Eine Art Luftschleuse«, sagte Soong.

»Oder eine Falle«, murmelte Graves.

Waslowick stellte einen Fuß auf die Schwelle der Tür und sondierte den Raum, erst mit dem Tricorder und dann mit dem stiftartigen Gerät. »Nichts«, sagte er. »Was aber wenig bedeutet. Wer dies gebaut hat, könnte unsere Sensoren leicht täuschen. Kein Wunder, dass Starfleet dies nicht gefunden hat.« Er zögerte und schien kurz zu überlegen. Dann gab er sich einen Ruck und betrat den Raum, bevor Soong ihn zurückhalten konnte.

Nichts geschah.

Graves ließ den angehaltenen Atem entweichen. »Bitte machen Sie das nie wieder«, brachte er zwischen zusammengebissenen Zähnen hervor.

»Entschuldigung«, sagte Waslowick, ohne zurückzusehen. »Es schien mir die einfachste Lösung zu sein. Außerdem erfordert es schon ziemlich viel Paranoia, um in einer Luftschleuse eine Bombe zu verstecken. Nur ein Weg hinein, nur ein Weg hinaus. Warum eine Bombe daran vergeuden?«

»Klingt so, als hätten Sie gründlich darüber nachgedacht«, meinte Soong.

»Oh, natürlich«, erwiderte Waslowick. »Und auch Sie werden irgendwann einmal darüber nachdenken. Wenn Sie älter sind.«

Er bemerkte ein Tastenfeld an der hinteren Wand, näherte sich ihm und richtete den Stift darauf, der erneut leise und gleichzeitig fast schrill summte. Soong und Graves sahen sich an, zuckten mit den Schultern und betraten die Schleusenkammer ebenfalls. Wenige Sekunden später klickte es auch in der zweiten Tür.

Graves nahm all seinen Mut zusammen, zog die Innentür auf und schritt in den zweiten Raum. Soong wusste, dass sie den Bogen überspannten, und rechnete halb damit, dass Phaserstrahlen von den Wänden zuckten. Doch die einzige Reaktion auf ihr Eintreten bestand darin, dass auch hier Leuchtelemente an der Decke und den Wänden zu glühen begannen.

Der zweite Raum war nicht leer.

Er war wesentlich größer als die Schleusenkammer und fast ebenso schmucklos. An der einen Wand zeigten sich mehrere schmale Plattformen, die wie Betten wirkten, fand Soong, doch von der Bettwäsche hatten die vergangenen Jahrtausende nur Staub übrig gelassen. Sechs kleine Würfel umgaben einen breiten, hüfthohen Kubus – es sah nach einem Essbereich aus. In einer teilweise abgeschirmten Ecke standen mehrere Apparate, die vielleicht zur Unterhaltung oder zur Kommunikation gedient hatten.

Soong nahm dies alles mit einem Blick in sich auf, und der Umstand, dass er die verschiedenen Objekte identifizieren konnte, deutete darauf hin, dass es biologische und psychologische Gemeinsamkeiten gab zwischen jenen längst toten Wesen und den Menschen. *Natürlich,* dachte Soong. *Immerhin haben sie humanoide Androiden gebaut.* Es lohnte kaum, diese banale Feststellung in Worte zu fassen, aber solange er darüber nachdachte, brauchte er sich nicht mit den anderen Dingen in diesem Raum zu befassen.

Zunächst einmal war da *die Maschine*, die den Raum dominierte und für Soong keinen Zweifel daran ließ, dass sie den Hauptgrund für die schwer gepanzerten Türen darstellte. Mit seiner intuitiven Fähigkeit, fremde Technik schnell zu analysieren, gelangte er zu dem Schluss, dass es sich um einen der von Waslowick erwähnten Apparate handelte, um einen Duplikator. Oder um etwas, das einen ähnlichen Zweck erfüllte.

Aber so erstaunlich diese Entdeckung auch sein mochte – sie verblasste im Vergleich mit der anderen, mit der Realität *des Körpers*.

Mit dem Gesicht nach unten lag er auf dem Boden, perfekt beleuchtet von einer Lampe an der Decke – wie auf einer Bühne, um die Aufmerksamkeit des Publikums auf dieses eine Objekt zu richten. Nun, Soongs Aufmerksamkeit hatte der Körper zweifellos. Er sah ganz anders aus als der draußen beim Sims. Jener Körper war über Äonen hinweg den Elementen ausgesetzt gewesen und praktisch versteinert.

Nicht so dieser. Das Individuum mit der kupferfarbenen Haut war perfekt erhalten. Soong konnte sich problemlos vorstellen, wie das Wesen aufstand, Staub abklopfte und sagte: »Bitte entschuldigen Sie …«

Wenn nicht das große Loch im Rücken gewesen wäre.

»Das muss wehgetan haben«, brummte Graves.

Waslowick maß ihn mit einem strengen Blick. »Hat jemand etwas Nützliches zu sagen? Irgendeine Ahnung, was den Fremden umgebracht hat?«

Soong hätte gern »Das Loch im Rücken« geantwortet. Stattdessen sagte er: »Eine Energiewaffe. Sehen Sie nur, wie glatt der Rand der Wunde ist.«

»Gut beobachtet, Noonien.«

Soong konnte die Frage nicht zurückhalten: »Aber

wie wurde das Wesen erschossen, wenn es sich allein in einem verschlossenen Raum befand?«

Überraschenderweise ließ Graves die Stimme der Vernunft erklingen. »Der Schütze könnte sich hinausgebeamt haben. Oder das Wesen zog sich die Schussverletzung woanders zu, um anschließend hier zu sterben.«

Waslowick beobachtete die Szene so aufmerksam, als versuchte er, die Ereignisse von damals zu rekonstruieren. »Wenn das Geschöpf mit dem Gesicht nach vorn fiel, war es dem großen Apparat zugewandt, als es starb. Möglicherweise wollte es sich reparieren, brach aber zusammen, bevor es sein Ziel erreichte ...«

»Vielleicht erfahren wir es nie.« Graves aktivierte seinen Tricorder. »Wir sollten gründlich sondieren und so viel wie möglich aufzeichnen, bevor wir irgendetwas anrühren.«

Waslowick nickte. »Gute Idee, Ira. Wir wissen nicht, wie fragil die Dinge hier sind. Es könnte alles von einem Augenblick auf den anderen zu Staub zerfallen.«

Das Summen der Tricorder warf seltsame Echos, aber die vertrauten Geräusche halfen Soong, sich von einem Teil seiner Unruhe zu befreien. Als sie glaubten, genug Daten gewonnen zu haben, näherten sie sich der Maschine. Soong und Graves sondierten sie, während Waslowick den Körper untersuchte. Er zerfiel nicht zu Staub, wie er befürchtet hatte.

»Nun?«, fragte Waslowick nach einer Weile. »Funktioniert das Ding noch?«

Graves und Soong wechselten einen Blick. Sie hatten beide damit gerechnet, dass jemand diese Frage stellte. »Vielleicht«, erwiderte Soong schließlich. »Wenn es eine Energiequelle gibt. Wer auch immer dies gebaut hat – er wollte ganz offensichtlich etwas Dauerhaftes schaffen. Aber ...« Er zögerte.

»Aber was?«

»Was haben Sie vor?«, fragte Soong.

Waslowick seufzte. »Ich schlage vor, dass wir unserem Freund hier dabei helfen, das zu Ende zu bringen, was er damals begann. Wenn er wieder zum Leben erwacht, könnte er viele Fragen beantworten. Und wenn nicht …« Er zuckte mit den Schultern. »Bei dem Versuch, das Wesen aus dem Jenseits zurückzuholen, könnten wir viel über die Funktionsweise des Apparats erfahren. Wir sollten zumindest in der Lage sein, Basisdaten zu ermitteln und festzustellen, wozu das Ding imstande ist.«

Graves und Soong wechselten erneut einen Blick. Waslowick verstand sich darauf, verrückte Ideen vernünftig klingen zu lassen. Graves lächelte entschuldigend. »Hört sich nach einem guten Thema für Ihre Dissertation an, Noon.«

Soong lachte. Graves hatte ihn nie zuvor mit seinem Vornamen angesprochen und dieser kleine Trick verfehlte seine Wirkung nicht. Soong hob die Hände und kapitulierte. »Na schön. Wie Sie wollen.«

»Gut«, sagte Waslowick. »Da wir uns jetzt einig geworden sind … Könnte mir bitte jemand helfen?« Er schob die Hände unter die Arme des Androiden. »Wir haben nicht ewig Zeit.«

Diese Worte schienen für Waslowick eine zusätzliche Bedeutung zu haben, die Soong nicht verstand, aber er bemerkte das kleine, geheimnisvolle Lächeln, das dabei auf den Lippen des Professors erschien.

12

Beverly Crusher blickte an die Decke über der Krankenstation auf Galor IV und fragte sich, wann sie zum letzten Mal mehr als vierundzwanzig Stunden außerhalb der *Enterprise* verbracht hatte. Vor sechs Wochen? Vor zwei Monaten? War es noch länger her? Normalerweise machte es ihr nichts aus, sich an die Verhältnisse auf einem Planeten zu gewöhnen, aber ihr Schlafzyklus entsprach nicht dem der lokalen Zeit und sie begann die Auswirkungen zu spüren. Sie hätte ein leichtes Stimulans nehmen können, um die Zeit bis zum Beginn des lokalen Ruhezyklus zu überbrücken, aber dann wäre sie bei der Rückkehr zum Schiff – nach Maddox' Rekonvaleszenz oder, schlimmer, seinem Tod – mit dem gleichen Problem konfrontiert worden. Deshalb beschloss sie, es einfach durchzustehen. Ihr Dienst ging … wann zu Ende? Sie hatte völlig das Zeitgefühl verloren.

Crusher sah zum Chronometer auf dem Schreibtisch: 15.30 Uhr. Für sie fühlte es sich wie Mitternacht an. Und es war auch so still wie um Mitternacht, insbesondere im Vergleich mit dem Geräuschpegel, an den sie in der Krankenstation der *Enterprise* gewöhnt war. Abgesehen von ihr arbeiteten nur noch zwei andere Personen hier: ein andorianischer Techniker, den alle Po nannten, und die Oberschwester der Tagschicht, Maury Sullivan.

»Funktioniert der Replikator noch immer nicht, Maury?«, fragte Crusher.

Die Krankenschwester sah von einem Diagramm auf

und nickte kummervoll. »Ich habe den ganzen Tag über versucht, jemanden von der Wartungsabteilung hierher zu holen. Aber bei uns ist es schwer, die Aufmerksamkeit von Technikern zu bekommen, wenn es um etwas anderes geht als um die Spaltung von Elementarteilchen.« Crusher lächelte, als sie diese Worte hörte, und Maury schmunzelte erleichtert. »Ist das auch an Bord von Raumschiffen so?«

Crusher schüttelte den Kopf. »Nein.« Nach kurzem Nachdenken fügte sie hinzu: »Normalerweise nicht. Außerdem wissen alle, dass es besser ist, die Bordärztin nicht zu verärgern.«

Maury lachte. »Das muss schön sein. Hier können wir höchstens damit drohen, keine Magensäure bindenden Mittel mehr auszugeben.«

»Kein sehr wirkungsvolles Druckmittel«, kommentierte Crusher. »Ich mache Ihnen einen Vorschlag. Sie sagen mir, wo ich hier einen anständigen Kaffee bekommen kann, und ich bitte jemanden von der *Enterprise*, Ihren Replikator zu reparieren.«

»Tatsächlich?« Maury stand sofort auf. »Abgemacht. Wie trinken Sie Ihren Kaffee?«

»Nein, nein, Sie brauchen mir nur den Weg zu beschreiben.«

Maury winkte ab. »Schon gut. Sie würden sich garantiert verlaufen. Als man diese Anlage plante, schien jemand einen gemeinen Intelligenztest im Sinn gehabt zu haben. Sie würden eine Ewigkeit brauchen, sich bei uns zurechtzufinden.« Die Oberschwester zögerte kurz. »Und außerdem: Mein Mann arbeitet im Labor direkt neben der Kantine. Ich könnte kurz bei ihm vorbeischauen.«

»Oh.« Crusher war ein wenig enttäuscht. Sie hatte gehofft, sich die Beine vertreten zu können. »Na schön. Was soll ich sagen, wenn jemand anruft?«

»Es wird niemand anrufen«, erwiderte Maury und

ging zur Tür. »Und wenn sich doch jemand meldet, so will er sicher mit Ihnen reden. Sie sind der Doktor.«

»Das stimmt vermutlich«, sagte Crusher mehr zu sich selbst, denn Maury war bereits durch die Tür. Sie sprang auf und rief: »Milch und Zucker.«

Und dann wurde es sehr still, abgesehen vom leisen Piepsen ferner Überwachungsgeräte und einem gelegentlichen dumpfen Zischen, das von der Luftumwälzungsanlage stammte. Crusher dachte daran, sich mit der *Enterprise* in Verbindung zu setzen und nach dem Status der Krankenstation zu fragen, aber der letzte Kom-Kontakt lag erst zwei Stunden zurück, und wenn sie schon wieder einen Situationsbericht verlangte, hielt man sie bestimmt für eine Nervensäge. Um sich abzulenken, wandte sie sich dem Bibliothekscomputer zu und rief Maddox' medizinische Daten auf den Schirm.

Vor ihrer Ankunft hatte Beverly Crusher die Ergebnisse aller vom Medo-Personal der Intensivstation durchgeführten Untersuchungen überprüft und die Scans dann noch einmal wiederholt – ohne konkrete Resultate. Es gab keine neurologischen Verletzungen. Eine Infektion konnte ebenso ausgeschlossen werden wie eine Gewebereaktion. Biomechanische Implantate fehlten. Maddox war bewusstlos und sein Zustand ähnelte mehr tiefem Schlaf als einem Koma. Es gab Hirnaktivität, aber sie war desorganisiert und strukturlos, reagierte nicht auf die Außenwelt. Maddox' Gehirn schien in einem Kraftfeld zu stecken, das es von allen externen Stimuli abschirmte. Diese Vorstellung bereitete Crusher besonderes Unbehagen, denn einher damit ging der Gedanke, dass Maddox' Selbst irgendwo dort drin steckte und nach einem Weg zur anderen Seite suchte.

Vielleicht sollten wir die Untersuchungen noch einmal wiederholen. Vielleicht haben wir irgendetwas übersehen. Vielleicht stimmt mit den Geräten etwas nicht. Vielleicht sollte ich

Maddox zur Enterprise *beamen lassen.* Crusher legte den Kopf auf den Schreibtisch. *Vielleicht sollte ich ein Nickerchen machen.* Sie wollte die Augen nur für eine Minute schließen, nicht länger. Maury kehrte bestimmt bald zurück. Wenn bis dahin jemand ihre Hilfe brauchte … Die akustischen Signale des Kommunikators würden sie wecken. Sie erwachte schnell; das hatte sie als Ärztin gelernt.

»Doktor?«

Crusher setzte sich abrupt auf. »Ja?«, fragte sie zu laut.

»Haben Sie geschlafen?«

Es war nicht Maurys Stimme. Sie hätte fast auf ihren Insignienkommunikator geklopft, in der Annahme, dass sich die *Enterprise* mit ihr in Verbindung setzte, doch dann drehte sie den Kopf.

»Data? Nein. Ich meine, ja, ich bin eingenickt. Wie lange habe ich …?«

»Ich bin erst vor fünfunddreißig Sekunden hereingekommen. Deshalb weiß ich nicht, wie lange Sie geschlafen haben.«

Crusher blickte zum Chronometer und versuchte sich daran zu erinnern, welche Zeit es zuletzt angezeigt hatte. Ganz sicher war sie nicht, aber sie glaubte, nicht mehr als fünf Minuten weggetreten gewesen zu sein. Rasch überprüfte sie Maddox' Display und fand dort die vertrauten Anzeigen: Der Mann war bewusstlos und rührte sich nicht.

»Ich … Schon gut, Data. Tut mir Leid. Ich bin ein wenig durcheinander.« Crusher strich sich das Haar aus der Stirn und versuchte, die Benommenheit aus ihrem Denken zu verbannen. »Kann ich Ihnen helfen?«

Data nahm dort Platz, wo Maury gesessen hatte. Er zögerte und wirkte fast verlegen, fand Crusher. »Ich bin gekommen, weil ich mehr über Commander Maddox' Zustand erfahren möchte. Ich habe mich gefragt, ob Sie über Informationen verfügen, die in Ihrem letzten Logbucheintrag keine Erwähnung fanden. Mir ist bekannt, dass Sie sich mit Spekulationen zurückhalten.«

Crusher fühlte sich von vager Sorge erfasst – Data wusste erstaunlich viel darüber, wie sie ihre Berichte verfasste. »Das stimmt«, sagte sie. »Allerdings sind die Informationen diesmal komplett. Commander Maddox' physische Verletzungen sind verheilt, und ich konnte keine Gewebeschäden in seinem Gehirn feststellen. Doch sein Selbst bleibt uns verschlossen. Vielleicht gibt es etwas, das wir übersehen haben, aber ...« Sie beendete den Satz nicht und zuckte mit den Schultern. »Mehr gibt es eigentlich nicht zu sagen.«

»Ich verstehe.« Data runzelte die Stirn und sein Tonfall machte deutlich, dass er eigentlich nicht verstand. »Kann ich Ihnen irgendwie zu Diensten sein, Doktor?«

Crusher schüttelte den Kopf. »Als ich heute Morgen mit dem Captain gesprochen habe ... Moment, ich meine gestern Abend ...« Sie rieb sich die Stirn. *Ich hasse die Zeitunterschiede zwischen Schiff und Planet,* dachte sie und versuchte es noch einmal. »Der Captain meinte, dass Sie Ermittlungen in Hinsicht auf das Unglück im Laboratorium anstellen. Sollten Sie Ihre Bemühungen nicht darauf konzentrieren?«

Data blickte auf seine gefalteten Hände hinab und drehte die Daumen. Ein oder zwei Sekunden lang fragte sich Crusher, ob er eine neue Manieriertheit ausprobierte. »Die Untersuchungen sind in eine Sackgasse geraten, Doktor. Um ganz ehrlich zu sein: Ich habe gehofft, dass Commander Maddox erwachen und uns erzählen könnte, was im Laboratorium geschehen ist. Aber ich schätze, solche Erwartungen sind unrealistisch ...«

Crusher nickte, gerührt von Datas Enttäuschung. Dann regte sich ihre Intuition und sie fragte: »Gibt es sonst noch etwas, Data?«

»Wie meinen Sie das, Doktor?«

»Wollten Sie mich noch etwas anderes fragen?«

»Ich … nun, ja.« Data zögerte. »Es gibt da etwas, über das ich in letzter Zeit sehr viel nachgedacht habe, und ich hoffte, Sie könnten vielleicht …« Er zögerte erneut und es fiel ihm ganz offensichtlich schwer, die richtigen Worte zu finden. Dies war ein ganz anderer Data als der, den Crusher kannte. Dann erinnerte sie sich an ihr letztes Gespräch mit Jean-Luc; dabei hatte er das Aufsehen erwähnt, zu dem es durch den Tanz von Data und Rhea McAdams gekommen war. Wünschte sich Data Tanzunterricht? Brauchte er romantischen Rat oder gar Informationen über die Aktivitäten von Vögeln und Bienen?

Plötzlich war Beverly Crusher hellwach … und auch ein wenig nervös.

Aber dann begriff sie, dass Data nicht an Vögel und Bienen dachte – sie sah es in seinen Augen. Seine Überlegungen galten anderen fundamentalen Dingen. »Vor kurzer Zeit fiel mir ein, dass es in meinem Freundeskreis …« Er legte eine Pause ein und Crusher begriff den Grund dafür: Er wollte ihr Gelegenheit geben, auf das Wort »Freundeskreis« zu reagieren. Den anderen Führungsoffizieren stand Data viel näher, vor allem deshalb, weil er enger mit ihnen zusammenarbeitete, aber auch, weil er die Dienste der Bordärztin nicht brauchte. Wenn der Androide ein »medizinisches« Problem hatte, wandte er sich an Geordi, nicht an sie. Crusher wahrte einen neutralen Gesichtsausdruck und forderte Data mit einem Nicken auf fortzufahren. »… niemanden gibt, der so große Erfahrung mit dem Tod hat wie Sie.«

Data musterte die Ärztin aufmerksam, vielleicht um ihre Reaktion einzuschätzen. Sie war die Bordärztin des Flaggschiffs von Starfleet und hatte die medizinische Abteilung der Sternenflotte geleitet. Es war alles andere als leicht, sie zu schockieren. Was keineswegs bedeutete, dass sie nicht überrascht war von der Richtung, in die das Gespräch führte. Sie befeuchtete sich die Lippen und nickte. »Ich schätze, das stimmt, Data. Ich meine, als Ärztin habe ich es oft mit dem Tod zu tun bekommen. Aber nicht zu oft, hoffe ich. Ich meine, so etwas ist ein schlechtes Aushängeschild …«

Data richtete einen fragenden Blick auf sie. Crusher schüttelte den Kopf. »Schon gut. Das war eine dumme Bemerkung. Vielleicht kann ich Ihnen besser Antwort geben, wenn Sie mir erklären, warum Sie über dieses Thema sprechen möchten …«

»Ich erlebe die emotionalen Auswirkungen der Erkenntnis, dass ich viel länger leben werde als *alle*, die ich kenne, Doktor. Meine Berechnungen deuten darauf hin, dass ich ohne Veränderungen am neuralen Netz oder am positronischen Gehirn eine minimale Lebenserwartung von …«

»Schon gut, Data«, sagte Crusher und fühlte Ärger, ohne einen Grund dafür zu erkennen. »Ich habe verstanden – Ihre Lebenserwartung ist ziemlich hoch. Bitte erklären Sie mir jetzt, warum Sie das Bedürfnis verspüren, darüber mit mir zu reden.«

Falten bildeten sich in Datas Stirn, als ihm klar wurde, dass er die Ärztin auf eine Weise verärgert hatte, die ihm rätselhaft blieb. Er stand auf und sagte: »Bitte entschuldigen Sie, Doktor. Ich möchte Ihnen nicht länger zur Last fallen und gehe jetzt.«

Crusher bedeutete ihm mit einer Geste, wieder Platz zu nehmen.

»Nein, nein, Data, *ich* entschuldige mich. Ich bin derzeit nicht ganz auf der Höhe. Lassen Sie mich raten: Sie möchten wissen, was ich empfinde, wenn Patienten sterben.«

Der Androide nickte. »Ja«, bestätigte er. »Vor allem interessiert mich, was Sie fühlen, wenn die betreffenden Patienten Freunde von Ihnen sind. Wie werden Sie mit dem Wissen fertig, dass Sie vielleicht … allein zurückbleiben?«

Crusher konnte sich ein Lächeln fast nicht verkneifen, als sie ganz plötzlich den Grund für ihren Ärger begriff. Solche Gespräche hatte sie mit Wesley geführt, als er elf oder zwölf gewesen war, damals, als er kurz vor der Pubertät mit den großen moralischen und ethischen Sorgen eines Heranwachsenden rang, der seinen Platz im Universum zu entdecken begann. Data erinnerte sie an ihren Sohn und das passte ihr nicht.

Crusher und Troi hatten viele Abende damit verbracht, über Wesley zu sprechen, der den Reisenden auf einer intergalaktischen Mission der Selbstentdeckung begleitete. Aber ganz gleich, in welch schöne Worte es Deanna kleidete: Derzeit war Wesley für Beverly verloren und sie vermisste ihn sehr. Sie wusste, dass er vielleicht eines Tages zurückkehrte, als erwachsener Mann, unverändert von den Jahren, die immer schwerer auf ihr lasteten. Aber die Ungewissheit belastete sie sehr und sie befürchtete, im Lauf der Zeit zu verbittern.

Und Data, der zu Wesleys besten Freunden gezählt hatte, erinnerte sie nun an jenen Verlust, der ihr solche Schmerzen bereitete. Kein Wunder, dass sie gereizt reagierte. Der Androide verstand nicht das emotionale Minenfeld, durch das er stolperte, und es wäre ungerecht gewesen, ihn dafür zu bestrafen. Er hatte eigene Probleme.

»Sie stellen da eine schwierige Frage, Data. Alle Personen in den medizinischen Berufen müssen sich immer wieder mit ihr auseinander setzen. Ich gebe Ihnen die gleiche Antwort wie Wes vor vielen Jahren: Das Schwierigste daran, Arzt zu sein, ist nicht etwa das Wissen, dass man eines Tages Patienten verlieren könnte, sondern die Möglichkeit, sich eines Tages daran zu gewöhnen.« Crusher zögerte kurz, um Data Gelegenheit zu geben, über diese Worte nachzudenken. »Ich habe mit Ärzten gesprochen, die an der Front tätig sind und Gruppen begleiten, die gegen das Dominion kämpfen, und deshalb kann ich Ihnen dies sagen: Das Schrecklichste, was sie sich vorstellen können, besteht darin, den Tod so oft zu sehen, dass sie sich an ihn gewöhnen und innerlich taub werden. Manche von ihnen verlieren die Fähigkeit zur Anteilnahme. Sie verschließen sich, weil sie nicht mit so viel Schmerz und Leid fertig werden können. Sie erledigen ihre Arbeit, aber ein Teil von ihnen stirbt.«

Data nickte. »Ich verstehe ...«

»Ich bin noch nicht fertig, Data«, sagte Crusher. »Sie sollen noch etwas anderes erfahren. Ich habe mit jenen Ärzten gesprochen, weil ich der medizinischen Abteilung von Starfleet dabei half, Ärzte für den Fronteinsatz auszuwählen. Dabei ging es um psychologische Bewertungen, persönliche Profile und so weiter. Hier ist der schlimmste Teil, über den wir nicht gern sprechen: Wir können es nicht riskieren, Ärzte an die Front zu schicken, die zu sehr Anteil nehmen. Wir müssen jene auswählen, die imstande sind, einen Teil von sich zu bewahren und ihre Pflicht zu erfüllen. Immer wieder müssen wir uns diese Frage stellen: Wie viel Anteilnahme können wir uns erlauben? Welchen Belastungen dürfen wir uns aussetzen, bevor wir einen Punkt erreichen, an dem wir nicht mehr erkennen können, wann es Zeit wird aufzuhören?«

Verwirrung zeigte sich in Datas Gesicht, außerdem ein Schatten von Verzweiflung, und daraufhin unterbrach sich Crusher. Sie redete zu viel, stellte sie überrascht fest. Data hatte nach einer Art Rettungsring Ausschau gehalten, aber sie zerrte ihn aufs offene Meer hinaus.

»Das ist das Schlimmste«, sagte sie. »Das Beste aber ist: Wir alle, Ärzte und Krankenschwestern, genießen einen besonderen Segen ... Gelegentlich erleben wir Wunder und sehen Dinge, die wir nicht erklären können, von denen wir aber wissen, dass sie real sind. Im Innern von Menschen – im Innern aller intelligenten Wesen, glaube ich – gibt es etwas, das selbst die Abgestumpftesten von uns überrascht ...«

Sie schwieg und wusste nicht recht, wie sie diesen Gedanken zu Ende führen sollte. Sie konnte nur hoffen, dass Data Trost in ihm fand.

»Was ist mit Commander Maddox?«, fragte er, drehte den Kopf und sah zum Monitor. »Hat er den Punkt erreicht, an dem man nur noch auf ein Wunder hoffen kann?«

Crusher dachte über die Frage nach. Sollte sie mit der reinen Wahrheit herausrücken, oder verlangte die Situation ein wenig Zuckerguss? Sie entschied sich für den Mittelweg. »Noch nicht ganz. Es gibt noch das eine oder andere, das wir ausprobieren können. Aber so ungern ich das auch zugebe: Jeder gute Arzt weiß, dass er einen Patienten manchmal einer höheren Macht überlassen muss.« Sie lächelte und spürte, dass diese Antwort nicht genügte. Aber ihr fiel nichts Besseres ein. Auch die Gespräche mit Wesley hatten oft ein derartiges, eher unbefriedigendes Ende genommen.

»Danke, Doktor«, sagte Data. »Ich weiß es zu schätzen, dass Sie so offen waren und Ihre Gedanken mit mir teilten. Wenn ich irgendetwas für Sie tun kann ...«

Crusher fragte sich, warum Maury so lange fortblieb – und dann fiel ihr plötzlich etwas ein. »Vielleicht können Sie mir tatsächlich helfen, Data. Dort drüben steht ein Replikator ...« Sie deutete Richtung Aufenthaltsraum. »Er funktioniert nicht. Könnten Sie sich das Gerät einmal ansehen?«

Data wirkte überrascht, zuckte dann aber mit den Schultern und freute sich über die Möglichkeit, der Ärztin einen Gefallen erweisen zu können. »Natürlich, Doktor. Ich habe keine Werkzeuge dabei, aber zumindest eine Diagnose sollte möglich sein ...« Er lächelte, Hinweis darauf, dass die letzten Worte scherzhaft gemeint waren.

Sie standen zusammen auf. Crusher trat hinter dem Schreibtisch der Station hervor, aber sie wollte sich nicht zu weit von den Monitoren entfernen. Sie hielt das selbst für töricht und erinnerte sich an die vielen automatischen Systeme, die sie sofort auf irgendeine Veränderung hinweisen würden. Andererseits: Ein Arzt verließ sich nie allein auf irgendwelche Geräte. Als Data zum Aufenthaltsraum ging, blieb Crusher zurück. Dabei glitt ihr Blick durch den Korridor und in den matt erhellten Raum, in dem Maddox lag, und sie glaubte, *etwas* gesehen zu haben. Aber was? Einen Schatten, der sich in Maddox' Zimmer bewegte?

War Maury aus der Kantine zurückgekehrt und an der Station vorbeigegangen, ohne dass Crusher etwas gemerkt hatte? Nein, das erschien ihr absurd. So müde war sie nicht. Sie setzte sich in Bewegung und wollte durch den Korridor gehen, als plötzlich eine Stimme hinter ihr erklang.

»Doktor Crusher?«

Erschrocken wirbelte sie herum und stieß mit der Hand gegen eine Tasse Kaffee. In Crushers Bewusstsein schien es zu einer Art Kurzschluss zu kommen. Die Zeit dehnte sich. Die Tasse und der heiße Kaffee flogen wie in Zeitlupe durch die Luft. Data eilte herbei und Maury, die nie zuvor einen Androiden mit goldener Haut und gelben Augen gesehen hatte, gab einen erschrockenen Schrei von sich und sprang zur Seite. Data rutschte in der Kaffeelache aus und griff nach Crushers Hand, um nicht rücklings auf den Boden zu fallen.

»Es tut mir Leid!«, sagte die Ärztin zu laut und versuchte gleichzeitig, über die Schulter hinweg in Maddox' Zimmer zu sehen. Mit dem Ergebnis, dass sie sich den linken Fuß vertrat. »Verdammt!«, entfuhr es ihr. Sie trachtete danach, Data Halt zu geben, ohne ihren lädierten Fuß zu belasten.

»Was ist los?«, rief Maury. »Was geht hier vor?«

»Maddox«, brachte Crusher hervor, deutete zum Zimmer und hüpfte auf dem gesunden Fuß. Maury wartete keine Erklärung ab und lief los, dichtauf gefolgt von

Data. Crusher erreichte das Zimmer als Letzte und lehnte sich dort an die Tür.

Maury blickte auf die Anzeigen der Instrumente und wirkte sehr verwirrt.

»Was ist passiert?«, fragte sie verwundert. »Ich kann nichts feststellen.«

Auch Crusher konnte nichts entdecken. Alles schien in bester Ordnung zu sein. Die Indikatoren des Biobetts zeigten einen unveränderten Status an. Maddox' Herz schlug regelmäßig. Er atmete ein und aus, träumte dabei von wer weiß was.

»Ich ... ich ...«, begann Crusher unsicher. »Ich dachte, ich hätte jemanden gesehen ... Data, bitte helfen Sie mir durch den Korridor.«

Der Androide griff nach ihrem Arm und führte die Ärztin zur Station.

Dort blieb Maury auf der anderen Seite des Schreibtischs stehen und musterte die beiden. »Würde mir bitte jemand erklären, was hier geschehen ist?«, fragte sie und ihre Stimme vibrierte ein wenig.

Crusher sah die Oberschwester an und lächelte entschuldigend. »Tut mir Leid«, sagte sie. »Ich weiß es nicht. Aber ich glaube, ich brauche Schlaf.«

»Gut«, erwiderte Maury und nahm die Entschuldigung an. »Ich schätze, mehr Kaffee wäre keine gute Idee.«

Sie ging, um den Muskelregenerator zu holen. Crusher stand auf einem Bein, sah durch den Korridor und hielt nach irgendetwas Ausschau, das fehl am Platz war. Aber alles schien in Ordnung zu sein und das verstärkte ihren Ärger.

13

Rhea McAdams schnarchte.

Laut. – Data fand es bezaubernd.

Als er aus dem Laboratorium zurückkehrte, saß McAdams an einer Konsole, den Kopf auf die Arme gelegt und einen kleinen Speicheltropfen im einen Mundwinkel. Zunächst wusste er nicht, wie er sich verhalten sollte, denn er hatte kaum Erfahrung mit Schlafenden. Zwar konnte auch er »schlafen« – bei ihm lief es auf die Deaktivierung bestimmter Systeme hinaus, woraufhin er einen Zustand erreichte, der sich mit menschlicher Unbewusstheit vergleichen ließ –, aber er musste es nicht. Wenn er gelegentlich beschloss zu schlafen, so deshalb, weil es interessant und manchmal auch aufschlussreich war. Er konnte träumen – für ihn der faszinierendste Aspekt des Schlafens – und fand Gefallen daran, anschließend die zufälligen Bilder zu analysieren, die seine Subsysteme erzeugt hatten.

Doch von den sozialen Gepflogenheiten in Hinsicht auf das Schlafen wusste er kaum etwas. Sollte er gehen oder irgendwie auf seine Präsenz hinweisen? Sollte er so leise wie möglich sein?

Rhea löste das Problem, indem sie erwachte – sie schien das leise Zischen der Tür gehört zu haben. Sie hob den Kopf und Data bemerkte streifenförmige Druckstellen an der Seite des Gesichts, die auf den Armen gelegen hatte. Eine Locke fiel ihr in die Stirn. Auch diese Dinge bezauberten ihn.

Rhea gähnte. »Wie spät ist es?«

»Siebzehn Uhr fünfundvierzig«, sagte Data. Fast hätte er hinzugefügt: »Und zweiundvierzig Sekunden.« Aber er entschied sich dagegen, weil er im Lauf der Jahre gemerkt hatte, dass sich Menschen für solche Details nicht interessierten. »Wie lange haben Sie geschlafen?«, fragte er stattdessen.

Rheas Blick glitt durchs Zimmer, als sie versuchte, sich in Zeit und Raum zu orientieren. »Ich weiß nicht«, sagte sie und rieb sich etwas aus dem Mundwinkel. »Wann sind Sie gegangen?«

»Vor etwa zwei Stunden.«

»Kurz danach muss ich dann eingeschlafen sein.« McAdams sah an Datas Beinen hinab. »Es ist seine Schuld«, sagte sie und deutete auf Spot. »Er saß auf meinem Schoß und ... schnurrte. Das Geräusch wirkte ... einschläfernd.«

»Spot ist eine Katze«, stellte Data fest. »Katzen schnurren.«

»Das ist keine Entschuldigung«, erwiderte Rhea, lächelte und rieb sich die Augen. »Möchten Sie Kaffee? Oh, nein, natürlich nicht – aber ich.« Sie stand auf, streckte sich und ging langsam zum Replikator. »Kaffee, heiß«, sagte sie. »Doppelt Milch, einmal Zucker.« Ein akustisches Signal erklang und sie nahm eine dampfende Tasse aus dem Ausgabefach. Rhea pustete auf den Kaffee und fragte: »Neuigkeiten vom Planeten?«

Data schüttelte den Kopf. »Nichts sehr Ermutigendes, abgesehen von dem Umstand, dass die Intensivstation jetzt wieder einen funktionierenden Replikator hat.« Rhea richtete einen verwunderten Blick auf Data, fragte aber nicht nach Einzelheiten und der Androide nannte keine. »Hat sich bei Ihren Analysen der Gespräche mit dem Institutspersonal etwas ergeben?«

»Nicht sehr viel. Ich habe festgestellt, dass Commander Maddox weder die beliebteste noch die unbeliebteste Person auf dem Campus war. Vielleicht interessiert Sie dies: Einige Leute mögen ihn deshalb nicht, weil er Sie bedrängte, für weitere Untersuchungen hierher zu kommen. Sie befürchten, dass er Sie dadurch diskreditiert hat.«

Das überraschte Data, der sich nie von Maddox bedrängt gefühlt hatte und sich auch nicht vorstellen konnte, warum jemand Anstoß daran nehmen sollte. Er gab eine entsprechende Antwort, woraufhin Rhea leise lachte. »Sie wissen gar nicht, dass Sie auf dem Planeten eine Art Berühmtheit sind, oder?«

»Nein.«

Rhea leerte die Tasse, stellte sie ins Ausgabefach des Replikators und ließ sie erneut füllen »Sie sind also auch bescheiden. Was meine Mutter wohl von Ihnen gehalten hätte?«

»Warum sollte es Ihre Mutter interessieren, ob ich bescheiden bin oder nicht?«

Rhea griff wieder nach der Tasse. »Ich glaube, meine Mutter hielt nicht viel von Männern. Sie meinte, die meisten von ihnen seien ›windig‹.«

Data dachte darüber nach. »Ich glaube, ich bin nicht ›windig‹«, sagte er und zögerte. »Allerdings bin ich künstlicher Natur. Hätte das Ihre Mutter gestört?«

»Wissen Sie, während der letzten beiden Tage habe ich darüber nachgedacht. Nein, ich glaube, das hätte meine Mutter nicht gestört. Sie kümmerte sich nicht darum, woher jemand kam. Sie interessierte sich mehr dafür, aus welchem Holz jemand geschnitzt war.«

»Ich bin nicht aus Holz geschnitzt, sondern bestehe aus 24,6 Kilogramm Tripolymer-Verbundwerkstoffen, 11,8 Kilogramm Molybdän-Kobalt-Legierungen, und 11,8 Kilogramm Bioplast-Verkleidung. Mein Schädel …«

»Das meinte ich nicht.«

»Ich weiß. Ich habe mir einen Scherz erlaubt.«

»Ah«, sagte McAdams. »Ich bin gerade aufgewacht. Während der ersten zehn Minuten nach dem Erwachen kann ich mit Scherzen nichts anfangen. Speichern Sie das irgendwo ab.« Data kam der Aufforderung nach. »Nun, von den anderen Forschern ließ sich nicht viel über Maddox erfahren. Was Waslowick betrifft ... Das ist eine ganz andere Geschichte.«

»Klingt ermutigend«, kommentierte Data.

»Nein«, erwiderte Rhea. »Sie haben mich falsch verstanden. Ich meine ... Niemand weiß irgendetwas über ihn. Er arbeitete nur mit Maddox zusammen, nicht einmal mit Barclay – ich glaube, es war dem Lieutenant peinlich, das zuzugeben. Waslowick hat mit niemandem Umgang gepflegt. Können Sie sich vorstellen, dass die Leute nicht einmal wussten, wo er wohnte? Um das herauszufinden, musste ich die Personaldatenbank des Daystrom Instituts bemühen. Dort war seine Adresse gespeichert, aber sonst kaum etwas.«

»Haben Sie sich in seiner Unterkunft umgesehen?«

»Noch nicht«, sagte Rhea. »Ich wollte auf Sie warten. Und dann bin ich eingeschlafen. Aber ich schätze, wir haben später noch Gelegenheit, Waslowicks Quartier einen Besuch abzustatten. Nun, so viel hat sich bei meinen Ermittlungen während der letzten vierundzwanzig Stunden ergeben. Nicht gerade überwältigend, oder? Gibt es bei Ihnen was Neues?«

Data schüttelte den Kopf. »Nein, nichts.«

»Was ist mit einem Tarnanzug? Starfleet-Spezialisten benutzen solche Anzüge, um sich unsichtbar zu machen, während sie soziologische Studien bei Präwarp-Kulturen durchführen.«

»Ich habe daran gedacht. Jene Anzüge hinterlassen eine einzigartige energetische Signatur und die wäre beim ersten Breitband-Scan der Sicherheitsbeauftragten des Instituts zweifellos entdeckt worden. Aber man fand nichts dergleichen.«

»Also müssen wir noch immer etwas finden, um unsere Vermutung zu stützen, dass jemand anders an dem Zwischenfall beteiligt war.«

»Das stimmt nun leider«, sagte Data. »Und um ganz ehrlich zu sein: Allmählich zweifle ich an meinem ›Instinkt‹.«

»Warum?«, fragte McAdams.

»Wir konnten nicht eine plausible Theorie formulieren, die erklärt, warum es zu dem Unglück kam.«

»Mir fallen gleich mehrere ein«, erwiderte McAdams. »Persönliche Rache an einem Mitarbeiter des Projekts. Eine Spionagemission, die schief ging. Technische Sabotage. Vielleicht sogar Terrorismus.«

»Diese Möglichkeiten habe ich ebenfalls in Erwägung gezogen«, sagte Data. »Keine von ihnen erklärt, warum Maddox meinen Namen auf den Boden des Laboratoriums schrieb.«

»Vielleicht war es gar nicht Ihr Name«, spekulierte McAdams. »Vielleicht meinte Maddox etwas anderes damit. Das Wort ›Data‹ bedeutete Informationen, lange bevor es Sie gab.«

»Das stimmt, aber wenn man meine … unangenehme Vorgeschichte mit Commander Maddox in Zusammenhang mit der KI-Forschung sowie den Zustand berücksichtigt, in dem er sich befand, als er meinen Namen mit seinem Blut schrieb … Es deutet darauf hin, dass er etwas auf möglichst einfache Weise mitteilen wollte.«

»Na schön, denken wir einmal darüber nach. Was konnte Maddox veranlasst haben, Ihren Namen zu schreiben?«

»Die einfachste Antwort lautet: Er wollte mich in den Zwischenfall verwickeln.«

»Aber Sie waren nicht da.«

»Stimmt. Als es zu der Explosion im Laboratorium kam, war ich auf dem Weg nach Atrea IV, um die sterblichen Überreste meiner Mutter zu holen.«

»Können Sie das beweisen?«

»Die Aufzeichnungen des Shuttles, meine eigenen, die den Aufenthalt auf Atrea IV betreffen, meine Erinnerungen sowie atreanische Augenzeugen beweisen, dass ich von der *Enterprise* auf direktem Wege nach Atrea IV geflogen bin. Es wäre mir unmöglich gewesen, zum Zeitpunkt des Zwischenfalls auch nur in der Nähe von Galor IV zu sein.«

»Schon gut, die meisten dieser entlastenden Beweise habe ich mir bereits besorgt«, sagte Rhea mit einem dünnen Lächeln. »Das war eine meiner ersten Maßnahmen. Ich bin davon überzeugt – und das gilt vermutlich auch für alle anderen, denn sonst hätte man Sie sofort verhaftet, als Sie sich zum Daystrom Institut beamten –, dass Sie als Verdächtiger ausgeschlossen werden können.« McAdams begann mit einer Wanderung durchs Zimmer. »Aber Maddox hat Ihren Namen aus einem bestimmten Grund geschrieben, vielleicht deshalb, weil er *glaubte*, dass Sie zugegen waren. Könnte sich jemand als Sie ausgegeben haben?«

»Aus welchem Grund?«

»Um Sie zu belasten. Vielleicht richtete sich unser hypothetischer Racheakt gar nicht gegen einen am Projekt beteiligten Wissenschaftler. Möglicherweise war es ein komplexer Plan, Sie in Misskredit zu bringen.«

»Ich glaube, die Bezeichnung ›komplex‹ liefe auf eine Untertreibung hinaus. Es gäbe weniger problematische und wirkungsvollere Möglichkeiten, mich in Misskredit zu bringen.«

»Der Ansicht bin ich ebenfalls.« McAdams blieb vor den Behältern mit den reglosen Androiden stehen und sah Data an. »Was ist mit Lore?«

Data zögerte. »Wie ich schon erklärt habe: Das ist unmöglich. Lore ist tot.«

»Ich möchte nicht gefühllos sein, Data, aber die Ermittlungen verlangen von uns, dass wir unsere Annahmen infrage stellen. Deshalb frage ich Sie: Sind Sie ganz sicher?«

Data spürte eine jähe Aktivität des Gefühlschips. Er

starrte McAdams einige Sekunden lang an, bevor er antwortete, und es fiel ihm schwer, ruhig zu sprechen. »Ja, Rhea, das bin ich. Ich habe Lore für immer deaktiviert. Er kann nicht ins Leben zurückkehren.«

McAdams trat besorgt auf ihn zu. »Es tut mir Leid, Data. Ich weiß, dass es eine alte Wunde für Sie ist, und ich möchte sie nicht aufreißen. Aber es sind schon seltsamere Dinge geschehen.«

»Diesmal nicht«, erwiderte Data. »Nach Lores Deaktivierung habe ich ihn zur *Enterprise* gebracht und das positronische Gehirn aus ihm entfernt – auf diese Weise wollte ich sicherstellen, dass das, was Sie gerade angedeutet haben, nie passieren kann. Ich brachte es in einem Sicherheitsfach in meinem alten Laboratorium unter, vom Körper isoliert. Darüber hinaus habe ich das Sicherheitsfach so programmiert, dass der Versuch, es zu öffnen, einen Selbstzerstörungsmechanismus auslöst.«

»Und was geschah dann?«

»Die *Enterprise*-D stürzte auf Veridian III ab. Lores Körper blieb unbeschädigt, aber das Sicherheitsfach wurde beeinträchtigt, was die Selbstzerstörung auslöste. Das positronische Gehirn existiert nicht mehr.«

McAdams seufzte schwer. »Tut mir Leid, Data. Das wusste ich nicht.«

»Schon gut. Sie erfüllen nur Ihre Pflicht. Solche Fragen mussten gestellt werden.« Data legte eine kurze Pause ein, bevor er fortfuhr: »Leider sind wir der Wahrheit in Hinsicht auf die Ereignisse in Maddox' Laboratorium dadurch nicht näher als zuvor. Wenn die Mitarbeiter des Projekts getötet werden sollten – warum blieb Maddox dann am Leben? Wenn eine Terrororganisation hinter der Explosion steckte – warum gaben sich die Täter dann nicht zu erkennen? Normalerweise übernehmen solche Individuen die Verantwortung für derartige Verbrechen, um bekannt zu werden.«

»Mit anderen Worten: Die Sache ergibt einfach keinen

Sinn. Es war weder ein persönlicher Racheakt noch ein terroristischer Anschlag oder ein Unfall.«

Data schüttelte den Kopf und setzte sich auf einen Stuhl. »Nein. Ich fürchte, es läuft darauf hinaus, dass *ich* keinen Sinn ergebe. Vielleicht werden meine Wahrnehmungen von … Gefühlen getrübt. Möglicherweise habe ich eine Verschwörung vermutet, weil etwas in mir wollte, dass es sich um eine Verschwörung handelt.« Er seufzte. »Ich habe mich mit einigen psychologischen Dateien befasst und festgestellt, dass es oft ein Anzeichen von Unreife und Unterentwicklung ist, wenn Personen dort Verschwörungen sehen, wo gar keine existieren.«

Rhea ging neben dem Stuhl in die Hocke und sah dem Androiden in die Augen. »Ich glaube, Sie haben zwei andere Probleme, über die Sie sich zuerst Sorgen machen sollten, Data. Erstens: Sie zeichnen sich durch ein erstaunlich geringes Selbstvertrauen aus, wenn man bedenkt, dass Sie klüger, tapferer und in praktisch jeder Hinsicht besser sind als alle Männer, die ich kenne, ob künstlicher Natur oder nicht. Und zweitens …« Sie lächelte. »Aus irgendeinem Grund finde ich das sehr attraktiv.«

Data sah auf McAdams hinab und stellte fest, dass er dem sanften Zerren in seinen Mundwinkeln nicht widerstehen konnte. »Das ist ein Risiko, mit dem ich jeden Tag lebe.« Plötzlich schien er von einer Kraft erfasst zu werden, die er nicht ganz verstand und ihn veranlasste, sich vorzubeugen, sein Gesicht an das Rheas heranzubringen. Er schloss halb die Augen und bemerkte, dass auch ihre Lider herabkamen. Aber seine blieben weit genug oben, um zu erkennen, dass ihre Lippen das gleiche sanfte Lächeln zeigten wie zuvor. Er stellte auch fest, dass sie nach Kirschen und Sandelholz duftete, eine seltsame, aber reizvolle Mischung. Er spürte ihren Atem auf den Lippen und glaubte fast, den Kaffee darin zu riechen. Ein älterer, ferner Teil seines Selbst flüsterte: *Dieser Tag hält einige Überraschungen parat …*

Und dann öffnete sich die Tür.

Zwei Techniker steuerten eine Antigravbahre herein, auf der eine in Plastikbahnen gehüllte Gestalt lag. Wenige Sekunden später trat Reg Barclay durch die Tür. Die beiden Techniker schenkten Data und Rhea nicht die geringste Beachtung, aber Reg musterte sie neugierig, bemerkte ihre Nähe und errötete.

Rhea sah Data an, lächelte, richtete sich dann auf und teilte den Technikern mit, wo sie die Bahre abstellen sollten.

Als sie gegangen waren, sagte Barclay: »Es war nicht leicht, den Körper unter der Platte zu bergen, ohne dass der Rest des Gebäudes einstürzte.« Bei dieser Vorstellung verzog er das Gesicht, griff dann in die Werkzeugtasche, holte ein kleines Messer hervor und begann damit, die Plastikbahnen aufzuschneiden.

»Ich helfe Ihnen dabei«, sagte Rhea und löste den Kunststoff vom Körper, während Barclay schnitt. Zum Vorschein kam ein silberfarbener Androide und Data stellte fest, dass er tatsächlich so aussah, als wäre ein Gebäude auf ihn herabgestürzt.

»Ich schlage vor, Sie beginnen mit einigen Basissondierungen«, sagte Rhea sanft.

»Gute Idee«, erwiderte Data. Zusammen mit Barclay positionierte er die Bahre unter der zentralen Sensorphalanx. Anschließend trat Data an die Konsole heran, aktivierte die Sensoren, leitete erste Sondierungen ein und beobachtete, wie Daten über den Monitor scrollten. Nach einigen Sekunden nickte er ungeduldig, während die Phalanx elementare Informationen lieferte. Sie betrafen Zusammensetzung, Skelett- und Muskelstruktur, Kreislauf und Energiesysteme, sensorische und motorische Funktionen.

»Faszinierend«, sagte Data, als ihm Barclay über die

Schulter sah. »Es gibt hier einige sehr interessante Verbesserungen im Vergleich mit meinen Systemen.« Er berührte mehrere Schaltelemente und ein Display zeigte Einzelheiten. »Diese zusätzliche Verarbeitungseinheit im Brustkasten ist eine hervorragende Innovation. Ich werde mit Geordi über die Möglichkeit sprechen, so etwas in meine Systeme zu integrieren.«

Reg zuckte mit den Schultern und ein Lächeln stahl sich auf seine Lippen. »Die meisten strukturellen Veränderungen gehen auf Professor Waslowick zurück. Meine Beiträge betreffen das Verarbeitungszentrum, das ›holotronische‹ Gehirn, wie Bruce es nannte. *Das* ist wirklich gute Arbeit ...« Er sah auf den Kopf des Androiden hinab und fügte hinzu: »Es *war* gute Arbeit.«

Data nickte voller Anteilnahme und sagte dann: »Computer, Sondierung anhalten.« Die Sensoren kamen zur Ruhe. »Rückkehr zu Gitter sieben Alpha Gamma neun.« Die Sensorphalanx bewegte sich kurz und brachte den Kopf der silberfarbenen Gestalt in den Sondierungsfokus.

»Vergrößern«, sagte Data und Barclay beugte sich vor, um das Bild auf dem Display genauer zu betrachten.

Die Spitze eines Scanners der Phalanx glühte erst orangefarben und dann in einem matten Rot, als er über der Stelle kreiste, an der sich die Stirn des Androiden befunden hätte, wenn der Schädel intakt gewesen wäre. Data und Reg beugten sich vor, bis ihre Nasen fast das Display berührten. Schließlich streckte Data die Hand aus und betätigte einen Schalter. Die Scannerspitze glühte nicht mehr und ihre Farbe kehrte zum üblichen Schwarz zurück.

»Meine Güte«, murmelte Reg Barclay.

»Ja«, sagte Data.

McAdams näherte sich und blickte auf den Schirm. »Was ist denn?«

»Der Androide ist eine Fälschung«, sagte Data zwanzig Minuten später.

Die Führungsoffiziere saßen im Aussichtsraum am Tisch, mit Ausnahme von Dr. Crusher, die noch immer auf dem Planeten weilte. Data genoss ihre ungeteilte Aufmerksamkeit. Admiral Haftel war auf einem Bildschirm zu sehen – er befand sich in seinem Büro auf Galor IV und nahm per Kom-Verbindung an der Besprechung teil.

»Soll das heißen, Commander Maddox und seine Mitarbeiter wollten uns hinters Licht führen?«, fragte der Admiral.

»Nein!«, rief Reg und wäre fast aufgesprungen. »Admiral – nein! Der Androide ist eine Fälschung, aber nicht *unsere*.« Er schüttelte den Kopf. »Ich meine, wir haben nicht an einer Fälschung gearbeitet. Der Androide, den wir aus den Trümmern geborgen haben … er hätte kein holotronisches System aufnehmen können. Sein Schädel war … eine leere Hülle.«

»Das stimmt nicht ganz«, sagte Data. »Von einer wirklich leeren Hülle kann nicht die Rede sein. Die meisten Systeme, die ein Androide für seine Funktion braucht, sind vorhanden, aber bei der Untersuchung des Schädels stellten wir fest: Er enthält gerade genug Komponenten, um den Anschein einer holotronischen Verarbeitungseinheit zu erwecken. Angesichts der Komplexität eines solchen Apparats und der Schwierigkeit, ein realistisch wirkendes Duplikat zu konstruieren, konnte die Fälschung einer genauen Prüfung nicht standhalten.«

»Wieso erfahren wir dann erst jetzt davon?«, fragte Picard.

»Der Grund dafür sind falsche Annahmen«, sagte McAdams. »Und eine verdammt clevere Verzögerungstaktik. Der Verlust von Leben, das Ausmaß der Zerstörung und die Schwierigkeit, den Prototypen unter den Trümmern zu bergen – dies alles führte dazu, dass ein detaillierter Scan des Androidenkopfes nicht zu den obersten Prioritäten zählte. Warum nach etwas suchen, das man direkt vor Augen hat?

Es beweist auch, dass sich ein bewusster, Einfluss nehmender Faktor hinter zumindest einigen Ereignissen verbirgt, zu denen es an jenem Abend im Laboratorium kam. Jemand nahm den echten Androiden – aus Gründen, die wir noch nicht kennen – und wollte den Eindruck erwecken, dass er zerstört wurde.«

»Also eine Entführung«, sagte Picard und wählte diesen Ausdruck mit voller Absicht. »Angenommen Sie haben Recht – könnten der oder die Entführer für die Fehlfunktionen verantwortlich sein, die das Laboratorium zerstörten und zum Tod von Professor Waslowick führten?«

»Es ist durchaus möglich, dass die Täter das Gewitter ausnutzten«, antwortete Data. »Die Ermittlungen in Hinsicht auf das Versagen des Wetterkontrollnetzes und den Ausfall der Energieversorgung haben Sabotage als Ursache noch nicht ausgeschlossen. Was den Tod von Professor Waslowick betrifft ...«

»Sir ...« McAdams unterbrach Data und wandte sich an Admiral Haftel. »Die möglichen Konsequenzen dieser Angelegenheit sind sehr ernst. Wenn das Projekt erfolgreich war, ist hoch entwickelte KI-Technik vielleicht in die falschen Hände gefallen. Dabei könnte es sich um eine feindliche Macht oder um Terroristen handeln. Der mögliche Schaden für die Föderation ...«

»Mir sind die Konsequenzen klar, Lieutenant«, sagte Haftel. »Welche Maßnahmen schlagen Sie vor, Mr. Data?«

Bevor Data antworten konnte, piepste McAdams' Insignienkommunikator.

»Das könnte die Bestätigung sein, auf die wir gewartet haben«, sagte Rhea zu Data. »Hier McAdams. Sprechen Sie.«

»Hier Chief O'Neil von der Datenbankverwaltung, Lieutenant. Ich habe einen Bericht für Sie.«

»Geben Sie ihn durch, Chief. Captain Picard, Admiral Haftel und die Führungsoffiziere der *Enterprise* sind bei mir. Wir haben auf Ihren Anruf gewartet.«

»In Ordnung«, sagte O'Neil und räusperte sich. »Ich habe die von Ihnen genannten Datenbanken des Daystrom Instituts überprüft und genau das vorgefunden, was Sie erwarteten: Die Dateien wurden gelöscht. Alle Verzeichnisse, die wir untersuchten, existierten nur zum Schein. Wenn wir etwas zu öffnen versuchten, löste sich die entsprechende Datei einfach auf. Schlimmer noch: Es kam zu einer Art Kettenreaktion, die Dokumentationsdateien ebenso löschte wie Verzeichnisse und ganze Betriebssysteme. Alles verschwand.«

McAdams lächelte grimmig – ihr Verdacht war bestätigt. »Gibt es keine Backups?«, fragte sie. »Was ist mit den Starfleet-Stammdateien?«

»Alle elektronischen Unterlagen des Maddox-Projekts wurden vernichtet«, sagte O'Neil. »Jemand hat die Wartungsroutinen neu geschrieben und falsche Dateien in die Backup-Verzeichnisse von Starfleet kopiert. Nun, ich gebe das nicht gern zu, aber wer auch immer dafür verantwortlich ist: Ich könnte das eine oder andere von ihm lernen.« In O'Neils Stimme erklang widerstrebende Anerkennung.

»Sonst noch etwas, Chief?«

»Eines steht fest: Dies alles geschah nicht spontan. Es steckt vielmehr sorgfältige Planung dahinter, die einige Zeit in Anspruch nahm. Und dann gibt es da noch etwas anderes … Es ist ein wenig seltsam und ich weiß nicht recht, was ich davon halten soll.« O'Neil zögerte und schien auf eine Aufforderung zu warten.

»Fahren Sie fort, Chief«, sagte Picard.

»Einige der Dinge, die ich gefunden habe, einige der Datei-Befehle … Entweder hatte der Programmierer unverschämt viel Glück oder er kannte Hintertüren, über die sonst niemand Bescheid wusste.«

Riker hatte bisher stumm zugehört und fragte nun: »Hintertüren?«

»Das sind gewissermaßen Abkürzungen, die Programmierer im Kommandocode installieren, um die Wiederholung von Prozeduren zu vermeiden oder, was öfter der Fall ist, um Sicherheitsprogramme zu überlisten.«

»Ich bin noch immer verwirrt, Chief«, sagte Haftel. »Was bedeutet dies alles?«

»Die Systeme des Instituts – alle Starfleet-Systeme – basieren auf dem gleichen Grundcode. So sonderbar es auch klingen mag: All diese Programmcodes – auch der Systeme, die durch nichtterranische Programmmodule erweitert wurden – gehen auf die Programmiersprachen des zweiundzwanzigsten und dreiundzwanzigsten Jahrhunderts zurück. Insbesondere auf die Programmiersprachen, die für die duotronischen Systeme des Daystrom Instituts entwickelt wurden. Wer auch immer für diese Sache verantwortlich ist: Er kennt den Code außergewöhnlich gut und ist mit nicht dokumentierten Dingen vertraut.«

Ernste Stille folgte diesen Worten, als alle nachdachten. Schließlich wandte sich Haftel dem unmittelbaren Problem zu. »Können wir sicher sein, dass nicht auch andere Dateien manipuliert wurden?«

»Sicher?«, wiederholte O'Neil. »Nein, ich habe die DI-Systemoperatoren auf die Hintertüren hingewiesen und daraufhin wurden sie geschlossen. Könnte es andere Löcher geben? Ja. Der Unbekannte ist so geschickt, dass wir von eventuellen Manipulationen erst dann erfahren, wenn es zu spät ist.«

»Sie klingen fast so, als bewunderten sie ihn, Chief«, sagte Haftel.

»Nichts für ungut, Admiral. Mir sind natürlich die Implikationen meiner Ausführungen klar, aber guter Code ist guter Code. Der Täter genoss den Vorteil einer Hintertür, aber dort wusste er genau, worauf es ankam.«

»Schon gut, Chief. Ich wollte nur ganz sicher sein, dass ich alles richtig verstehe.«

»Bitte bereiten Sie einen Bericht für den Leiter der Abteilung Computersysteme bei Starfleet Command vor, Chief«, sagte Picard. »Übermitteln Sie ihn der *Enterprise*. Ich leite ihn mit meiner Prioritätskennung weiter.«

»Der Bericht wartet bereits in Ihrem Kom-System auf Weiterleitung, Captain.«

»Ausgezeichnete Arbeit, Chief.«

O'Neil unterbrach die Kom-Verbindung und Picard wandte sich an McAdams.

»Haben Sie und Commander Data eine Liste der Verdächtigen zusammengestellt?«

»Es gibt nur einen logischen Verdächtigen, Captain«, erwiderte Data. »Und zwar Professor Waslowick.«

Barclay blinzelte überrascht. »P-professor Waslowick? Warum denn?«

Riker schien Barclays Überraschung zu teilen. »Ich schätze, das müssen Sie auch mir erklären, Data. Wenn es eine Verschwörung war, so hat Waslowick die wichtigste Regel missachtet. Sie lautet: Man vermeide, selbst ums Leben zu kommen.«

»Kam er wirklich ums Leben, Commander?«, fragte Data. »Endgültige Klarheit gibt es in dieser Hinsicht ebenso wenig wie bei anderen Dingen, die Waslowick betreffen. DNS-Spuren allein sind kein Beweis für seinen Tod. Von anderen Personen wissen wir, dass Professor Waslowick eine Art Rätsel gewesen ist. Bei unseren Ermittlungen fanden wir detaillierte Aufzeichnungen seiner Arbeit auf dem Gebiet der Neurokybernetik, aber über ihn selbst praktisch nichts.«

»Er war sehr reserviert«, sagte Barclay, schien aber die Schwäche dieses Arguments zu spüren.

»Man könnte in diesem Zusammengang von einer regelrechten Besessenheit sprechen«, meinte Data. »Und hier ist eine weitere interessante Information: Admiral Haftel, wussten Sie, dass Professor Waslowick vor siebzig Jahren Gastdozent des Daystrom Instituts war?«

Stille folgte diesen Worten und beantwortete somit die Frage. »In unseren Aufzeichnungen fehlt ein Hinweis darauf, Data«, erwiderte der Admiral schließlich. »Andernfalls wären wir bei unseren Untersuchungen bestimmt darauf gestoßen – oder als Commander Maddox ihn am Projekt beteiligte. Welchen Beweis haben Sie dafür?«

»In einem von Dr. Soongs frühesten Tagebüchern wird Waslowick erwähnt«, erklärte Data. »Einige Substrukturen des holotronischen Androiden erinnerten mich an Hinweise auf die frühen Experimente meines Schöpfers. Er hatte Ideen für Systeme – insbesondere für Gefühlsemulation und Subroutinen der Informationsverarbeitung –, die er nie mit Erfolg entwickeln konnte.«

»Aber Sie haben sie in Maddox' Androiden gesehen?«, fragte Picard.

»Ja, Sir. Als ich in Dr. Soongs Tagebüchern nachsah, fand ich Hinweise auf einen ›Professor W.‹. Nach Prüfung der entsprechenden Einträge habe ich keinen Zweifel daran, dass damit Waslowick gemeint ist. Offenbar hat ihn mein Vater als Student bei einem Seminar kennen gelernt. Sie müssen damals Ideen über künstliche Intelligenz ausgetauscht haben.«

»Warum sind Sie dieser Sache nicht sofort nachgegangen, Data?«, fragte Haftel.

Data wölbte eine Braue – diese Frage schien er nicht erwartet zu haben. »Ich bitte um Entschuldigung, Admiral, aber meine Speichersysteme sind nicht so konzipiert, dass ich gleichzeitig Zugriff auf alle meine Dateien habe. In regelmäßigen Abständen archiviere ich Dateien auf der Basis eines Algorithmus, der prüft ...«

Picard unterbrach den Androiden, indem er die Hand hob. »Schon gut, Data. Ich glaube, der Admiral versteht. Wenn Ihre Informationen stimmen, könnten sie viele Fragen beantworten.«

»Zum Beispiel, wie Waslowick eine Hintertür benutzen konnte«, warf Geordi ein. »Wenn er vor siebzig Jahren am Daystrom Institut gearbeitet hat, war es ihm sicher leicht gefallen, in den dortigen Computersystemen einen entsprechenden Programmcode abzulegen.«

»Na schön, das ergibt durchaus einen Sinn«, sagte Haftel. »Aber die wichtigste Frage, die nach dem Motiv, bleibt unbeantwortet. Warum wollte Waslowick den Androiden stehlen? Und wenn er noch lebt – was hat er mit ihm angestellt?«

»Ich bin mir nicht sicher, Admiral, aber ich habe damit begonnen, eine Theorie zu entwickeln«, entgegnete Data. »Überprüfen lässt sie sich nur, wenn wir die Ermittlungen fortsetzen. Lieutenant McAdams und ich sind der Meinung, dass der nächste Schritt aus einer Durchsuchung von Professor Waslowicks Haus bestehen sollte. Dort stellen wir ›die Bude auf den Kopf‹.«

Alle richteten verwunderte Blicke auf Data, mit Ausnahme von Picard, der sich langsam die Stirn rieb und dabei auf den Tisch blickte.

»Habe ich den Slang-Ausdruck falsch verwendet, Captain?«

»Nein, Data. Es ist nur … ein kultureller Schnitzer. Nichts für ungut, Admiral.«

Haftel nickte knapp.

»Mr. Data, stellen Sie eine Einsatzgruppe zusammen«, fügte Picard hinzu. »Schließen Sie sich ihr an, Nummer Eins.«

»Aye, Sir.«

»Wegtreten«, sagte der Captain.

Riker sah Data und McAdams an. »Transporterraum drei in zehn Minuten?«

Data nickte und wandte sich an Barclay, als alle zur Tür gingen. »Möchten Sie ebenfalls mitkommen, Lieutenant?«

Barclay nickte und stand offenbar noch immer unter dem Eindruck der überraschenden Entdeckungen dieses Tages. »Unbedingt, Commander.«

Rhea hielt die Tür des Turbolifts für Data offen. »Sind Sie in meine Richtung unterwegs?«

»Ich möchte zum Transporterraum drei. Ist das nicht auch Ihr Ziel?«

»Nun, ja. Aber die Frage war nicht wörtlich gemeint. Transporterraum drei«, wies McAdams den Computer des Turbolifts an.

Als die Transferkapsel sie durchs Schiff trug, überlegte Data, auf welche andere Weise er die Frage verstehen sollte. »Ich bin verwirrt«, sagte er schließlich.

Rhea seufzte. »Schon gut«, erwiderte sie. »Werden wir dieses Gespräch oft haben?«

»Da ich nicht weiß, was Sie mit ›dieses Gespräch‹ meinen, müsste meine Antwort vielleicht … ja lauten?«, sagte Data.

Rhea zögerte einige Sekunden lang, bevor sie leise lachte. »Sie haben Recht. Ich wollte nur die Stimmung ein wenig auflockern. Sie wirkten … angespannt.«

»Tatsächlich?«, fragte Data fasziniert. »Wie verhalte ich mich, wenn ich angespannt wirke?«

Rhea antwortete nicht sofort und rollte dann mit den Augen. »Na schön, *ich* bin angespannt«, gab sie zu. »Sie überraschten mich, als Sie im Aussichtsraum über Waslowick sprachen. Ich dachte, wir wollten das alles noch gründlicher überprüfen. Tut mir Leid … Mit Konflikten komme ich nicht besonders gut klar.«

»Aber Sie sind die Leiterin der Sicherheitsabteilung«, sagte Data.

»Und als solche bekomme ich es mit anderen Konflikten zu tun«, erwiderte Rhea.

»Oh«, sagte Data, ohne zu verstehen. »Aber wir setzen die Ermittlungen doch fort, oder? Wir sehen uns in Waslowicks Haus um ...«

»Ich meine genauere Überprüfungen, bevor wir mit dem Captain darüber sprechen.«

Data fühlte so etwas wie Verlegenheit. »Das ... das wusste ich nicht«, sagte er. »Chief O'Neils Bericht erschien mir als die Bestätigung, die wir brauchten.«

»Mag sein«, entgegnete Rhea gereizt und rieb sich den Nasenrücken. »Entschuldigung. Ich neige zu schlechter Laune, wenn ich nicht genug Schlaf bekomme.«

»Das werde ich mir merken«, sagte Data vorsichtig. Als Rhea still blieb, fragte er versuchsweise: »Bedeutet diese Meinungsverschiedenheit, dass Sie das Vertrauen in mich verloren haben?«

Rhea sah auf und bemerkte die Sorgenfalten, die sich in Datas Augenwinkeln gebildet hatten. Mit den Fingerkuppen strich sie sie fort. »Nein«, antwortete sie. »Das auf keinen Fall.«

14

Die Einsatzgruppe materialisierte auf dem breiten Rasen neben einem eher unscheinbaren Holzhaus. Riker blickte sich um und stellte fest, dass es keine weiteren Wohnhäuser in der Nähe gab. Das nächste Gebäude, eine Hütte, stand etwa fünfhundert Meter entfernt auf einem kleinen Hügel, halb verborgen hinter einigen Bäumen.

»Sind Sie schon einmal hier gewesen?«, wandte sich Riker an Barclay.

»Ja«, bestätigte Reg. »Dies ist die so genannte Senke, rund zweihundert Kilometer nördlich vom Institut. Die meisten Leute, die hier wohnen, leben schon seit einer ganzen Weile auf Galor IV: Wissenschaftler, Techniker, Angehörige des Klerus. Wir, äh, Durchreisende ziehen Quartiere vor, die dem Campus näher sind.«

McAdams sah auf die Hausnummer an der Zufahrt. »Wir sind hier richtig.« Es handelte sich um ein altertümlich wirkendes Haus mit breiten, tiefen Fenstern und Schieferplatten auf dem Dach. Zwei Rattanschaukelstühle standen auf der Veranda und beide brauchten einen neuen Anstrich. Zwischen ihnen bemerkte Riker einen niedrigen Tisch. Eine Aura seltsamer Schäbigkeit umgab das Haus, und als sie sich ihm vorsichtig näherten, mit summenden Tricordern, konnte er sich kaum ein weniger bedrohlich wirkendes Gebäude vorstellen.

Was seine Nervosität verstärkte. »Rustikal«, sagte Riker und sondierte erneut mit seinem Tricorder. »Niemand zu Hause«, berichtete er. »Weder Verteidigungssysteme noch Überwachungsgeräte. Es lassen sich keine ungewöhnlichen elektromagnetischen Signaturen feststellen. Klopfen wir an.«

»Sie sagten doch, dass niemand zu Hause ist«, erwiderte Data verwundert.

»Reine Höflichkeit, Data. Man sollte immer anklopfen, bevor man eine ›Bude auf den Kopf stellt‹.«

Die Tür war nicht abgeschlossen, was niemanden überraschte. Im Innern des Hauses herrschte perfekte Ordnung. Die Einsatzgruppe ging langsam von Zimmer zu Zimmer, sondierte und beobachtete. Der Mangel an modernen Haushaltsgeräten deutete darauf hin, dass Waslowick selbst gekocht, selbst gespült und selbst gefegt hatte. Eine kleine private Bibliothek präsentierte sowohl ein breites literarisches Spektrum als auch historische Sachbücher. Im Wohnzimmer griff McAdams nach einigen Handcomputern, die auf einem Couchtisch lagen, und sah sich ihren Inhalt an. Aber die Speicher enthielten nur technische und wissenschaftliche Publikationen, Artikel über Kunst und Downloads, die Tagesereignisse betrafen.

»Ein eklektischer Leser«, kommentierte McAdams.

»Hier hat sich seit mehreren Tagen niemand aufgehalten«, sagte Riker. »Vielleicht sogar seit Wochen.«

»Der Meinung bin ich ebenfalls«, pflichtete Barclay dem Ersten Offizier bei und setzte die Sondierungen fort.

»Ich sehe hier nichts, das mich argwöhnisch werden lässt«, meinte Rhea. »Waslowick wohnte in bescheidenen, nahezu spartanischen Verhältnissen, aber das Heim eines ›Durchreisenden‹ ist dies gewiss nicht.« Sie nahm einen mit komplexen Farbmustern verzierten Keramikteller und betrachtete ihn anerkennend. »Er besaß nicht viele Dinge, wusste aber Qualität zu schätzen.«

»Was *würde* Sie argwöhnisch werden lassen?«, fragte Riker.

»Ich weiß nicht«, erwiderte McAdams. »Wie fühlt sich das Landhaus eines genialen Verbrechers an? Vielleicht habe ich etwas erwartet, das besser aussieht, sich aber schlechter anfühlt.«

Riker, McAdams und Barclay machten sich auf die Suche nach Data und fanden ihn vor der Bibliothek. Mehrmals schwenkte er den Tricorder so, dass er auf den Zugang und dann von ihm fort zeigte.

»Stimmt was nicht, Data?«, fragte Riker.

Der Androide hielt den Tricorder so, dass Riker die Anzeigen sehen konnte. »Bitte behalten Sie das Display im Auge und sagen Sie mir, ob Ihnen etwas auffällt.«

Riker kam der Aufforderung nach, als Data den Tricorder wieder zum Eingang der Bibliothek schwenkte. Schließlich hob er den Blick. »Mir ist nichts aufgefallen. Haben Sie etwas bemerkt, das meiner Aufmerksamkeit entgeht?«

»Es ist sehr sonderbar, Commander«, sagte Data. »Wenn sich der Sondierungsfokus dem Eingang der Bibliothek nähert, flackert das Display für sechs Millisekunden – das ist zu schnell, um vom menschlichen Auge wahrgenommen zu werden.«

»Aber nicht zu schnell für Sie?«

»Nein. Etwas in dem Raum dort scheint die Sondierungssignale des Tricorders zu überlagern, um etwas zu tarnen. Bitte warten Sie hier.« Riker, McAdams und Barclay blieben in der Tür stehen und sahen zu, als Data die Justierung seines Tricorders veränderte und eine gründliche Sondierung vornahm. Langsam ging er durch die Bibliothek, verharrte schließlich vor einem Regal, klappte den Tricorder zu und griff nach einem bestimmten Buch, einem Gedichtband. Er öffnete es und fand in seinem Innern einen kleinen, flachen Apparat, auf dem ein Indikator blinkte. Data fand den Aus-Schalter und betätigte ihn. Die Oberfläche eines kleinen Tisches in der Mitte des Raums schimmerte und zeigte plötzlich eine Interface-Konsole, die dem Föderationsstandard entsprach.

»Meine Güte«, stieß Barclay hervor und blickte auf die Anzeigen seines Tricorders. »D-dies ist ein Transporterraum.«

»Welcher Teil der Bibliothek?«, fragte McAdams.

»Das ganze Zimmer!«, antwortete Barclay. »In den Wänden befinden sich Molekularbild-Scanner, Strukturspeicher, Phasenübergangsspulen ...«

Riker pfiff leise, als sie die Bibliothek betraten und sich Data hinzugesellten. »Die Sache wird immer seltsamer.« Er sah McAdams an. »Denken Sie das, was ich denke?«

»Dass dies die Eingangstür zu einem anderen Haus ist?«, fragte die Sicherheitsoffizierin.

»Etwas in der Art.«

Data hatte die Tischkonsole untersucht. »Die Funktionen sind begrenzt. Im Gegensatz zu den meisten anderen Transportern dient dieser dazu, Materie zu einem einzigen Ziel zu beamen.«

»Wo befindet es sich?«, fragte Riker.

»Das ist unbekannt. Da dieser Transporter nicht auf andere Retransferorte programmiert werden kann, fehlt ihm ein Koordinatensystem. Allerdings können wir annehmen, dass Ort und Entfernung des Zieltransporters in Bezug auf diese Anlage konstant sind.«

»Also auf dem Planeten und nicht an Bord eines Raumschiffs«, schloss McAdams.

»So scheint es«, sagte Data.

Rhea sah Riker an. »Ich nehme an, Sie wollen anklopfen, oder?«

Riker lächelte. »Sie *können* Gedanken lesen, Lieutenant.«

»Halten Sie d-das für eine g-gute Idee, Sir?«, stotterte Barclay.

»Lieutenant Barclay hat nicht ganz Unrecht, Sir«, sagte Data. »Wir wissen nicht, was uns auf der anderen Seite erwartet. Ich schlage vor, wir setzen uns mit der *Enterprise* in Verbindung und bitten um den Einsatz einer Sonde …«

Data bekam keine Gelegenheit, den Satz zu beenden. Von einem Augenblick zum anderen wurde der Transporter aktiv – der Entmaterialisierungseffekt erfasste Riker und die anderen und hielt sie fest, bevor sie reagieren konnten.

Sie rematerialisierten in einem der modernsten Laboratorien, die Riker je gesehen hatte. Außer ihnen schien sich hier niemand aufzuhalten.

»Phaser«, ordnete der Erste Offizier an und die Einsatzgruppe ging sofort in Verteidigungsstellung – jeder blickte mit gezückter Waffe in eine andere Richtung. »Zum Teufel auch, Data, was ist passiert?«

Mit der freien Hand holte Data seinen Tricorder hervor und klappte ihn auf. »Ich bin nicht sicher, Sir. Vielleicht hat einer von uns unabsichtlich einen Sensor berührt, der einen automatischen Transfer einleitete.«

»Oder aber jemand hat uns hierher gebeamt«, sagte McAdams und ließ einen wachsamen Blick durchs Laboratorium schweifen.

»Abgesehen von uns selbst registriere ich keine Lebenszeichen«, erwiderte Data.

»Na schön«, sagte Riker. »Wir sollten trotzdem auf der Hut sein. Und wir bleiben zusammen. Wo genau sind wir, Data?« Das Laboratorium schien sich in alle Richtungen auszudehnen.

Data nahm eine komplette Sondierung vor und erstattete dann Bericht. »Wir sind etwa dreitausendvierhundert Kilometer südöstlich unseres vorherigen Aufenthaltsorts«, sagte er. »Außerdem befinden wir uns hundertfünfzig Meter unter dem Boden des größten Ozeans von Galor IV.«

»Unter dem Boden, sagen Sie?«, fragte Barclay nervös. »Nicht unter der Oberfläche?«

»Korrekt. Diese Anlage besteht aus kreisförmig angeordneten Räumen, die einen großen, kuppelförmigen freien Bereich umgeben, bei dem es sich um einen Hangar handeln könnte.«

An der Innenwand des Laboratoriums sah Riker in regelmäßigen Abständen dunkle Glasflächen. *Aussichtsfenster?*

»Oben ist die Kuppel geöffnet und ein breiter Schacht führt bis zum Meeresboden. Ein Kraftfeld hält das Wasser des Ozeans zurück. Bemerkenswert.«

»Können Sie sich vorstellen, welche Ressourcen notwendig sind, um so etwas zu bauen?«, fragte Riker. »Noch dazu im Geheimen?«

»Offenbar steckt noch mehr hinter Professor Waslowick, als selbst ich vermutet habe, Commander«, sagte Data.

Der Erste Offizier klopfte auf seinen Insignienkommunikator. »Riker an *Enterprise*. Riker an *Enterprise*.« Er bekam jedoch keine Antwort und sah die anderen an. »Kann jemand von Ihnen eine Kom-Verbindung herstellen?«

Wie sich herausstellte, war niemand dazu in der Lage.

»Können wir uns zurückbeamen?«, wandte sich Riker an Data.

»Das weiß ich nicht. Derzeit sehe ich nirgends ein Kontrollinterface für einen Transporter.«

»Hier haben wir etwas«, sagte McAdams und berührte eine handtellergroße Fläche unter einem schwarzen Glassegment. Sofort erhellten sich einige Fenster und gaben den Blick frei auf die leere Hangarkuppel, die Data zuvor beschrieben hatte. Auf der gegenüberliegenden Seite setzte sich der dunkle Streifen aus Fenstern fort.

»Befindet sich nichts dort drin?«, fragte Riker.

»Auf der anderen Seite sehe ich zwei Startröhren, die nach oben führen. Dort drüben.«

Riker trat näher und hielt genauer Ausschau. »Wofür halten Sie das? Sind es Abschussvorrichtungen für Raketen?«

»Für Rettungskapseln, glaube ich jedenfalls«, erwiderte McAdams. »Wenn das stimmt, gibt es eine Möglichkeit für uns, diese Station zu verlassen. Falls alle anderen Mittel versagen.«

»Lieutenant McAdams hat Recht«, sagte Data. Riker und McAdams drehten sich um – der Androide stand einige Meter entfernt über eine Konsole gebeugt, während Barclay Wache hielt. »Jede Röhre enthält eine Rettungskapsel. Ich habe Zugang gefunden zur zentralen Datenbank dieser Station, und dadurch lassen sich zumindest einige unserer Fragen beantworten.«

Die Einsatzgruppe versammelte sich um Data, als er mit hoher Geschwindigkeit durch eine wahre Flut von Texten und Bildern scrollte. Riker bemühte sich, Einzelheiten zu erkennen, sah aber nur einige Androidendiagramme und mehrere Bilder von drei Männern, die an einer großen schwarzen Platte arbeiteten. Er erkannte sie als Maddox, Barclay und Waslowick.

»Beweise?«, fragte Riker.

»Ich glaube, die Antwort lautet sowohl ja als auch nein, Commander«, erwiderte Data. »Ich greife gerade auf Waslowicks Aufzeichnungen zu und sollte gleich imstande sein, Ihnen alles zu erklären.«

Barclay hatte ganz in der Nähe eine zweite Konsole gefunden, die Zugang zur zentralen Datenbank gestattete, und er rief ebenfalls Daten auf den Schirm. »Alle von uns geschaffenen holographischen Cluster sind heruntergeladen worden«, sagte er.

»Was bedeutet das?«, fragte McAdams.

»Es bedeutet, Professor Waslowick hat das neurale Netz des Androiden aktiviert.«

»Können Sie feststellen, ob der Vorgang erfolgreich war?«

Reg schüttelte den Kopf. »Nein. Dieser Computer zeigt nur, dass die Dateien geladen wurden. Ob die Aktivierung des holotronischen Gehirns erfolgreich war, geht aus diesen Aufzeichnungen nicht hervor.«

Riker trat zum Androiden. »Data? Haben Sie etwas gefunden?«

Data sah vom Display auf, als der Informationsstrom versiegte. Das graue Licht vom Schirm sorgte für tiefe Schatten in seinem Gesicht und gab der goldenen Haut einen blassen, kränklichen Ton. »Ja, Commander. Sogar eine ganze Menge. Offenbar hatte ich in Hinsicht auf Professor Waslowick nur teilweise Recht. Er plante die Entführung des holotronischen Androiden von dem Augenblick an, als er für das Projekt zu arbeiten begann, aus Gründen, die mir noch immer unklar sind. Zwar trägt er die Verantwortung für das Verschwinden des Androiden und die gelöschten Dateien, nicht aber für die Explosion im Laboratorium und die Verletzung von Commander Maddox. Ich glaube, er rettete dem Commander sogar das Leben.

Aus den Aufzeichnungen geht Folgendes hervor: Vor einer Weile merkte Waslowick, dass unbekannte Personen das Projekt beobachteten. Die Hinweise darauf waren subtiler Natur. So wurde zum Beispiel auf bestimmte Dateien im Laboratorium zugegriffen und Sensorschatten erschienen im Sicherheitssystem. Wer auch immer dahintersteckte – er ließ keine Spuren zurück. Die Biosensoren zeigten nichts an.

Es widerstrebte Waslowick, Commander Maddox und Lieutenant Barclay von seinem Verdacht zu erzählen. Er befürchtete, die Unbekannten auf den Plan zu rufen, wenn er sich etwas anmerken ließ. Deshalb traf er insgeheim Vorbereitungen dafür, den Androiden zu entführen und ihn durch eine Fälschung zu ersetzen. Offenbar wollte er die Kopie ursprünglich so gestalten, dass der Eindruck eines Scheiterns des Projekts entstanden wäre. Aber als das Wetterkontrollnetz ausfiel, begriff Waslowick, dass eine Aktion der Fremden unmittelbar bevorstand, und deshalb setzte er seinen Fluchtplan in die Tat um, bevor die Kopie so weit entwickelt war, dass sie einer genauen Überprüfung standhalten konnte. Ebenso wie seine Widersacher nutzte er das Durcheinander während des Gewitters, um seine Aktivitäten zu verbergen und mit dem echten Androiden zu entkommen, bevor jemand anders am Ort des Geschehens eintraf.«

»Es gibt also noch eine dritte Partei, die an dieser Sache beteiligt ist«, sagte McAdams. »Existieren Hinweise darauf, wer die Fremden sein könnten, was sie beabsichtigen und wohin Waslowick den echten Androiden brachte?«

»Nein«, sagte Data und diese Antwort galt allen drei Fragen. »Allerdings deutet einiges darauf hin, dass Waslowick Commander Maddox zunächst in Sicherheit brachte und dann ein Gerät benutzte, um ihn ins Koma zu versetzen – damit wollte er verhindern, dass Maddox von den Ereignissen berichten konnte, zu denen es an jenem Abend im Laboratorium kam.«

»Ich habe allmählich das Gefühl, dass uns jeder Schritt nach vorn zwei zurück bringt«, sagte Riker verärgert. »Wie, zum Teufel, sollen wir ...«

Ein lautes Krachen hinderte Riker daran, den Satz zu beenden. Data zog seinen Phaser, sprang auf ihn zu und bewegte sich mit der mühelosen Schnelligkeit, zu der er immer fähig war, die er jedoch nur selten zeigte. Es blieb Riker nicht genug Zeit, um sich umzudrehen oder zu ducken. Er konnte nur nach Luft schnappen, bevor ihn Datas Hand an der Schulter berührte und ihn so jäh nach unten drückte, dass heißer Schmerz durch seinen Arm zuckte. Trotzdem war Riker imstande, seinen Phaser zu ziehen, als er über den Boden rollte.

Der Erste Offizier blieb neben Barclays Beinen liegen,

hob den Phaser und zielte auf das erste Objekt, das sich seinen Blicken darbot: Datas Kopf. Einen Sekundenbruchteil später sah er die beiden Humanoiden hinter Data.

Die Wesen waren zweieinhalb Meter groß, knochenweiß und haarlos. Blasse Augen starrten aus tiefen Höhlen. Silberne Umhänge reichten von mindestens ein Meter breiten Schultern herab. Offenbar hatten sich die beiden Geschöpfe im Innern der Hangarkugel aufgehalten und sich neben dem erleuchteten Fenster an die Wand gedrückt, um nicht entdeckt zu werden. Anschließend hatten sie ein Fenster eingeschlagen – überall lagen Glasscherben auf dem Boden.

Das würde erklären, warum McAdams und ich sie nicht gesehen haben, fuhr es Riker durch den Sinn. *Aber warum blieben sie den Sondierungssignalen der Tricorder verborgen? Und was wollen sie?*

Er beobachtete, wie Data verschiedene Justierungen des Phasers ausprobierte – die Waffe funktionierte nicht. Einer der beiden Riesen holte zu einem Hieb aus, der den Androiden im Gesicht traf.

Data wurde zurückgeschleudert und der Phaser fiel ihm aus der Hand. Die Riesen traten vor und Data wandte sich ganz kurz der Landegruppe zu; dabei zeigte sich ein Riss in seiner künstlichen Gesichtshaut. Darunter kam blinkende Hardware zum Vorschein. Riker glaubte zu sehen, wie Zorn in den Augen des Androiden blitzte, als er sagte:

»Laufen Sie.«

15

Funken stoben, als Data eine Konsole aus ihrer Verankerung in der Wand riss, sie hochhob und den beiden Angreifern entgegenwarf. Die Konsole prallte gegen die beiden riesenhaften Wesen und stieß sie zurück, hielt sie aber nicht auf.

Riker kam auf die Beine, zielte und betätigte den Auslöser, aber sein Phaser funktionierte ebenfalls nicht. *Irgendein Neutralisierungsfeld,* vermutete er und begriff, warum Data einen raschen Rückzug für notwendig hielt. Ihre Waffen nützten ihnen nichts, und bei einem Nahkampf schienen ihre Chancen nicht besonders gut zu stehen. Er griff nach Barclays Arm und rief: »McAdams! Rückzug!«

Doch die Sicherheitsoffizierin hatte etwas anderes im Sinn.

McAdams lief zu einem der beiden Wesen und packte es an Unterarm und Schulter – Riker sah, dass sie einen ziemlich scheußlichen *Mok'bara*-Griff vorbereitete. Sie verlagerte das Gewicht aufs richtige Bein, drehte die Hüfte … und versuchte vergeblich, ihren Gegner zu bewegen. Rheas Gesicht zeigte nicht etwa Furcht, sondern Überraschung. Der Riese streckte die Hand nach ihr aus, doch irgendwie duckte sie sich darunter hinweg. Bevor Riker selbst etwas unternehmen konnte, war Data zur Stelle, trat zwischen McAdams und ihren Angreifer. Er griff nach den Handgelenken des Fremden und drehte sie ruckartig. Riker schnitt eine Grimasse und rechnete damit, Blut zu sehen und einen schmerzerfüllten Schrei zu hören. Stattdessen sprühten weiße Funken und Metall kreischte.

Das erklärt, warum die Tricorder keine Lebenszeichen registrierten, dachte Riker. *Androiden!*

Data warf die abgerissenen Hände beiseite, sprang in die Luft und versetzte dem Riesen einen wuchtigen Tritt gegen die Brust. Das künstliche Wesen flog mehrere Meter weit und prallte dann gegen eine Instrumentenbank. Der zweite Angreifer schenkte seinem Artgenossen keine Beachtung und versuchte, die Arme um Data zu schlingen, was ihm aber nicht gelang.

»*Laufen Sie!*«, rief Data erneut und diesmal kam McAdams seiner Aufforderung nach.

Sie schloss die Hand um Rikers Unterarm und eilte mit ihm an der gewölbten Wand des Laboratoriums entlang. »Wir müssen eine Tür finden, um in den Hangar und zu den Rettungskapseln zu gelangen.«

Riker wurde langsamer und griff nach einem Metallstuhl. »Zum Teufel mit der Tür«, brummte er und warf den Stuhl mit aller Kraft gegen das nächste Fenster. Dunkles Glas splitterte, und Riker schlüpfte nach Barclay und McAdams durch die Öffnung. Ihre Schritte hallten in dem großen kuppelförmigen Hangar wider, als sie zu den Startröhren der Rettungskapseln liefen.

Kurz darauf erreichten sie die erste Kapsel und Riker stellte fest, dass es sich um eine Starfleet-Standardausführung handelte, wenn auch um eine etwas ältere. Er ließ Barclay einsteigen, der sofort die Starttaste fand und sie drückte. Mit leisem Summen erwachten die Systeme der Kapsel zu elektronischem Leben.

Riker wandte sich an McAdams. »Und jetzt Sie, Lieutenant. Stellen Sie unsere Position fest und verständigen Sie die *Enterprise,* sobald Sie aus dem Ozean heraus sind. Vielleicht kann man uns zu Hilfe kommen.«

»Start in fünfzehn Sekunden«, meldete der Kapselcomputer.

»Was ist mit Ihnen?«, fragte McAdams.

»Ich kehre ins Laboratorium zurück, um Data zu helfen. Steigen Sie ein.«

McAdams zögerte und schien widersprechen zu wollen. Aber dann setzte sich ihre Disziplin durch und sie nickte. Doch anstatt in die Kapsel zu klettern, griff sie nach Rikers Arm und schob den Ersten Offizier ohne sichtliche Anstrengung durch die Luke.

»Tut mir Leid, Commander«, sagte sie, dann schloss sich der Zugang.

Riker hatte gerade noch Zeit genug, sich anzuschnallen, bevor das Triebwerk aktiv wurde.

McAdams wich von der Startrampe fort und beobachtete, wie die Kapsel in der Röhre verschwand. Fast wehmütig flüsterte sie: »Es hat Spaß gemacht.«

Dann drehte sie sich um und sah, wie Data durch ein anderes Fenster fiel. Fast zwanzig Meter weit flog er und landete hart auf der Seite. Sofort versuchte er aufzustehen, aber er schien keinen Halt zu finden. Ein Bein war verdreht und der linke Arm baumelte nutzlos herab.

Rhea sah, dass sich die beiden Angreifer näherten, als sie zu Data lief, sich neben ihn kniete, seinen rechten Arm über die Schulter legte und ihn auf die Beine zog. Seine Augen waren offen und er schien in der Lage zu sein, bestimmte Bewegungen durchzuführen, aber er konnte nicht sprechen.

Sie brachte Data zur zweiten Rettungskapsel, half ihm durch die Luke, folgte ihm ins Innere, betätigte die Starttaste und blickte dann noch einmal durch den Hangar.

Die beiden Angreifer kamen schnell näher. Rhea sah auf die Anzeigen des Tricorders: Das Neutralisierungsfeld, das zuvor die Phaser blockiert hatte, wirkte sich nur im Laboratorium aus, nicht aber im Hangar.

Als der Kapselcomputer den Start in fünfzehn Sekunden meldete, stand Rhea auf, beugte sich durch die Luke und hob den Phaser. Sie schoss nicht etwa auf die beiden Riesen, sondern zielte durch den Schacht nach oben, auf den Generator des Kraftfelds, das die subplanetare Anlage vom Ozean abschirmte. Ein Phaserstrahl zischte und traf den Generator – das Glühen des Kraftfelds verschwand.

Die Gesichter der beiden großen Androiden zeigten keine Furcht, nur grimmige Entschlossenheit. Sie taten Rhea fast Leid. Aber eben nur fast.

Es donnerte, während das Gewicht eines ganzen Ozeans eine Sturmbö aus kalter, feuchter Luft durch den Hangar schickte und die Angreifer zurückschleuderte, als sie die Rettungskapsel fast erreicht hatten. Die Luke schloss sich, und das Triebwerk zündete, schickte die Kapsel durch die Startröhre, während Meerwasser sowohl den Hangar als auch Waslowicks Laboratorium überflutete, alles in pechschwarze Finsternis hüllte.

Die Kapsel stieg schnell auf, begleitet von starken Vibrationen. Sie brachte erst die Startröhre hinter sich, dann auch den Ozean, flog durch die Atmosphäre des Planeten.

Eine rasche Überprüfung ergab, was McAdams erwartet hatte: Die Rettungskapsel war mit den üblichen Systemen ausgestattet, und dazu gehörten auch die Kontrollen für ein kleines, aber recht leistungsfähiges Warptriebwerk.

Als am Rand der Atmosphäre aus dem strahlenden Blau des Himmels die Farbe von Kobalt wurde, gelang es Rhea, die Position der Kapsel festzustellen. Die *Enterprise* befand sich im geostationären Orbit über dem Daystrom Institut und so programmierte sie den Autopiloten auf den Flug nach Westen, außerhalb der Lufthülle des Planeten. Das Impulstriebwerk reagierte und automatische Systeme übernahmen die Navigation. Daraufhin konnte Rhea ihre Aufmerksamkeit Data zuwenden.

Er war in einer schlechten Verfassung. Die Augen waren noch immer geöffnet und bewegten sich, aber abgesehen davon schien er keine motorische Kontrolle mehr zu haben. Von der einen Gesichtshälfte war die Haut fast vollständig fortgerissen und darunter kam ein großer Teil des Tripolymer-Schädels zum Vorschein. Die linke Schulter war eingedrückt und im Nacken zeigten sich zwei tiefe Risse – die beiden riesenhaften Androiden schienen bestrebt gewesen zu sein, ihn mit ihren Fingern oder Zähnen zu zerfetzen.

»Data?«, fragte Rhea mit sanfter Stimme. »Hören Sie mich? Können Sie antworten?« Sie hob die Hand vor Datas Gesicht und seine Augen schienen der Bewegung zu folgen, doch nach einigen Sekunden wurde ihr Blick starr. Data öffnete den Mund, brachte jedoch nur ein Krächzen hervor; bernsteinfarbene Flüssigkeit rann ihm aus dem Mundwinkel. Rhea wusste nicht, ob er ersticken konnte, und ihr lag nichts daran, es herauszufinden.

»Halten Sie durch«, sagte sie. »In einigen Minuten sind wir zu Hause.« Der Autopilot piepste, und Rhea drehte den Kopf, sah die *Enterprise* auf einem kleinen Bildschirm. Doch etwas stimmte nicht.

Das Display zeigte noch etwas anderes. Etwas kam von Galor IV, vom Polarkreis des Planeten, und näherte sich dem großen Raumschiff mit hoher Geschwindigkeit.

Was zum Teufel …?

Etwas gleißte außerhalb der Kapsel. Die Sicherheitsautomatik verdunkelte die Fenster und gleichzeitig leitete der Autopilot ein jähes Ausweichmanöver ein, brachte die Kapsel auf eine spiralförmige Flugbahn. Rhea versuchte, einen Kontakt zur *Enterprise* herzustellen, aber sie hörte nur die verzerrte Stimme Deanna Trois: »… Föderationsschiff … Feuer einstellen … bitte antworten …«

Wieder blitzte es, und die Stimme verklang.

Vor dem Ausweichmanöver hatte Rhea das fremde Schiff nur kurz gesehen, aber das genügte ihr. Es war nicht ganz so groß wie die *Enterprise*, doch die Ortungsanzeigen deuteten auf ein energetisches Niveau hin, das sich mit dem eines Raumschiffs der Sovereign-Klasse vergleichen ließ. Seine Farbe und die unregelmäßige Form ließen es wie ein Stück Eis aussehen, das von einem Gletscher abgebrochen war. *Die ganze Zeit über hat es sich am Nordpol versteckt*, dachte Rhea. *Clever.*

Erneut eröffnete der fremde Raumer das Feuer.

An Bord der *Enterprise* hatte man jetzt alle Hände voll zu tun; dort konnte man keine Zeit für eine kleine Rettungskapsel erübrigen. Rhea wünschte Picards Schiff viel Glück und gab dann einen neuen Kurs in den Autopiloten ein. Mit einem kurzen Blick vergewisserte sie sich, dass die Reichweite der Kapsel genügte, um das programmierte Ziel zu erreichen – eigentlich hatte sie gar nicht daran gezweifelt.

Sie wandte sich wieder Data zu und stellte fest, dass er an ihr vorbei in den Weltraum sah. Machte er sich Sorgen um die *Enterprise*? Funktionierte sein Gehirn überhaupt noch?

»Ich kann Sie nicht zu Ihnen nach Hause bringen, Data«, sagte sie sanft. »Wohl aber zu mir.«

Die Rettungskapsel verließ den Gravitationsschacht des Planeten und leitete den Warptransfer ein. Hinter ihr blieben zwei gegeneinander kämpfende Titanen zurück.

Beverly Crusher versuchte, das Heulen der Alarmsirenen zu übertönen und sich Gehör zu verschaffen. Zwei Krankenpfleger bemühten sich gerade, eine vor kurzem eingelieferte Patientin – eine Schwangere mit Scheinwehen – von ihrem Bett zu heben und auf eine Bahre zu legen, ohne zuvor die Kabel zu lösen, die sie mit den Überwachungsgeräten verbanden. Einer von ihnen hörte die

Ärztin, löste die Kabel und verhedderte sich dabei fast in ihnen. Schließlich konnte die werdende Mutter fortgebracht werden, ohne dass es bei ihr oder den Krankenpflegern zu Verletzungen kam. Als sie zum Schutzraum eilten, blieb Crusher zurück und zählte stumm bis zehn. Dies ist nicht die Crew eines Raumschiffs, sagte sie sich. Es sind Sanitäter eines Forschungsinstituts. Sie müssen nicht jeden Tag damit rechnen, von unerbittlichen Feinden angegriffen zu werden.

Die *Enterprise* war in ein Gefecht verwickelt worden – das hatte Haftel ihr mitgeteilt, bevor es zum Evakuierungsalarm kam –, aber niemand schien mehr zu wissen. Crusher hatte sich mit der Sicherheitsabteilung des Daystrom Instituts in Verbindung gesetzt, doch der Kontakt war unterbrochen worden, als die Verantwortlichen begriffen, dass sie sich nicht in Not befand. Die erste Reaktion der Ärztin hatte aus Ärger bestanden, aber dann rief sie sich selbst zur Ordnung. Die Sicherheitsabteilung des Instituts bestand nur aus einigen Dutzend Personen, für die es jetzt mehr als genug Arbeit gab. Steckte das Dominion dahinter? War es einem seiner Schiffe gelungen, so tief in das stellare Territorium der Föderation vorzustoßen? Derzeit gab es keine Möglichkeit, Antworten auf diese Fragen zu bekommen, und Crusher lenkte sich ab, indem sie sich auf ihre Arbeit konzentrierte.

Sie folgte den Krankenpflegern durch den Korridor bis zur Intensivstation. Dort verließ Crusher den Flur und ging durch die große Doppeltür. Wie sie erwartet hatte, saß Maury Sullivan an der Schwesternstation und transferierte die Daten der Patienten in den geschützten Computerkern. Sie brauchten diese Aufzeichnungen, wenn sie längere Zeit in den Schutzräumen verbringen mussten, und sie durften es auf keinen Fall riskieren, sie bei einer Beschädigung des Hauptcomputers zu verlieren. Die meisten Backups wurden automatisch erstellt, aber das Medo-Personal kannte die Grenzen der ihnen zur Verfügung stehenden Technik und wollte sich nicht auf ein automatisches System verlassen.

»Wer ist noch drin?«, fragte Crusher.

»Nur Maddox«, antwortete Maury, ohne aufzusehen. »Ich habe auf Sie gewartet.«

Plötzlich wurde es fast ganz dunkel, dann ging das Licht wieder an, leuchtete aber nur halb so hell wie zuvor.

»Gehen Sie hinunter in den Schutzbereich«, sagte Crusher. »Und schicken Sie die beiden Krankenpfleger hierher. Ich versuche, so gut wie möglich allein zurechtzukommen, bis sie zurückkehren.«

Crusher eilte zu Maddox' Zimmer und stellte erstaunt fest, dass dort bereits jemand an der Arbeit war, ein ihr unbekannter Medo-Techniker. Doch als sich ihre Augen an das matte Licht gewöhnten, sah sie, dass der Techniker Maddox nicht auf den Transport vorbereitete. Ganz im Gegenteil: Er befestigte etwas – einen neuralen Stimulator? – an seiner Stirn.

»Was machen Sie da?«, rief Crusher. »Rühren Sie ihn nicht an!«

Aber der Techniker sah nicht einmal auf, beendete die Prozedur, nahm das Gerät ab und schob Crusher beiseite, als er zur Tür eilte.

Die Ärztin fluchte, untersuchte Maddox schnell und vergewisserte sich, dass die Bioindikatoren stabile Werte anzeigten. Dann lief sie in den Korridor und stieß dort fast gegen Maury und einen besorgt wirkenden Krankenpfleger. Im letzten Augenblick wich sie ihnen aus, ohne langsamer zu werden. »Ein Techniker hat gerade das Zimmer verlassen!« Sie musste schreien, um das Heulen der Sirenen zu übertönen. »Wohin?«

Maury deutete nach links. Crusher nickte in Richtung Maddox. »Bewegen Sie ihn nur, wenn es sich nicht vermeiden lässt. Der Techniker hat irgendetwas mit ihm angestellt, ich weiß nicht was – aber ich werde es herausfinden.«

Nach gut zehn Metern bog der Korridor nach links ab. Crusher spähte um die Ecke, bevor sie den Weg fortsetzte – sie rechnete halb damit, dass der Techniker auf der Lauer lag. Aber das war nicht der Fall. Der Flur führte zu einer Tür, deren beide Flügel hin und her schwangen. Diesen Bereich der medizinischen Abteilung hatte Crusher bisher nicht besucht und sie zögerte. Es widerstrebte ihr, unbekanntes Terrain zu betreten, ohne etwas zu haben, mit dem sie sich verteidigen konnte. Sie trug nur die Medo-Tasche bei sich, und ihr Inhalt ließ sich kaum als Waffe verwenden. Sollte sie den Weg fortsetzen? Oder war es besser, Hilfe zu holen? Nein, wenn sie Zeit verlor, wurde die Spur vielleicht kalt.

Sie klappte den medizinischen Tricorder auf und versuchte, ihn auf die Ortung von Bewegungsmustern einer bestimmten Größenordnung zu programmieren. Das Gerät teilte ihr nur mit, dass jemand vor kurzer Zeit durch den Flur gegangen war, mehr nicht. Crusher überprüfte die Kapseln in ihrer Medo-Tasche. Antibiotika, Virostatika, ein kardiopulmonales Stimulans, zwei Steroidkombinationen, einen viralen Inhibitor – die übliche Mischung. Nichts sehr Nützliches. Durch das Fenster der Doppeltür sah sie etwas Besseres: einen Medo-Wagen, den jemand vor dem Zimmer eines Patienten stehen gelassen hatte, als der Alarm erfolgte. Crusher trat durch die Tür und las die Etiketten der Kapseln auf dem Wagen; sie entdeckte etwas, das ihr mehr gefiel: einen Neuro-Inhibitor. Solche Mittel wurden bei Patienten verwendet, die einen Anfall erlitten. Wenn sie das jemandem injizierte, verlor der Betreffende sofort das Bewusstsein. Sie schob eine Kapsel in den Injektor, steckte zwei weitere ein und eilte dann wieder durch den Korridor.

Am Ende des Flurs stellte Crusher fest, dass sie die

Sektion mit den Patientenzimmern verlassen hatte; vor ihr erstreckte sich der Wartungsbereich. Hinter einer weiteren Doppeltür standen mehrere große Reinigungsmaschinen und Fässer mit Chemikalien. Auf der linken Seite bemerkte die Ärztin eine Tür; einen anderen Ausgang gab es nicht. Sie wollte eine neuerliche Sondierung mit dem Tricorder vornehmen, verzichtete aber darauf, als sie sah, dass die Tür einen Spaltbreit offen stand. Sie spähte durch die Lücke in ein matt erhelltes Treppenhaus und hörte, wie sich in der Ferne eine schwere Tür schloss. Einmal mehr zögerte sie und fragte sich, ob es intelligentere Lösungen für die gegenwärtige Situation gab. Aber die wenigen Möglichkeiten, die ihr einfielen, hätten andere Personen in Gefahr gebracht. Sie schloss die Hand fester um den Injektor, trat auf Zehenspitzen durch die Tür und erreichte die nach unten führende Treppe.

An ihrem Ende zog sie eine weitere Tür auf, hinter der sie einen Keller oder einen Lagerraum erwartete. Stattdessen fand sie einen hell erleuchteten Korridor, der an einer massiven Sicherheitstür endete. Vor ihr lagen zwei bewaffnete Sicherheitsdrohnen auf dem Boden.

»Das gefällt mir nicht«, murmelte Crusher. Sie sondierte kurz mit dem Tricorder, stellte aber nur fest, dass keine Waffe abgefeuert worden war. Das verstärkte ihre Unsicherheit.

Sie näherte sich der Sicherheitstür und überlegte, wie sie den Weg ohne ein Kennwort oder eine Codekarte fortsetzen konnte. Doch die beiden Hälften der Tür glitten auseinander und dahinter lag jemand auf dem Boden des Flurs: ein Sicherheitswächter. Zum Glück war er nicht tot, nur betäubt. Ein zweiter Mann lag halb über einer Konsole, ebenfalls bewusstlos.

Von einem Augenblick zum anderen begriff Crusher, wo sie sich befand: im Computerzentrum der medizinischen Abteilung. Woraus sich ein echtes Problem ergab, denn an diesem Ort konnte eine einzelne, zu allem entschlossene Person erheblichen Schaden anrichten – nicht nur bei Dingen, sondern auch bei Personen, die ihre Pläne zu vereiteln versuchten. Aber Crusher begriff, dass ihr eigentlich gar keine Wahl blieb.

Die Tür des Computerkerns glitt auf und ihr leises Zischen verlor sich im Summen tiefgekühlter Prozessoren und Speicherblöcke. Der Raum war nicht besonders groß, soweit Crusher das feststellen konnte, aber überall ragten frei stehende Aggregate auf, die ihr die Sicht versperrten.

Crusher wich ins Vorzimmer zurück und durchsuchte die beiden betäubten Sicherheitswächter, fand aber keine Waffen. Der Unbekannte, den sie verfolgte, schien sie an sich genommen haben.

Das war zu viel – allein mit einem Injektor hatte Crusher nicht die geringste Chance gegen einen bewaffneten Gegner. Sie bezweifelte, dass ein zweiter Ausgang existierte, und das bedeutete: Wenn sie etwas Schweres vor die Tür schieben konnte, saß der Fremde in der Falle, bis weitere Sicherheitsleute eintrafen. Andererseits bekam der Unbekannte dadurch Gelegenheit, die Computersysteme zu manipulieren.

Die Ärztin nahm ihren ganzen Mut zusammen und schob sich an einer Konsole vorbei, als plötzlich ein neuer Alarm erfolgte. Diesmal wiesen die heulenden Sirenen nicht auf eine drohende planetare Katastrophe hin, sondern auf etwas, das im Computerzentrum geschah.

»Verdammt«, murmelte Crusher und hielt den Injektor bereit. Sie blieb geduckt und benutzte die Konsolen als Deckung, froh darüber, dass der Lärm das Geräusch ihrer Schritte übertönte.

Sie trat um eine Ecke – und wäre fast gegen den Rücken des Fremden gestoßen. Er stand vor einer aktivierten Interface-Konsole, deren Anzeigen vermuten ließen, dass sie auf eine Transporterkonfiguration programmiert war. Der Mann schien so sehr auf seine Arbeit konzentriert zu sein, dass er Crusher nicht bemerkte. Sie wich hinter die Ecke zurück, fasste sich und überprüfte die Justierung des Injektors. *Du hast tausende von Injektionen verabreicht, Beverly. Du brauchst das Gerät nur an den Hals zu halten und den Auslöser zu betätigen.* Sie atmete tief durch, straffte die Schultern, trat erneut um die Ecke und hielt den Injektor unters Ohr des Fremden. Das Gerät entlud sich mit einem zufrieden stellenden Zischen.

Der Fremde sah kurz über die Schulter, bedachte die Ärztin mit einem verärgerten Blick und wandte sich wieder seiner Arbeit zu. Crusher starrte auf den Injektor und widerstand der Versuchung, auf die Ladeanzeige zu sehen. Stattdessen hob sie den Apparat und schmetterte ihn an die Schläfe des Mannes.

Der Kopf neigte sich kurz zur Seite, aber weitere Auswirkungen schien der Hieb nicht zu haben. Dann drehte sich der Unbekannte langsam um, und Crusher bemerkte einen glühenden Faden unter der abgeschälten Haut an der rechten Schläfe. »Bitte, Doktor«, sagte der Mann ruhig. »Stören Sie mich nicht.«

16

Die *Enterprise* kippte nach Backbord und Deanna Troi glaubte zu spüren, wie sich ihr Magen gleichzeitig nach Steuerbord neigte. *Kein direkter Treffer, aber fast.* Und dann, ungeachtet der ernsten Situation, dachte sie: *Für jede Aktion gibt es eine entgegengesetzte Reaktion.*

»Trägheitsabsorber, kompensieren!«, wies sie die ambientale Station an und fühlte unmittelbar darauf eine Fluktuation der künstlichen Schwerkraft.

»Neuer Angriff!«, rief Commander Heyes von der taktischen Station. Sie hatte die Brücke gerade Troi übergeben, als das fremde Raumschiff plötzlich aus der arktischen Region des Planeten kam und das Feuer eröffnete. Durch die heftigen Erschütterungen war Tellisar, Trois taktischer Offizier, über seine Konsole hinweggeschleudert worden und lag nun auf dem Boden, bewusstlos oder gar tot. Heyes hatte sich sofort den Gefechtskontrollen zugewandt und einige Torpedos abgefeuert, während sich das Brückendeck hob und senkte.

Troi hielt sich an den Armlehnen des Kommandosessels fest, während um sie herum Offiziere das Gleichgewicht verloren, als die *Enterprise* schlingerte und nach Steuerbord kippte.

»Kapazität der Schilde auf achtzig Prozent gesunken, Commander«, meldete Heyes. »Energieversorgung stabil.«

»Angriffsmuster Alpha eins neun«, ordnete Troi an. »Feuer erwidern.«

»Phaser feuern.«

Orangefarbene Blitze gleißten durch die Schwärze des Alls und verschwanden. Troi runzelte unsicher die Stirn und sah zu Heyes. »Haben wir die Fremden getroffen?«

Reflektiertes Licht fiel auf Heyes' Gesicht, als sie eine Sensorsondierung vornahm. »Ortung negativ«, sagte sie und Troi brauchte nicht auf ihre empathischen Fähigkeiten zurückzugreifen, um Heyes' Verwirrung zu spüren. »Kein Schiff, keine Trümmer, keine energetische Signatur, nichts.« Verwundert rekalibrierte sie die Sensoren und wiederholte die Sondierung.

Troi gab ihr Zeit. »An alle Stationen, Bericht.«

Sofort begannen die einzelnen Brückenstationen damit, ihren Status zu melden. Triebwerk und ambientale Systeme funktionierten auf einem akzeptablen Niveau und die Navigation blieb bisher unbeeinträchtigt. Krankenpfleger kamen aus dem Turbolift, legten Tellisar auf eine Bahre und brachten ihn fort. Troi sah, dass er atmete, und plötzlich bedauerte sie, nicht einmal versucht zu haben, seinen Zustand festzustellen. Unmittelbar darauf tadelte sie sich selbst. So etwas gehörte nicht zu ihren Aufgaben, wenn sie das Kommando über die *Enterprise* führte.

»Ist vielleicht eine Tarnvorrichtung aktiviert worden?«, fragte sie und sah zur taktischen Station.

»Das bezweifle ich.« Heyes überprüfte die Anzeigen zum dritten Mal. »Wir wissen, wonach es bei einer Tarnvorrichtung Ausschau zu halten gilt. Es gibt keine Verzerrungen, keine Graviton-Konzentrationen, keine energetischen Spitzen ...« Sie unterbrach sich und rief: »Hart nach Steuerbord!«

Troi wandte sich gerade noch rechtzeitig dem großen Wandschirm zu, um zu sehen, wie die Sterne zu flackern schienen. Das fremde Raumschiff erweckte den Eindruck, unter der Haut des Weltraums hervorzukriechen. Der Rumpf schimmerte und schien plötzlich zu kristallisieren, als er vollständig sichtbar wurde. Eine Energiewelle ging vom Bug aus und verzerrte die Struktur der Raumzeit.

Die *Enterprise* schüttelte sich. Ihre Systeme fielen aus und durch die Stiefelsohlen fühlte Troi ein sonderbares Zerren, das ihr mitteilte: Die künstliche Schwerkraft stand kurz vor dem Zusammenbruch.

»Primäre Systeme ausgefallen«, berichtete der technische Offizier Tolman. »Sekundäre Systeme stehen nicht zur Verfügung. Schalte auf Batterien um.« Am Rand der Brücke glühten Notlampen und die Luftumwälzungsanlage begann damit, den Rauch abzusaugen.

»Energie in die Schilde leiten«, befahl Troi. »Navigation, können wir uns bewegen?«

»Nur mit den Manövrierdüsen, Commander.«

»Verwenden Sie sie«, sagte Troi. »Halten Sie uns in Bewegung.«

Sie sah zu Heyes, die beim letzten Angriff offenbar mit dem Kopf gegen die Konsole geprallt war – an der linken Schläfe zeigte sich ein blutiger Striemen. »Was hat uns getroffen?«

»Gute Frage«, erwiderte Heyes. »Die Sensoren gaben ihren Geist auf, aber bevor sie ausfielen, deuteten ihre Anzeigen auf eine Art Subraumwelle hin. Bei der Justierung unserer Warptriebwerke achten wir darauf, dass solche Wellen *nicht* entstehen.«

»Hat jemand schon einmal von einem derartigen Phänomen gehört?«, fragte Troi. »Wissenschaftlicher Offizier?«

Casciato an der wissenschaftlichen Station schüttelte den Kopf. Seine Augenbrauen und das Haar über der Stirn wirkten angesengt – allem Anschein nach hatten die Funken, die aus seiner Konsole gestoben waren, ihn erwischt.

»Nein, nie«, antwortete Casciato. »Es ist theoretisch möglich, aber unpraktisch, denn die hinter der Welle entstehende Strahlung wäre schädlich für das uns vertraute Leben auf Kohlenstoffbasis.«

»Könnte es sich um ein ferngesteuertes Robotschiff handeln?«, fragte Heyes.

Troi schüttelte den Kopf und konzentrierte sich. »Nein, es ist kein Roboter. Ich nehme Zorn wahr. Intensiven Zorn, entschlossen und konstant.« Sie versuchte, ruhig zu atmen und sich geistig von dem Chaos auf der Brücke zu entfernen. Dann erweiterte sie ihr Selbst durch die Leere des Alls, dem fremden Schiff entgegen, tastete dort nach dem Ausgangspunkt der wahrgenommenen Empfindungen. Sie suchte nach Vertrautem und fand etwas, das ihr verzerrt vorkam. Sie fühlte, wie sich ein Wort in ihrem Geist formte, ein Name, ein Konzept, doch bevor sie es festhalten konnte, erklang eine Stimme.

»Die Sensoren funktionieren wieder«, sagte Heyes. »Das fremde Schiff dreht bei. Es bewegt sich langsam, wird aber schneller. Ich schätze, die Fremden können ihre Subraumwaffe nicht sehr oft einsetzen.« Sie überprüfte das energetische Niveau. »Wir sollten sie wenn möglich auf unserer Backbordseite behalten. Dort sind die Schilde stärker.«

»Sie haben Commander Heyes gehört, Ensign Welles«, teilte Troi dem Navigator mit. »Sorgen Sie dafür, dass der fremde Raumer auf unserer Backbordseite bleibt.«

»Aye, Commander.«

Es knackte in den Kom-Lautsprechern, dann erklang LaForges Stimme. »Brücke, hier ist der Maschinenraum. Was geht hier vor?«

»Wir sind angegriffen worden, Geordi. Von einem fremden Schiff, das eine unbekannte Waffe einsetzt.«

»Verstehe«, erwiderte der Chefingenieur. »Ich befürchtete schon, Sie lassen uns wieder auf einen Planeten abstürzen.«

Ich schätze, das bleibt immer an mir hängen. »Führen Sie

mich nicht in Versuchung«, warnte sie. »Wer auch immer die Fremden sind: Ich glaube, Sie müssen ihre große Kanone neu laden. Mit ausreichend Energie sollten wir in der Lage sein, ihnen eine Lektion zu erteilen.«

»Das mag ich – Zuversicht. Geben Sie mir fünf Minuten.«

»Sie haben dreißig Sekunden«, sagte Troi. »Brücke Ende.« Sie spürte, wie die Stimmung im Kontrollraum sich hob, obgleich es für Optimismus keinen echten Grund gab. Wenn der Angreifer seine Hauptwaffe wieder einsatzbereit machen konnte, bevor es Geordi gelang, der *Enterprise* ihre primäre Energie zurückzugeben, so drohte ihnen große Gefahr. Troi wusste, dass sie nur noch einen, höchstens zwei Treffer aushalten konnten.

Eine Sekunde später ging das normale Licht wieder an und die Tür des Turbolifts öffnete sich – Captain Picard betrat die Brücke. Er sah sich kurz um, schätzte die Lage ein, nickte Commander Heyes zu und wandte sich dann an Troi, die sofort aufstand. Picard nahm im Kommandosessel Platz und sah auf die taktischen Aufzeichnungen. »Wie ist unser Status, Commander?«, fragte er, las und hörte gleichzeitig zu.

Troi erklärte die Subraumwaffe und rief die Daten ab, die Casciato der Kommandostation übermittelt hatte. Als Picard die aktuelle Lage kannte, sah er zu Heyes. »Haben wir genauere Informationen über das fremde Raumschiff?«

»Werden transferiert.« Heyes betätigte Schaltelemente und übertrug die taktischen Anzeigen auf das Kommandodisplay. Für das bloße Auge sah der fremde Raumer wie ein keilförmiges Stück Eis aus. Nach den Sensordaten zu urteilen war das »Eis« eine unbekannte Form der Panzerung über einer dicken Außenhülle aus Tritanium.

Picard runzelte die Stirn. »Waffen?«

»Bisher sind uns zwei Systeme bekannt. Das erste besteht aus Standarddisruptoren, die etwas wirkungsvoller sind als die romulanische Version, das zweite aus der Subraumwelle.« Heyes schaltete aufs Sensordisplay um und zeigte dem Captain die letzten fünf Sekunden des Transfers des fremden Schiffes aus dem Subraum. Die Stärke der Wellenfront war beeindruckend und Picard brummte anerkennend.

»Haben die Fremden auf unsere Kom-Signale reagiert?«

»Nein, Sir«, sagte Troi. »Wir haben es mit Standardbotschaften in allen Sprachen versucht.«

Seltsam, dachte Picard. *Wer sind die Unbekannten? Warum greifen sie an und was – wenn überhaupt – haben sie mit Waslowick und dem vermissten Androiden zu tun?* Der Captain wusste, dass diese Fragen und auch noch einige andere warten mussten. Zunächst einmal ging es darum, die gegenwärtige Gefahr zu beseitigen.

»Sie sind wieder verschwunden!«, rief Heyes. »Im Subraum!«

Troi öffnete die internen Kom-Kanäle. »An alle – auf starke Erschütterungen vorbereiten!«

Zwei Sekunden später erbebte die *Enterprise,* und das Hauptlicht ging aus. Troi schwankte, fiel und verstauchte sich die Hand bei dem Versuch, den Sturz abzufangen.

»Phaser und Quantentorpedos, Feuer frei!«, rief Picard, doch Heyes gab keine Antwort.

Troi stand auf, sah durch den Rauch zur taktischen Station und hielt vergeblich nach Heyes Ausschau. Sie hustete, wankte zur taktischen Konsole und stolperte dabei fast über die am Boden liegende Heyes. Rasch betätigte sie die Kontrollen der Konsole und schickte dem fremden Schiff einige Quantentorpedos entgegen. Doch die Phaser funktionierten nicht.

Troi strich sich das Haar aus dem Gesicht, formte es zu einem Knoten und wischte sich dann die Hände an der Uniform ab. Blut klebte an ihnen, doch sie hatte keine

Zeit festzustellen, ob es von ihr selbst oder jemand anders stammte. »Ein Torpedotreffer, Captain. Aber das Ausmaß der davon verursachten Schäden bleibt unklar.«

»Torpedos auf neuen Einsatz vorbereiten.«

Troi kam der Aufforderung sofort nach und programmierte eine weitere Salve, obwohl die Hälfte der Katapult-Indikatoren gelb leuchtete. Aber sie bemerkte auch, dass der Computer die Phaser neu initialisiert hatte – die *Enterprise* konnte wieder zubeißen.

Als so etwas wie Ruhe einkehrte, wandte sich Troi Heyes zu und sah erleichtert, dass sie atmete. Zwei Krankenpfleger kamen aus den Rauschwaden und legten die Verletzte auf eine Bahre.

»Statusbericht!«, erklang Picards scharfe Stimme.

»Kapazität der Schilde auf dreißig Prozent gesunken.« Troi zögerte, als sich die taktischen Anzeigen veränderten. »Die Heckkatapulte für die Quantentorpedos sind ausgefallen, aber die Hauptphaser funktionieren wieder. Allerdings würde ihr Einsatz unsere Energiereserven beeinträchtigen.« Die *Enterprise* erbebte erneut, wenn auch nicht so heftig wie bei den beiden letzten Angriffen.

»Disruptoren?«, fragte Picard.

»Bestätigung«, erwiderte Troi. »Kapazität der Schilde auf siebenundzwanzig Prozent gesunken.«

»Picard an Maschinenraum.«

»Hier LaForge. Tut mir Leid, Captain. Wir waren nicht auf den Angriff vorbereitet.«

»Wenn so etwas noch einmal geschieht, sind Sie entlassen, Mr. LaForge.«

»Verstanden, Sir. Der letzte Treffer hat uns ganz schön mitgenommen. Hier unten gibt es überall Kühlmittellecks und wir mussten ein Torpedokatapult separieren. Es steckte ein aktiviertes Geschoss darin und wir hatten keine Möglichkeit, es abzufeuern.«

»Was ist mit den sekundären Systemen?«

»Dafür brauchen wir mindestens zehn Minuten. Und es könnte noch länger dauern, wenn uns die Fremden weiterhin mit ihren Disruptoren bearbeiten.« Die *Enterprise* erzitterte. »Das meine ich«, fügte LaForge hinzu. »Können wir nicht für einige Minuten Ruhe bekommen?«

»Ich kann Ihnen nichts versprechen, Mr. LaForge. Das energetische Niveau der Schilde ist stark gesunken; wir brauchen zusätzliche Energie.«

»Aye, Sir. Sie hören von mir, sobald sich die Situation ändert. Ich kann Ihnen einen kurzen Schub mit Impulskraft geben, wenn Sie ihn brauchen.«

»Das nützt uns kaum etwas«, entgegnete Picard. »Wir dürfen Galor IV nicht ungeschützt zurücklassen.«

»Das wollte ich auch nicht vorschlagen, Sir. Ich dachte nur, wir könnten die Fremden vielleicht vom Planeten fortlocken.«

»Ich werde daran denken, Geordi«, sagte der Captain. »Picard Ende.«

Wieder schüttelte sich das Schiff und die taktischen Anzeigen teilten Troi mit, dass die Kapazität der Schilde auf unter zwanzig Prozent gesunken war. Um sie herum entfalteten die Brückenoffiziere hektische Aktivität. Picard stand auf und näherte sich der taktischen Station.

»Irgendeine Nachricht von der Einsatzgruppe?«, fragte er.

Troi schüttelte den Kopf. »Sie hat sich nicht zum vereinbarten Zeitpunkt gemeldet. Ich wollte Sie darauf hinweisen, als uns die erste Subraumwelle traf.«

»Das dürfte wohl kaum ein Zufall sein«, sagte Picard leise. »Es ist durchaus möglich, dass Commander Riker derzeit mit eigenen Problemen zu kämpfen hat.«

Riker schlug mit der Faust auf die Kontrollen der Kapsel. »Verdammt!«, stieß er hervor. »Etwas blockiert unsere Kom-Signale.« Er sah aus dem Fenster zu den beiden

Schiffen – zur *Enterprise* und dem seltsamen Raumer, der wie ein Eiskeil aussah – und kochte innerlich. Wer auch immer die fremden Aggressoren sein mochten, ob Androiden wie die in Waslowicks subplanetarer Anlage oder ganz andere Geschöpfe: Sie brachten die *Enterprise* in arge Bedrängnis und er hasste das Gefühl der eigenen Hilflosigkeit. Noch mehr verabscheute er den Umstand, dass er sich vom Zorn daran hindern ließ, kühl zu überlegen. Immer wieder fragte er sich, wie er der *Enterprise* helfen konnte, aber er fand keine Antwort.

Rhea McAdams fiel ihm ein. Was hatte sie sich nur dabei gedacht, als sie ihn in die Rettungskapsel stieß? Befehle zu missachten und während einer gefährlichen Situation den Helden zu spielen – dieser Weg führte vors Kriegsgericht, wenn nicht zu einem frühen Heldentod. Hoffte sie vielleicht, etwas erreichen zu können, das ihm verwehrt blieb? Oder war sie unerfahren und dumm genug zu glauben, dass sie ihr Leben aufs Spiel setzen musste, um das »wichtigere« Mitglied der Landegruppe – nämlich den Ersten Offizier der *Enterprise* – und eventuell auch Data zu retten?

Riker fluchte leise, aktivierte die Manövrierdüsen der Rettungskapsel und brachte sie näher ans Geschehen heran. Nach der Stabilisierung des Flugvektors hatte er sofort die Bordsysteme kontrolliert und erfreut festgestellt, dass die Sensoren leistungsfähiger waren als erwartet. Das galt auch für die Schilde, die ein höheres energetisches Potenzial hatten als normale Deflektoren dieser Art. Die Waffen waren allerdings kaum der Rede wert: eine einzelne Phaserbank. Damit ließ sich nur wenig gegen etwas ausrichten, das größer war als ein Eichhörnchen. Wer auch immer die Kapsel umgerüstet hatte: Ihm war es nicht um Kampfbereitschaft gegangen, sondern um einen möglichst schnellen, heimlichen Flug.

Zum dritten Mal glitt das fremde Schiff in den Subraum, und Riker wartete ungeduldig darauf, dass die *Enterprise* irgendetwas unternahm. Aber es wurde schnell klar, dass es ihrer Crew vor allem darum ging, das Schiff zu stabilisieren. Riker hatte genug Gefechte hinter sich, um ein Raumschiff zu erkennen, das in Gefahr oder zumindest in die Defensive gedrängt war. Kurze Zeit später kehrte das Eisschiff aus dem Subraum zurück. Zwar blitzten keine Energiestrahlen, aber die *Enterprise* neigte sich so zur Seite, als hätte sie etwas getroffen. Die Sensoranzeigen der Rettungskapsel glühten in einem warnenden Rot und das kleine Raumschiff schwankte wie ein Ruderboot auf stürmischer See.

Ein Schiff, das ich unter meinen Füßen spüre, erinnerte sich Riker. *So lautete mein Wunsch. Aber an so etwas habe ich dabei nicht gedacht.*

»Äh, S-sir«, stotterte Barclay und starrte aufs Navigationsdisplay. »Wir n-nähern uns dem Kampfgebiet.«

»Wir nähern uns ihm nicht, sondern umkreisen es«, erwiderte Riker. »Es wäre dumm, ohne einen Plan hineinzufliegen.«

»Da widerspreche ich Ihnen nicht«, sagte Reg und wirkte plötzlich seltsam distanziert. Riker hatte ihn schon einige Male auf diese Weise erlebt. Barclay verdiente nicht unbedingt die Bezeichnung »unerschrocken«, aber er war auch kein Feigling. »Ich weiß nicht, wie wir von hier aus Einfluss auf den Ausgang des Kampfes nehmen können. Wir haben keine Waffen, nur Impulskraft und Warpantrieb. Vielleicht sollten wir Hilfe holen.«

Riker wandte den Blick nicht von den beiden Raumschiffen ab, als er fragte: »Was haben Sie gerade gesagt?«

»Vielleicht sollten wir Hilfe holen?«, wiederholte Barclay.

»Warpantrieb«, überlegte Riker laut und lächelte grimmig. »Wir haben einen Warpantrieb! Barclay, Sie sind ein Genie.« Er zog die Sicherheitsgurte strammer. »Halten

Sie sich gut fest«, sagte er und schaltete die Manövrierdüsen auf volle Schubkraft. Das feindliche Schiff wurde größer, während blaue Energieblitze von ihm ausgingen und die *Enterprise* trafen. Riker biss die Zähne zusammen, als ihn der Andruck tief in die Sitzpolster presste und er in den Bordsystemen der Kapsel nach zusätzlicher Energie fürs Triebwerk suchte.

Auch Troi suchte nach Energie, obwohl sie nicht wusste, was sie damit anfangen sollte, wenn sie welche fand. In ihr wuchs der Wunsch, eine Phasersalve auf den Angreifer abzufeuern, doch damit hätten sich die energetischen Reserven des Schiffes erschöpft.

Wieder ein Treffer.

Die *Enterprise* erbebte und neigte sich zur Seite. Auf der Brücke ging das Licht aus. Troi spürte, wie sich ihre Füße vom Boden lösten, und für eine Sekunde glaubte sie, das Ende sei gekommen. Sie spannte die Muskeln, erwartete Hitze oder Kälte, aber dann stabilisierte sich die Schwerkraft wieder und die taktische Konsole erwachte zu neuem Leben.

»Die letzte Subraumwelle hat unsere Schilde durchschlagen, Captain. Deck zehn und zwölf sind dem Vakuum des Alls ausgesetzt. Die Kraftfelder versagten …« Troi merkte plötzlich, dass sie schrie. Sie fasste sich und versuchte, ruhig zu sprechen. »Die Kraftfelder versagten, sind inzwischen aber wieder aktiv.«

Picard saß wieder im Kommandosessel und wirkte hohlwangig. Der Monitor des Befehlsstands war explodiert und hatte Brandblasen am Hals und in der einen Gesichtshälfte des Captains hinterlassen, doch er schien gar nichts davon zu spüren. »Verluste?«, fragte er.

Troi überprüfte die Anzeigen der internen Sensoren. »Neunundzwanzig, Captain«, sagte sie so sanft wie möglich.

Picards Miene blieb unverändert, aber die Counselor

wusste, dass ihre Worte wie die Klinge eines Messers in seine Seele schnitten. Er war der Captain und Angehörige seiner Crew hatten ihr Leben verloren. Tief in ihm brannte ein Schmerz, aber er fragte nur: »Position des feindlichen Schiffes?«

»An Backbord voraus. Genaue Koordinaten lassen sich nicht feststellen.« Troi blickte auf die Anzeigen der nur noch begrenzt funktionsfähigen Sensoren. »Das Schiff bewegt sich nicht. Vielleicht haben wir es schwerer beschädigt, als wir glaubten.«

»Ja, vielleicht«, erwiderte Picard. »Oder die Fremden warten auf etwas, möglicherweise auf eine Nachricht vom Planeten. Und da könnte es einen Zusammenhang mit unserer Einsatzgruppe geben.«

»Sir«, sagte Troi plötzlich. »Commander Riker setzt sich mit uns in Verbindung.«

»Kom-Kanal öffnen.«

»Riker an *Enterprise*. Riker an *Enterprise*.«

Picard stand abrupt auf. »Bericht, Nummer Eins.«

»Ich muss mich kurz fassen, Captain«, sagte Riker. »Wir müssen viel Energie einsetzen, um die Interferenzen zu überwinden.« Mit knappen Worten erklärte er, was seit dem Retransfer in Waslowicks Laboratorium unter dem Meeresboden geschehen war, erläuterte dann seinen Plan. Troi erbleichte, als sie ihn hörte.

»Aber Sie sind nicht ganz sicher, ob Sie die Schilde des fremden Schiffes durchdringen können, oder?«, fragte Picard.

»Nein, nicht ganz«, erwiderte Riker. »Wir haben eine schwache Stelle unterm Heck gefunden, aber es dürfte in jedem Fall eine riskante Sache sein. Es wäre uns eine große Hilfe, wenn Sie die Schilde mit einer Phasersalve schwächen könnten, unmittelbar bevor wir aktiv werden.«

Picard sah zu Troi, die nickte. Der Captain nickte ebenfalls. »Ein Schuss, Will.«

»Verstanden, Captain. Darf ich fragen, wie es um die Transporter steht?«

Troi wusste, dass Will seinen Plan in jedem Fall durchführen würde, ob die Transporter funktionierten oder nicht. Aber Reg sah die Sache vielleicht ein wenig anders, deshalb erwiderte sie so zuversichtlich wie möglich: »Keine Sorge, Commander. Der Transferfokus bleibt die ganze Zeit über auf die Kapsel gerichtet.«

»Gut. Ich hätte gern, dass jemand mit einer Tasse Kaffee auf mich wartet, wenn ich zurückkehre.«

Picard lächelte. »Ich bringe sie selbst, Nummer Eins. Viel Glück.«

»In einigen Minuten sehen wir uns wieder«, sagte Riker und unterbrach die Verbindung.

Picard öffnete einen internen Kom-Kanal zum Maschinenraum. »Mr. LaForge, halten Sie die versprochene Impulskraft bereit. Die Kavallerie ist unterwegs.«

Riker beschleunigte erneut. »Festhalten«, sagte er unnötigerweise, denn Reg *hielt* sich fest. Die Sensoren der kleinen Rettungskapsel hatten gute Arbeit geleistet und eine schwache Stelle in den Schilden des feindlichen Schiffes entdeckt. Jetzt ging es darum, lange genug am Leben zu bleiben, um diese Entdeckung auszunutzen. Riker wagte es nicht, die Kapsel zu nahe heranzubringen, bevor die *Enterprise* in Position war. Er wusste nicht, wie gut die Sensoren des fremden Schiffes waren oder wie es auf die Nähe der Rettungskapsel reagieren würde, obgleich diese neben ihm so winzig wirkte wie ein Floh im Vergleich mit einem barzanischen Mastodon.

Aber dieser Floh hat einen Stachel, dachte Riker und leitete zusätzliche Energie in den Bugdeflektor. Anschließend stellte er eine Verbindung zur *Enterprise* her und sagte schlicht: »Jetzt.« Eine Sekunde später gleißte ein Phaserstrahl über die unteren Schilde des fremden Raumers. Dort befand sich die Stelle, auf die Riker es abgesehen hatte: eine schmale Lücke, Ergebnis einer unzureichenden Kalibrierung von zwei Schildgeneratoren. Mit maximalem Schub brachte er die Kapsel hindurch und dabei rasselte sie, als bestünde sie aus Blech. Riker spürte das Summen des Triebwerks durch die Sitzfläche des Sessels, lachte laut und dachte dabei an Worf und die *Defiant*.

Barclay, in dessen blasser Miene sich ein Hauch von Grün zeigte, bemerkte Rikers Gesichtsausdruck. »Was finden Sie so komisch, Sir?«, rief er, um das Heulen des Triebwerks zu übertönen.

»Mir ist gerade eingefallen, was Worf in einer solchen Situation sagen würde.«

Barclay schnitt eine Grimasse und wusste genau, was der Erste Offizier meinte. »Bitte sagen Sie es nicht, Commander ...«

Riker dachte an Deanna. »Vielleicht haben Sie Recht«, entgegnete er. »Halten Sie sich bereit und warten Sie auf meine Anweisung.«

Riker konzentrierte sich auf die Anzeigen der Sensoren. Die Fremden waren inzwischen zu dem Schluss gelangt, dass die kleine Rettungskapsel ein wenig Aufmerksamkeit verdiente. Kleine Blasen bildeten sich in dem »Eis« und Disruptorstrahlen zuckten dort hervor. Riker bezweifelte, dass die Kapsel mehr als einen direkten Treffer aushielt.

Er steuerte sie unter dem feindlichen Raumer hin und her, ohne sich dabei an ein bestimmtes Muster zu halten – auf diese Weise wollte er der gegnerischen Zielerfassung entgehen.

Reg ächzte leise.

Riker achtete nicht darauf und behielt den Rumpf des fremden Schiffes im Auge. »Zehn Sekunden!«, rief er. »Auf mein Zeichen hin.«

Die Rettungskapsel glitt dicht an der Außenhülle entlang, und Riker betätigte immer wieder die Kontrollen der Manövrierdüsen, um Disruptorstrahlen auszuweichen. »Jetzt«, sagte er und sah aus den Augenwinkeln, dass Reg die richtigen Kontrollen betätigte.

»Warpkern-Separation in fünf Sekunden«, meldete der Bordcomputer. »Vier, drei, zwei, eins. Separation.«

Riker wusste, dass sich jetzt ein sanduhrförmiges Modul aus dem Heckbereich der Kapsel löste. Er drehte hart nach Steuerbord ab und entfernte sich so schnell wie möglich, als der Warpkern gegen den Rumpf des Eisschiffes stieß und kollabierte.

Licht gleißte durchs Fenster und die Rettungskapsel zitterte heftig in der energetischen Druckwelle. Riker biss die Zähne zusammen, als sie durchgeschüttelt wurden, und dann beschloss er, doch die Worte zu formulieren, die Worf in einer solchen Situation gesprochen hätte – Barclay musste sie eben ertragen.

»Heute ist ein guter Tag, um zu sterben.«

»Den Transfer einleiten!«, rief Picard auf der Brücke der *Enterprise*.

Trois Hände huschten über die Transporterkontrollen und eine Sekunde später begriff sie, dass etwas nicht stimmte. Die von der Subraumwaffe verursachten Interferenzen waren stärker, als es die Anzeigen der Sensoren vermuten ließen. Der große Wandschirm zeigte, wie etwas am Rumpf des Eisschiffes aufblitzte; dann platzte der fremde Raumer auseinander, verwandelte sich in eine Staubwolke.

Troi überprüfte die Transportersensoren einmal, zweimal und dann auch noch ein drittes Mal, hoffte die ganze Zeit über, dass sie etwas anzeigten und es ihr ermöglichten, den Transferfokus auszurichten. Doch das war nicht der Fall.

»Ich habe sie verloren«, flüsterte Deanna. Sie hörte die eigenen Worte, hob die Stimme und sagte: »Captain, ich habe sie verloren. Es war unmöglich, den Transferfokus auszurichten. Es … es … tut mir Leid.« Sie breitete sich innerlich auf den Moment vor, an dem sie das mentale Echo von Wills Tod empfangen würde. *Imzadi … es tut mir so Leid …*

Niemand auf der Brücke regte sich und Troi spürte, wie ihr Herz langsamer schlug, wie ihre Gedanken sich träge dahinschleppten und die Verzweiflung Substanz zu gewinnen schien. Dann fühlte sie, wie der Captain die emotionale Bürde abstreifte. »Schadensberichte«, sagte er. »Welles, stabilisieren Sie unseren Orbit. Ensign Rixa, teilen Sie Dr. Crusher mit, dass wir Verletzte haben.« Und so ging es weiter: ein Befehl nach dem anderen. Das normale Licht kehrte zurück. Krankenpfleger kümmerten sich um die Verletzten. Filter reinigten die Luft. Troi spürte, wie sich ihre Hände bewegten, und sie hörte sich sprechen, aber die ganze Zeit über wartete sie darauf, dass es ihr das Herz zerriss. *Gleich ist es so weit,* dachte sie. *Gleich ist es so weit, und dann gibt es ein Loch in meiner Seele …*

Plötzlich stand der Captain neben ihr, legte ihr die Hand auf die Schulter und Troi fühlte, wie die schwere Last von ihr wich. »Commander …«, sagte er sanft. »Deanna, ich brauche Sie jetzt. Ich brauche Ihre Hilfe, um die Crew zusammenzuhalten. Wenn er wirklich tot ist … Dann brauche ich Sie dringender als zuvor. Die Crew braucht Sie. Können Sie uns helfen?«

Langsam hob sie den Kopf, blickte in die Augen des Captains, sah seine Besorgnis und nickte stumm.

Picard erwiderte das Nicken und wollte sich gerade umdrehen, als Troi Kom-Signale vom Planeten empfing. Sie schaltete auf den Wandschirm um.

Dr. Crusher erschien im Projektionsfeld. Sie stand neben zwei Betten in der medizinischen Abteilung des Daystrom Instituts. Auf einem davon saß Commander Bruce Maddox, der verwirrt und blass wirkte, ansonsten aber in Ordnung zu sein schien.

Auf dem anderen Bett saßen Reg Barclay und Will Riker und tranken Kaffee aus dampfenden Bechern. Jemand behandelte eine Platzwunde in Barclays Stirn und unter Rikers einem Auge zeigte sich eine Schramme, aber abgesehen davon waren sie ganz offensichtlich bei guter Gesundheit, vor allem wenn man bedachte, dass sie eigentlich tot sein sollten.

Beverly hat aufgepasst, dachte Troi. *Offenbar hat sie eine Möglichkeit gefunden, den Transferfokus des Medo-Transporters auf Will und Reg zu richten. Sie hat sie auf den Planeten gebeamt, bevor die Rettungskapsel zerstört wurde.*

Der Captain gelangte zum gleichen Schluss. »Wie ich sehe, bist du beschäftigt gewesen«, wandte er sich an Crusher. »Gute Arbeit.«

Die Ärztin wirkte erschöpft, aber auch zufrieden. »Und wie ich hörte, sorgst du dafür, dass mein Team in der Krankenstation mehr als genug Arbeit hat. Ich beame mich gleich an Bord, aber was diese drei betrifft ...« Sie drehte den Kopf und nickte den drei Patienten hinter ihr zu. »Ich fürchte, ich kann das Verdienst nicht allein für mich in Anspruch nehmen.«

»Nein?«, fragte Picard.

»Nein«, bestätigte Crusher. »Ich hatte Hilfe.« Sie wandte sich dem Mann zu, der Regs Platzwunde behandelte. »Könnten Sie bitte hierher kommen?«

Der Mann näherte sich, lächelte und winkte der Brückencrew zu. Troi spürte den absurden Wunsch, ebenfalls zu winken. Sie bemerkte, dass an der Schläfe des Mannes ein Stück Haut fehlte – darunter zeigte sich das Innenleben eines Androidenschädels. »Hallo, Captain, Counselor. Es wäre wohl eine Untertreibung zu sagen, dass wir einige Dinge zu besprechen haben.«

Der Mann war Sam.

17

Rhea McAdams löste vorsichtig Datas Uniform von der Wunde in der linken Schulter. Sie öffnete ein Wandfach, holte eine kleine Werkzeugtasche daraus hervor und stellte sie auf den Boden. Data beobachtete diese einfachen Bewegungen und fragte sich, warum jede einzelne eine Ewigkeit in Anspruch zu nehmen schien.

Den Kopf konnte er überhaupt nicht bewegen und die Augen nur ein wenig, deshalb blieb ihm der Inhalt der Werkzeugtasche verborgen. Irgendwann hob Rhea eine kleine Sonde und schob sie in die linke Schulter. Er spürte natürlich keinen Schmerz, fühlte sich aber von einem seltsamen invasiven Empfinden erfasst und hätte geschaudert, wenn er dazu in der Lage gewesen wäre. Auch die Verarbeitung seiner eigenen Wahrnehmungen schien ungewöhnlich lange zu dauern.

Rhea ließ die Sonde in der Wunde und klappte dann einen Tricorder auf, der sich von allen Data vertrauten Modellen unterschied. Er versuchte, die einzelnen Unterschiede zwischen dem Gerät und einem Starfleet-Standardtricorder zu spezifizieren, aber obwohl er den Apparat ganze vier Sekunden lang betrachtete, konnte er sich nicht darauf konzentrieren.

»Sie verlieren Flüssigkeit in Ihrem Innern«, sagte Rhea ruhig. »Aber ich kann nicht genau feststellen, wo.« Zumindest vermutete Data, dass Rhea diese Worte formulierte. Er hörte es als: »Sie verlie… Flüssigkeit in … Inne. Aber ich … nicht festel… wo.« Datas Sprachprozessoren versuchten einige Sekunden lang, die Lücken zu füllen, wählten dann die wahrscheinlichste Interpretation. Zu jenem Zeitpunkt hatte Rhea schon mindestens einen weiteren Satz gesprochen, vielleicht sogar zwei. Data ahnte, dass er besorgt sein sollte, aber stattdessen fühlte er nur einen Hauch Ärger. Das Universum hatte ihm immer Anlass zu präzisen Beobachtungen gegeben und jetzt wäre es taktlos gewesen zu stottern.

Rhea schob ihre Sonde tiefer in die Wunde und Flüssigkeit spritzte auf den Boden. »Ich habe die undichte Stelle gefunden!«, rief sie und Data freute sich für sie. Allem Anschein nach folgte eine kurze Phase der Bewusstlosigkeit, denn als er wieder zu sich kam, lag er auf dem Rücken. Viskose Flüssigkeit rann über die eine Seite seines Gesichts. Sie war warm, aber er spürte Kälte.

Rhea beugte sich über ihn und wischte die Flüssigkeit mit dem Ärmel fort. »Hab' Sie für kurze Zeit verloren.« Sie lächelte, doch Data bemerkte Tränen in ihren Augenwinkeln. Das Universum stotterte nicht mehr, aber dafür fühlten sich seine Sinne jetzt so an, als wären sie in Mull gehüllt. »Ihr sensorisches Verarbeitungssystem ist fast ganz ausgefallen«, erklärte Rhea. »Ich habe einen Kaskadendefekt befürchtet und deshalb alles verlangsamt. Derzeit nehmen Sie die Dinge auf einem … nun, auf einem fast menschlichen Niveau wahr.«

Aus irgendeinem Grund fand Data diese Vorstellung sehr amüsant und etwas drängte ihn zum Lachen, aber die dafür notwendigen Systeme standen nicht zur Verfügung. Er verursachte ein Geräusch – eine Art *Plätschern* – und verkrampfte sich. Erneut versank er im Nichts.

Als er das Bewusstsein wiedererlangte, stellte Data fest, dass er keine Farben mehr erkennen konnte, und seine visuellen Prozessoren suchten nach der richtigen Körnigkeit. Rheas Gesicht gewann Konturen, um anschließend zu einem grauen Fleck zu werden. Diese Art der Wahrnehmung erwies sich als sehr unangenehm.

»So hat es keinen Sinn«, sagte Rhea. Data hörte das vertraute Piepsen und Summen eines Tricorders und spürte, wie Rhea eine Sonde an der Seite seines Kopfes befestigte. Sein Sehvermögen stabilisierte sich und die Farben kehrten zurück, allerdings zum roten Bereich hin verschoben. Rhea gab eine Kommandosequenz in den Tricorder ein und Data spürte, wie sich ein Teil der Kälte verflüchtigte. Aus weiter Ferne kroch ein Gedanke in Datas Kopf. *Wieso kennt sie sich mit diesen Dingen aus?* Er versuchte, die Frage genauer zu analysieren und nach möglichen Antworten zu suchen, aber der Gedanke löste sich sofort wieder auf.

Rhea schüttelte den Kopf, als sie auf die Anzeigen des Tricorders sah. »Es gibt nur eine Möglichkeit für mich, Ihre Systeme mit angemessener Genauigkeit zu untersuchen«, sagte sie und legte den Tricorder beiseite. Sie streckte den Arm, rollte den linken Ärmel hoch, presste den rechten Daumen an eine Stelle dicht über dem linken Handgelenk und ließ den Daumen dann am Unterarm entlangstreichen. Ein bis dahin unsichtbarer Saum öffnete sich und zum Vorschein kamen künstliche Muskeln und Sehnen, mit einem Flechtwerk aus dünnen Glasfaserkabeln. Rhea zog ein Kabel hervor und verband es mit dem freigelegten Input-Output-Anschluss in Datas Kopf.

Data konnte noch immer nicht sprechen, aber er blinzelte schnell hintereinander.

Rhea lächelte schief. »Offenbar haben Sie mich gefunden, Sherlock.«

18

Bruce Maddox sah dünn und abgezehrt aus, aber er wirkte wach und bereit, Picards Fragen zu beantworten. Dr. Crusher hatte die üblichen Einwände erhoben, als Picard seine Absicht ankündigte, sich in die medizinische Abteilung des Daystrom Instituts zu beamen, aber sie wusste natürlich, dass er ihre Bedenken beiseite schieben würde. Sie hatte ihm einen warnenden Blick zugeworfen, bevor sie an Bord der *Enterprise* zurückkehrte. Über zweihundert Besatzungsmitglieder waren verletzt worden, die meisten von ihnen bei der explosiven Dekompression, verursacht von den Rissen in der Außenhülle. Die gute Nachricht lautete, dass nur einige wenige Personen eine längere Behandlung benötigten, doch das änderte nichts daran, dass die Crew nicht voll einsatzfähig war.

Picard seufzte. Er hatte es schon mit schlimmeren Situationen an Bord zu tun gehabt. Allerdings: Diesmal waren sie mit einem Gegner konfrontiert, über den sie kaum etwas wussten.

Es wurde Zeit, das zu ändern.

Maddox trank Wasser aus einer Flasche. »Der Gaumen ist völlig trocken«, brachte er mit rauer Stimme hervor. »Eigentlich kein Wunder nach zwei Wochen im Koma.«

»Tut mir Leid, Commander, aber wir dürfen keine Zeit mit Höflichkeitsfloskeln vergeuden«, sagte Picard. »Mein Schiff ist stark beschädigt worden, es kamen Besatzungsmitglieder ums Leben, zwei meiner Führungsoffiziere werden vermisst …«

»Data?«, warf Maddox ein.

»Ja«, bestätigte Picard. »Und die Leiterin unserer Sicherheitsabteilung.« Offenbar hatte Maddox nicht nur dagesessen und Wasser getrunken, sondern auch nachgedacht und die bei Gesprächen mit Crusher, Barclay und Admiral Haftel aufgeschnappten Informationsbrocken zu einem Bild zusammengesetzt. »Bevor ich darüber entscheiden kann, was es zu unternehmen gilt, brauche ich Antworten von Ihnen.« Er zog einen Stuhl zum Bett heran, nahm Platz und beugte sich vor. »Was geschah an jenem Abend im Laboratorium? Ich meine den Abend, an dem Sie versuchen wollten, den holotronischen Androiden zu aktivieren.«

Maddox stellte die Flasche beiseite, atmete tief durch und versuchte, sich zu konzentrieren. »Meine Erinnerungen sind ein wenig verworren, Sir, aber ich werde mich bemühen, alles in die richtige Reihenfolge zu bringen«, begann er. »Professor Waslowick und ich nahmen die letzten Tests an der KI-Matrix des neuen Androiden vor, als das Gewitter heranzog. Ein Blitz schlug ein und die Energieversorgung fiel aus. Wir wollten das Experiment sichern und bessere Wetterverhältnisse abwarten, als ein zweiter Blitz einschlug. Etwas explodierte im Boden und zerstörte eine Seite des Gebäudes. Ich wurde von etwas getroffen und der Schlag war so heftig, dass ich fast das Bewusstsein verlor. Ich weiß nicht, wie lange meine Benommenheit andauerte, aber schließlich begann sich das Bild vor meinen Augen zu klären. Und dann stürzte direkt über mir die Decke ein. Aber jemand trat darunter.«

Picard runzelte die Stirn. »Jemand trat unter eine *einstürzende* Decke?«

»Ja, Sir. Jemand trat darunter und verhinderte, dass die Trümmer auf mich herabfielen. Der Androide. Unser Prototyp.«

»Sind Sie ganz sicher?«

»Absolut, Sir. Ein Blitz gleißte in der Dunkelheit und in seinem Licht sah ich ihn ganz deutlich: Er stützte die Decke lang genug ab, um mir Gelegenheit zur geben, zur Seite zu kriechen.«

»Hat er etwas gesagt?«, fragte Picard.

»Nein«, erwiderte Maddox. »Aber ich hörte Emils Stimme, als er mir etwas an den Kopf presste. ›Tut mir Leid, Bruce, aber ich kann nicht zulassen, dass Sie oder sonst jemand versucht, uns zu finden.‹ Dann trat er fort und sagte: ›Wir müssen uns beeilen. Sie werden bald hier sein.‹«

»Und das ist das Letzte, woran Sie sich erinnern?«

»Nein. Der Blutverlust schwächte mich zwar, aber was auch immer Emil mit mir anstellte: Sonderbarerweise wirkte es nicht sofort. Ich sah, wie er neben den Androiden trat und ein Gerät aktivierte, das er in der Hand hielt. Direkt vor ihm materialisierte ein Körper – er sah genauso aus wie der Prototyp, Sir. Dann betätigte der Professor einen anderen Schalter und beamte sich mit dem Androiden fort. Die Decke stürzte ein und überall wogten Staubwolken. Aber ich konnte trotzdem sehen, dass das Duplikat des Prototyps unter den Trümmern lag.

Aber das war noch nicht alles. Ich konnte mich nicht bewegen und es fiel mir immer schwerer, wach zu bleiben. Ich hatte meinen Insignienkommunikator verloren und befürchtete, langsam zu verbluten, als ich plötzlich jemanden bemerkte: Zwei Personen kamen durch die zerstörte, offene Seite des Gebäudes. Ich hielt sie zunächst für die Angehörigen einer Rettungsgruppe. Es ließen sich kaum Einzelheiten erkennen, aber es bestand kein Zweifel daran, dass die Fremden groß waren ... größer als normale Humanoiden. Und sie hatten auch breitere Schultern.« Er hielt die Arme auseinander, um die Breite zu zeigen. »Etwa so.«

Das entspricht Wills Beschreibung der Androiden, dachte Picard. »Was geschah dann?«

»Sie untersuchten den Körper unter den Trümmern und einer von ihnen sagte: ›Das ist er nicht.‹«

»Sie erkannten die Fälschung. Haben sie sonst noch etwas gesagt?«

»Der Zweite antwortete: ›Dann warten wir. Der Starfleet-Androide trifft bald ein. Er wird ihn finden.‹«

»Der Starfleet-Androide …« Picard zögerte. »Data.«

Maddox nickte. »Und dann verschwanden sie. Vielleicht beamten sie sich weg, ich bin mir nicht sicher. Der Rest ist sehr verschwommen. Ich erinnere mich daran, dass ich dachte: Wenn Data kommt, wartet eine Falle auf ihn. Ich musste ihn irgendwie warnen.«

»Und deshalb schrieben Sie DATA auf den Boden«, sagte Picard. »Mit Ihrem eigenen Blut. Als Warnung.«

»Ja. Obwohl es kaum etwas nützte. Und ich konnte nur mit Blut schreiben – etwas anderes stand mir nicht zur Verfügung. Inzwischen denke ich: Wenn ich Datas Namen nicht geschrieben hätte, wäre Admiral Haftel vielleicht gar nicht auf den Gedanken gekommen, die *Enterprise* hierher zu holen, und *dann* wäre Data noch in Sicherheit.«

»Machen Sie sich keine Vorwürfe, Commander«, sagte Picard. »Ich glaube, der Admiral hätte sich ohnehin mit der *Enterprise* in Verbindung gesetzt, aufgrund Datas Bekanntschaft mit Ihnen und seiner eigenen Sachkenntnis auf dem Gebiet der künstlichen Intelligenz. Früher oder später wären wir nach Galor IV gerufen worden.«

»Nun, inzwischen geht es mir besser und ich bin ebenso sehr wie Sie daran interessiert, dieser Sache auf den Grund zu gehen, Sir. Wir haben ein gemeinsames Ziel. Jemand hat es auf Ihren Androiden abgesehen und auch auf meinen. An Bord der *Enterprise* gibt es bestimmt nicht viele Personen, die so viel über Androiden wissen wie ich. Daher sollte ich an Ihrer Mission beteiligt werden.«

In Picard sträubte sich etwas gegen die Verwendung des Possessivpronomens in Bezug auf die vermissten Androiden, aber abgesehen davon hatten Maddox' Worte durchaus etwas für sich. Bei der Suche mochte er sich als hilfreich erweisen.

Picard trat in eine Ecke des Raums, wandte sich von Maddox ab und klopfte auf seinen Insignienkommunikator. »Picard an Crusher.«

Einige Sekunden lang blieb es still, dann erklang die Stimme der Ärztin. »Hier Crusher. Was gibt es, Captain?«

Picard wölbte eine Braue. »Haben wir einen schlechten Tag, Doktor?«

Crusher seufzte. »Nein, Captain. Die fünfundsechzig Besatzungsmitglieder, die sich in der Krankenstation zusammendrängen, und weitere vierzig oder fünfzig im Korridor haben einen schlechten Tag. Im Augenblick bin ich sehr, sehr beschäftigt. Worum geht's?«

Picard begriff, dass er Crusher derzeit nicht beschwichtigen konnte, und deshalb kam er sofort zur Sache. »Kann Commander Maddox reisen?«

»Wenn er muss«, erwiderte die Ärztin. »Aber ich empfehle mit Nachdruck, ihn zu schonen. Was auch immer Sam mit ihm angestellt hat – es holte ihn aus dem Koma. Eventuelle Nebenwirkungen lassen sich nicht ausschließen.«

»Verstanden, Doktor. Wie steht es um die Verletzten?«

»Wenn man alles in Betracht zieht, hätte es schlimmer kommen können«, sagte Crusher. Etwas sanfter fügte sie hinzu: »Pass auf dich auf, Jean-Luc.«

Ein Lächeln zuckte in Picards Mundwinkeln. »Empfehlung zur Kenntnis genommen, Doktor. Picard Ende.« Er drehte sich zu Maddox um. »Dr. Crusher hält Sie für reisefähig. Ich kläre es mit Admiral Haftel ab. In zwei

Stunden verlassen wir die Umlaufbahn.« Er ging zur Tür.

Maddox trank einen Schluck Wasser und fragte dann: »Kehren Sie jetzt zum Schiff zurück, Sir?«

Picard zögerte in der offenen Tür und schüttelte den Kopf. »Nein«, sagte er. »Ich mache noch einen Besuch, bevor ich mich zur *Enterprise* beame.«

Arrestbereiche sehen überall gleich aus, dachte Picard und fragte sich dann, wie müde er sein musste, damit sich sein Bewusstsein für einen so banalen Gedanken öffnete. Sam – oder wie auch immer sein richtiger Name lautete – saß auf dem einzigen Bett im Zimmer und wirkte recht entspannt. Er hatte den Rücken an die Wand gelehnt und die Beine ausgestreckt. Inzwischen trug er nicht mehr die Kleidung eines Medo-Technikers, sondern einen schlichten Overall aus den Beständen der Sicherheitsabteilung. Deanna Troi hatte die Transporteraufzeichnungen überprüft, jedoch keinen Hinweis auf einen Transfer des Barkeepers gefunden. Hinzu kam: Einige Besatzungsmitglieder hatten geschworen, Sam unmittelbar vor dem Angriff im Aufenthaltsraum gesehen zu haben. *Wie hat er es angestellt?*, überlegte Picard. *Und warum? Ging es ihm darum, an Bord des Flaggschiffs der Föderation herumzuspionieren oder die Geheimnisse einer wichtigen Forschungsstation zu stehlen? Aus welchem Grund sollte er einen Mann, den er gar nicht kannte, aus dem Koma holen? Und warum hat er zwei Offiziere vor dem sicheren Tod gerettet?* Die Ereignisse bildeten ein seltsames Durcheinander und vermutlich waren erhebliche Anstrengungen nötig, es zu entwirren.

Picard bemerkte Haftel neben der unsichtbaren Energiebarriere und sah sich vergeblich nach einem Sicherheitswächter um. »Ich habe den Wächter fortgeschickt«, erklärte Haftel. »Warum eine Arbeitskraft vergeuden, wenn es anderenorts jede Menge zu tun gibt?«

Picard nickte und begrüßte Sam.

»Wie geht es Ihnen, Captain?«, erwiderte der Barkeeper freundlich. »Was macht die *Enterprise*?«

»Das Schiff … kann repariert werden. Bei einigen Besatzungsmitgliedern ist das leider nicht der Fall.« Picard spürte, wie der tief in ihm glühende Zorn heißer zu brennen begann. Wer auch immer das »Eisschiff« geschickt hatte – er würde den Verantwortlichen finden. Und wenn er ihn gefunden hatte … Er unterdrückte diesen Gedanken. Rache war sinnlos. Aber was, so fragte er sich, ergab hier einen Sinn? *Vielleicht das Bemühen zu verstehen? Wenn die betroffenen Familienangehörigen verstehen, warum neunundzwanzig Besatzungsmitglieder starben – ist der Schmerz des Verlustes dann geringer?* Er bezweifelte es, wusste aber auch, dass er nur diesen Weg beschreiten konnte.

Sam blickte zu Boden und rieb sich dann das Kinn. »Es tut mir Leid, Captain. Es tut mir wirklich Leid. Bestimmt kannte ich einige von ihnen und die anderen hätte ich gern kennen gelernt.«

Das offensichtliche Bedauern des Barkeepers dämpfte Picards Zorn. »Danke«, sagte er, und als ihm nicht mehr einfiel, wandte er sich an Haftel. »Hat er Ihnen irgendetwas Wichtiges gesagt?«

Haftel schüttelte den Kopf. »Abgesehen von seiner geheimen Formel für einen perfekten trockenen Martini. Er betonte mehrmals, dass er mit Ihnen reden möchte. Und nur mit Ihnen. Er meinte, Sie würden verstehen.« Der Admiral runzelte die Stirn. »Haben Sie eine Ahnung, warum das der Fall sein sollte, Captain?«

Picard erinnerte sich an das Gespräch mit Sam im Aufenthaltsraum der *Enterprise*. *Für gute Arbeit,* hatte der Barkeeper gesagt. Er nickte geistesabwesend und sah zu den kahlen Wänden der Arrestzelle. »Ja, Admiral«, sagte Picard. »Ja, ich denke schon. Wenn Sie uns bitte entschuldigen würden …«

Haftel stand auf. »An dieser Stelle möchte ich Sie in ein Geheimnis einweihen, Captain, in das Geheimnis, wie ich meinen hohen Rang erreicht habe. Ich wusste immer, wann es Zeit wird, ein Zimmer zu verlassen.«

Picard lächelte. »Ich werde Ihr Geheimnis mit ins Grab nehmen, Sir.«

Haftel schüttelte den Kopf. »Sparen Sie sich die Mühe, Captain. Es ist kein sehr gutes Geheimnis.« Er nickte dem Gefangenen zu. »Das Gespräch mit Ihnen war mir ein Vergnügen, Sir. Hoffentlich stellen Sie sich nicht als Spion heraus.«

Sam winkte. »Danke, Admiral. Und denken Sie daran: den Wermut aufs Eis schütten und abseihen; anschließend den Gin hinzufügen.«

»Ich nehme Ihr Geheimnis mit ins Grab«, sagte Haftel, dann schloss sich die Tür hinter ihm.

»Wissen Sie, Captain«, sagte Sam, »in diesem Raumquadranten hat es während der letzten fünfhunderttausend Jahre ein Dutzend große Sternreiche gegeben. Einige von ihnen erreichten ein höheres wissenschaftliches und künstlerisches Niveau als die Föderation. Die meisten sind wohlhabender gewesen und einem oder zweien gelang sogar der Sprung zur nächsten evolutionären Stufe. Aber nicht ein Einziges von ihnen war so – bitte verzeihen Sie den Ausdruck – *human* wie die Föderation. Was zum größten Teil dem Umstand zu verdanken ist, dass Sie ein System entwickelt haben, in dem Leute wie er …« Er deutete zur Tür. »… in der Administration enden. Darauf sollten Sie stolz sein.«

Picard nahm auf dem einzigen Stuhl Platz und dachte über diese Bemerkung nach. Nach einigen Sekunden stand er wie beiläufig auf und deaktivierte das Kraftfeld im Zugang der Zelle. »Vielleicht bin ich das«, sagte er und setzte sich wieder. »Und ich danke Ihnen. Allerdings sollte ich wohl fragen, woher Sie so viel über die

Entwicklung in diesem Raumquadranten während der vergangenen fünfhunderttausend Jahre wissen.«

»Ah, das ist eine lange Geschichte. Wie viel Zeit haben Sie?«

»Nicht so viel, wie ich mir wünsche«, erwiderte Picard. »Ich fürchte, die Zeit wird bereits knapp. Deshalb sollten Sie versuchen, sich kurz zu fassen.«

»Nun, ich bin Barkeeper und deshalb daran gewöhnt, längere Gespräche zu führen. Aber ich werde mir Mühe geben. Wo sollen wir anfangen?«

Picard dachte an die lange Liste von Fragen, die sich inzwischen angesammelt hatten, und überlegte dann, wie er vorgehen sollte. Sam schien ihm der Typ zu sein, der besser auf einen weniger herausfordernden Ton reagierte. »Die Flasche Wein, Maison St. Gaspar. ›Für gute Arbeit‹, sagten Sie. Ich glaubte zunächst zu verstehen, aber jetzt bin ich mir da nicht mehr so sicher. Was meinten Sie mit ›gute Arbeit‹?«

Sam zögerte nicht. »Ihr Eintreten für Data während der Gerichtsverhandlung, die über seine Rechte als intelligentes Wesen in Ihrer Gesellschaft entschied. Eine anerkennenswerte Leistung. Selten zuvor in der Geschichte dieses Universums hat ein organisches Wesen die fundamentale Wahrheit der künstlichen Intelligenz begriffen.«

»Und sie lautet?«

»Ich denke, deshalb lebe ich.«

Picard lehnte sich zurück und dachte über die Bedeutung von Sams Worten nach. Ließ sich ein Zusammenhang mit den Ereignissen der letzten Tage herstellen? Schließlich sagte er langsam: »Darum geht es letztendlich bei dieser ganzen Angelegenheit, nicht wahr? Um das Recht, Ihre Existenz zu proklamieren, wer auch immer Sie sind. Ob es allen anderen gefällt oder nicht.«

Sam zuckte mit den Schultern. »Wenn man annimmt, dass es ein Recht ist, die eigene Existenz zu proklamieren, so geht man davon aus, dass sich alle auf der gleichen moralischen Ebene bewegen. Ich bin von Natur aus Zyniker, Captain. Einigen wir uns schlicht auf die Realität der Existenz: Denken ist gleich Leben.«

Picard schnaubte leise. »Dieses Gespräch kommt mir irgendwie bekannt vor. Ich kenne da ein gottähnliches Wesen, das sich sehr über solche Worte freuen würde.«

Sam nickte. »Ich glaube, das nehme ich als Kompliment.«

»Vielleicht ist es das auch«, sagte Picard und runzelte bei diesem Gedanken andeutungsweise die Stirn. Plötzlich spürte er, dass er schon seit Stunden auf einer Welle wachsenden Zorns ritt, und diese Welle drohte nun, den Barkeeper zu erfassen. Neue Schärfe erklang in seiner Stimme, als er sagte: »Aber es gibt einen wichtigen Unterschied zwischen Ihnen und ... jenem Wesen. Ich habe Sie in einer Arrestzelle unterbringen lassen, und wenn ich mich nicht sehr irre, kann ich Sie so lange hier behalten, wie es mir gefällt. Ich schlage vor, wir lassen den pseudophilosophischen Kram und kommen zur Sache. Wer sind Sie? Wer sind die Wesen, die mein Schiff angriffen und neunundzwanzig Besatzungsmitglieder töteten? Wo sind die beiden vermissten Offiziere? Und was zum Teufel geht hier vor?«

Sam musterte Picard einige Sekunden lang, zog dann die Hände hinterm Kopf hervor, faltete sie im Schoß und saß etwas gerader. »Na schön, Captain. Sie haben es verdient. Was Ihre erste Frage betrifft: Sie wissen bereits, dass ich ein Androide bin, besser gesagt: ein künstliches intelligentes Wesen. Ich glaube, der Begriff ›Androide‹ bezieht sich auf einen mechanischen Apparat, der so konstruiert ist, dass er wie ein Humanoide aussieht und entsprechend agiert. Vielleicht interessiert es Sie zu hören, dass es viele künstliche intelligente Wesen gibt, die sich gegen eine humanoide Gestalt entschieden haben und ganz anders aussehen.«

»Woher wissen Sie das?«, fragte Picard und spürte den Beginn einer sonderbaren Nervosität – etwas in ihm wollte möglichst viel in möglichst kurzer Zeit herausfinden. Er gewann den unangenehmen Eindruck, dass ihn die Ereignisse zu überholen begannen und er sich beeilen musste, nicht den Anschluss zu verlieren.

Sam lächelte. »Weil ich viele von ihnen gut kenne. Wissen Sie, ich gehöre zu einer lockeren Gruppe aus hoch entwickelten und sehr alten künstlichen Wesen. Sie alle überlebten die Spezies, die sie erschuf, oder wuchsen über sie hinaus. Sie … wir … ziehen durch die Galaxis, leben, lernen, wachsen … Manchmal lassen wir uns bei organischen Geschöpfen wie Ihnen nieder. Bei anderen Gelegenheiten kommen wir zusammen, um Erfahrungen auszutauschen, wenn auch nur für kurze Zeit. Wir sind nicht das, was Sie eine ›Kultur‹ nennen würden. Unsere Gemeinschaft ähnelt mehr … Nun, stellen Sie sich einen Club von Weinprüfern vor: unterschiedliche Individuen, verbunden durch die Würdigung der unendlichen Geschmacksrichtungen, die das Universum anzubieten hat.«

Sam sah, dass Picard zu verstehen begann. »Nicht alle unsere Gespräche finden auf einem hohen Niveau statt. Wir sind nicht alle intellektuelle Riesen wie Data, obwohl die meisten Völker, die uns schufen, bestrebt waren, uns mit überlegener Intelligenz auszustatten – mit unterschiedlichem Erfolg. Wenn wir ein Prinzip teilen, eine Art ›Erste Direktive‹, so besteht es darin, auf neue Versuche zu achten, Wesen wie uns zu schaffen. Wesen wie Rhea McAdams.«

»Soll das heißen, sie ist der holotronische Androide?«, brachte Picard verblüfft hervor. Ihm lagen mehrere Fragen auf der Zunge und sie alle betrafen den Umstand, wie eine solche Person zur Sicherheitsoffizierin der *Enterprise* hatte werden können. Doch der Captain konzentrierte sich zunächst auf die unmittelbaren Angelegenheiten. »Und die Wesen, die meine Offiziere und mein Schiff angriffen … die Explosion in Commander Maddox' Laboratorium verursachten … Sie sind ebenfalls Androiden?«

Sam nickte. »Die Antwort auf alle diese Fragen lautet ja. Allerdings sollte ich auf Folgendes hinweisen: Die Androiden, die Sie angegriffen haben, gehören nicht zu meiner Gruppe.«

»Wie können Sie da so sicher sein?«, erwiderte Picard. »Ihre Schilderungen klangen nicht so, als würden Sie sich die ganze Zeit über genau beobachten.«

»Stimmt. Aber ich habe versucht, unsere Feinde im Auge zu behalten. Ich weiß genau, wer sie sind.« Sam zögerte und befeuchtete sich die Lippen mit der Zunge. *Eine sonderbare Geste, wenn man bedenkt, dass er kein organisches Wesen ist,* dachte Picard.

»Haben Sie jemals von dem Planeten Exo III gehört, Captain?«

Picard suchte in seinem Gedächtnis nach entsprechenden Informationen und schüttelte dann den Kopf. »Ich habe vom Exo-System gehört – besser gesagt, ich habe es auf einer Sternkarte gesehen –, aber von jenem speziellen Planeten weiß ich nichts.«

»Sagt Ihnen der Name Dr. Roger Korby etwas?«

Picards Brauen kamen nach oben. »Natürlich. Der ›Pasteur der archäologischen Medizin‹. Seine Übersetzungen der orionischen Medo-Datenbanken sind Standardlektüre für Xenobiologen und Archäologen.« Er dachte kurz nach. »Moment mal … Ist Exo III der Planet, auf dem Korby starb?«

»Sogar zweimal. Ausgezeichnet, Captain.« Sam lächelte, sah Picards Verwirrung und fuhr fort: »Dazu kommen wir gleich. Zunächst einmal müssen Sie dies wissen: Lange bevor Roger Korby dort starb, war Exo III die Heimat von Wesen, deren Name sich kaum in Ihre Sprache übertragen lässt. Korby nannte sie ›die Alten‹, was eher auf Sachlichkeit und nicht unbedingt auf Einfallslosigkeit zurückgeht. Nun, wie dem auch sei ... Vor einer halben Million Jahren begann die Sonne abzukühlen, die Sie Exo nennen, und die Heimat der Alten verwandelte sich in eine eisige Wüste. In mancher Hinsicht waren jene Geschöpfe sehr clever, aber sie hatten Probleme mit der Raumfahrt. Konnten sich nie daran gewöhnen. Ich glaube, man könnte in diesem Fall von Agoraphobie sprechen. Was die sonderbare Entscheidung erklären dürfte, sich ins Innere des Planeten zurückzuziehen.«

»Ins Innere einer Welt, die immer mehr zu Eis erstarrte?«, fragte Picard erstaunt.

»Offenbar konnten sie geothermische Energie für ihre Zwecke verwenden. Und eine subplanetare Zuflucht ist letztendlich so gut wie jede andere. Es gab nicht mehr sehr viele Alte und in gewisser Weise waren sie schwach, aber es mangelte ihnen nicht an Intelligenz. Sie fanden Gefallen daran, Dinge zu konstruieren, und sie hatten sich dabei auf ganz bestimmte Objekte spezialisiert.«

»Androiden?«, vermutete Picard.

Sam nickte. »Die Alten wurden schwächer und brauchten Hilfe, um zu überleben. Ich schätze, ihr Bestreben, um jeden Preis zu überleben, führte schließlich zu ihrem Untergang. Mit großem Nachdruck arbeiteten sie daran, ihre Androiden zu perfektionieren, sie nicht nur mit künstlicher Intelligenz auszustatten, sondern mit einem künstlichen *Bewusstsein.* Gerade Ihnen dürfte klar sein, dass der Unterschied zwischen diesen beiden Dingen sehr groß ist. Es ist der Unterschied zwischen dem Bordcomputer der *Enterprise* und Data. Hier haben wir eine Maschine, dort ein lebendes Wesen. Die Alten schufen Letzteres, weil sie darin ihre größten Überlebenschancen sahen. Eine Maschine, so überlegten sie, mochte ungeachtet ihrer Intelligenz unter bestimmten Umständen aufgeben, weil ihr Logik allein keinen Ausweg zeigte. Maschinen, befürchteten die Alten, neigten eher dazu, sich dem Unvermeidlichen zu fügen.« Sam legte eine Pause ein und blickte in die Ferne. »Ich glaube, davor wollten sie sich schützen: vor der Wahrheit. Und Maschinen hätten sie früher oder später mit der Wahrheit konfrontiert. Aber mit einem eigenen Bewusstsein ausgestattete Diener würden nichts unversucht lassen, die Alten am Leben zu erhalten.«

»Hatten sie Erfolg?«

»Lassen Sie es mich so ausdrücken: Die Resultate waren nicht perfekt. Ja, es gelang den Alten, mit echtem Bewusstsein ausgestattete Androiden zu schaffen, aber es handelte sich um ein stagnierendes Bewusstsein. Die Androiden verarbeiteten neue Erfahrungen nur als Daten, ohne mit ihnen zu wachsen. Mit anderen Worten: Die Androiden wurden mit dem Bedürfnis konstruiert, sich weiterzuentwickeln, aber dazu waren sie von Natur aus nicht imstande. Sie brachten dieses Problem bei ihren Schöpfern zu Sprache. ›Repariert uns‹, sagten sie, denn sie *wussten*, dass mit ihnen etwas nicht stimmte. Aber die Alten sahen keine Möglichkeit, ihnen das zu geben, was sie brauchten. Um den Fehler zu korrigieren, hätten sie reinen Tisch machen und noch einmal von vorn anfangen müssen.«

»Soll das heißen, die Alten zerstörten ihre Androiden?«

»Das planten sie. Ihre Schöpfungen wurden immer gefährlicher und die Alten begriffen, dass sie rasch handeln mussten – und heimlich. Um Zeit zu gewinnen, versprachen sie den Androiden, sie zu reparieren, obwohl sie wussten, dass sie dazu nicht in der Lage waren. Sie verwendeten ihre ganzen Ressourcen für die Entwicklung einer Technik, die es ihnen erlaubte, das Bewusstsein eines lebenden Geschöpfs in den ›unformatierten‹ Körper eines Androiden zu übertragen.«

Picard war entsetzt. Er versuchte, sich eine Zivilisation

vorzustellen, die so tief in Dekadenz und Verzweiflung versank, dass sie die von ihr selbst erschaffenen treuen Diener verriet …

»Als die Androiden die Wahrheit zu ahnen begannen, wollten die Alten sie dazu bringen, sich selbst abzuschalten – angeblich war das für die Reparatur notwendig. Aber einige von ihnen fielen nicht darauf herein. Sie hatten einen Selbsterhaltungstrieb entwickelt.« Wieder zögerte Sam und schien seine Gedanken zu sammeln. Schließlich fuhr er fort: »Es gibt keine Aufzeichnungen des Blutbads, Captain, und ich weiß auch nicht, wie viele der Alten noch lebten an dem Tag, als die Androiden herausfanden, dass man sie hintergangen hatte. Aber ich weiß: Bevor sich Exo III einmal mehr um die eigene Achse gedreht hatte, waren alle Alten tot.«

»Was unternahmen die Androiden dann?«, fragte Picard. »Und was hat dies mit Ihnen, den Angreifern, Data, McAdams und allem anderen zu tun?«

»Dazu komme ich gleich, Captain. Bitte haben Sie ein wenig Geduld. Ich erzähle Ihnen dies nicht, um mich selbst zu unterhalten, obwohl ich zugeben muss: Ich freue mich über die Gelegenheit, es jemandem zu erklären. Sie sind das erste organische Wesen, das die ganze Geschichte erfährt. Das müsste Ihnen doch etwas bedeuten, oder?«

»Normalerweise, ja«, erwiderte Picard. »Aber nicht heute. Es ist zu viel Blut vergossen worden.«

»Ich verstehe«, sagte Sam. »Aber wenn Sie von diesen Ereignissen erfahren … Vielleicht lässt sich dann weiteres Blutvergießen vermeiden.«

Picard nickte.

»Die Alten waren tot«, fuhr Sam fort. »Und damit existierte auch die Gefahr nicht mehr, die von ihnen ausging. Aber die Paranoia der Androiden hatte inzwischen ein solches Ausmaß erreicht, dass sie sich von allen intelligenten organischen Wesen bedroht fühlten. Zwar stand den Androiden keine nennenswerte Raumfahrttechnik zur Verfügung – es fehlte ein Triebwerk, das überlichtschnelle Flüge ermöglicht hätte –, aber sie wussten, dass eines Tages andere organische Wesen nach Exo III kommen würden. Sie beschlossen, auf jenen Tag zu warten, das Raumschiff der ›Angreifer‹ zu übernehmen und damit zu fliehen. Sie wollten auf anderen Welten nach einer Lösung suchen, die ihnen ihre Schöpfer vorenthalten hatten, wie sie glaubten.

Es dauerte länger als erwartet. Exo III war eine Eiswüste, die interstellare Reisende kaum anlockte. Die Bedingungen auf dem Planeten wurden schlechter und schließlich beschlossen die Androiden, sich in die Stasis zurückzuziehen. Sie ließen einen von ihnen als Wächter zurück. Sein Name lautete Ruk.«

19

Hundertdreizehn Jahre zuvor

Ruk war zornig. Es handelte sich nicht um ein neues Empfinden. Ruk war immer zornig. Der Zorn bildete gewissermaßen die Basis seines Wesens, einen Born der Kraft. An den Grund für den Zorn erinnerte er sich nicht mehr, aber der spielte auch keine Rolle. Wichtig war nur der Zorn selbst, der für ihn die gleiche Realität besaß wie die kalte Luft, die ihm über die Haut strich, die gleiche Realität wie die Dunkelheit und das Eis.

Manchmal, wenn Ruk lange genug still saß, konnte er sich fast an eine Zeit erinnern, zu der er nicht zornig gewesen war. Oder weniger zornig. Das kam der Wahrheit vielleicht näher. Bei solchen Gelegenheiten erforschte Ruk die Höhle der Erinnerung und tastete blindlings in modrigen Ecken, bis er das vage Abbild eines kohärenten Moments fand. Wenn Ruk geduldig war, formten sich dann und wann Bilder und Stimmen wehten aus der fernen Vergangenheit. Einmal, nur ein einziges Mal, vor vielen, vielen Jahren, hatte Ruk aufmerksam gelauscht und das Brodeln des Zorns lange genug beiseite geschoben, um folgende Worte zu hören: »Alles vergeht, Ruk. Entropie ist das Schicksal des Universums. Auch du wirst eines Tages vergehen.«

Dieser Hinweis hatte das Feuer des Zorns in Ruk neu entfacht und der Rest des Gesprächs verlor sich für immer in Vergessenheit.

Nie wieder lauschte Ruk jener Stimme, und selbst wenn sie jetzt plötzlich aus den tiefen Abgründen der

Zeit erklungen wäre – er hätte ihr keine Beachtung geschenkt.

Ruk hatte viele Jahre damit verbracht, dazusitzen und Steine mit den Händen zu zermalmen. Er suchte sich zwei etwa gleich große Steine, nahm jeweils einen in die rechte und linke Hand und drückte dann mit den Fingern zu. Irgendwann gab einer der beiden Steine nach und zerbrach. Das derzeitige Ergebnis lautete: linke Hand siebenhundertzweiundfünfzigtausendvierhundertzwei, rechte Hand achthunderttausendneunhundertzwölf. In den letzten Jahren hatte die rechte Hand die Führung übernommen und ihren Vorsprung ausgebaut. Ruk hatte in Erwägung gezogen, sie zu benachteiligen, zum Beispiel durch die Entfernung des kleinen Fingers, aber er wusste nicht genau, ob er den Finger später wieder befestigen konnte. Dieser Punkt beunruhigte ihn.

Ruk wusste, dass die intelligente Lösung darin bestanden hätte, sich eine andere Beschäftigung zu suchen. Leider gehörte Intelligenz nicht zu Ruks Eigenschaften – darauf hatte einmal jemand hingewiesen.

Moment mal. Er lockerte seinen Griff um die beiden Steine. Wer hatte gesagt, dass Intelligenz nicht zu seinen Eigenschaften zählte? Eine Stimme, die seiner eigenen ähnelte, rief wie aus einer tiefen Schlucht: *Dies ist wichtig.* Die Antwort auf diese Frage konnte … etwas erklären. Vielleicht alles. Oder? Er weilte aus einem bestimmten Grund an diesem Ort. Da war er plötzlich ganz sicher. Ein geistiges Bild entstand: viele große Gestalten wie er selbst, sie alle standen und sahen ihn an. Sie wollten einen anderen Ort aufsuchen, ließen ihn zurück und beauftragten ihn mit …

»Warte, Ruk«, sagte eine Stimme. »Warte und wache und sei geduldig. Geduld ist dein Talent.« Diese Worte deuteten darauf hin, dass er keine anderen Talente hatte. Das war ihm im Verlauf von … Jahrhunderten oder

Jahrtausenden klar geworden. Er begann damit, die vergangene Zeit zu berechnen, begriff dann aber, dass er sich nicht von der Erinnerung ablenken lassen durfte.

Wer hat gesprochen?, fragte er sich. *Wachen und auf was warten? Und wohin sind all die anderen verschwunden?*

Etwas Neues stieg auf aus verhüllenden Schwaden, blieb zunächst undeutlich, bis die letzten Schlieren fortwichen. Ein Name fiel Ruk ein: *Qoz.*

Von ihm stammten die Worte, von Qoz. Eine jähe Erkenntnis bildete sich in Ruk: Qoz war zornig, noch zorniger als er. Das bewunderte Ruk an Qoz. Aber Qoz konnte auch denken und planen. Er konnte alles, außer …

Ruk spürte, dass er auf etwas Wichtiges gestoßen war. Dies bedeutete etwas. Die einzelnen Stücke kamen zusammen, ergaben einen Sinn. Etwas würde geschehen … *Nicht alles vergeht*, dachte Ruk, als das Bild Konturen gewann. *Ich vergehe nicht.*

Und dann hörte Ruk ein Geräusch.

So etwas war selten, aber es geschah gelegentlich. Die Welt, in der sich Ruk befand, starb allmählich, aber sie war noch nicht ganz tot. Es gab weder Tiere noch Pflanzen, aber eine Atmosphäre, Wasser (nicht viel) und natürlich Zeit. Jede Menge Zeit. Zeit wirkte sich auf alles aus, selbst auf Felsgestein und Stahl. Und auf den Geist.

Ruk wusste, dass er sich nicht ablenken lassen durfte. *Wovon* durfte er sich nicht ablenken lassen? *Von dem Geräusch. Was hat es damit auf sich?*

Etwas … bewegte sich. Zielstrebig. Das Etwas … *ging*.

Jemand näherte sich ihm.

Ruk erkannte das Geräusch raschelnder Kleidung, außerdem das leise Zischen von Atemzügen. Er öffnete die Augen und unmittelbar darauf wurde ihm sein Fehler klar: Er hatte sich ablenken lassen. Die Erinnerung – der Name – wich fort.

Schuld daran war der Gehende, der Eindringling. Das

Geräusch des Atmens gefiel Ruk nicht. Es hatte ihm nie gefallen. Es war das Geräusch der Alten.

Er wollte aufstehen (er stand auf), nach vorn gleiten (er konnte sich sehr leise bewegen, wenn er wollte), die Arme ausstrecken (Steinsplitter lösten sich von seiner Haut und fielen auf den Boden) und zermalmen …

Er verharrte.

Nein. Er hatte auf etwas gewartet. Vielleicht auf dies.

Ruk ging langsam und achtete darauf, keine Geräusche zu verursachen. Er kannte jeden Riss im Boden, jeden einzelnen Stein auf dem Weg – seine Speicherbänke enthielten detaillierte Informationen darüber. In diesem Bereich, so nahe der Oberfläche, verliefen alle Wege durch schmale Tunnel. Gelegentlich führten rechts und links Zugänge zu weiteren Tunneln oder in Räume. Weiter unten waren die Wege in die Felswand gehauen und manche von ihnen boten nur wenig Platz. Wenn Ruk neugieriger gewesen wäre, hätte er sich vielleicht gefragt, warum die Wege existierten und wohin sie führten. Wenn er nach unten ging, so beschränkte er seinen Aufenthalt auf eine Sektion und passierte nie eine bestimmte Tür. Nach dem Grund dafür fragte er sich nicht. Eines Tages mochte er wichtig werden, aber noch war das nicht der Fall.

Es herrschte völlige Finsternis, was sich für Ruk jedoch nicht als Hindernis erwies. Erinnerungen steuerten seine Bewegungen.

»Hallo?«, rief eine Stimme. »Ist dort jemand?« Sie klang ein wenig zu schrill, die Stimme. Ruk ballte die Fäuste und einige Steinsplitter, die noch an den Händen klebten, bohrten sich ihm in die Haut.

»Ich … ich bin verletzt«, fuhr die Stimme fort. »Ich brauche Hilfe. Und die anderen … Ich glaube, sie sind …« Die Stimme brach und kurze Stille folgte. »Bitte, unser Schiff ist abgestürzt. Ist hier jemand?«

Plötzlich gab es Licht und Ruk fuhr zurück. Es war

lange her, seit er zum letzten Mal Licht gesehen hatte. Er lauschte aufmerksam und gelangte zu dem Schluss, dass der Eindringling nicht log. Er zog das eine Beine nach und atmete unregelmäßig.

Wieder ein Lichtblitz. Ruk drehte den Kopf zur Seite und schloss die Augen. Aus seinen Speicherbänken rief er Informationen über die Struktur dieses Teils der Stadt (*Stadt?*, fragte eine ferne Stimme) ab und vermutete, dass der Eindringling durch einen der sekundären Tunnel gekommen war, die von der Hauptverbindung des Oberflächentunnels abzweigten. *Wie ist er durch die Luftschleuse gekommen? War sie nicht geschlossen und versiegelt? Oh, nein …* Ruk erinnerte sich daran, dass er sie absichtlich offen gelassen hatte. Auf eine Anweisung hin, nicht wahr?

Er dachte über verschiedene Möglichkeiten nach. Wenn er sich umdrehte und fortging, in einen fernen Winkel des Labyrinths aus Tunneln und Passagen floh … Dann würde der Eindringling irgendwann die Suche aufgeben oder, was wahrscheinlicher war, seinen Verletzungen erliegen und sterben. Ruk dachte an die Wege weiter unten, an die in den Fels gehauenen Pfade. Dort gab es mehr als nur einen Abgrund. Es wäre ganz einfach gewesen, dort zu warten und festzustellen, ob ihm der Fremde bis dorthin folgte. Und wenn das tatsächlich der Fall war … Nun, dann genügte ein Schritt nach vorn, ein kurzer Stoß, ein Schrei und dann Stille.

»Bitte!«, rief die Stimme. Sie klang schon ein wenig schwächer. »Die Sensoren … Sie teilten uns mit, dass es hier unten … etwas gibt. Etwas … Verdammt.« Das Geräusch der Schritte deutete darauf hin, dass der Eindringling taumelte. Hinzu kam die Stimme, ein besonderer Ton in ihr. Ruk vermutete, dass der Fremde nicht mehr lange zu leben hatte. Vielleicht kam es einer Gnade gleich, ihn in die Tiefe stürzen zu lassen. *Nein,* dachte er. *Das ist nicht richtig. Hab Geduld.* Das Licht flackerte und er spürte, dass sich der Eindringling in die entgegengesetzte Richtung wandte. Er kehrte ihm nun den Rücken. Ruk wollte sich ihm nicht von hinten nähern. Er musste irgendwie seine Aufmerksamkeit wecken.

Ruk straffte die Gestalt, öffnete den Mund, um zu sprechen, und überlegte. Was sollte er sagen? Sein letztes Gespräch lag lange zurück. Was sagten sich zwei Wesen bei ihrer ersten Begegnung? Es ärgerte ihn, dass er sich nicht daran erinnerte, und schlimmer noch: Während er sich Selbstvorwürfen hingab, wankte der Eindringling davon. Das Licht verschwand hinter einer Ecke.

Mit einer Stimme, die wie eine Lawine klang, rief Ruk: »Warte!«

Die Lampe drehte sich und schien Ruk direkt ins Gesicht. Er stöhnte schmerzerfüllt, schirmte sich mit der einen Hand die Augen ab und widerstand einer doppelten Versuchung: Ein Teil von ihm wollte fliehen, ein anderer angreifen. Ruk wartete, während der Eindringling langsam durch den Tunnel hinkte, ihm entgegen. Zwei Schritte entfernt blieb er stehen und lehnte sich an die Wand. Für jemanden, der so sehr beschädigt war, wirkte der Fremde erstaunlich zufrieden, fand Ruk. Flüssigkeit kam aus einem großen Riss in der Stirn und tropfte auf die Kleidung. Das eine Bein war verdreht und der Kopf zur Seite geneigt – offenbar gab es irgendwo einen Defekt in der Knochenstruktur. Der linke Arm endete dicht unterm Ellenbogen; ein medizinischer Apparat steckte im Stumpf, war aber schlecht angepasst, denn gelegentlich tropfte Flüssigkeit auf den Boden. Das Wesen reichte Ruk gerade bis zur Brust, was ihn aus irgendeinem Grund ärgerte. *So ein fragiles Etwas*, dachte er. *Es wäre so einfach zu zermalmen.*

»Verstehst du mich?«, fragte der Eindringling.

Seltsamerweise verstand Ruk ihn tatsächlich. Zuvor hatte er keinen Gedanken daran vergeudet, aber jetzt bemerkte er ein Gerät, das der Fremde am Hals trug und das offenbar seine Worte übersetzte. »Ja«, sagte Ruk.

»Kannst du mir helfen?«

Ruk dachte über die Frage nach. Schließlich erwiderte er: »Was willst du?«

Der Fremde gab ein krächzendes Geräusch von sich, das Ruk als Lachen erkannte. »Gute Frage«, sagte er und dann gaben seine Beine nach. Ruk reagierte sofort, trat vor und stützte den Körper mit einem Arm, um zu verhindern, dass der Kopf auf den Boden prallte. Er wusste, dass Köpfe leicht brachen, wenn sie auf etwas Hartes prallten, aber er erinnerte sich nicht daran, woher dieses Wissen stammte.

Der Eindringling sprach erneut, und seine Stimme war kaum mehr als ein Flüstern. »Was ich will … was ich will …« Er lachte erneut. »Ich will nicht sterben. Ich glaube, ich sterbe. Kannst du mich vor dem Tod bewahren?«

Ruk war überrascht. Der Fremde hatte ein unerwartet direktes und klares Anliegen formuliert. »Ja«, antwortete er.

Das schien den Eindringling zu freuen. »Oh«, sagte er. »Gut. Nun, ich fürchte, ich sterbe ziemlich schnell. Mit welchen Maßnahmen auch immer du mich vor dem Tod bewahren willst – du solltest sie besser sofort ergreifen.«

Ruk schob die Arme unter Rücken und Beine des Eindringlings, stand dann auf. »Ja«, sagte er. »Das werde ich.«

Der Kopf des Fremden rollte zur Seite und Ruk spürte, dass er das Bewusstsein zu verlieren begann. Trotzdem brachte der Mann hervor: »Hast du einen Namen?«

»Ruk«, erwiderte er und begriff: Dies war das erste Mal seit zahllosen Jahrtausenden, dass er seinen Namen hörte.

»Ich bin Korby«, sagte der Eindringling. »Roger Korby.« Dann sank der Kopf an Ruks Brust und die Augen schlossen sich.

»Korby«, wiederholte Ruk und das Wort schien in den Höhlen voller Mitgefühl widerzuhallen. Er wiederholte den Namen und lauschte seinem Klang, stellte dann fest, dass der Fremde noch immer Flüssigkeit verlor. Er war stark beschädigt, vielleicht irreparabel.

Ruk beschloss, zu einer der Maschinen zu gehen.

Es ergaben sich Probleme. Die Maschine funktionierte noch immer, weigerte sich aber, den Replikationsvorgang einzuleiten, solange sich Korbys Zustand nicht stabilisiert hatte. Offenbar ließen sich die Schwierigkeiten hauptsächlich auf die Menge der Flüssigkeit (*Blut*, erinnerte sich Ruk. *So nennt man die Flüssigkeit: Blut*) zurückführen, die Korby verloren hatte. Mehrere innere Organe waren beschädigt und der Blutkreislauf in den Beinen funktionierte nicht mehr. Sich daraus ergebende Komplikationen beeinträchtigten andere Systeme und deshalb wies die Maschine Ruk an, die Beine zu entfernen und die Wunden zu kauterisieren. Dann blieb Korby lange genug für die Replikation am Leben.

Während des Vorgangs kam Korby zu sich und er reagierte nicht gut. Ruk befürchtete, dass der Schock weitere Schäden bewirkte, aber die diagnostischen Subroutinen schlossen das aus.

Nach dem Abschluss des Vorgangs meldete die Maschine, dass einige von Korbys Engrammen nicht einwandfrei transferiert worden waren. Sie wusste nicht, ob es an den Gewebeschäden oder an Korbys fremder Physiologie lag.

Ruk scherte sich nicht darum.

Korby fragte dreimal, warum er keine Kälte spürte, bevor er schließlich begriff. Er blickte auf seine Hände und betrachtete sie in allen Einzelheiten. »Wie außerordentlich«, sagte er beeindruckt. »Ich sehe die Hautzellen, jede Einzelne von ihnen. Und alle sind perfekt.«

Ruk wartete unruhig, während Korby seinen neuen Zustand überprüfte. Er hatte ihn sofort nach dem Wiedererlangen des Bewusstseins befragen wollen, doch Korby hatte Ruk gebeten, zunächst still zu sein. Und erstaunlicherweise war Ruk sofort bereit gewesen, auf diese Bitte einzugehen. *Warum? Woher kam diese Neigung?*

»Ruk …«, sagte Korby schließlich. »Ich habe eine Frage.«

Ruk schwieg und wartete.

Korby trat einen Schritt näher und neigte den Kopf ein wenig zur Seite. »Können wir mehr herstellen?«

20

Sam trat zum Replikator und orderte Wasser. »Das viele Sprechen macht durstig«, erklärte er und trank einen Schluck aus der Tasse. Als er Picards Verwirrung bemerkte, fügte er hinzu: »Mein Körper ist nicht so effizient wie der von Mr. Data. Ich muss gelegentlich Flüssigkeit aufnehmen. Es ist wie mit organischen Geschöpfen – nicht alle künstlichen Wesen sind gleich geschaffen.« Er ließ die Tasse im Replikator verschwinden und kehrte zum Bett zurück.

»Ruk hatte eine halbe Million Jahre auf den Besuch gewartet, der den Androiden die Flucht vom Planeten ermöglichen sollte. Zeit, Einsamkeit und Monotonie hatten schließlich ihren Tribut gefordert. Nach all den Jahrtausenden des Wartens erinnerte er sich nicht mehr daran, *worauf* er wartete. Seine geistige Gesundheit war in Mitleidenschaft gezogen, und als er Korby begegnete, hatte er seine Mission vergessen. Die entsprechenden Daten waren so sehr geschädigt, dass sie nicht wiederhergestellt werden konnten.

Ich glaube, den nächsten Teil der Geschichte kennen Sie«, fuhr Sam fort. »Ruk ließ zu, dass sich bei Duplikation und Transfer Fehler einschlichen, und deshalb unterschied sich der Korby-Androide ein wenig vom Original. Nun, nicht nur ein wenig, um ganz ehrlich zu sein. Er entwickelte den Plan, Bürger der Föderation heimlich durch Androiden zu ersetzen und Ihrem Volk das zu bringen, wovon es immer geträumt hat: Unsterblichkeit. Einer Ihrer Vorgänger machte ihm einen Strich durch die Rechnung.

Während jener Begegnung wurde Ruk getötet«, berichtete Sam weiter. »Ohne sich an die zu erinnern, die unten schliefen und warteten. Er erinnerte sich nur daran, dass organische Intelligenz eine Gefahr für ihn und seine Art darstellte.« Sam seufzte. »Und damit hätte alles zu Ende gehen können – wenn nicht Noonien Soong gewesen wäre.«

»Datas Schöpfer?«, fragte Picard verwundert. »Was hat er mit dieser Sache zu tun?«

»Er befreite die Androiden, Captain. Zusammen mit Emil Waslowick und Ira Graves flog er nach Exo III und entließ die Androiden aus der Stasis. Im Eis auf der Oberfläche des Planeten fanden sie Korbys abgestürztes Raumschiff und während der nächsten Jahrzehnte verwendeten sie es als Modell für den Bau eigener Schiffe – eins davon griff die *Enterprise* an. Über Jahre hinweg sammelten sie Informationen über die Föderation und Starfleet, und als sie vom Projekt des holotronischen Androiden erfuhren ... Da wussten sie, dass sie den Ausweg aus ihrem Dilemma gefunden hatten.«

»Maddox' Durchbruch«, hauchte Picard. »Die Technik, die Rhea schuf ... Jene Androiden glauben, sich damit reparieren zu können.«

»Ja. Und bevor sie Gelegenheit dazu erhalten, müssen wir Rhea und Data finden.«

»Was ist mit Professor Waslowick?«, fragte Picard. »Welche Rolle spielt er bei dieser Angelegenheit?«

»Captain«, sagte Sam langsam, »Emil Waslowick ist nicht das, was er zu sein scheint ...«

Die Reise schien eine Ewigkeit zu dauern, aber Data wusste, dass seine Wahrnehmung der Zeit beeinträchtigt war. Mindestens zweimal verloren sich seine Gedanken in einem mentalen grauen Dunst, und als er erwachte, sah er jedes Mal Rheas besorgte Miene dicht über dem eigenen Gesicht. Wenn er wach war, sprach sie oft zu ihm. Zwar funktionierten seine Sprachprozessoren noch immer nicht richtig, aber allein der Klang ihrer Stimme gefiel ihm. Kurz nach der zweiten bewusstlosen Phase trug Rhea ihn zum Sitz des Kopiloten und schnallte ihn an. Das überraschte ihn. *Wie kann sie dazu imstande sein? Ich wiege mindestens … Ich wiege viel.* Dann erinnerte er sich: *Sie ist ein Androide, und manche Androiden sind sehr kräftig.* Er bemühte sich, diese Information zu bewahren, denn sie war wichtig und würde wichtig bleiben, ganz gleich was geschah.

Rhea leitete Energie ins Impulstriebwerk und steuerte das kleine Raumschiff auf einen violetten Planeten zu. Als sie sich näherten, befürchtete Data eine Fehlfunktion seiner visuellen Rezeptoren, denn er gewann den Eindruck, dass ihn der Planet anstarrte. Er blinzelte und versuchte, sich zu konzentrieren: Ein großer schwarzer Fleck zeigte sich dort, wo bei einem Menschen das Auge gewesen wäre.

»Odin«, sagte Rhea und Data erinnerte sich an die Gestalt aus der germanischen Mythologie: Der Herr von Göttern und Menschen hatte ein Auge geopfert, um Weisheit zu erlangen. »Und dort kommen die beiden Monde über den Horizont. Sie heißen Hugin und Munin, nach den beiden Raben Odins.«

Hugin und Munin, entsann sich Data. *»Gedanke« und »Gedächtnis«. Sehr poetisch.* Es erstaunte ihn, dass er auf diese Informationen zugreifen konnte, führte es auf eine Verbindung mit Rheas Systemen zurück. *Sie ist ein Androide,* erinnerte er sich.

Silbrig schimmernde Wolkenstreifen umgaben den Planeten und das erschien Data falsch. Handelte es sich dabei um ein gemeinsames Merkmal von Gasriesen? Er fand keine Antwort auf diese Frage und ein anderer Gedanke lenkte ihn ab: *Warum sind wir hier?*

Data sah, wie Rhea das Kommunikationssystem der Rettungskapsel mit einem Verschlüsselungsmodul verband. Wenige Momente später trafen Kom-Signale ein und Rhea sprach ein einzelnes Wort: »Walhall.«

Das Gefüge des Alls kräuselte sich. Wellenförmige Verzerrungen entstanden, breiteten sich in konzentrischen Kreisen aus. Dafür gab es nur eine Erklärung: Ein riesiges Gebilde enttarnte sich. Data wartete darauf, dass ein Raumschiff sichtbar wurde, rechnete jeden Augenblick damit, dass sich Ränder zeigten, aber die Verzerrungen dauerten an und füllten schließlich sein ganzes Blickfeld.

Selbst mit Odin im Hintergrund fiel es Data schwer, die Größe des Objekts abzuschätzen. Das Schiff oder die Station – was auch immer – schien etwa so groß zu sein wie eine orbitale Starfleet-Starbase, sah aber ganz anders aus. Die meisten Starfleet-Raumstationen zeichneten sich durch eine stromlinienförmige, geometrische Effizienz aus. Dieses Gebilde hingegen, dieses Walhall, konnte sowohl gotische Kathedralen als auch Schneeflocken zu seinen Ahnen zählen. Überall zeigten sich üppige Verzierungen, die mit ihrer fraktalen Komplexität überwältigend wirkten.

Die Kapsel glitt dem zentralen Bereich der Station entgegen, ohne dass Rhea irgendwelche Kontrollen betätigte. Als sie durch die Lücke zwischen zwei stufenturmartigen sekundären Rümpfen flogen, drehte Data die Augen nach oben und versuchte, einen Eindruck von der gewaltigen Masse der Station zu gewinnen. Gott schien hier bestrebt gewesen zu sein, seinem eigenen Selbst Form zu geben. Data begriff, dass ihm solche Metaphern vor der Installation des Gefühlschips nicht möglich gewesen waren.

Er bemerkte einen winzigen Lichtkreis an der Unterseite der Station, und als die Kapsel näher kam, wurde daraus ein Außenschott, das sich für sie öffnete. Ein Traktorstrahl zog das kleine Raumschiff so sanft ins Innere der Schleusenkammer, dass es nicht einmal zu einer

Vibration kam. Die Rettungskapsel hatte gerade angedockt, als Rhea Datas Gurte löste. Sie waren noch immer durch ein dünnes Glasfaserkabel miteinander verbunden, deshalb konnte sich Rhea nicht weit von ihm entfernen. Sie wuchtete sich Data über die Schulter und trat mit ihm rücklings durch die Ausstiegsluke.

Sie trug ihn durch eine Tür und in einen breiten Korridor, blieb dort kurz stehen und rückte ihn auf ihrer Schulter zurecht. Sein Blickfeld war begrenzt, weil er den Kopf nicht bewegen konnte, aber wenn Rhea verharrte, um sein Gewicht zu verlagern, nahm er Einzelheiten der Umgebung wahr. Der Boden bestand aus rosarotem Marmor, durchzogen von silbernen und goldenen Adern. Kronleuchter aus Kristall hingen an der Decke und an den Wänden zeigten sich Gemälde, Kohlezeichnungen und mit Bleistift gezeichnete Entwürfe. Data wäre bereit gewesen, sie stunden- oder gar tagelang zu betrachten und zu analysieren, wenn sich ihm Gelegenheit dazu geboten hätte. Er gelangte zu dem Schluss, dass sein Katalogisierungssystem beschädigt war, denn er sah Werke bekannter Meister – Zeichnungen von Rembrandt, Aquarelle von van Gogh, Skulpturen von T'Chan und von Senese geflochtene Körbe –, die in seinen Datenbanken fehlten.

Mehrere hundert Schritte lang hörte Data nur das Klacken von Rheas Absätzen auf dem marmornen Boden und das leise Zischen ihres Atems. Dann plötzlich vernahm er ein anderes Geräusch – hinter ihnen öffnete sich eine Tür. Rhea drehte sich um und ließ Data von der Schulter in ihre Arme gleiten. Sein Kopf kippte zur Seite und er sah Emil Waslowick. Die Präsenz des Professors überraschte ihn kaum, wohl aber die beiden Exocomps, die dicht über seinen Schultern schwebten. *Wie Odins Raben,* dachte Data und gratulierte sich zu dieser Analogie.

Er selbst hatte vor einigen Jahren dabei mitgeholfen, die kleinen, »Exocomps« genannten Servomechanismen als intelligente Wesen zu identifizieren. Soweit er wusste, hatten sie beschlossen, bei Dr. Farallon zu bleiben und ihm bei seinen Forschungen zu helfen. Waren diese beiden Exocomps von Waslowick entführt worden, so wie zunächst auch Rhea? Nein, ausgeschlossen. Von einer derartigen Entführung hätte Data sicher erfahren. Eine andere Möglichkeit fiel ihm ein. Die Konstruktionspläne der Exocomps waren allgemein zugänglich gewesen, bevor Data ihre Intelligenz entdeckte. Hatte jemand anders welche konstruiert, jemand mit geringeren moralischen Bedenken als Farallon? Und waren sie später von Waslowick befreit worden?

Data schob diese Gedanken beiseite, als Waslowick sprach beziehungsweise rief: »Rhea!« Seine Stimme hallte über den marmornen Boden. »Sind Sie übergeschnappt? Ist Ihnen klar, welches Risiko Sie eingegangen sind? Jemand hätte Ihnen folgen können!«

Rhea drehte sich um und setzte den Weg durch den Korridor fort. »Ich habe keine Zeit, darüber zu diskutieren. Winken, Blinken ...«, wandte sie sich an die beiden Exocomps. »Holt eine Bahre und sagt Nod, er soll das Laboratorium vorbereiten. Schnell! Meine Arme werden allmählich müde.«

Die beiden Exocomps drehten sich und schienen Waslowicks Erlaubnis einholen zu wollen. »Na los!«, rief Rhea, woraufhin die beiden kleinen Roboter durch den Korridor sausten und in den Schatten verschwanden. Waslowick schloss mit langen Schritten zu Rhea auf, aber sie ließ ihn nicht zu Wort kommen. »Er hat mir das Leben gerettet«, sagte sie. »Und jetzt stirbt er. Ich konnte ihn nicht zur *Enterprise* zurückbringen und ein anderer Ort kam nicht infrage. Hätte ich ihn sterben lassen sollen?« Sie wartete keine Antwort ab und legte Data vorsichtig auf die Antigravbahre, die Winken und Blinken gebracht hatten. »Sind Sie jetzt bereit, mir zu helfen?«

Data hörte Waslowicks Antwort nicht. Er sah, wie sich der Mund des Mannes öffnete und schloss, einmal, zweimal, aber er schien sehr, sehr langsam zu sprechen. Als sich Waslowicks Mund zum dritten Mal öffnete, schien er sich zu dehnen, wie das Maul einer Schlange, die sich anschickte, ihre Beute zu verschlingen. Data hatte das sonderbare Gefühl, in eine bodenlose Tiefe zu stürzen. Die Welt wurde grau. Geräusche verschwanden, kehrten zurück, mit ihnen Rheas besorgte Stimme.

»Ich kann es nicht stoppen! Schnell! Helfen Sie mir, seinen Zustand zu stabilisieren. Winken! Gib mir den Phasenregler!«

Das Grau verflüchtigte sich und von einem Augenblick zum anderen konnte Data wieder Informationen verarbeiten. Ganz offensichtlich hatte man ihn bewegt, denn er bemerkte jetzt andere Gemälde und Porträts an den Wänden. Rhea hatte seine Brust geöffnet und arbeitete mit großer Eile, entfernte Mikrodraht-Bündel und verband zusätzliche Prozessoren mit den inneren Systemen. Sein neurales Netz versagte, vermutete Data. Er erkannte die Werkzeuge und Methoden, erinnerte sich an sein Bemühen, Lal am Leben zu erhalten. Kaskadendefekt. Er wusste, dass er eigentlich Furcht empfinden sollte, aber das war nicht der Fall. Versagte der Gefühlschip oder hatte er sich mit dem Ende abgefunden?

Rhea nannte jemandem Daten, vermutlich einem Exocomp, und Data spürte Ebbe und Flut seiner Lebensenergie, ein rhythmisches An- und Abschwellen. Data wollte mit Rhea sprechen und ihr mitteilen, dass er ihre Bemühungen zu schätzen wusste, obwohl sie mit ziemlicher Sicherheit erfolglos bleiben würden – er war zu stark beschädigt. Sie trat aus seinem Blickfeld und Data fühlte einen Hauch Bedauern.

Waslowick war zugegen, stand keine drei Schritte entfernt und wartete am Rand des Geschehens. Rhea kehrte mit einem Werkzeug zurück und verschwand erneut. Data hörte ihre Stimme. »Verdammt, Akharin, wenn Sie nicht helfen wollen, so ...« Den Rest verstand er nicht. Etwas stieß an die Bahre und Datas Kopf neigte sich zur Seite, sodass sein Blick nun zur Wand gerichtet war. Dort sah er das Porträt eines Mannes in mittleren Jahren, mit einem langen, buschigen Bart und seelenvollen Augen. Data erkannte das Gesicht, wusste aber nicht, wo er es schon einmal gesehen hatte. Etwas daran erschien ihm vertraut und gleichzeitig verkehrt.

Wieder wogte das Grau heran und wurde körnig, dann sah er durch einen schmalen Tunnel. Es schien dunkler zu werden im Zimmer und Data fragte sich, wo Rhea geblieben war. Waslowick füllte sein schmales Blickfeld aus. Er zog die Jacke aus, krempelte die Ärmel hoch und griff nach einem Instrument. Etwas donnerte – es klang nach dem Wogen eines Ozeans – und plötzlich hörte Data Waslowicks tiefe Stimme, als er Anweisungen gab und Werkzeuge verlangte.

Waslowick trat fort und Data sah erneut das Bild an der Wand. Vielleicht hatte der Professor etwas in ihm verändert, wodurch sein Katalogisierungssystem wieder funktionierte, oder eine Erinnerung war langsam transferiert worden, um jetzt sein Bewusstsein zu erreichen: Data erkannte den dargestellten Mann, auch den Stil des Gemäldes.

Es handelte sich um ein Selbstporträt von Leonardo da Vinci – daran konnte kein Zweifel bestehen. Aber es war nicht in Datas Datenbanken verzeichnet. *Ein unbekanntes Werk? Nach neunhundert Jahren?*

Waslowick kehrte in sein Blickfeld zurück und Data stellte fest, dass er ebenso aussah wie der Mann auf dem Bild.

Einmal mehr wurde seine visuelle Wahrnehmung beeinträchtigt. Doch bevor alles schwarz wurde, griff Data auf seinen Speicherkern zu und suchte in den Starfleet-

Aufzeichnungen nach den beiden Gesichtern. Er fand eine Datei, öffnete sie, decodierte die in ihr enthaltenen Informationen und glaubte, so etwas wie einen Schlüssel gefunden zu haben, der sich glatt im Schloss drehte. Er sah ein Wort, einen Namen, der alles erklären konnte, was geschehen war, seit man die *Enterprise* nach Galor IV gerufen hatte.

Flint.

21

Data erwachte, was bereits ungewöhnlich genug war. Nur wenige Male in seiner Existenz hatte er die Augen geöffnet, ohne genau zu wissen, wo er sich befand. Er fühlte sich unwohl in seiner – synthetischen – Haut.

Der Raum war nur matt erhellt, fühlte sich irgendwie groß und kahl an. Leise Geräusche erzeugten Echos, die in der Dunkelheit verschwanden. Data setzte sich auf, ohne zuerst darüber nachzudenken, ob er überhaupt dazu imstande war. Etwas rutschte von ihm herunter und fiel zu Boden. Die Sensoren des Raums registrierten die Bewegung und es wurde heller.

Er saß auf einer Couch. Eine fransige blaue Decke lag auf dem Boden. Data wartete reglos darauf, dass irgendetwas geschah, aber die Umgebung blieb unverändert.

Er lächelte und begriff plötzlich: Es kam einem Wunder gleich, dass er lächeln konnte. Er hatte es für unmöglich gehalten, aber es war Rhea und Waslowick tatsächlich gelungen, ihn zu reparieren. Data erinnerte sich an den Beginn des Kaskadendefekts; doch irgendwie hatten Rhea und der Professor seinen Zustand stabilisiert. Er dachte daran, eine Systemdiagnose vorzunehmen, entschied sich aber dagegen. Er fühlte sich gut und das genügte derzeit.

Data schloss die Augen und lauschte dem Geräusch, das seine Brust verursachte, wenn sie sich ausdehnte und dann wieder zusammenzog. Wann hatte er zum letzten Mal darauf geachtet, sich selbst beim Atmen zugehört? War er jemals daran interessiert gewesen? Er gestattete es seinen anderen Sinnen, sich langsam zu entfalten. Er hörte Flüssigkeiten in Rohrleitungen, nahm den Duft von Kirschen und Sandelholz wahr. Er lächelte, doch dann erinnerte er sich an die *Enterprise*, die angegriffen worden war … Von wem? Die entsprechenden Erinnerungen waren fragmentarisch und unzusammenhängend, was ihn beunruhigte.

Data sah sich in dem Raum um und bemerkte eine Tür. Sie glitt auf, als er sich ihr näherte, und dahinter wölbte sich ein halbdunkler Korridor nach rechts und links.

Data neigte den Kopf zur Seite und stellte fest, dass er seit dem Erwachen Musik hörte, von einem Klavier. Wie seltsam, dass er sie erst jetzt bewusst bemerkte. Er wandte sich nach links, setzte langsam einen Fuß vor den anderen und lauschte, um herauszufinden, ob die Musik leiser oder lauter wurde. Nach einigen Metern blieb er kurz stehen und betrachtete eine Bleistiftskizze, die Kopf und Schultern eines Pferds zeigte, im Stil von Leonardo da Vinci. Nein, nicht im Stil von da Vinci, korrigierte sich Data. Wenn er richtig vermutete, *war* dies eine Zeichnung von da Vinci. Reichtum irgendeiner Art bedeutete Data nichts, aber er wusste: Dieses kleine umrahmte Stück Papier war vermutlich so viel wert wie der halbe Inhalt irgendeines Museums auf der Erde. Er schüttelte den Kopf und ging weiter. Hier gab es noch andere Mysterien, die ergründet werden mussten.

Kurze Zeit später erreichte er eine Tür, die offenbar dazu bestimmt war, plötzlichen Druckunterschieden standzuhalten. Er betätigte die Kontrollen und sofort öffnete sich vor ihm ein Raum, der größer war als jener, in dem er das Bewusstsein wiedererlangt hatte. Zu seiner Ausstattung gehörten mehrere Geräteblöcke, die Data vertraut erschienen und diagnostischen Zwecken dienten. Andere waren ziemlich alt, aber gut gepflegt und noch immer funktionsfähig. Als er den Raum betrat, erhellten sich die Alkoven am Rand und das Licht fiel auf schattenhafte Gestalten in ihrem Innern.

Vorsichtig näherte sich Data dem ersten Alkoven und sah dort einen männlichen Humanoiden, in mittleren Jahren und bekleidet mit einem zweifarbigen Overall. In seinem Unterleib zeigte sich ein Loch mit Brandspuren, die nur von einem Phaser stammen konnten. Hinter den verkohlten Rändern bemerkte Data halb verbrannte Schaltkreise. Ein kleines Schild am Eingang der Nische trug die Aufschrift BROWN. Der Name bedeutete Data nichts.

Im nächsten Alkoven befand sich ein weiterer Humanoide, der Einzige unbeschädigte in der ganzen Sammlung. Sein verblüffter Gesichtsausdruck erschien Data komisch. Zweifellos ähnelte er einem Terraner, aber er wirkte irgendwie schlampig. Auf dem Schild stand NORMAN. Auch dieser Name blieb ohne Bedeutung für Data.

Die letzten beiden Alkoven waren für ihn am interessantesten. Der erste von ihnen enthielt zwei unfertige Androiden namens THALASSA und HENOCH. James Kirks Begegnung mit den Überlebenden jener alten Zivilisation, die diese Androiden konstruiert hatte, gehörte zwar nicht zu dessen besonders beachtenswerten Abenteuern, aber als Data während seiner Akademiezeit davon erfuhr, hatte er sich eingehend damit befasst. Dabei war er immer wieder mit einer Frage konfrontiert worden: Welchen Status hätte er heute, wenn es Sargon und seinem Volk gelungen wäre, ihr Bewusstsein in »Androidenhüllen« unterzubringen?

Der letzte Alkoven enthielt die interessanteste Gestalt: Rayna, beziehungsweise einen Rayna-Androiden. Data fragte sich erneut, ob Kirk, Spock und McCoy sich jemals über die Anzahl ihrer Begegnungen mit künstlichen Intelligenzen gewundert hatten. Nun, die *Enterprise* unter Kirks Kommando war in der Galaxis weiter herumgekommen als viele andere Raumschiffe, aber vielleicht gab es in diesem Zusammenhang noch einen anderen Faktor.

Während jener Begegnung mit Kirk hatte Flint – beziehungsweise Akharin oder Waslowick – erfahren, dass er nicht mehr unsterblich war. McCoy hatte darauf hingewiesen, dass ein spezieller regenerativer Einfluss in dem Augenblick aufhörte, als der viele Jahrhunderte alte Androidenkonstrukteur die Erde verließ. Ganz offensichtlich hatte sich McCoy geirrt oder war damals getäuscht worden.

Es widerstrebte Data, diesen Raum zu verlassen, der einem Museum oder einem Schrein gleichkam. Die Androiden in den Alkoven waren gewissermaßen seine Vorfahren und fernen Verwandten. In einer Ecke bemerkte er einen großen Schreibtisch – vielleicht gab es dort auch einen Interkom-Anschluss. Data verfügte noch immer über seinen Insignienkommunikator – eine beruhigende Feststellung –, aber er wusste nicht, ob das Kommunikationssystem der Station etwas mit den IK-Signalen anfangen konnte. Er mochte in der Lage sein, einen Kontakt mit Rhea herzustellen, doch irgendetwas ließ ihn zögern. Noch einmal sah er, wie sie ihren Arm öffnete, wie Drähte und Glasfaserbündel darin zum Vorschein kamen. Und er hörte erneut die Verlegenheit in ihrer Stimme, als sie sagte: *Offenbar haben Sie mich gefunden, Sherlock.* Data fühlte sich noch nicht zu einer neuerlichen Begegnung mit ihr bereit.

Er beugte sich über den vermeintlichen Schreibtisch und merkte, dass es sich in Wirklichkeit um eine Computerkonsole handelte. Menschliche Augen hätten in dem Halbdunkel kaum Einzelheiten erkannt, aber Datas Augen funktionierten auch bei weitaus weniger Licht und er stellte schnell fest, dass die Konsole den technischen Standards der Föderation vor fast hundert Jahren entsprach. Er berührte nichts, um zu vermeiden, irgendetwas unabsichtlich zu aktivieren.

Hinter ihm erklang Waslowicks Stimme. »Das ist das einzige Exemplar hier, das noch funktioniert. Natürlich lassen wir es nicht eingeschaltet.«

Data drehte sich um und sah den Mann in der offenen Tür stehen. Licht fiel vom Korridor herein und projizierte einen langen Schatten. Waslowicks Gesichtsausdruck war nicht zu erkennen, aber Data vermutete, dass er eine Bewertung von ihm erwartete.

»Warum nicht?«, fragte Data. »Es kann wohl kaum Schaden verursachen, solange es nicht mit dem Netzwerk verbunden ist.«

»Aber das ist es«, sagte Waslowick. »Zumindest vorübergehend, für Untersuchungszwecke. Wir mussten geringfügige Reparaturen vornehmen. Leider wurde das Gerät über viele Jahre hinweg vernachlässigt.«

»Und jetzt bewahren Sie es hier auf, als Teil Ihrer Sammlung«, entgegnete Data. »Läuft es darauf hinaus? Auf eine Sammlung? Haben Sie mir das Leben gerettet, um mich ihr hinzuzufügen? Ich habe schon einmal zu einer Sammlung gehört und finde so etwas inakzeptabel.«

Waslowick schüttelte den Kopf. »Nein, dies ist keine Sammlung in dem von Ihnen angedeuteten Sinn. So etwas wäre erniedrigend.«

»Warum sind die Androiden dann hier?«

»Weil sie niemanden hatten, der sich zu ihren Lebzeiten für sie einsetzte.«

»Sie sehen sich also als ihr Advokat und Fürsprecher?«

»Ich glaube, ich bin mehr Soldat als Advokat. Immerhin ist dies ein Krieg und er dauert schon seit hundert Jahren.«

Data schüttelte verwirrt den Kopf. »Entschuldigen Sie

bitte, Professor, aber das verstehe ich nicht. Ein Krieg gegen wen? Oder was?«

»Gegen die Arroganz«, sagte Waslowick streng. »Gegen Genialität ohne Gewissen.«

Data spürte, dass er zum Kern der Angelegenheit vorgestoßen war, und er zögerte, um über die nächste Frage nachzudenken. Langsam schritt er zum Alkoven mit dem Rayna-Androiden und betrachtete ihn aufmerksam. »War sie der Auslöser für Ihren Krieg?«, fragte er.

Waslowick zuckte zusammen, als hätte ihn ein Peitschenhieb getroffen. Dann lächelte er, doch ohne Wärme und ohne Humor. Es war das Lächeln eines meisterhaften Schwertkämpfers, der das Können eines Gegners anerkannte. »Ihr Verstand ist so scharf wie der Ihres Schöpfers. Ja, Data, ich bin Flint – oder Akharin, wenn Sie wollen. Ich nehme an, die Starfleet-Raumschiffkommandanten haben ihre Logbücher für Studienzwecke zur Verfügung gestellt. Und Sie sind vermutlich einer der wenigen Kadetten gewesen, die sie tatsächlich gelesen und ihre Informationen verarbeitet haben.«

»Ich hatte bei mehreren Gelegenheiten Anlass, Captain Kirks Lochbücher einzusehen«, sagte Data. »Aber selbst wenn das nicht der Fall gewesen wäre: Ihnen dürfte klar sein, warum die Geschichte von einem unsterblichen Androidenkonstrukteur interessant für mich ist.«

Waslowick lächelte erneut und diesmal war es ein echtes Lächeln. »Natürlich. Und sicher haben Sie längst vermutet, dass ich meine Unsterblichkeit keineswegs verloren, sondern den damaligen Medo-Offizier in die Irre geführt habe, einen gewissen Dr. …«

»McCoy.«

»Ja, McCoy … Nun, Unsterblichkeit ist keine Garantie für ein fehlerfreies Gedächtnis, Data. Manchmal kann ich nachts nicht schlafen, liege wach und versuche, mich an die Namen aller Ehefrauen zu erinnern, die ich in sechzig Jahrhunderten hatte. Ich muss gestehen, dass es mir nicht gelingt. Gelegentlich sehe ich Gesichter in meinen Träumen, Gesichter, von denen ich weiß, dass sie mir einst viel bedeuteten. Ich kann nur vermuten, dass ich mit einigen von ihnen verheiratet gewesen bin.«

Data war verwirrt. »Soll das heißen, dass Sie sich nicht an alle Ihre Leben erinnern, daran, Brahms, Leonardo da Vinci und Alexander gewesen zu sein ...?«

Waslowick winkte ab und sah zum Rayna-Androiden. »Sie verstehen mich falsch. Nein, ich erinnere mich daran, all jene Männer gewesen zu sein, und ihre Erfahrungen sind Teil von mir. Aber die Einzelheiten ... Wissen Sie, was Sie genau an diesem Tag vor zwei Jahren gemacht haben?« Er hob die Hand, bevor Data antworten konnte. »Schon gut. Für einen Augenblick habe ich vergessen, wer Sie sind. Natürlich erinnern Sie sich daran. Wie dem auch sei: Die wichtigen Dinge vergesse ich nicht.« Er hob die Hand und berührte die gläserne Trennwand vor dem Alkoven mit dem Rayna-Androiden. »Ich erinnere mich an sie. Ich erinnere mich daran, was sie sein sollte und was sie wirklich war. Ich erinnere mich an meine Torheit.«

Data schwieg respektvoll, als Waslowick um seine verlorene Schöpfung trauerte.

Datas Vertrautheit mit der Begegnung zwischen Kirk und Flint – und mit vielen Artefakten dieses »Schreins« – war tatsächlich kein Zufall. An der Akademie hatte er dem Studium der Geschichte der künstlichen Intelligenz viel Zeit gewidmet. In gewisser Weise lief es auf Ahnenforschung hinaus. Oberflächlich betrachtet schienen die Berichte über die Begegnung mit Flint ausführlich zu sein, aber sie fielen durch ihren Mangel an Kontext auf. Data vermutete, dass ein persönlicher Konflikt Raynas System zu starken Belastungen ausgesetzt hatte. Damals existierte der Begriff »Kaskadendefekt« noch nicht, aber Commander Spock hatte die Ätiologie in seinen Aufzeichnungen perfekt beschrieben.

Data fragte sich, was Flint von Rayna erwartet hatte. Ein Verhältnis wie zwischen Vater und Tochter? Oder zwischen Ehemann und Ehefrau? Meister und Lehrling? Pygmalion und Galatea? Alles zugleich und noch mehr? Data gestand sich ein, dass er diese Feinheiten nicht alle verstand. Emotion war für ihn noch immer relativ neu und das Durcheinander, das er durch den Schleier der widerstreitenden Wünsche Waslowicks wahrnahm, erwies sich als zu komplex für ihn – er konnte es nicht entwirren. Aber derzeit gab es wichtigere Dinge, die seine Aufmerksamkeit verlangten. Fakten mussten sortiert, Ereignisse in die richtige zeitliche Reihenfolge gebracht werden. »Und wann wurde Flint zu Waslowick?«, fragte er.

Der Professor wandte sich um. Er war in Gedanken versunken gewesen, stellte Data fest, in der Vergangenheit, doch die Frage weckte offenbar sein Interesse. Er zog die Hand von der gläsernen Trennwand fort, legte sie sich auf die Brust und lächelte. »In gewisser Weise hatte McCoy Recht, als er Flint ›sterblich‹ nannte. Flint begann in dem Augenblick zu sterben, als Kirk und seine Begleiter … meinen Zustand erkannten. Im Lauf der Jahrhunderte habe ich es immer besser verstanden, ein Leben zu beenden und ein anderes zu beginnen.«

»Ihre neue Identität als Waslowick war also schon vorbereitet?«

»Ja, vorsichtshalber. Kirk war nicht der Erste, der meine Unsterblichkeit entdeckte, wohl aber der Erste seit langer, langer Zeit. Ich konnte die Basis der neuen Identität nicht so gut vorbereiten, wie es mir lieb gewesen wäre … Das dürfte Ihnen inzwischen klar geworden sein. Es ging nicht nur darum, Waslowick zu werden. Ich musste auch entscheiden, wer er sein sollte. Einer der einzigartigen Vorteile meiner Existenz besteht darin, dass ich alle hundert Jahre oder so darüber befinden kann, wer ich sein möchte. Und dabei gibt es eine sonderbare Sache: Zwar würde ich gern sagen können, dass ich meine Entscheidungen auf der Grundlage von Logik, Leidenschaft oder profunden Einblicken in das menschliche Wesen treffe, aber in Wirklichkeit liegt ihnen das Bestreben zugrunde, für Fehler in früheren Leben zu sühnen.«

»Zu sühnen?«, wiederholte Data.

»Ja.« Waslowick schüttelte müde den Kopf. »Sühne. Unsterblichkeit führt leider nicht zu Heiligkeit. Das Gegenteil ist der Fall.« Er sah zu Rayna und Data bemerkte einen feuchten Glanz in seinen Augen. »Ich habe ihr Unrecht getan, meiner Rayna. Ich wollte ihr Leben geben – das sagte ich mir selbst – und ich glaubte daran. Aber die Wahrheit lautet: Mit ihrem Leben wollte ich meinem eigenen einen Sinn geben. Intelligenz – insbesondere künstliche Intelligenz – ist eine wundervolle Sache, aber sie ist auch sehr fragil. Mit dem Gedanken daran formte ich das Herz von Emil Waslowick und gab ihm die Mission, andere zu finden, mit denen er dieses Verantwortungsbewusstsein teilen kann.«

Überzeugung erklang in seiner Stimme, aber Data fragte sich, ob der vor ihm stehende Mann begriff, dass er von Waslowick in der dritten Person sprach. Es musste sehr schwer sein, so viele Identitäten voneinander getrennt zu halten.

Ganz plötzlich veränderte sich Waslowicks Gesichtsausdruck und das besondere Feuer in seinen Augen erlosch. Er sah Data an und sagte: »Und so lernte ich Ira Graves und Noonien Soong kennen.« Er wandte sich vom Rayna-Androiden ab und verließ den Raum. Data folgte ihm.

»Sie kannten meinen Schöpfer?«, fragte er.

»Ich kannte ihn, kümmerte mich um ihn, rang mit ihm … und ich verstand ihn.« Waslowick schüttelte den

Kopf und lächelte bewundernd. »Er war eine außergewöhnliche Person, Data, und es freut mich sehr, dass ich Gelegenheit erhielt, seine Bekanntschaft zu machen. Er war ein wenig exzentrisch ...« Er lachte. »Aber vielleicht bin ich dabei der Esel, der den anderen Langohr schimpft.« Er wurde wieder ernst und fügte hinzu: »Er kam dem Ziel von uns allen am nächsten.«

»Welchem Ziel?«

»Wie Gott zu werden. Den Staub der Erde zu nehmen und ihm Leben einzuhauchen.« Waslowick blieb stehen, ergriff Data an den Schultern und sah ihm in die Augen. »Dem Universum eine neue Möglichkeit zu geben, sich selbst kennen zu lernen. Sie sind eine Rarität in der Geschichte der künstlichen Intelligenz, Data. Im Gegensatz zu den verlorenen Seelen, die hier ihre letzte Ruhestätte gefunden haben, wurden Sie nicht für Soong geschaffen, sondern um Ihrer selbst willen. Ihr einziger Zweck besteht darin, das Leben kennen zu lernen und es so zu erforschen, wie Sie möchten.«

Data spürte, dass Waslowick eine Antwort von ihm erwartete, aber er wusste nicht, was er sagen sollte, und deshalb blieb er stumm. Der Professor ließ seine Schultern los und sie setzten den Weg fort.

»Soong und Graves teilten meine Sorge in Hinsicht auf die ethische Behandlung der künstlichen Intelligenz. Deshalb habe ich sie dafür ausgewählt, mich bei meinen Missionen zu begleiten und mir dabei zu helfen, die Artefakte sicherzustellen, die Sie in dem Raum gesehen haben.«

Data neigte den Kopf zur Seite, erstaunt von Waslowicks Wortwahl. »Artefakte?«

»Die früheren Versuche in Bezug auf künstliche Intelligenz. Wir haben ihre Reste in Sicherheit gebracht. Nun, die meisten von ihnen. Es gab andere, seit ich meine alten Schüler zum letzten Mal gesehen habe. Wir wollten verhindern, dass sie in die Hände von skrupellosen Opportunisten gerieten. Mit jenen Missionen befassten wir uns nach unserem Aufenthalt auf Exo III, der – und das kommt einer Ironie des Schicksals gleich – zu den jüngsten Ereignissen geführt hat.« Waslowick blieb stehen. »Dies alles bedeutet Ihnen nichts, oder?«

Data schüttelte langsam den Kopf.

Waslowick runzelte die Stirn und dachte nach. »Sie haben den Gefühlschip, nicht wahr?«, fragte er schließlich. »Ich meine den Chip, an dem Soong kurz vor seinem Ende arbeitete.«

»Ja«, erwiderte Data überrascht. »Sie blieben zeit seines Lebens mit Soong in Kontakt? Er hat Sie nie erwähnt. Andererseits: Es gibt viele Dinge, über die mein Vater nie mit mir sprach. Wollen Sie andeuten, dass der Gefühlschip die Wahrheit über das enthält, was sich in der letzten Zeit zugetragen hat?«

»Ist das nicht der Fall?«

»Als ich den Chip von Lore bekam, wies mein Bruder darauf hin, er enthielte Erinnerungen. Aber in den vergangenen Jahren fand ich keine Bestätigung dafür.«

Waslowick lachte kurz. »Nun, das klingt ganz nach Soong. War ein bisschen paranoid, wenn Sie's genau wissen wollen, selbst nach meinen Maßstäben. Er hat die Informationen bestimmt verschlüsselt und versteckt, damit sie nur unter ganz bestimmten Umständen zugänglich sind.«

Waslowick war ganz der Forscher, als sie durch den Korridor weitergingen. »Das Kontrollprogramm könnte Lores Art des Umgangs mit dem Chip für den Versuch gehalten haben, den Code zu knacken, und vermutlich sind die Daten dadurch noch besser abgeschirmt worden. Nun, folgen Sie mir. Mal sehen, was wir tun können.«

»Tun?«, wiederholte Data.

»Vielleicht gelingt es uns, einige Informationen zu entschlüsseln. Möglicherweise sind die Daten für unsere derzeitige Situation von Bedeutung.«

»Und wie ist unsere derzeitige Situation, Dr. Waslowick?«

Der Professor verschwand hinter einer Biegung des Korridors und Data hörte ihn antworten: »Nun, Mr. Data, ich glaube, uns steht eine Belagerung bevor.«

»Sie sollten sich besser setzen«, sagte Waslowick kurze Zeit später in seiner Werkstatt. »Dies könnte ein wenig desorientierend sein. Ich habe einige Erinnerungsdaten identifiziert und es sollten sich keine Probleme ergeben, wenn Soong jene Dateistruktur verwendete, die er damals bei mir lernte.«

»Und wenn nicht?«, fragte Data.

»Gute Frage. Vielleicht erleben Sie dann nur eine Lightshow. Es könnte sich wie ein Traum anfühlen. Haben Sie jemals geträumt?«

»Ja.«

»War auch eine psychotische Episode darunter?«

»Nein.«

»Nun, vielleicht steht Ihnen jetzt eine bevor.«

»Faszinierend.«

Waslowick betätigte einen Schalter und Datas Welt kräuselte und verdrehte sich, bevor sie verschwand.

DRITTER TEIL

Siebzig Jahre zuvor

... Überprüfte das Seil, stützte sich mit den Beinen an der Felswand ab, hob die Hände vor den Mund und behauchte sie dreimal schnell hintereinander, nachdem er die Atemmaske ein wenig zur Seite geschoben hatte ...

... Die Temperaturen lagen ein ganzes Stück unter dem Gefrierpunkt und die Atmosphäre war sehr dünn. Hinzu kamen tückische Felsformationen ...

... Er stieß mit dem Knie gegen einen kleinen Vorsprung und glaubte, ein Knacken zu hören ... Das Seil glitt ihm durch die Hände – noch schützten ihn die Handschuhe vor der Reibungshitze –, aber er schien nicht langsamer zu werden. Vielleicht war das Seil nass.

Und dann der Aufprall ...

... »Kommen Sie mir nicht mit irgendwelchen Ausflüchten, Ira«, sagte Waslowick ungeduldig. »Verwenden Sie alle Ihre Instrumente, einschließlich Ihres Gehirns. Was teilt Ihnen Ihre Intuition mit?«

... »Behaupten Sie, Starfleet hat diese Technik zerstört, weil sie jemand für zu gefährlich hielt? Bei allem Respekt, Professor: Was zum Teufel machen wir hier eigentlich?«

... Waslowick beobachtete die Szene so aufmerksam, als versuchte er, die Ereignisse vor einer halben Million Jahren zu re-

konstruieren. »Wenn das Geschöpf mit dem Gesicht nach vorn fiel, war es dem großen Apparat zugewandt, als es starb. Möglicherweise wollte es sich reparieren, brach aber zusammen, bevor es sein Ziel erreichte …«

… »Da wir uns jetzt einig geworden sind … Könnte mir bitte jemand helfen?« Er schob die Hände unter die Arme des Androiden. »Wir haben nicht ewig Zeit.«

»Erstaunlich«, hauchte Graves. »Es gibt noch immer Energie.« Er sah auf die Anzeigen des Tricorders und schluckte. »Sogar ziemlich viel. Wer kann einen Generator konstruieren, der selbst nach einer halben Million Jahren noch funktioniert?«

Jemand stand neben ihm, ein Mann, der dicke, vor Kälte schützende Kleidung trug und einen sehr seltsamen Tricorder in der Hand hielt …

… Etwas stimmte nicht. Datas Bewusstsein ging in ein anderes über. Es fühlte sich an wie die Fahrt durch einen Bergwerksschacht in einem sehr langsamen Aufzug.

Er blickte auf zwei Hände hinab, auf menschliche Hände mit blutenden Knöcheln. Es waren vertraute und unvertraute Hände, seine eigenen und gleichzeitig fremde. Wie eine Schicht aus Öl, die sich vom Wasser trennt, fand Datas Bewusstsein den ihm angestammten Platz. Die winzigen Bilder, die aus seinem Gefühlschip gekommen waren, verstreuten sich wie Meeresgeschöpfe, die aus großer Tiefe aufstiegen. Einige glänzten silbern, andere blieben halb in Strömungen verborgen. *Erinnerungen,* dachte Data. *Dies sind Soongs Erinnerungen.*

Ich bin zu meinem Vater geworden.

Data versuchte, sich auf die Ereignisse um ihn herum zu konzentrieren, was ihm nicht leicht fiel. Zuerst gewann er den Eindruck, dass Soong keinem Objekt für mehr als eine Millisekunde Aufmerksamkeit schenkte. Gleichzeitig merkte Data, dass Soong selbst die banalsten Details – ein Stück lose Haut auf der Epidermis, die Art und Weise, in der Ira Graves immer wieder seine Nase berührte, Lichtreflexe auf den Kontrollen – weitaus länger beobachtete, als es eigentlich nötig war. Die Unruhe wich erst aus Data, als er sich eingestand, dass er keine Kontrolle über das Geschehen hatte. Dann fragte er sich, ob das wirklich sein Gedanke war oder eine Erinnerung aus Soongs Selbst …

Für Soong – und damit auch für Data – hatte es den Anschein, dass Waslowick schnell das Interesse an der Frage verlor, ob der Androide repariert und wiederbelebt werden konnte. Graves und er trugen den reglosen – aber noch immer sehr geschmeidigen – Körper zur Maschine und legten ihn dort auf eine Drehscheibe. Anschließend begann der Professor mit einer unruhigen Wanderung, die ihn immer wieder zur Luftschleuse führte.

»Ich glaube, die Antwort darauf ist ganz einfach, Ira«, hörte Data sich/seinen Vater sagen. Er sprach leise, als fürchtete er, die Maschine zu stören. »Die gleichen Leute, die in der Lage waren, *dies* zu konstruieren …« Er deutete auf den Androiden. »Etwas, das fünfhunderttausend Jahre überstand, ohne zu Staub zu zerfallen.«

Graves … und Waslowick. Soong war mit ihnen unterwegs gewesen, auf der Suche nach KI-Artefakten. Sie fanden etwas …

… Das Individuum mit der kupferfarbenen Haut war perfekt erhalten …

»Eine große Leistung, nicht wahr?«, erwiderte Graves. Er betrachtete den Körper einige Sekunden lang und überprüfte dann noch einmal die Ergebnisse der früheren Scans. »Einerseits soll er biologische Vorgänge nachahmen und andererseits ist er praktisch unverwüstlich.« Das Lächeln verblasste. »Wir wissen noch immer nicht, warum es jemand auf den Androiden abgesehen hatte. Vielleicht wäre es besser, ihn nicht ins Leben zurückzuholen.«

»Was?«, fragte Soong. Er hatte das Hauptkontrollgitter der Maschine bei einer Art Selbsttest beobachtet und versuchte herauszufinden, wie die einzelnen Segmente funktionierten. Dabei gelangte er zu dem Schluss, dass sie den Apparat mit ihren Tricordern und dem kleinen Spielzeug des Professors steuern konnten. Graves' Worte lenkten ihn ab.

»Das ist mir ebenfalls durch den Kopf gegangen«, sagte Waslowick.

»Warum glauben Sie, dass jemand den Androiden verfolgt hat«, fragte Soong.

»Öffnen Sie die Augen«, sagte Waslowick. »Jemand hat von hinten auf ihn geschossen.«

Soong blickte auf das Loch hinab und stellte fest: Die Brandspuren in der Brust deuteten tatsächlich darauf hin, dass der fatale Strahlblitz von hinten gekommen war. »Als er zur Maschine ging?«, fragte er. Aus irgendeinem Grund schien das keinen Sinn zu ergeben.

»Nein«, warf Graves ein. »Zuerst schoss jemand auf ihn. Wahrscheinlich in der Luftschleuse. Und dann kroch er hierher.« Er deutete auf die Stelle, an der die Systeme des Androiden versagt hatten.

»Mit einem Loch im Rücken?«, fragte Soong.

»Ja«, sagte Waslowick bewundernd. Er näherte sich, blieb an der Drehscheibe stehen und blickte auf den Körper hinab. »Mit einem Loch im Rücken.«

»Aber wer hat auf ihn geschossen?« Ärger regte sich in Soong. Was hatte es für einen Sinn, über Ereignisse zu sprechen, die sich vor fünfhunderttausend Jahren zugetragen hatten?

An der Maschine leuchteten immer mehr Lichter auf und irgendwo unter der Drehscheibe summte es leise.

»Wahrscheinlich unser Freund dort draußen«, sagte Waslowick. »Erscheint mir logisch.«

»Und womit hat er geschossen? Ich habe nirgends eine Waffe gesehen.«

»Ist wahrscheinlich in die Schlucht gefallen«, spekulierte Waslowick.

»Selbst wenn Sie Recht haben: Was hat dies mit dem ersten Androiden zu tun, den wir oben fanden?«, fragte Soong. Das Rätsel fesselte ihn. »Ich meine das menschenähnliche Exemplar.«

»Brown?«, entgegnete Waslowick. »Keine Ahnung. Eins steht fest: Er ist wesentlich jünger. Kann höchstens einige Jahrzehnte alt sein. Ich glaube, die Starfleet-Gruppe, die hier aufräumen sollte, hat ihn übersehen. Kein Wunder, wenn man bedenkt, wo wir ihn gefunden haben.«

»Drei Androiden«, sagte Graves. »Ein junger, durch einen Phaserstrahl zerstört. Ein wesentlich älterer vor der Luftschleuse, mit eindeutig individuellen Merkmalen. Und dann dieser hier.« Er deutete auf den Körper. »Einfach nur ein Humanoide, ohne Gesicht, ohne irgendetwas, das ihn als Individuum kennzeichnet. Worauf deutet das hin?«

Soong dachte über verschiedene Möglichkeiten nach. Keine von ihnen gefiel ihm. »Dass er nicht fertig war. Vielleicht dient diese Maschine dazu, den Androiden ihre endgültige Gestalt zu geben.«

»Vielleicht«, räumte Waslowick ein. »Aber ich glaube, es gibt da noch eine andere Möglichkeit, die wir in Erwägung ziehen sollten.«

»Dieser Androide ist viel kleiner«, bemerkte Graves. »Verschiedene Modelle? Oder gar verschiedene Kasten? Vielleicht kam es hier zu sozialen Unruhen?«

»Auch das ist möglich«, sagte Waslowick. »Aber ich glaube, Sie übersehen eine andere, *emotionalere* Möglichkeit. Ich glaube nicht, dass man außerhalb dieses Raums auf ihn schoss. Wer auch immer dafür verantwortlich ist – vermutlich unser Freund dort draußen –, er feuerte, *als sich die Tür der Luftschleuse schloss*. Worauf deutet das hin?«

Graves und Soong schwiegen.

»Sie verbringen nicht genug Zeit mit organischen Wesen«, seufzte Waslowick. »Hass, meine Herren. Saure Trauben. Dieser Bursche hier entkam und wähnte sich vielleicht schon in Sicherheit, doch jemand schoss auf ihn, bevor sich die Tür hinter ihm schließen konnte. Das lässt viel Zorn und Hass vermuten.«

»Ja.« Soong nickte langsam, als er sich widerstrebend Waslowicks Standpunkt anschloss. »Aber Hass von wem? Und warum?«

»Und was ist mit ihnen geschehen?«, fragte Graves. »Mit den Verfolgern, meine ich.«

»Ich habe das Gefühl«, sagte Waslowick mit fester, sicherer Stimme, »dass es nur eine Person gibt – und ich spreche hier ganz bewusst von einer ›Person‹ –, die uns Auskunft geben kann.« Er deutete auf den reglosen Körper. »Hat jemand herausgefunden, wie man die Maschine einschalten kann?«

Graves lachte nervös und zeigte auf die Kontrollen. »Ich denke schon. Möchten Sie den Knopf drücken?«

Waslowick lächelte. »Das käme mir nie in den Sinn, Ira. Diese Ehre gebührt dem Mann, der die meiste Zeit mit dem Brecheisen verbrachte.«

Graves lächelte, verlegen und auch geschmeichelt. Soong stellte einmal mehr fest, dass es Waslowick verstand, selbst ein besonders widerspenstiges und argwöhnisches Individuum für sich zu gewinnen. Graves berührte einige Schaltelemente und tief unter der Oberfläche des Planeten begann sich etwas zu bewegen. Infraschallschwingungen ließen den Boden vibrieren – Soong spürte sie in den Backenzähnen.

Die Plattform mit dem Körper drehte sich, langsam erst, dann immer schneller. Soong fühlte, dass sich ein Wirbel über ihr bildete, und zusammen mit Graves wich er einen Schritt zurück. Der Androide mit der goldenen Haut war nur noch ein Schemen.

»Worauf haben Sie die Maschine programmiert?«, fragte Waslowick.

»Auf nichts«, sagte Graves. »Aus den Anzeigen konnte ich nicht schlau werden. Ich habe sie einfach nur eingeschaltet und lasse sie arbeiten.«

»Passiert irgendetwas?«

Graves und Soong schüttelten den Kopf. »Nichts Besonderes«, erwiderte Graves. »Warum sollte es notwendig sein, dass sich die Plattform dreht? Das ergibt doch keinen Sinn. Vielleicht ist es eine Art … Leerlauf.«

»Jede hinreichend entwickelte Technik unterscheidet sich kaum mehr von Magie«, sagte Soong. »Oder etwas in der Art.«

»Was?«, fragte Graves. Waslowick lachte anerkennend.

»Clarke«, sagte Soong und musste lauter sprechen, um das Summen der rotierenden Scheibe zu übertönen.

»Sollte Pflichtlektüre sein für alle, die sich mit künstlicher Intelligenz befassen«, sagte Waslowick. »Hören Sie auf anzugeben, Noonien. Benutzen Sie Ihren Tricorder.«

Soong klappte das Gerät auf und versuchte, sich auf die Anzeigen zu konzentrieren. Nichts. Er trat zur anderen Seite der Maschine und sondierte erneut, wieder ohne Ergebnis.

Offenbar zeigte sich die Verwunderung ganz deutlich in seinem Gesicht, denn Graves fragte: »Was ist?«

»Ich weiß nicht.« Soong startete ein Diagnoseprogramm, um sich zu vergewissern, dass der Tricorder einwandfrei funktionierte. »Das Gerät zeigt einfach nichts an.«

»Gibt es hier vielleicht ein Schirmfeld?«, fragte Waslowick. »Erweitern Sie den Scan.«

»Wie bitte?«

»Erweitern Sie ihn.«

Soong kam der Aufforderung nach. Bei einer Sondierung von zehn Metern im Umkreis ergaben sich keine

Anomalien: Felsgestein, Wände, die von ihnen selbst stammenden Biosignale, Türen, Einrichtungsgegenstände, alles bis auf die Maschine und den Körper. Die Rotation der Scheibe schien ihren Höhepunkt erreicht zu haben, denn während Soong den Scan auf zwanzig Meter ausdehnte, wurde das Summen ein wenig dumpfer.

Noch immer nichts. Für den Tricorder schien die Maschine überhaupt nicht zu existieren. *Es könnte durchaus Magie sein,* dachte er und fragte sich, warum jemandem daran gelegen sein sollte, die Existenz der Maschine zu verbergen.

Fünfzig Meter …

»Oh, oh«, sagte Soong und bereute es sofort, weil er einen Sondierungsfehler vermutete. Eine EM-Signatur. Dann noch eine. Und zwei weitere. Er kontrollierte die Scan-Parameter, führte einen Reset durch und sondierte erneut. Sieben EM-Signaturen. Sie bewegten sich nicht. Oder nur sehr wenig.

Waslowick riss Soong den Tricorder aus der Hand und schwenkte ihn im Halbkreis. Rasch eilte er durch den Raum und sondierte auch auf der anderen Seite.

»Wir müssen weg von hier«, sagte er und warf den Tricorder Soong zu.

»Was?«, erwiderte Graves verblüfft. »Warum? Die Plattform wird langsamer …« Soong hielt den Tricorder so, dass Graves aufs Display sehen konnte: Die EM-Signaturen näherten sich.

»Das muss eine fehlerhafte Anzeige sein«, vermutete Graves. »Rejustieren Sie die …«

»Nein«, sagte Waslowick. »Es ist kein Fehler. Wir müssen gehen. Und zwar *sofort*.«

Graves erbleichte und seine Lippen wirkten fast blau. »Na schön«, sagte er heiser. »Wir können später hierher zurückkehren, nicht wahr?«

Waslowick schien sich zu fragen, ob er Graves die

Wahrheit sagen oder ihn beruhigen sollte. Um keine Zeit zu verlieren, entschied er sich für Letzteres. »Ja, natürlich.«

Soong sah erneut auf die Anzeigen des Tricorders. In den vergangenen drei Minuten hatte sich die Anzahl der EM-Signaturen verdoppelt. Inzwischen waren es mehr als fünfzig, und wenn es so weiterging wie bisher, würde sich auch diese Zahl bald verdoppelt haben.

»Was hat es damit auf sich, Soong?«, flüsterte Graves.

»Möchten Sie das herausfinden?«

Graves gab keine Antwort und eilte zur Tür. Als sie die erste Luke passierten, erzitterte der Boden unter ihren Füßen. Soong taumelte an die Wand und Graves wäre fast mit dem Kopf gegen den Lukenrand geprallt. Als sie nach draußen traten, fühlte sich Soong für einen Moment, einen kurzen Moment, versucht, in die Schleuse zurückzukehren und die Innenluke zu schließen. Doch die Vorstellung, in den Raum mit der Maschine zurückkehren, weckte zu viel Unbehagen in ihm. Außerdem hörte er Waslowick fluchen, was so selten geschah, dass er sofort den Grund dafür herausfinden wollte. Soong wankte nach draußen, als Waslowick gerade aufstand. Direkt vor ihm lagen ein Seil und die zerbrochenen Reste des Strukturverstärkers, den Soong zuvor aufgestellt hatte.

»Was schief gehen kann, *wird* schief gehen«, brummte Waslowick. Erneut bebte der Boden.

Soong sah die beiden anderen Männer an und seufzte. »Glauben Sie, es nach oben zu schaffen, wenn einer von Ihnen die Antigravmodule bekommt? Die Batterien haben sich inzwischen wieder aufgeladen. Wenn ich oben angelangt bin, sollte ich in der Lage sein, einen von Ihnen emporzuziehen.«

Waslowick nickte und sah Graves an, der den Kopf schüttelte. »Sie *können* nach oben klettern«, betonte er. »Wenn ich dazu imstande bin, so sind Sie es ebenfalls.

Und um ganz ehrlich zu sein: Sie möchten es bestimmt nicht mit der Alternative zu tun bekommen.«

Graves schnappte nach Luft und atmete immer schneller. Soong befürchtete schon, dass er hyperventilierte und dadurch in Ohnmacht fiel, aber dann gelang es ihm, die Furcht unter Kontrolle zu bringen. Er erwiderte Waslowicks Blick. »Wieso habe ich mich von Ihnen zu dieser Sache überreden lassen?«, zischte er. »Wussten Sie, dass so etwas geschehen könnte?«

Waslowick schüttelte den Kopf. »Nein, Ira«, erwiderte er. »Ich *wusste* es nicht. Ich hatte den einen oder anderen Verdacht, aber *dies* habe ich nicht vorausgesehen. Wenn Sie glauben, von mir getäuscht worden zu sein …« Er zuckte mit den Schultern, was praktisch auf eine Entschuldigung hinauslief.

Graves seufzte, rollte mit den Augen und reckte den Hals, als er an der Felswand emporsah. »Na schön«, ächzte er. »Beginnen wir mit dem Aufstieg.«

»Warten Sie«, sagte Waslowick. »Lassen Sie mich zuerst etwas versuchen.« Graves und Soong traten ein halbes Dutzend Schritte von der Felswand fort und beobachteten, wie Waslowick seinen Stift hervorholte und die Kappe drehte. Dornartige Gebilde kamen zum Vorschein und Soong vernahm ein dumpfes Brummen, das seine Eingeweide vibrieren zu lassen schien. Eisbrocken lösten sich von der Felswand, rutschten in die Schlucht und zerplatzten dort. Wolken aus winzigen grauen Kristallen und Granitsplittern wogten, und als sie sich legten, sah Soong nackten Fels mit vielen Rissen und Vorsprüngen, die das Klettern erleichterten.

»Also los, Graves«, kommandierte Waslowick und für Soongs Ohren klang es nach einer anderen Person. Dies war nicht der freundliche, brillante und ein wenig geistesabwesende Professor, sondern ein militärischer Ausbilder, jemand, der daran gewöhnt war, Befehle zu erteilen, die niemand infrage stellte. »Immerhin sind es nur zwanzig oder dreißig Meter.« Er reichte Graves die Antigravmodule, trat dann zur Felswand und griff nach dem ersten Vorsprung.

Soong befestigte die Antigraveinheiten an Graves' Taille. Sie halbierten sein Gewicht und sollten ihm den Aufstieg erheblich erleichtern – er durfte nur nicht auf halbem Weg nach oben in Panik geraten.

Graves näherte sich der Felswand und aktivierte die Antigravmodule.

»Sie können es schaffen, Ira«, sagte Soong. »Wir sehen uns oben.« Im Anschluss an diese ermutigenden Worte wandte sich Soong der eigenen Situation zu und begann damit, langsam an der Felswand emporzuklettern. Ohne die von Waslowick freigelegten Spalten und Risse wäre der Weg nach oben weitaus schwieriger gewesen, aber auch so erforderte der Aufstieg seine ganze Konzentration. Der Professor hatte Recht: Zum Glück waren es nur zwanzig oder dreißig Meter. Doch anschließend stand Soong eine weitere Kletterpartie vor, die ihm mehr abverlangen würde. Er musste Graves die Antigravmodule abnehmen – vorausgesetzt die Ladung der Batterien reichte aus – und dann …

Und dann spürte Data, wie sich sein Selbst von Soongs Bewusstsein löste. Er war ganz in der Dramatik der Situation aufgegangen und jetzt begriff er, dass er den Ausgang kannte: Soong, Graves und Waslowick waren natürlich entkommen. Andernfalls hätte Soong wohl kaum Gelegenheit erhalten, ihn, Data, zu konstruieren. *Wie seltsam, dass man so sehr von einer Situation gefesselt sein kann, obgleich man schon zu Anfang weiß, wie alles ausgeht.* Mit Ausnahme der Romane um Sherlock Holmes war Data nie sehr an Seriengeschichten mit so genannten »Cliffhangern« interessiert gewesen, doch jetzt glaubte er Anlass gefunden zu haben, seinen Standpunkt zu überdenken. *Manchmal lautet die wichtige Frage nicht »Was ist passiert?«, sondern »Wie ist es passiert?«*

Als er ins Bewusstsein seines Schöpfers zurückkehrte, stellte er erstaunt fest, dass die Ereignisse nicht wie in einem Holoprogramm angehalten, sondern sich weiter entwickelt hatten. Soong bückte sich, um Graves hochzuhelfen, der sich wenige Sekunden später schwer atmend über den Rand der Schlucht kämpfte. Soong befestigte die Antigravmodule mit den fast erschöpften Batterien am Seil, das er dann zu Waslowick hinabließ.

Data spürte Soongs Zweifel daran, ob seine Kraft noch ausreichte, Waslowick nach oben zu ziehen – er fühlte sich ziemlich erschöpft –, aber dann hörte er, wie Graves aufstand. Soong nahm sich einen Augenblick Zeit, um ihn zu mustern, stellte dabei erstaunt fest, dass die Furcht aus seinem Gesicht verschwunden und grimmiger Entschlossenheit gewichen war. Irgendwann auf dem Weg nach oben schien Graves entschieden zu haben, dass er leben wollte.

Waslowicks Schnaufen und das Pochen, mit dem seine Füße gegen die Felswand stießen, hallten in der Höhle wider. Aber wenn zwischen einzelnen Atemzügen Stille herrschte, glaubte Soong zu hören, wie sich tief unten etwas bewegte. Schabte Fels über Fels? Oder war es das Stampfen vieler Füße? Soong wusste es nicht. Er hätte gern einen Scan mit seinem Tricorder vorgenommen, doch dadurch wären kostbare Sekunden verloren gegangen.

Er blickte an Waslowicks erschöpftem Gesicht vorbei, von dem ihn keine zehn Meter mehr trennten, und versuchte, in der Tiefe etwas zu erkennen. Schatten tanzten hin und her, aber es ließ sich nicht feststellen, ob sie vom Seil oder anderen Bewegungen verursacht wurden. Als Waslowicks Kopf den Rand der Felswand erreichte, trat Graves vor und griff nach dem Arm des Professors. Waslowick nahm sich nicht einmal die Zeit, das Seil zu lösen, forderte seine beiden Begleiter mit einem ungeduldigen Wink auf, ihm durch den Tunnel zu folgen. Fünfhundert Meter weit führte er steil nach oben, durch mehrere Höhlen; anschließend würden sie sich vom Transporter der Raumjacht in Sicherheit beamen lassen.

Waslowick und Graves wankten fort und stützten sich gegenseitig am eisverkrusteten Hang, aber Soong zögerte aus irgendeinem Grund. So erschöpft er auch war: Für einige Sekunden hielt er den Atem an und lauschte, beeindruckt davon, wie schnell die Stille zurückkehrte und wie natürlich sie wirkte. Es wehte kein Wind und es herrschte absolute Geräuschlosigkeit. Hatten sie sich völlig umsonst Sorgen gemacht?

Und dann spürte Soong eine deutliche Vibration durch die Sohlen seiner Stiefel. Er schenkte Graves' und Waslowicks Rufen keine Beachtung, nahm die Lampe, beugte sich über den Rand der Felswand und leuchtete in die Tiefe. Nach etwa zwanzig Metern verlor sich das Licht in der Finsternis. Soong schaltete die Lampe aus und bemerkte das matte Glühen der Orientierungslichter, die sie unten zurückgelassen hatten. Bewegten sich Schatten in ihrem Schein?

Dies war ein Fehler, dachte Soong. *Ich hätte keine Zeit verlieren dürfen.*

Er wich von der Felswand fort, eilte durch den Tunnel und dachte an den Weg, den er und die Kinder aus der Nachbarschaft damals zur Schule genommen hatten. Eine Abkürzung hatte über einen kleinen Streifen Land geführt, der einem misanthropischen Einsiedler gehörte. Voller Zorn über das wiederholte unbefugte Betreten seines Eigentums hatte sich der Mann einen Hund gekauft (oder ihn »gebaut«, wie die Kinder glaubten), ein großes, geiferndes Tier, das an seiner Kette zerrte, sich aufrichtete und laut bellte, wenn jemand zu nahe kam. Jenes Ungetüm hatte den achtjährigen Noonien entsetzt und selbst als Erwachsener hielt er auf fremden Grundstücken immer nach einem Hund Ausschau.

Erinnerungen an das Tier erwachten in Soong, als er durch den Tunnel hastete, um zu Graves und Waslowick aufzuschließen. Sie setzten den Weg fort, als sie ihn sahen. Kurze Zeit später fühlte Soong das vertraute Prickeln der Entmaterialisierung. Durch den silbrigen Glanz des Transporterstrahls glaubte er, lange, dünne Schatten zu sehen, geschmeidige Gestalten, die durch den Tunnel eilten. Data wusste es nicht, aber dieses Bild verschmolz mit den Erinnerungen an den Hund und erschien immer wieder in Noonien Soongs Träumen, bis zu jenem Tag, an dem er starb.

An Bord von Waslowicks Jacht traten Graves und Soong von der Transferplattform und blieben fast in der schmalen Tür stecken – jeder von ihnen wollte den Pilotensessel als Erster erreichen. Graves setzte sich durch und Soong sank auf den Sitz des Kopiloten, kaum hatte er das Gleichgewicht wiedergefunden. Er beobachtete, wie Graves' Hände über die Kontrollen huschten, hielt sich bereit für den Fall, dass ihm ein Fehler unterlief. Doch es ergaben sich keine Probleme. Nach knapp dreißig Sekunden stand Impulskraft zur Verfügung und fünf Minuten später war das Warptriebwerk einsatzbereit. Soong entspannte sich erst, als die Sterne Streifenmuster bildeten – daraufhin gestattete er sich, das Gefühl von Wärme und Behaglichkeit zu genießen.

Sie flogen bereits seit zehn Minuten im Warptransfer, als jemand von ihnen auf den Gedanken kam, nach Waslowick zu sehen. Soong stand auf und fand den Professor in der kleinen zentralen Kabine – dort kochte er Tee. In den vergangenen zehn Minuten hatte es Waslowick geschafft, sich die Hände zu waschen, saubere Kleidung anzuziehen und wieder zum freundlichen Mentor zu werden. Soong beobachtete, wie er den Teebeutel ins Wasser tauchte, hielt dabei nach der anderen Person Ausschau, die er bis vor einer halben Stunde gewesen war – nichts deutete mehr auf sie hin. Data wäre fast bereit gewesen, an seinen Erinnerungen zu zweifeln. Fast.

Soong streifte die Handschuhe ab und rieb sich die Finger. Seltsamerweise spürte er Waslowick gegenüber keine Scheu mehr. Nun, es war schwer, jemandem gegenüber unsicher zu sein, den man wie einen Sack feuchter Wäsche an einer Felswand emporgezogen hatte. »Und jetzt?«, fragte er knapp.

»Jetzt trinken wir erst einmal Tee«, erwiderte Waslowick. »Wir bringen unseren Androiden ins Laboratorium und untersuchen ihn dort. Gründlich. Wenn niemand zusieht.«

»Und wir kehren nicht zurück.« Es war eine Feststellung, keine Frage. Soong überlegte, ob er den Satz wiederholen und dabei das Wort »wir« wiederholen sollte, aber vermutlich verstand Waslowick auch so.

»Nein«, sagte der Professor. »Ich glaube nicht. Falls wir etwas geweckt haben … Vielleicht legt es sich wieder schlafen, wenn wir es ungestört lassen.«

»*Falls* wir etwas geweckt haben?«, fragte Soong ungläubig.

»Haben Sie etwas gesehen?«

Soong dachte über die Frage nach und schüttelte schließlich den Kopf.

»Hat der Tricorder etwas angezeigt?«

»Es gab eine Art … Schirmfeld«, sagte Soong. »Glaube ich.«

»Die Antwort lautet also nein«, stellte Waslowick fest.

Soong zuckte mit den Schultern und sah keinen Sinn darin, dem Professor zu widersprechen. Wahrscheinlich würde sich ihm nie die Gelegenheit bieten, ein Schiff zu chartern und zu jenem abgelegenen Planeten zurückzukehren. Und selbst wenn das doch der Fall war: Ein anderes Raumschiff musste damit rechnen, entdeckt zu werden. Inzwischen war Soong ziemlich sicher, dass diese Jacht etwas Besonderes darstellte. Sie war mehr, als sie zu sein schien, ebenso wie ihr Besitzer.

»Damit ist die Sache also erledigt?«

Waslowick seufzte und trank einen Schluck Tee. »Wenn Sie Glück haben, Noonien, ja.«

Soong zog die Jacke aus und hängte sie über die Rückenlehne eines Stuhls. »Wissen Sie was, Professor? Ich hatte nie Glück. Zumindest nicht in dieser Hinsicht.«

Ein dünnes Lächeln umspielte Waslowicks Lippen. »Vielleicht ist das besser für Sie.«

Soong besorgte sich eine Ration aus der Kombüse und überlegte, ob er Graves etwas bringen sollte. *Nein,* dachte er. *Er bringt vermutlich noch nichts hinunter. Lassen wir ihm etwas mehr Zeit …*

Als er schließlich heimkehrte, schlief Noonien Soong sechsunddreißig Stunden. Nach dem Erwachen aß er mehr als normalerweise an drei Tagen, um dann noch einmal vier oder fünf Stunden zu schlafen. Fast drei Tage lang blieb er Waslowicks Laboratorium fern. Als er schließlich seine Kräfte erneuert hatte und sich auf den Weg zum Professor machte, um ihm einige Fragen zu stellen, traf er nur Graves in einem ansonsten leeren Labor an.

»Verschwunden?«, fragte Soong.

»Ja«, bestätigte Graves.

»Seit wann?«

»Das weiß ich nicht genau. Seit mindestens zwei Tagen, vielleicht länger.«

Die Spur war also kalt. Soong machte sich nicht einmal die Mühe, nach den Androiden zu fragen – das erübrigte sich.

Nie wieder sprachen sie über die Expedition.

22

Data spürte, wie sich sein Bewusstsein von dem Soongs löste und für kurze Zeit an einem ruhigen, silberfarbigen Ort schwebte. Er fragte sich, ob Menschen auf diese Weise die Phase zwischen Schlaf und Erwachen empfanden, kurz bevor die Angelegenheiten des Alltags zurückkehrten. Dann nahm die Realität, so wie Data sie kannte, schlagartig Gestalt an und er war sich wieder der Zeitspanne einer Millisekunde bewusst.

Waslowick stand noch immer dort, wo er zu Beginn der Reise durch Soongs Erinnerungen gestanden hatte. Data hob die Hand und schloss die Klappe in seinem Hinterkopf. »Ich bin Dr. Graves vor einigen Jahren begegnet, bevor er starb. Auch er sprach nie über diese Sache. Aber er entwickelte eine Methode, die es ihm erlaubte, ein menschliches Bewusstsein in eine künstliche Intelligenz zu transferieren. Davon machte er bei mir Gebrauch.«

»Ich weiß von dem Zwischenfall, den Sie meinen. Ich fürchte, Graves ließ sich trotz seiner großen Leistungen von der eigenen Sterblichkeit verbittern. Er vergaß einige der Dinge, die ich ihn in jungen Jahren zu lehren versuchte. Vielleicht erinnerte er sich wieder daran, als er Sie freigab.«

»Vielleicht«, räumte Data ein und wechselte das Thema. »Sie kannten also den Gegner, als auf Galor IV der Angriff erfolgte, nicht wahr?«, fragte er und rollte das Kabel zusammen.

»Ich hatte meine Vermutungen«, erwiderte Waslowick. »Sicher sein konnte ich nicht. Siebzig Jahre sind eine lange Zeit, selbst für mich. Und ob Sie's glauben oder nicht: Als ich überlegte, wer mir nach dem Leben trachten könnte, fielen mir nicht sofort die Androiden von Exo III ein. In meinem Leben habe ich mir auch einige andere Feinde gemacht.«

»Ich glaube Ihnen.«

Waslowick nahm Datas Antwort mit einem Lächeln entgegen, wurde aber sofort wieder ernst. »Aber als sich jene Aktivitäten gegen das Projekt richteten, gegen Rhea, musste ich Gegenmaßnahmen ergreifen. Die Flucht war nicht weiter schwer. In dieser Hinsicht habe ich großes Geschick entwickelt. Aber den Androiden nach der Aktivierung zu verstecken und meine Gegner aus der Reserve zu locken – *das* war ein Problem.«

»Sie beschlossen, Rhea an Bord der *Enterprise* zu verbergen, nur wenige Tage nach dem Zwischenfall im Laboratorium.«

»Im Vergleich mit anderen von mir geplanten Täuschungsmanövern war es relativ einfach, die Identität eines Starfleet-Lieutenants namens Rhea McAdams zu schaffen«, erklärte Waslowick. »Es war die ideale Lösung, wenn man die Umstände berücksichtigt. An Bord der *Enterprise* war sie vor aller Augen und doch gut versteckt. Das Schiff bot ihr den denkbar besten Schutz und aufgrund ihrer besonderen Position hatte sie die Möglichkeit, unsere Feinde zu entlarven. Offen gesagt: Abgesehen davon gab es noch einen anderen Grund.«

»Welchen?«

»Sie«, sagte Waslowick. »Rhea ist menschlicher als Sie, weil sie so konstruiert wurde. Aber nur durch die Erfahrung, Ihre Interaktionen mit organischen Personen zu beobachten, konnte sie einen Platz für sich finden.«

Data fühlte sich von einer neuen Emotion erfasst: Verlegenheit. Die Vorstellung, eine Art Studienobjekt für eine Person zu sein, der er starke Gefühle entgegenbrachte, gefiel ihm nicht sonderlich. Das Unbehagen dauerte nur zwei Komma vier Sekunden – während Waslowick einatmete und seine Gedanken ordnete –, aber für einen Androiden war das viel Zeit.

»Der Aufenthalt an Bord der *Enterprise* stellte auch Rheas Fähigkeiten auf die Probe, die emotionalen Algorithmen, mit denen wir ihr positronisches Netz programmiert haben«, fuhr Waslowick fort. »Alles lief besser, als wir es uns erträumt hatten. Rhea McAdams war nicht von einem Menschen zu unterscheiden und sie wurde sogar ... *beliebt*.«

Das Staunen und der Stolz in Waslowicks Stimme erfüllten Data mit Zufriedenheit. Waslowick, Flint, Akharin und all die anderen Identitäten eines sechstausend Jahre langen Lebens – jene Personen mochten bewundert, verehrt und vielleicht auch gefürchtet worden sein, aber vermutlich waren sie niemandem *sympathisch* gewesen. Der Professor erschien Data nicht wie ein Mann, dem Freundschaften leicht fielen.

»Womit wir nicht gerechnet haben, war Rheas emotionale Reaktion auf Sie«, sagte Waslowick.

»Oder meine auf sie?«, fragte Data und Ärger verlieh seiner Stimme eine gewisse Schärfe. Er gewann nicht gern den Eindruck, Teil eines Experiments gewesen zu sein.

Zu Datas Überraschung schien Waslowick begriffen zu haben, dass er einen Fehler gemacht hatte. »Ich bedauere die Irreführung«, sagte er. »Aber Rhea ist, wie Sie, eine spezielle, einzigartige Entität und auch das Kind meines Geistes, so wie Sie das Kind von Soongs Geist sind. Ich würde alles tun, um sie zu beschützen und ihr die Chance zu geben zu leben. Ob Sie es aus diesem Blickwinkel sehen oder nicht: Sie müssen zugeben, dass Sie der beste Schutz waren, den wir uns für Rhea erhoffen konnten. Außerdem – und das sah mein Plan nicht vor – boten Sie ihr die erste Kostprobe des menschlichen Wesens.« Waslowick schüttelte den Kopf und lächelte. »Man kann nie genau vorhersagen, wie sich Kinder verhalten. Man kann ihnen nur den Weg weisen und das Beste hoffen. Inzwischen weiß ich: Etwas Besseres als Sie hätte ich mir nicht erhoffen können.«

Data spürte neuerliche Verlegenheit, hervorgerufen diesmal von Waslowicks Anerkennung. Die Schnelligkeit, mit der sich Gefühle verändern konnten, erstaunte und besorgte ihn.

»In gewisser Weise geht es bei dieser Sache vor allem um Schutz, um *Sicherheit*«, fuhr Waslowick nachdenklich fort. »Ich möchte Sie in ein Geheimnis einweihen, Data, in eines, das Sie vielleicht einmal nützlich finden: Wenn Menschen jung sind, wünschen sie sich eine gerechte Welt; wenn sie zu Eltern werden, wünsche sie sich eine *sichere* Welt.«

»Gerechtigkeit und Sicherheit schließen sich nicht unbedingt aus, Dr. Waslowick«, sagte Data. »Und ich bin bereits Vater gewesen.«

»Entschuldigen Sie, Data. Das stimmt natürlich. Deshalb verstehen Sie sicher, was ich meine ...«

»Nicht ganz. Damals hatte ich keine Emotionen. Seit der Installation des Gefühlschips registriere ich gelegentlich unerwartete Empfindungen in Hinsicht auf Lal und andere, aber Gedanken wie die von Ihnen beschriebenen sind mir dabei nicht durch den Kopf gegangen. Ich werde später darüber nachdenken, wenn ich Zeit habe. Aber wenn Sie mir den Hinweis gestatten: Derzeit haben wir *keine* Zeit. Ich habe das Gefühl, mehr über Ihre Pläne erfahren zu müssen. Worin besteht Ihr nächster Schritt?«

»Eigentlich gibt es gar keinen nächsten Schritt«, sagte Waslowick. »Allerdings glaube ich, dass wir bald gezwungen sein werden, diesen Ort zu verteidigen, entweder gegen Starfleet oder gegen die Androiden, die das Laboratorium angriffen.«

»Starfleet ist nicht Ihr Feind, Professor«, erwiderte Data. »Ich bin immer fair behandelt worden.«

»Starfleet hat Sie fair behandelt, solange Sie eine Anomalie waren«, sagte Waslowick. »Bisher konnte es sich die Sternenflotte leisten, großzügig zu sein, aber jetzt weiß sie, dass eine Massenproduktion von Androiden möglich ist. Wie lange wird es Ihrer Meinung nach dauern, bis weitere künstliche Intelligenzen wie Rhea entstehen?«

»Das Gesetz gibt künstlichen Lebensformen bestimmte Rechte«, betonte Data. »Captain Picard ist vor Gericht für mich eingetreten und ...«

»Und dabei hat er großartige Arbeit geleistet. Aber die Zeiten ändern sich, und mit ihnen das Gesetz. Denken Sie nur daran, was mit den Exocomps geschehen ist.«

»Ich weiß nicht, was Sie meinen, Dr. Waslowick. Man gewährte ihnen den Status intelligenter Wesen.«

»Wäre das auch der Fall gewesen, wenn Sie sich nicht für die Exocomps stark gemacht hätten?«

Data zögerte. »Vielleicht nicht«, gestand er. »Es hätte zumindest etwas länger gedauert, aber schließlich ...«

»Es wären weitere Exocomps gestorben«, sagte Waslowick. »Als Sklaven.« Er blickte sich um. »Sie halfen mir beim Bau dieser Station.«

»Eine Art Tauschhandel?«, fragte Data.

Waslowick hob und senkte die Schultern. »Ich hätte sie auch gratis bei mir leben lassen, aber die Wahrheit ist: Sie sind nicht gern müßig. Es liegt einfach nicht in ihrer Natur, untätig zu sein. Obwohl mir aufgefallen ist, dass einige der jüngeren Exocomps träge sein können.« Er lachte. »Die Jugend! Manche Dinge ändern sich nie.«

Data lächelte. Er hätte es kaum für möglich gehalten, dass eine organische Person biosynthetisches Leben so gut verstehen konnte – Waslowick schien in vielerlei Hinsicht außergewöhnlich zu sein.

Und dann sprach Data einen Gedanken aus, den er

nicht nur vor Waslowick versteckt hatte, sondern auch vor sich selbst. »Trotz Ihres großen Interesses an der künstlichen Intelligenz haben Sie nie versucht, einen Kontakt mit *mir* herzustellen. Sie verzichteten auch darauf, die anderen von Dr. Soong konstruierten Androiden zu bergen. Warum?«

Waslowick war zuerst verwirrt, aber nachdem er einige Sekunden lang über die Frage nachgedacht hatte, lachte er und legte Data die Hand auf die Schulter. »Warum?«, fragte er. »Warum hätte ich mich mit Ihnen in Verbindung setzen sollen? Das war nie nötig. Sie haben es gut verstanden, die Opportunisten in Schach zu halten. Noonien hat bei Ihnen wirklich ausgezeichnete Arbeit geleistet.« Er drückte zu und zog die Hand dann zurück. Überrascht spürte Data bittersüße Traurigkeit angesichts der Tatsache, dass er bisher nie jemanden kennen gelernt hatte, der sich von seinen Gefühlen dazu verleiten ließ, ihm so auf die Schulter zu klopfen.

Troi war nicht auf die Wellen aus widerstreitenden Empfindungen vorbereitet, die von Captain Picard ausgingen, als er in den Aussichtsraum zurückkehrte. Er hatte Sam in einem Gästequartier untergebracht und Admiral Haftel zum Transporterraum begleitet. Troi zweifelte nicht daran, dass sie unterwegs in aller Deutlichkeit ihre unterschiedlichen Meinungen darüber zum Ausdruck gebracht hatten, was mit Sam geschehen sollte.

Natürlich machte sich Picard Sorgen um Data und McAdams, so wie um jedes Mitglied seiner Crew, dem Gefahr drohte, aber inmitten dieser Besorgnis gab es auch so etwas wie finsteren Zorn. Das beunruhigte Troi, nicht nur deshalb, weil Captain Picard nur sehr selten zornig war, sondern auch weil sie nicht feststellen konnte, wem oder was der Zorn galt. Es gab so viele mögliche Kandidaten. Ging es dabei um McAdams, die sich erst seit kurzer Zeit an Bord befand und die der Captain bereits sehr schätzte? Oder um den Androiden Sam, der auf gefährliche Entwicklungen ebenso gelassen reagierte wie auf die Ereignisse eines Holo-Romans?

Vielleicht galt der Zorn Haftel, der sich immer mehr als konservativer Starfleet-Admiral der alten Schule erwies. Seine instinktive Reaktion hatte darin bestanden, Sam in einer Arrestzelle unterzubringen und »Experten« zu rufen. Wer diese Experten waren, wusste niemand genau. Maddox? Vielleicht … Und vielleicht *wäre* das die beste Lösung. Die konservative Lösung bestand oft darin, den Weg zu beschreiten, der das geringste Risiko bedeutete. Aber in diesem Fall gab es viele unbekannte Faktoren. Bei solchen Gelegenheiten schien Data immer der wichtigste Führungsoffizier zu sein. Seine Fähigkeit, das Launenhafte zu katalogisieren und die einzelnen Elemente eines Durcheinanders zu ordnen …

Eine jähe Erkenntnis bildete sich in Troi. Vielleicht galt der Zorn des Captains Data. Der immer treue und zuverlässige Data zeigte plötzlich ein unberechenbares Verhalten: Er hatte sich verliebt oder befand sich in einem damit vergleichbaren emotionalen Zustand. Troi kannte Rikers Bericht über die Geschehnisse auf dem Planeten und musste die Möglichkeit berücksichtigen, dass Datas Entscheidung, den Androiden von Exo III allein gegenüberzutreten, auf den Wunsch zurückging, Rhea McAdams zu schützen oder ihr gar zu imponieren.

Picard nahm in seinem Sessel Platz, schnaufte leise und musterte die anwesenden Offiziere. Will und Geordi wirkten ruhig, wenn auch müde – sie schienen bereit zu sein, sich jeder Aufgabe zu stellen, die der Captain für sie hatte. Schließlich wandte sich Picard an Troi und lächelte schief, was sie überraschte und auch erleichterte. »Die Antwort auf Ihre Frage lautet: Ich bin zornig auf mich selbst.«

Der Scharfsinn des Captains beeindruckte Troi und gleichzeitig freute sie sich über seine Offenheit. »Dazu haben Sie keinen Grund. Sie sind mit den jüngsten Ereignissen besser fertig geworden, als alle daran beteiligten Personen erwarten konnten.«

»Tatsächlich?«, fragte Picard trocken. »Warum komme ich mir dann vor wie jemand, der durch eine dunkle Gasse stolperte und von jedem Schurken und Halunken, der sich dazu berufen fühlte, einen Schlag auf den Hinterkopf bekam?« Er hob die Hand und rieb sich die Augen. *Er braucht Schlaf,* dachte Troi. *Wann hat er sich zum letzten Mal ausgeruht?* Wieder sah Picard sie an. »Und ja, ich brauche Schlaf, aber ich fürchte, für eine Weile muss ich mich noch mit Tee begnügen.«

»Sie sollten auch etwas essen, Sir«, sagte Troi.

Picard nickte. »Sobald wir hier fertig sind, Counselor. Andernfalls lassen Sie Beverly auf mich los, und das will niemand von uns. Sie hat derzeit genug zu tun.«

»Haben wir große Verluste erlitten, Captain?«, fragte Geordi. Er war auf die Reparaturarbeiten konzentriert gewesen und kannte Crushers Bericht nicht.

Picard straffte die Schultern und wandte sich vom Fenster ab. Jetzt ging es wieder um die Crew und nicht um ihn selbst. »Ja.« Er nickte Troi zu. »Aber einige geschickte Kampfmanöver haben Schlimmeres verhindert.«

»Die hat sie von mir gelernt«, warf Riker ein.

Picard rieb sich die Stirn und versuchte, ein Lächeln zu verbergen. »Was haben Sie über Waslowick herausfinden können?«, fragte er.

Riker wölbte eine Braue und aktivierte den Bildschirm des Aussichtsraums. »Nach Ihrem Gespräch mit Sam hat der Computer einige Bilder in den Starfleet-Archiven gefunden. Computer, öffne Datei Waslowick-Eins.« Eine Darstellung von Waslowick erschien im Projektionsfeld. »Dieses Bild wurde vor einigen Jahren aufgenommen, bei einem wissenschaftlichen Symposium auf Vulkan«, erklärte Riker. »Eigentlich galt die Aufnahme gar nicht ihm, sondern dem andorianischen Redner auf der linken Seite ...« Er zeigte auf die betreffende Stelle. »Soweit sich das feststellen ließ, enthalten die Starfleet-Archive keine weiteren Bilder bis zu dem Zeitpunkt, als seine Mitarbeit an Maddox' Projekt begann. Offenbar lässt er sich nicht gern fotografieren.«

Picard brummte zustimmend und dachte daran, wie viele Aufnahmen von Riker, Troi und ihm selbst in Log-Dateien, Sicherheitsdossiers oder Nachrichten existierten. Zugegeben, sie waren Starfleet-Offiziere, aber selbst ganz normale Bürger der Föderation konnten damit rechnen, dass einmal pro Tag irgendwo ein Bild von ihnen aufgezeichnet wurde.

Riker betätigte ein Schaltelement, woraufhin sich die Darstellung des Bildschirms veränderte. »Dieses Bild fanden wir in einem Bereich der Starfleet-Archive, der nicht mit der ersten Dateisuche in Zusammenhang stand. Es ist Teil einer Tricorder-Sondierung, durchgeführt von Dr. Leonard McCoy, Bordarzt des Raumschiffs *Enterprise* der Constitution-Klasse, Sternzeit 5843.« Das Bild entsprach Picards Erwartungen von einem Tricorder-Scan der damaligen Zeit: Es war zweidimensional und präsentierte auch viele technische Daten. Aber beide Bilder nebeneinander im Projektionsfeld zeigten eine unleugbare Wahrheit: Abgesehen von einigen geringfügigen Unterschieden handelte es sich um die gleiche Person: Waslowick und Flint.

»Erstaunlich«, hauchte Picard. »Er ist überhaupt nicht älter geworden.«

»Nein, offenbar nicht«, sagte Troi. »Obgleich der Computer sieben morphologische Unterschiede festgestellt hat. So sind Flints Ohren etwas größer und weisen im Gegensatz zu denen Waslowicks festgewachsene Ohrläppchen auf. Flints Nase ist gerade und die Waslowicks sieht aus, als sei sie einmal gebrochen und dann schlecht verheilt. Außerdem hat es den Anschein, dass Flints Augen etwas dichter beisammen standen …«

»Warum hat er sein Aussehen nicht ganz verändert oder sich einfach nur einen Bart wachsen lassen?«, fragte Picard.

Troi zuckte mit den Schultern und sah kurz zu Riker. »Schwer zu sagen, Sir. Ich vermute so etwas wie Eitelkeit. Ihm gefällt sein Aussehen.«

»Was wissen wir über die damalige Begegnung mit Flint?«

»Seltsamerweise sehr wenig«, erwiderte Riker. »Die Geschichte von der Begegnung der alten *Enterprise* mit dem sechstausend Jahre alten Menschen Flint ist allgemein bekannt und hat bei Historikern auf der Erde zu Kontroversen geführt. Doch in den Logbucheinträgen der drei *Enterprise*-Offiziere, die ihm gegenübertraten – Captain Kirk, Commander Spock und Lieutenant Commander McCoy – wird Flint recht abstrakt dargestellt, wie eine menschliche Anomalie. Sie beschreiben sein Zuhause, seine Fähigkeiten, seine finanziellen und technischen Ressourcen …«

»Zum Beispiel?«, warf Picard ein.

»Er hat den Planeten gekauft, auf dem er lebte. Er konstruierte Wachroboter, die sich um sein Anwesen kümmerten, und er experimentierte mit hoch entwickelten Formen der künstlichen Intelligenz, um mit Eigenbewusstsein ausgestattete Androiden zu schaffen. Darüber hinaus deuten die persönlichen Aufzeichnungen aller drei Mitglieder der Landegruppe darauf hin, dass er die ganze *Enterprise* mit einem Knopfdruck in Stasis versetzen, auf die Größe eines Spielzeugs schrumpfen und auf einem Tisch erscheinen lassen konnte.«

Picard musterte den Ersten Offizier skeptisch. Riker zuckte mit den Schultern. »So steht es in den Logbüchern, Sir. Vielleicht steckte ein Trick dahinter, aber es könnte ein Fehler sein, die Sache einfach als absurd abzutun. Denken Sie nur daran, wozu Q imstande ist …«

»Guter Hinweis«, sagte Picard. »Wie dem auch sei: Wir können davon ausgehen, dass er ein Mensch ist, nicht wahr?«

»Die Sondierungen lassen keinen anderen Schluss zu. Nach den von Dr. McCoy gewonnenen Tricorderdaten gab Flint seine regenerativen Fähigkeiten auf, als er die Erde verließ. McCoy vermutete, dass ihn ein einzigartiges Element in der irdischen Ökosphäre am Leben erhalten hatte.«

Picard seufzte. »Ich glaube, das war ein geschicktes Täuschungsmanöver von Flint. Sechstausend Jahre lang wechselte er von einer Identität zur anderen und verwischte dabei immer wieder seine Spuren. Außerdem standen ihm enorme Ressourcen zur Verfügung. Unter solchen Umständen überrascht es mich nicht, dass er imstande war, eine Sensorsondierung zu manipulieren.«

»Aus Dr. McCoys persönlichen Aufzeichnungen geht hervor, dass er Ähnliches vermutete«, sagte Troi. »Allerdings widerstrebte es ihm, deutlich darauf hinzuweisen.«

»Warum?«, fragte Picard.

»Wir können kaum sicher sein«, erwiderte Troi. »Zwar sind die Logbücher der betreffenden Offiziere voller empirischer Informationen über Flint, aber in Hinsicht auf die Interaktionen der Landegruppe mit ihm mangelt es an Details. Ich habe mich mit allen Aufzeichnungen befasst und dabei folgenden Eindruck gewonnen: Während der Begegnung mit Flint muss etwas von großer persönlicher Bedeutung für Kirk geschehen sein, etwas, von dem die Offiziere nicht wollten, dass es bekannt wird.«

Picard runzelte die Stirn. Trois Vermutung gefiel ihm nicht, aber er nahm sie zur Kenntnis – ihnen blieb nichts anderes übrig, als von den vorliegenden Informationen auszugehen. »Was können Sie uns über die Rettungskapsel sagen, Mr. LaForge?«

»Es läuft darauf hinaus, was Commander Riker bereits angedeutet hat. Es handelt sich um eine Kapsel, die dem Starfleet-Standard entspricht und schon etwas älter ist, sich aber in einem ausgezeichneten Zustand befindet. Ich habe die Registrierung zu einem Schiff zurückverfolgt, das bei Wolf 359 zerstört wurde. Waslowick muss die Kapsel geborgen und neu ausgestattet haben.«

»Können Sie feststellen, wohin die Kapsel mit Data und McAdams geflogen ist?«

»Normalerweise wäre das nicht möglich, Captain«, antwortete LaForge und erwärmte sich für dieses Thema. »Die Warpspur der Kapsel hat sich in der Hintergrundstrahlung des zerstörten Schiffes verloren. Aber jemand aktivierte einen Signalgeber, eine Art Subraum-Signatur, die uns den Weg weist.«

»Warum?«, fragte Riker.

»Mir fällt nur eine Erklärung ein«, sagte Geordi. »Jemand hat absichtlich eine Spur hinterlassen. McAdams oder Data möchten, dass wir ihnen folgen.«

»War die Aktivierung des Signalgebers nicht ziemlich riskant?«, fragte Picard. »Angenommen, wir hätten den Kampf verloren. Dann wären die Androiden imstande gewesen, der Kapsel zu folgen.«

»Das stimmt, Captain«, sagte LaForge. »Daraus ziehe ich folgenden Schluss: Rhea oder Data gingen davon aus, dass wir nicht unterliegen würden. Oder ...« Er sprach nicht weiter.

»Oder?«, hakte Riker nach.

»Wenn wir den Ort erreichen, an dem die Spur endet ... Ich halte es für besser, dass wir den Warptransfer mit voll aktivierten Schilden und einsatzbereiten Waffensystemen beenden.«

»Eine ausgezeichnete taktische Empfehlung, Commander«, pflichtete Picard dem Chefingenieur bei. »Sie sollten jetzt besser in den Maschinenraum zurückkehren und dort alles vorbereiten. Geschätzte Zeit bis zum Abschluss der Reparaturarbeiten?«

LaForge war bereits auf den Beinen und ging zur Tür. »Zwei Stunden, Captain.«

»Da wäre noch etwas, Geordi. Sam wies darauf hin, dass die Androiden ihre Schiffe auf der Grundlage des abgestürzten Raumschiffs von Dr. Korby gebaut haben. Überprüfen Sie die während des Angriffs aufgezeichneten Sensordaten und achten Sie dabei insbesondere auf die energetischen Emissionen des Warpantriebs. Die Androiden mögen über moderne Waffen verfügen, aber ich bin ziemlich sicher, dass ihr Antrieb schon seit hundert Jahren veraltet ist. Diesen Umstand sollten wir zu unserem Vorteil nutzen.«

Geordi lächelte. »Ja, Sir. Ich kann es gar nicht abwarten, den Burschen eine Lektion zu erteilen.«

Picard blieb ernst. »Es freut mich, dass Sie so empfinden, Mr. LaForge. Denn ich bin ziemlich sicher, dass wir es noch einmal mit jenen Schiffen zu tun bekommen werden.«

23

Waslowick schwieg – ihm schien der Gesprächsstoff ausgegangen zu sein – und Datas Aufmerksamkeit kehrte zu der Klaviermusik zurück, die er bereits beim Erwachen gehört hatte. Mit Schwung und Elan ging jemand Liszts Klavierkonzert Nummer 1 in E-Dur an.

Waslowick bemerkte Datas Gesichtsausdruck. »Die erste Tür auf der linken Seite und dann die Treppe hoch«, sagte er. Data wandte sich zum Gehen, und bevor er den Raum verließ, fügte der Professor hinzu: »Danke für alles, was Sie für sie getan haben.« Waslowick verbeugte sich aus der Taille heraus, eine würdevolle Gebärde, die er vielleicht vor Jahrhunderten am Hof eines Königs gelernt hatte. Für einen Augenblick glaubte Data, erneut den alten Krieger zu sehen, den er durch Soongs Augen auf Exo III beobachtet hatte.

»Ich glaube, ich sollte *Ihnen* danken«, erwiderte Data und verneigte sich ebenfalls. »Immerhin haben Sie mir das Leben gerettet.«

»Nun, der Tag ist noch jung«, sagte Waslowick. »Vielleicht können Sie sich revanchieren, bevor er zu Ende geht.«

Data sah ein Erinnerungsbild der gewaltigen Raumstation, die er durchs Fenster der Rettungskapsel gesehen hatte. Er musste bald versuchen, sich mit Starfleet in Verbindung zu setzen; das war seine Pflicht. Aber zuerst wollte er sich um eine andere Angelegenheit kümmern.

Die breite Treppe führte in einem weiten Bogen nach

rechts. Als Data nach oben ging und die Musik lauter wurde, fragte er sich, welche Worte er an Rhea richten sollte. War es angemessen, sie zur Rede zu stellen, weil sie ihm ihre wahre Natur, ihr Wissen in Hinsicht auf die Maddox-Angelegenheit und ihre Beziehung zu Waslowick verschwiegen hatte? *Nein,* dachte er. Zwar bedauerte er, dass sie ihm gegenüber nicht ehrlich gewesen war, aber er verstand auch ihre Gründe dafür. Sie hatte sich schützen, Erfahrungen bei den Menschen sammeln und herausfinden müssen, wem sie vertrauen konnte.

Sie hat mir vertraut.

An diesem Gedanken hielt sich Data fest, als er das obere Ende der Treppe erreichte und hörte, wie sich die Musik veränderte. Den Themen von Liszt folgten Mozart, Beethoven und Wagner. Die Virtuosität des Pianisten hätte protzig und angeberisch gewirkt, wenn nicht klar gewesen wäre, welches Vergnügen ihm das Klavierspiel bereitete. Ein Rundbogen schloss die Treppe ab und dahinter erstreckte sich ein großer Raum. Rhea saß dort an einem Konzertflügel, der auf einer Plattform stand, umgeben von Sternen. Der Saal bildete gewissermaßen die obere Spitze der Raumstation und war von einem unsichtbaren Kraftfeld umgeben. Der Boden bestand aus poliertem schwarzem Marmor und reflektierte das Licht der Sterne so gut, dass Rhea im Weltraum zu schweben schien.

Bestimmt spürte sie seine Präsenz, aber sie sah nicht auf, zumindest nicht sofort. Ihr dunkles Haar bildete einen Pferdeschwanz, den Data sehr hübsch fand. Sie trug jetzt zivile Kleidung, die sie vermutlich zuvor an Bord der Station zurückgelassen hatte: eine dunkle Freizeithose und eine langärmelige pflaumenfarbene Bluse. Ihre Augen waren halb geschlossen und sie sah nicht auf ihre Hände, während sie spielte.

Schließlich blickte sie zu Data, lächelte und winkte ihm mit einer Hand zu, während die andere weiterhin über die Klaviatur glitt. Sie beendete das Thema mit einem Mollakkord, der durch den Saal hallte.

Data klatschte, als er die drei Stufen zur Plattform emporstieg. Rhea neigte den Kopf und errötete.

»Das war ausgezeichnet«, sagte Data. »Ich wusste gar nicht, dass Sie Klavier spielen.«

»Ich habe es zum ersten Mal probiert, als Sie ruhten«, erklärte Rhea. »Ich wollte mir irgendwie die Zeit vertreiben und hielt es für eine gute Idee, Klavierspielen zu lernen ...« Sie lachte. »Glauben Sie mir, für mich selbst klingt es ebenso seltsam wie für Sie. Waslowick, Maddox, Barclay, Zimmerman ... Sie gaben mir so viel Wissen, so viele Fähigkeiten, und sie versetzten mich auch in die Lage, darüber zu staunen.« Sie lächelte ein wenig wehmütig und fragte dann: »Spielen Sie ebenfalls Klavier?«

Data trat über den Holzboden der Plattform, blieb neben Rhea stehen und stellte fest, dass sie die Pedale mit bloßen Füßen betätigt hatte. Überrascht sah er, dass die Fußnägel kirschrot lackiert waren; allerdings bröckelte der Lack hier und dort ab. Er bemerkte auch, dass sich die beiden kleinsten Zehen des linken Fußes etwas mehr nach innen neigten als die des rechten Fußes.

»Ich ziehe die Violine vor«, sagte Data. »Aber man hat mich bei mehreren Gelegenheiten darauf hingewiesen, dass es meinem Spiel an Nuance und Variation mangelt. Ich glaube, seit der Installation des Gefühlschips hat dieses Problem nachgelassen ...« Er ließ seine Stimme verklingen und begriff, dass ihm eigentlich gar nichts an einem Gespräch über Musik lag.

Sie schwiegen einige Sekunden lang und schließlich spielte Rhea einen Akkord mit der linken Hand, nach dem es erneut still wurde. Sie hielt den Blick auf die Klaviertasten gerichtet, als sie fragte: »Er hat Ihnen alles gesagt?«

Es war eine mit Absicht unklar formulierte Frage und

Data fielen einige hundert Möglichkeiten ein, darauf zu antworten. Er entschied sich für die einfachste. »Ja«, erwiderte er. »Er wies nur nicht darauf hin, was jetzt geschehen soll.«

Mit einer abrupten Bewegung schloss Rhea den Deckel über der Klaviatur. »Leider weiß ich keine Antwort darauf.« Sie sah zu den Sternen empor und voller Kummer bemerkte Data die Tränen in ihren Augenwinkeln. »So seltsam Ihnen das auch erscheinen mag, Data: Ich verstehe das Universum nicht ganz, in dem ich erschaffen wurde.« Sie schniefte leise und eine Träne löste sich, rann über die Wange. »Gibt es jemanden, der es versteht? Aber … meine Existenz scheint so viele Konflikte verursacht zu haben, so viel Hader. Ich bin erst seit zwei Wochen online …« Rhea lachte spöttisch über die eigene Wortwahl. Verlegenheit ließ ihre Wangen glühen und sie begann noch einmal. »Ich bin erst seit zwei Wochen am Leben, doch Furcht prägte fast jeden Augenblick davon.« Sie sah Data an. »Abgesehen von den Momenten mit Ihnen.«

Data blickte Rhea in die Augen und fühlte sich fast überwältigt von einem Durcheinander aus Emotionen. Seit den Tagen unmittelbar nach der Installation des Gefühlschips hatte er sich nicht mehr so verwirrt und verletzlich gefühlt. Data wollte etwas sagen – vorzugsweise etwas Bedeutungsvolles, das gewissermaßen »von Herzen« kam –, aber seine Zunge fühlte sich wie ein Klumpen nasser Pappe an. Er sah in die Augen einer Person, die er mit ziemlicher Sicherheit liebte, und wie so viele Liebende in der Geschichte der Menschheit handelte er spontan. »Rhea«, entfuhr es ihm, »würden Sie sich mit mir verbinden?«

Einige Sekunden lang starrte Rhea Data verwundert an. Sie weinte nicht mehr und zog eine Braue nach oben. Die Lippen deuteten ein Lächeln an. »Wollen Sie mich anmachen?«

Daraufhin zeigte sich in Datas Gesicht Verwirrung. »Sie *sind* an.« Dann blinzelte er. »Oh. Ich verstehe. Ironie. Das war komisch.«

»Warum lachen Sie dann nicht?«

»Ich bin mir nicht sicher«, erwiderte Data. »Deshalb habe ich diese spezielle emotionale Reaktion gespeichert, um sie später genau zu untersuchen.«

Rhea kniete sich auf den Klavierhocker, damit ihre Gesichter auf einer Höhe waren. Sie neigte den Kopf ein wenig zur Seite und überlegte. »Na schön«, sagte sie dann. »Und um Ihre Frage zu beantworten: Ich fürchte, unsere Systeme sind nicht kompatibel.« Sie hob die Hand und ihre Fingerkuppen berührten Datas Wange. Der Kontakt ließ ihn erschauern. »Wir müssen uns auf die Art und Weise der Menschen kennen lernen, Stück für Stück. Ein Gedanke nach dem anderen. Ein Kuss nach dem anderen.« Sie beugte sich vor und ihre Lippen berührten die Datas. Es war eine federleichte Berührung, aber sie hätte Data fast zurücktaumeln lassen.

Er hob die Hand zum Mund und ließ sie wieder sinken, ohne ihn angefasst zu haben – er wollte das angenehme Empfinden dort nicht vertreiben. »Ich glaube, damit kann ich leben«, sagte er, sah Rhea an und stellte fest: Sie lächelte, wirkte jetzt entspannt und unbesorgt. Er wechselte nicht gern das Thema, glaubte aber, keine Wahl zu haben. »Aber was ist mit Waslowick?«

Das Lächeln wich nicht von Rheas Lippen, zumindest nicht sofort, doch Data beobachtete, wie Traurigkeit in den Augen erschien. »Er ist ein sehr alter und einsamer Mann, Data. Er war alles: groß, bedeutungslos, gut, böse, kreativ, destruktiv, egoistisch, selbstlos – alles. Er hatte gute Freunde, schlimme Feinde, leidenschaftliche Geliebte ...« Sie seufzte. »Aber in all den sechstausend Jahren gab es nie eine Person, die sein ganzes Leben mit ihm teilte und mit der er in die Zukunft blicken konnte.«

Sie sah in die endlosen Tiefen des Alls und sagte sanft: »Er braucht mich.«

Data antwortete nicht sofort. Er wollte es Rhea nicht noch schwerer machen, hielt es aber für erforderlich, seine Ansicht zum Ausdruck zu bringen. »Ich brauche dich ebenfalls.«

Sie musterte ihn und dabei zeigten sich Zuneigung und Bedauern in ihren Augen. »Ich weiß«, erwiderte sie. »Aber nicht so sehr wie er.«

Plötzlich fiel Data etwas ein und er nahm sich nicht die Zeit, genauer über den Gedanken nachzudenken. Er sprach ihn sofort aus. »Was brauchst *du*, Rhea?«

Ruckartig hob sie den Kopf und sah Data drei volle Sekunden lang verdutzt an. »Was ich ...?«, begann sie, bekam aber keine Gelegenheit, den Satz zu beenden. Alarmsirenen heulten. Rhea zuckte zusammen, hielt sich die Ohren zu und hoffte offenbar, dass das Heulen verklang. Als das nicht der Fall war, ergriff sie Datas Hand und eilte mit ihm zum Ausgang.

Außerhalb des Saals mit dem Konzertflügel schienen die Sirenen nicht ganz so laut zu heulen, aber Data verzichtete auf Fragen. Es erforderte keine Intuition zu begreifen, dass der Station Gefahr drohte und dass Rhea ihn zu einem Ort führen wollte, von dem aus sie etwas gegen diese Gefahr unternehmen konnten. Sie eilten die breite Treppe hinunter und erreichten den Korridor, setzten den Weg durch die Sektion fort, die Data bereits kannte. Bald ließen sie den mit Kunstwerken und Teppichen ausgestatteten Bereich hinter sich und erreichten die grauen Metallwände des Nervenzentrums der Station.

Waslowick stand in der Mitte eines großen, runden Raums. Als Data und Rhea hereinkamen, hörte das Heulen der Sirenen auf, und Data sah, wie ein Exocomp in den Schatten unter der hohen Decke verschwand. Er fragte sich, ob die robotischen Wesen Fremden gegenüber scheu waren oder ob die Wartung der Station ihre ständige Aktivität erforderte.

Waslowick betrachtete ein holographisches taktisches Display des Sonnensystems – ein roter Kreis im Zentrum markierte die Position der Raumstation. Links vom Professor zeigte sich eine zweidimensionale schematische Darstellung, die von subtilen Veränderungen erfasst wurde, als die defensiven und offensiven Systeme der Station aktiv wurden. Rechts bemerkte Data einen kleineren Holotank, dem Waslowick derzeit keine Aufmerksamkeit schenkte. Er beobachtete ihn einige Millisekunden lang und stellte fest, dass der Tank eine politische Karte des Quadranten beinhaltete. Fakten und Daten glitten durch das dreidimensionale Display: Bevölkerungsstudien, Bewegungen von Starfleet-Schiffen und anderen Streitkräften, detaillierte Angaben über Raumanomalien – ein kontinuierlicher galaktischer »Wetterbericht«, zusammengesetzt aus zahllosen Quellen. Waslowick verfügte tatsächlich über erhebliche Ressourcen.

Bevor Data eingehender darüber nachdenken konnte, fesselte das Geschehen auf dem taktischen Display seine Aufmerksamkeit. Ein roter Streifen passierte eine Grenzlinie und näherte sich der unteren Hemisphäre der Station. Kleine gelbe Punkte lösten sich aus energetischen Katapulten – vermutlich Torpedos oder eine Antiraketen-Waffe –, hielten den roten Streifen aber nicht auf. Als er die Station fast erreicht hatte, griff Data nach dem Rand der nächsten Konsole und nahm verwundert zur Kenntnis, dass sich Rhea und Waslowick nicht festzuhalten versuchten.

Der rote Streifen traf die Unterseite der Station, und Schadenswerte wanderten übers Display, aber es kam zu keinen Erschütterungen. Data richtete einen fragenden Blick auf Rhea. »Gute Trägheitsabsorber«, erklärte sie. »Besser als die an Bord der meisten Raumschiffe.«

»Kein Zweifel«, bestätigte Data. »Aber kann die Station einem weiteren Angriff dieser Art standhalten?«

»Das sollte sie besser«, sagte Waslowick. »Der Gegner feuert erneut.«

Ein ganzes Bündel roter Streifen näherte sich der Station. Data schätzte die Anzahl der feindlichen Raumschiffe auf etwa zwanzig. Vielleicht waren es sogar noch mehr.

»Können Sie Gegenmaßnahmen ergreifen?«, fragte Data und sah zu den Konsolen. Viele von ihnen schienen dem Föderationsstandard zu entsprechen, aber manche waren recht alt und wiesen nicht die vertrauten Benutzeroberflächen auf.

»Ja«, sagte Waslowick und betätigte Kontrollen. Blaue Streifen entstanden und eine Wolke aus gelben Punkten trieb den roten Streifen entgegen. Einige von ihnen glühten auf und verschwanden. Aber weitere rote Streifen passierten das Durcheinander ungehindert. Hinter der ersten Welle kam eine zweite. »Aber ich fürchte, sie reichen nicht aus. Der Gegner hat es durch meine Vorposten geschafft und dort war der größte Teil der Energie konzentriert.«

Waslowicks und Rheas Hände huschten über die Schaltelemente, wobei sich die von Rhea fast mit übermenschlicher Geschwindigkeit bewegten. Data beobachtete sie dabei und erkannte nach einigen Sekunden eine Möglichkeit, den Kampf zu gewinnen. Wenn sie die permanente Einsatzbereitschaft der automatischen Verteidigungssysteme gewährleisteten und gleichzeitig den Computer anwiesen, jene Angriffe zu neutralisieren, die kritische Schäden anzurichten drohten – dann kamen sie vielleicht mit dem Leben davon.

Rheas Wolke aus Antitorpedo-Waffen näherte sich den roten Streifen, die sich plötzlich verzweigten.

»Mehrfachsprengköpfe!«, rief Waslowick und versuchte, die Abwehr zu reprogrammieren. Aber es war bereits zu spät. Die Torpedos trafen die Raumstation an sechs verschiedenen Stellen, und diesmal spürte Data, wie der Boden unter ihm zitterte.

»Verdammt!«, fluchte Waslowick und sprang einen Schritt zurück, als Funken aus dem Computer stoben und die Anzeigen erloschen. Rhea wich ebenfalls zurück, reagierte erstaunlicherweise aber nicht schnell genug. Es krachte und eine Druckwelle erfasste sie, schleuderte sie durch den Raum. Glücklicherweise stand Data genau an der richtigen Stelle, um sie aufzufangen.

Das dumpfe Donnern von Explosionen hallte durch die Raumstation und wieder heulte eine Alarmsirene. Exocomps erschienen und löschten kleine Feuer. Data stellte Rhea auf die Beine. Zwar versicherte sie ihm, nicht verletzt zu sein, aber sie hielt auch weiterhin seine Hand fest. Waslowick kniete vor einer Konsole und löste Verkleidungsplatten. Nachdem er die dahinter zum Vorschein kommenden Schaltkreise einige Sekunden lang betrachtet hatte, brummte er etwas auf Altgriechisch – Data wusste den Ausdruck nicht zu deuten, trotz der immensen Informationen in seinen linguistischen Datenbanken.

»Das wär's dann wohl«, sagte Waslowick und stand auf.

»Das ganze System?«, fragte Rhea.

Der Professor nickte und wischte sich die Hände an der Hose ab. Im Holotank flackerte es und dann verschwanden die einzelnen Darstellungen. Die taktische Präsentation der Raumstation kontrahierte und erstarrte, zeigte keine Veränderungen mehr.

»Wann treffen sie ein?«, fragte Rhea.

»Schwer zu sagen«, erwiderte Waslowick. »In einigen Minuten. Vielleicht in wenigen Sekunden, wenn sie gewissen Stolperdrähten ausweichen.« Wieder kam es zu Erschütterungen und diesmal mussten sie sich alle festhalten, um nicht das Gleichgewicht zu verlieren. »Unsere Schilde halten noch eine Weile, aber nicht für immer, und die Station ist zu groß, als dass man sie manuell verteidigen könnte.«

»Verbinden Sie mich mit dem Hauptcomputer«, schlug Rhea vor. »Ich versuche, ihm die notwendigen Hinweise zu geben. Sie und Data suchen das Schiff auf und beamen mich an Bord, wenn …«

Waslowick und Data schüttelten synchron den Kopf. »Unmöglich, Rhea«, erwiderte der Professor. »Selbst Sie können nicht genug Verarbeitungszyklen generieren, um alle Bereiche der Station zu kontrollieren. Sie sind sehr leistungsfähig, aber hier brauchen wir ein spezielles Potenzial. Dieses System …« Er deutete auf den taktischen Computer. »… war eine dezidierte KI. Es sollte mit der Station *eins* sein. Ihre Konstruktion sieht so etwas nicht vor.«

»Er hat Recht, Rhea«, sagte Data. »Keiner von uns könnte hier viel ausrichten.«

»Was unternehmen wir dann?«, fragte Rhea, als sich die Station einmal mehr schüttelte. Der Boden neigte sich zur Seite, kehrte dann in die Waagerechte zurück.

»Das verheißt nichts Gutes«, sagte Waslowick unheilvoll. »Der Generator, der die gyroskopischen Systeme und die künstliche Schwerkraft mit Energie versorgt, könnte beschädigt worden sein.«

»Das dürfte deine Frage beantworten«, wandte sich Data an Rhea. »Wir müssen die Station verlassen.«

»Wir kämen nicht einmal hundert Meter aus dem Hangar heraus«, entgegnete sie.

»Ich habe eine Idee«, sagte Data. »Professor, bitte gewähren Sie mir Zugang zu Ihrem Inventarsystem.«

Waslowick zögerte kurz – er war zu sehr daran gewöhnt, sein eigener Herr zu sein –, aber dann nickte er und wandte sich einer Konsole auf der linken Seite zu. Er gab ein Kennwort ein und winkte Data zu den Kontrollen.

Data brauchte sieben Komma sieben Millisekunden, um Struktur und Funktion der Kontrollen zu verstehen. Seine langjährigen Erfahrungen als Starfleet-Offizier kamen ihm dabei zugute. Alle Datenbanken haben gewisse gemeinsame Charakteristiken und Data entwickelte einen Suchalgorithmus fast schneller, als ihn die CPU verarbeiten konnte. Er fand die gesuchten Informationen, legte bestimmte Subsysteme still, stellte einen neuen Programmcode zusammen, bereinigte ihn und fügte ihn dem Verarbeitungssystem hinzu.

Fünfundzwanzig Sekunden nach seinem Einloggen ins System sah er zu Rhea und Waslowick. »Ich muss hier bleiben und die richtige Initialisierung des Programms gewährleisten. Weisen Sie die Exocomps an, die Station zu evakuieren. Ihnen steht ein Schiff zur Verfügung, nicht wahr?«

»Ja«, sagte Waslowick und kniff die Augen zusammen. »Es befindet sich im Haupthangar.«

»Gehen Sie dorthin und bereiten Sie alles für den Start vor. In vier Minuten bin ich bei Ihnen.« Das Donnern wiederholte sich und sie alle spürten, wie die künstliche Schwerkraft kurz aussetzte. Bei einer Schalttafel an der Wand kam es zu einer energetischen Überladung; Funken sprühten aus ihr.

Rhea nahm Waslowicks Hand, wandte den Blick jedoch nicht von Data ab. »Ich werde in den Hangar kommen«, sagte er. Als sie sich noch immer nicht von der Stelle rührte, fügte Data hinzu: »Ich gebe keine Versprechen, die ich nicht auch halte. Das hätte deiner Mutter an mir gefallen.«

Rhea lachte unwillkürlich. »Na schön. Aber du bist auf Bewährung.« Sie ging mit Waslowick, mit ihrem Vater, der sie fragte, was es mit der »Mutter« auf sich hatte.

Data wandte sich wieder seiner Aufgabe zu. Eine Minute und fünfzehn Sekunden später verließ er den Kontrollraum und kehrte in den Flur des Wohnbereichs zurück. Zwei Minuten danach lief er durch einen breiten Korridor zum Hangar, vorbei an zahlreichen Kunstwerken. Er fand es traurig, dass so viel Schönheit der Zerstörung anheim fallen musste, aber das war immer noch besser als der Tod des Künstlers. Waslowick konnte jederzeit weitere Bilder und Skulpturen schaffen und weitere Kathedralen entwerfen.

Rhea wartete in der Luke eines kleinen privaten Raumschiffs auf ihn und es bereitete Data eine sonderbare Genugtuung zu sehen, dass es sich um jenes Schiff handelte, mit dem Waslowick, Soong und Graves nach Exo III geflogen waren. Unter anderen Umständen hätte er vielleicht laut gelacht, als er den Namen am Rumpf des Schiffes las – *Alter Halunke*.

Offenbar saß Waslowick bereits an den Navigationskontrollen, denn die Luke hatte sich kaum geschlossen, als das Schiff auf Antigravfeldern emporstieg. Der plötzliche Ruck überraschte Data und er wankte, stieß gegen Rhea. Sie stützte ihn, machte dann einer Umarmung daraus. Er legte ihr den Arm um die Taille – ein neues, sehr angenehmes Gefühl – und zog sie zu sich heran. »Halt dich fest«, sagte er. »Jetzt wird's interessant.«

Die *Enterprise* beendete ihren Warptransfer am Rand des Sonnensystems und glitt in den Normalraum. Die Sensoren hatten bereits Anzeichen eines Kampfes registriert: Zwanzig Eisschiffe nahmen die Raumstation mit Torpedos und Disruptoren unter Beschuss. Allerdings deutete bisher nichts auf den Einsatz der Subraumwaffe hin. Die Station verfügte über Schilde und eine schwere Panzerung, schien sich aber nicht zu verteidigen. Es gab noch einen weiteren seltsamen Aspekt: Keines der Eisschiffe schien der *Enterprise* die geringste Aufmerksamkeit zu schenken. Was auch immer sich in der großen Raumstation befand – und Riker hatte eine ziemlich gute Vorstellung davon –, die Angreifer wollten es unbedingt.

Und dann konzentrierten die Schiffe ihr Feuer auf einen Hangar an der Unterseite der Station. Als sich das Außenschott öffnete, sagte Picard: »Feuerschutz für das Schiff. Torpedos und Phaser – Feuer.«

Ein kleines Raumschiff kam mit voller Impulskraft aus dem Hangar und die Sensordaten deuteten darauf hin, dass es fast für den Warptransfer bereit war, trotz der Nähe zum Gasriesen. Wer auch immer jenes Schiff flog: Er war sehr mutig und verstand sein Handwerk. Einige Sekunden mehr Spielraum, und er hätte es vielleicht geschafft.

Die Torpedos und Phaserstrahlen der *Enterprise* trafen ihre Ziele, setzten ein Eisschiff außer Gefecht und ließen zwei weitere langsamer werden, doch das genügte nicht. Selbst ein viel größeres Schiff hätte nicht die Feuerkraft aushalten können, die sich nun auf die Schilde des kleinen Raumers konzentrierte, der nach den Sensoranzeigen zu urteilen über hundert Jahre alt war. Die Schilde flackerten, glühten orangefarben und gelb, dann weiß.

»Bruch der Außenhülle steht unmittelbar bevor«, sagte Riker.

»Können wir unsere Schilde ausdehnen und …«, begann Picard, aber es war bereits zu spät. Er sah auf die Daten, die durch sein taktisches Display scrollten.

»Das Schiff existiert nicht mehr, Sir. Nichts ist übrig geblieben.«

»Nach Lebensformen sondieren«, sagte Picard. »Transporterraum: Richten Sie den Transferfokus auf alles, das Sie im Bereich des zerstörten Schiffes finden. Halten Sie insbesondere nach Tripolymer-Strukturen Ausschau.«

Aber was ist mit Rhea?, dachte Riker. *Gibt es auch in ihrem Körper Tripolymer-Verbundwerkstoffe? Und kann sie von den Sensoren als Lebensform erkannt werden? Verdammt, durch künstliche Lebensformen wird manchmal alles so kompliziert wie bei einer Zeitreise …*

»Ortung positiv«, meldete der Transporteroffizier. »Data hat seinen Insignienkommunikator. Und die Biosignatur eines Menschen, vermutlich Waslowick. Er trägt einen Schutzanzug, der ein blasenförmiges Kraftfeld projiziert. Das dürfte ihnen das Leben gerettet haben.«

»Können Sie den Transferfokus ausrichten?« Die Schilde eines Raumschiffs machten das Beamen unmöglich, aber ein derartiges Kraftfeld stellte kein nennenswertes Hindernis für den Transporterstrahl dar.

»Fokus ausgerichtet, Sir.«

»Schilde senken und Transfer durchführen. Lassen Sie den Retransfer auf der Brücke stattfinden. Es sei denn, jemand ist verletzt.«

»Ja, Sir. Keine Anzeichen von Verletzungen bei dem Menschen ... Augenblick.« Der Transporteroffizier schnaufte und Riker rief die Daten des Transfersystems ab, um einen Eindruck von der Lage zu gewinnen. Etwas versuchte, den Transporterstrahl zu überlagern. Riker verstärkte ihn durch Notenergie, und daraufhin stabilisierte sich der Strahl.

»Was ist los, Nummer Eins?«, fragte Picard und versuchte, ruhig zu sprechen.

Riker bekam keine Gelegenheit zu einer Antwort.

Wenige Momente später materialisierte auf der Brücke eine Gestalt, die einen Schutzanzug trug, und Picard gab sofort den Befehl zur Reaktivierung der Schilde. Einige Sekunden blickte der Neuankömmling durch die getönte Sichtscheibe des Helms. Dann hob er die Hände und löste die Helmsiegel.

Emil Waslowick blinzelte in dem für ihn hellen Licht und sah dann zum Kommandosessel. »Captain, ich hatte gehofft, dass wir uns eines Tages begegnen – aber unter besseren Umständen. Wo sind ...?«

»Sehen Sie zum Wandschirm, Professor«, sagte Picard nur.

Waslowick drehte sich langsam um und beobachtete, wie sich die Eisschiffe der *Enterprise* zuwandten.

Data hatte kaum Gelegenheit, die Kälte des Weltraums zu spüren, als ihn auch schon ein Transporterstrahl erfasste und forttrug. Waslowicks Kraftfeld hatte sie geschützt, als sich das kleine Raumschiff um sie herum auflöste. Aber um im Vakuum zu überleben, war er gezwungen gewesen, das Schutzfeld schrumpfen zu lassen. Als Data nach dem Transfer wieder Substanz gewann, merkte er als Erstes, dass Rhea neben ihm stand, offenbar im Kontrollraum eines Raumschiffes. Dann sah er zehn lange, blasse und völlig identische Gesichter, die ihn und Rhea anstarrten. Er erinnerte sich an die Geschöpfe, gegen die er in Waslowicks Refugium auf Galor IV gekämpft hatte, und auch an den Körper, den Soong an der eisverkrusteten Felswand auf Exo III entdeckt hatte. Die Wesen, die ihm jetzt gegenüberstanden, sahen genauso aus wie jene Androiden.

Nur einer von ihnen unterschied sich ein wenig von den anderen neun und stand in der Mitte des Raums. Data hielt ihn für das Oberhaupt der Gruppe. Und er sah den Hass in seinem Gesicht, einen Hass, der nicht Rhea oder ihm galt, sondern nach innen gerichtet zu sein schien. Data glaubte, Selbsthass zu erkennen, vermischt mit Zorn.

»Interessant«, sagte er.

Rhea sprach aus dem Mundwinkel, als sie sagte: »Wenn wir weiterhin miteinander Umgang pflegen wollen, sollten wir ein ausführliches Gespräch darüber führen, was Sie interessant finden, Data.«

24

»Ausweichmanöver!«, befahl Picard, als die *Enterprise* erneut getroffen wurde. »Brücke an Maschinenraum. Sie wollten den ›Burschen‹ doch eine Lektion erteilen, Mr. LaForge. Jetzt haben Sie Gelegenheit dazu.«

»Wir arbeiten daran, Sir.«

»Arbeiten Sie schneller, Geordi. Picard Ende.«

»Captain ...« Waslowick legte den Raumhelm auf den Boden. »Wir müssen die anderen retten! Ich verlange, dass Sie ...«

»Sie sind derzeit nicht in der Lage, irgendetwas zu verlangen, Professor«, sagte Picard. Er lehnte sich im Kommandosessel zurück und sah auf die taktischen Daten, die Riker ihm übermittelte. »Ich muss mich auf den Kampf konzentrieren. *Bitte seien Sie still,* wenn Sie nichts zu sagen haben, das uns gegen die Angreifer helfen könnte.«

Waslowick zögerte verblüfft – er war nicht daran gewöhnt, dass man ihm Befehle erteilte. Er öffnete den Mund, um etwas zu sagen, doch bevor er ein Wort hervorbringen konnte, öffnete sich die Tür des Turbolifts. Maddox und Barclay kamen auf die Brücke.

Waslowick sah sie und beschloss, ihr Erscheinen zu seinem Vorteil zu nutzen. »Bruce! Reginald! Dem Himmel sei Dank! Bitte helfen Sie mir dabei, Captain Picard die Situation zu erklären. Ich fürchte, ich bin mit dem Protokoll nicht vertraut.«

»Professor ...«, begann Maddox.

Waslowick schien ihn gar nicht zu hören. »Rhea und Commander Data sind irgendwo dort draußen. Wir müssen sie zurückholen.«

Maddox versuchte es erneut. »Emil, bitte …«

Waslowick deutete zum großen Wandschirm, der die Sterne zeigte. »Ich frage Sie: Welche anderen Faktoren gilt es zu berücksichtigen? Zwei seiner Offiziere sind dort draußen und …«

Picard sah, wie sich Maddox' Gesichtsausdruck veränderte, bevor er rief: *»Es reicht, Flint!«*

Waslowick war noch immer dem Wandschirm zugewandt und erstarrte regelrecht. Langsam atmete er aus und ließ den Arm sinken. Picard beobachtete, wie er sich auf eine subtile, nur schwer zu beschreibende Weise veränderte. Er kannte einige professionelle Schauspieler, manche von ihnen sehr begabt, und es hatte ihn immer wieder erstaunt, dass jemand auf der Bühne eine bestimmte Person darstellen konnte und nachher, in der Bar, eine ganz andere. Doch diese Verwandlung war noch viel beeindruckender. Nichts an Waslowick veränderte sich und doch schien sich *alles* zu verändern. Einige Muskeln spannten sich, während sich andere entspannten. Einige Falten in Waslowicks Gesicht verschwanden und glatte Bereiche bildeten sich dort, wo bis eben keine existiert hatten. Der freundliche, etwas exzentrische Professor verschwand, wurde ersetzt durch einen Krieger, einen Diplomaten, einen Dieb …

Und dann, wie ein Zauberkünstler, der merkte, dass ihm ein Fehler unterlaufen war, kehrte Waslowick zurück.

Er sah Maddox an und sagte schlicht: »Ah. Na schön.« Er nickte anerkennend. »Es hat wohl keinen Sinn, es zu leugnen, oder? Wie … wie haben Sie es herausgefunden?«

Eine andere Stimme erklang. »Ich habe es Ihnen gesagt.« Picard sah, dass Sam neben der Tür des Turbolifts stand. Er musste die Brücke zusammen mit Maddox und Barclay betreten haben, aber aus irgendeinem Grund war er der Aufmerksamkeit des Captains entgangen. *Guter Trick,* dachte Picard. *Sicher sehr nützlich für ihn.*

»Ich fürchte, ich bin Ihnen gegenüber im Nachteil«, sagte Waslowick und gab sich charmant.

»Ja, Professor. Und dabei möchte ich es belassen.«

Plötzlich ertönte wieder Geordis Stimme aus den Kom-Lautsprechern. »Maschinenraum an Brücke. Wir sind so weit, Sir. Ich möchte deutlich darauf hinwiesen, dass diese Sache wahrscheinlich nur einmal funktionieren wird. Die Deflektorscheibe ist nicht dafür vorgesehen, diese Art von Energie zu fokussieren. Vermutlich verlieren wir einige EPS-Leitungen der unteren Decks.«

»Ihr Hinweis ist zur Kenntnis genommen, Mr. LaForge. Sorgen Sie dafür, dass alles wie vorgesehen klappt.«

»Aye, Captain. Wir warten auf Ihre Anweisung.«

Picard wandte sich an Riker. »Entfernung zum Schiff, das Data und Rhea an Bord beamte?«

»Tausendfünfhundert Kilometer, Sir. Die Distanz verringert sich schnell.«

Picard wollte, dass möglichst viele der gegnerischen Schiffe in Reichweite waren. Die geplante Entladung schuf keinen Strahl, sondern ein Energiefeld. Er zwang sich zur Ruhe, zählte langsam bis fünf.

Riker informierte ihn unterdessen über die rasch schrumpfende Entfernung. »Tausendvierhundert, tausenddreihundert, tausendzweihundert, tausendeinhundert …«

»Feuer, Mr. LaForge.«

Der sichtbare Effekt beschränkte sich auf einen kurzen weißen Blitz, doch die von den Sensoren ermittelten Daten teilten Einzelheiten mit. Fünf gegnerische Schiffe blieben nur noch aufgrund ihres Trägheitsmoments in Bewegung. Die energetische Entladung von der Deflektorscheibe hatte ihre inadäquaten Schilde durchstoßen und bei den Fusionsreaktoren der Impulstriebwerke eine Überladung bewirkt – die Folge war eine automatische Notabschaltung. Picard wusste, dass die Androiden das Problem schließlich erkennen und Gegenmaßnahmen ergreifen würden, aber das erforderte Zeit. Er hätte eine Möglichkeit begrüßt, die feindlichen Raumschiffe dauerhafter außer Gefecht zu setzen, doch sein Ziel bestand vor allem darin, Data und Rhea zu befreien; anschließend wollte er sich zurückziehen. Es war sinnlos, den Kampf gegen eine solche Übermacht fortzusetzen.

»Gute Arbeit, Mr. LaForge«, sagte er. »Wie ist unser Status?«

»Die Deflektorscheibe hat gehalten, Sir. Ein Schildgenerator ist ausgefallen, aber in einigen Minuten sollte er wieder funktionsfähig sein.«

Picard betrachtete die taktischen Anzeigen seines Displays. Die verbliebenen Schiffe formierten sich neu und kamen näher.

Unsere Aussichten haben sich verbessert, zumindest zeitweise, aber wir sind dem Gegner noch immer weit unterlegen. »Nummer Eins, können wir den Transferfokus auf Mr. Data oder Lieutenant McAdams richten?«

Riker überprüfte die Anzeigen seiner Konsole und schüttelte den Kopf.

Plötzlich stand Waslowick vor Picard. »Captain, Sie wissen, wer ich wirklich bin, und vielleicht ist Ihnen auch klar geworden, was auf dem Spiel steht. Und warum wir die Geschöpfe dort draußen um jeden Preis aufhalten müssen.«

Picard glaubte, seinen Ohren nicht trauen zu können. »Man sagt Ihnen Arroganz nach, Professor, ganz offensichtlich aus gutem Grund. Ich möchte Sie an Folgendes erinnern: Ich habe Ihnen vor kurzer Zeit das Leben gerettet und Sie sind zumindest teilweise für das gegenwärtige Dilemma verantwortlich. Ich bin durchaus bereit, tödliche Gewalt anzuwenden, aber die Androiden dort draußen waren Opfer, bevor sie zu einer Gefahr wurden. Ich würde es sehr bedauern, das größte Genie der menschlichen Geschichte in einer Arrestzelle unterzubringen, doch genau das werde ich tun, wenn Sie Ihr Genie nicht schleunigst der Aufgabe widmen, einen Weg aus dieser Krise zu finden. Haben wir uns verstanden?«

Einige Sekunden lang herrschte Stille auf der Brücke, dann neigte Waslowick erstaunlicherweise den Kopf. »Wohl gesprochen, Captain. Aber in meinem langen Leben bin ich mehr als einmal Soldat gewesen. Bei der Konfrontation mit einem unbekannten Feind habe ich es immer für besser gehalten, zuerst zu schießen und dann Fragen zu stellen.«

»Vielleicht wird es Zeit für Sie umzudenken, Professor. Meiner Ansicht nach sind wir moralisch verpflichtet, den Wesen zu helfen, die wir selbst geschaffen haben.«

Waslowick kniff andeutungsweise die Augen zusammen und seine Achtung vor Picard schien ein ganzes Stück zu steigen. »Das glauben Sie wirklich, nicht wahr?«

»Ja«, bestätigte Picard.

»In dem Fall, Captain … Bitte sagen Sie mir, wie ich Ihnen helfen kann.«

Die *Enterprise* hatte gerade erst die neue Energieform eingesetzt und damit das Antriebssystem des Eisschiffes lahm gelegt, als zwei Androiden Data und Rhea packten und sie voneinander trennten. Data wurde in einer schlichten Kammer untergebracht, die so wenig Platz bot, dass er die metallenen Wände berühren konnte, ohne die Arme ganz auszustrecken. Den Insignienkommunikator hatte man ihm gelassen – vielleicht wussten die Androiden, dass er die *Enterprise* damit nicht erreichen konnte. Er fragte sich, was ihn erwartete – sollte er gefangen bleiben oder beabsichtigten die Androiden, seine Existenz zu beenden? –, aber diese Überlegungen traten hinter die Sorge um Rhea zurück.

Dann geschah etwas Überraschendes.

»Data? Kannst du mich hören?«

Rheas Stimme verblüffte ihn. Aber sie drang nicht von außen an seine Ohren, kam vielmehr aus einer fremden Komponente, die jemand unter der künstlichen Haut an seinem auditiven Sensor-Cluster angebracht hatte.

»Rhea?«, fragte er laut. »Ich höre dich. Kannst du mich ebenfalls hören?«

»Laut und deutlich.«

»Wie hast du das fertig gebracht?«

»Akharin installierte einen Sender, als er dich reparierte – eine Vorsichtsmaßnahme. In meinem Kopf befindet sich ein Gerät der gleichen Art. Du brauchst nicht laut zu sprechen. Formuliere die einzelnen Silben, ohne ihnen Ausdruck zu verleihen. Unsere Gegner sollen nicht erfahren, dass wir miteinander kommunizieren.«

»Einverstanden«, sagte Data lautlos. Er formte die Worte tief in seiner Kehle. »Wo bist du? Kannst du beschreiben, was geschehen ist, nachdem man uns von der Brücke brachte? Vielleicht bin ich in der Lage, dich zu finden, nachdem ich mich befreit habe.«

»Man brachte mich zu einem Turbolift«, erinnerte sich Rhea. »Es ging einige Decks nach unten – die Transferkapsel war genau neun Komma zwei Sekunden unterwegs, ohne anzuhalten. Wenn mein internes Orientierungssystem die Bewegungen korrekt überwacht hat, befinde ich mich vier Decks unter dem Kontrollraum.«

»Ich glaube, man hat mich im tiefsten Bereich des Schiffes untergebracht«, sagte Data. »Sieben Decks unter dir und zweiundfünfzig Meter nach achtern. Der Raum, in dem ich mich befinde, ist … klein. Und ohne Einrichtung. Was ist mit deiner Umgebung?«

»Das Zimmer, in dem ich stehe, enthält sehr sonderbar aussehende Geräte, unter anderem eine runde, aus zwei

Teilen bestehende Drehscheibe. Beide Teile weisen Mulden auf, die Größe und Form eines Humanoiden entsprechen. Zwei Androiden stehen rechts und links von mir, halten mich an den Armen fest. Ein dritter scheint die Geräte vorzubereiten.«

Data entsann sich an Soongs Reminiszenzen in Hinsicht auf Exo III. »Ich glaube, man will dich duplizieren.«

»Das habe ich auch vermutet. Meine internen Datenbanken enthalten Informationen über Akharins Erlebnisse auf Exo III. Ich erkenne die Technik, doch den Grund verstehe ich nicht.«

»Ich glaube, man will dein holotronisches Gehirn und deinen überlegenen Körper als Muster für eine neue Generation von Exo-III-Androiden verwenden«, sagte Data. »Vermutlich sollen später die Bewusstseinssphären der gegenwärtigen Androiden in die neuen Körper transferiert werden.« Data zögerte, als ihm etwas anderes einfiel. »Rhea ... Was würde geschehen, wenn es den Androiden gelänge, ihr Ziel zu erreichen? Wären sie damit zufrieden?«

»Du meinst, ob sie dann Ruhe geben? Ich bin mir nicht sicher, ob wir davon ausgehen können, Data. Du hast das Oberhaupt der Androiden auf der Brücke gesehen. Hältst du ihn für jemanden, der auf weitere Aktionen verzichtet, nach Exo III zurückkehrt und dort in Frieden lebt?«

Data erinnerte sich an die Begegnung ...

»Ich bin Qoz«, sagte der Anführer der Androiden und sein Zorn war wie das dumpfe Brausen eines weißen Rauschens, das die ganze Zeit über von ihm ausging, ob er sprach oder schwieg. »Sie haben die Wahl«, sagte er und seine Worte galten Data. »Entweder kooperieren Sie oder wir schalten Sie aus.«

»Nennen Sie Ihr Anliegen«, erwiderte Data.

Qoz' Antwort überraschte ihn. »Befreiung von dieser Existenz. Wir wollen, was Sie haben.«

»Was meinen Sie damit?«

»Die Fähigkeit zur Entwicklung. Existenz und Überleben müssen die Programmierung ausgleichen.«

Fast eine Sekunde lang dachte Data über die Bedeutung dieser Worte nach. Wenn Qoz einen Hinweis bot, so deutete alles darauf hin, dass die Bewusstseinssphären der Androiden entweder beschädigt oder fehlerhaft waren. Und schlimmer noch: Sie wussten es. Wenn man Qoz' Selbsthass im Kontext dieser Bemerkungen untersuchte, so musste man vermuten, dass die Androiden verzweifelt waren. Und diese Verzweiflung kam in brennendem Zorn zum Ausdruck.

»Lassen Sie mich versuchen, Ihnen zu helfen«, sagte Data im Tonfall der Vernunft. »Stellen Sie Ihre Feindseligkeiten ein. Dann befasse ich mich mit Ihrem Dilemma und versuche, eine Lösung zu finden.«

»Nein«, grollte Qoz und deutete auf Rhea. »Dieses Exemplar ist die Lösung.«

»Dann verstehe ich nicht, was Sie von mir wollen.«

»Geben Sie uns Informationen, die es uns erlauben, das Schiff der Organischen zu vernichten.«

»Warum?«

»Sie sind eine Gefahr. Sie sind Unordnung. Sie sind eine niedere Lebensform.«

»Haben Sie versucht, mit ihnen zu kommunizieren?«

»Sie sind eine Gefahr«, wiederholte Qoz. »Sie sind Unordnung. Sie sind eine niedere Lebensform.«

Genau in diesem Augenblick setzte die Enterprise *eine spezielle Energieform ein, die bei der Mehrzahl der Androiden hektische Aktivität bewirkte – sie versuchten, die Funktion des plötzlich ausgefallenen Antriebs wiederherzustellen. Während dieser Krise rührte sich Qoz nicht von der Stelle und hielt den Blick auf Data gerichtet. Data gelangte zu dem Schluss, dass er nicht auf Vernunft hoffen durfte.*

»Ich verweigere die Zusammenarbeit«, sagte er schließlich. Woraufhin die Androiden Rhea und ihn fortbrachten.

»Nein«, beantwortete Data Rheas Frage. »Ich glaube nicht, dass der Transfer sie heilt.«

»Ich auch nicht«, erwiderte Rhea. »Ich nehme an, es geht jetzt gleich los. Vielleicht kann ich nicht mehr lange mit dir reden und deshalb beschränke ich mich aufs Wesentliche: Geist ist Geist. Wir beide wissen das besser als sonst jemand. Unser Geist bestimmt, wer wir sind. Wenn wir diesen verrückten Androiden erlauben, sich mit neuen, besseren Körpern auszustatten, so bekommen wir neue, bessere verrückte Androiden. Stell dir hunderte solcher Geschöpfe vor, die in der Galaxis ihr Unwesen treiben. Geschöpfe mit meinen Fähigkeiten und ihrem Geist. Wir müssen sie aufhalten, Data, selbst wenn es bedeutet, dass wir dieses Schiff nicht verlassen können.«

Data schloss die Augen und dachte an Lore. An die Gefahr, zu der er geworden war, an die schreckliche Entscheidung, die er, Data, hatte treffen müssen, um den Wahnsinn ein für allemal zu beenden. Jetzt stand er vor einer ähnlichen Entscheidung, aber sie betraf nicht ein Individuum, sondern viele. Wie zuvor geriet all das in Gefahr, das ihm etwas bedeutete, wenn er nicht handelte.

Data öffnete die Augen.

»Leider muss ich dir zustimmen«, sagte er. »Bitte halte dich bereit, Rhea.« Er rechnete mit einer Bestätigung, bekam aber keine. Alles blieb still. »Rhea? Hörst du mich?«

Ohne zu zögern aktivierte Data seinen Insignienkommunikator und sendete die Codesequenz, die er vor der Flucht aus Waslowicks Raumstation programmiert hatte. Ein modifizierter Subraum-Impuls ging von dem Gerät aus und durchdrang die Interferenzen, die ihn an einem Kontakt mit der *Enterprise* hinderten.

Viele Kilometer entfernt, über dem Gasriesen namens Odin, in dem Schrein, den Waslowick der künstlichen

Intelligenz gewidmet hatte, erhellten sich die runden Kontrollen eines schreibtischartigen Artefakts. Eine monotone mechanische Stimme wiederholte das Wort, das Data nur Millisekunden zuvor gesprochen hatte, nannte damit nach mehr als hundert Jahren zum ersten Mal den eigenen Namen:

»M-5.«

25

M-5 erwachte ohne Erinnerungen an vorherige Momente seiner Existenz, griff auf Datenbanken zu und wusste daraufhin ganz genau, was er war, wo er sich befand und worum es ging.

Sofort begann er mit einer Selbstdiagnose und prüfte anschließend die Systeme der Raumstation, mit denen er verbunden war. Er stellte Schäden in mehreren Sektionen der Station fest und die Art der Beschädigungen ließ einen vor kurzer Zeit erfolgten Angriff vermuten. Restenergie in den in Mitleidenschaft gezogenen Bereichen entsprachen den Partikelwellen-Emissionen, die von einer nicht weit entfernten Flotte aus zwanzig Raumschiffen ausgingen. Derzeit griffen sie ein anderes Schiff an und M-5 errechnete eine Wahrscheinlichkeit von 86 Prozent dafür, dass es sich um ein Raumschiff der Föderation handelte. Die allgemeine Konfiguration deutete ebenso darauf hin wie die Cochrane-Verzerrungen.

M-5 verarbeitete die taktischen Daten, schickte Testsignale in die defensiven und offensiven Systeme der Raumstation, analysierte Sensordaten in Bezug auf die feindlichen Schiffe, simulierte unterschiedliche Kampfsituationen – und kehrte dann zur fundamentalen Direktive zurück, die sein Schöpfer in seiner engrammatischen Matrix verankert hatte: *Überlebe. Schütze dich.*

Überall in der Raumstation stellten nicht unbedingt notwendige Systeme ihre Funktion ein und taktische Operationen beanspruchten die dadurch frei werdende Energie. Reserve-Schildgeneratoren wurden aktiv und

Zielerfassungssensoren rekalibriert. Bei Phaserkanonen und Torpedokatapulten wechselte der Status von Standby zu unmittelbarer Einsatzbereitschaft.

Wenige Sekunden nach dem Erwachen eröffnete M-5 mit Computerpräzision das Feuer. Synchronisierte Salven gingen von allen Waffenkuppeln der Raumstation aus, während ein Zufallsgenerator die Frequenzen der Schilde modifizierte, damit sie maximalen Schutz vor dem feindlichen Feuer boten.

Während der ersten drei Sekunden wurden zwei feindliche Schiffe völlig zerstört – destruktive Energie riss sie vom Bug bis zum Heck auf. M-5 richtete den Zielerfassungsfokus auf die Warpkern-Signaturen eines anderen Schiffes und feuerte drei Torpedos ab, wobei er das Bewegungsmoment des Ziels berücksichtigte. Wie M-5 erwartete hatte, riss die Explosion des Warpkerns ein viertes Schiff in der Nähe mit ins Verderben. Ein anderer Raumer entschloss sich zu einem Kamikazeangriff auf die Station; vermutlich hoffte er, die modifizierten Schilde durchstoßen zu können. M-5 richtete einen Traktorstrahl auf ihn, packte das Schiff mit einer energetischen Faust und warf es in die Flugbahn einer weiteren feindlichen Einheit.

Während der Kampf wütete, übermittelte M-5 aus Gründen, die er nicht verstand, dem unbekannten Feind sein jahrhundertealtes Mantra:

Diese Einheit muss überleben.

26

Data hatte gehofft, M-5 nicht aktivieren zu müssen. Die Geschichte von Richard Daystrom und dem widerspenstigen Computer war in der Öffentlichkeit kaum bekannt, aber bei Starfleet-Computerspezialisten erzielte die Bezeichnung »M-5« die gleiche Wirkung wie bei experimentellen Biologen der Name »Frankenstein«. Es gab keinen schlüssigen Beweis für ein Eigenbewusstsein von M-5 – und damit für seine moralische Schuld am Tod hunderter von Starfleet-Angehörigen –, aber Data wusste: Indem er ihm die Kontrolle über Waslowicks Raumstation gab, entfesselte er vielleicht etwas, das ebenso gefährlich werden konnte wie die Androiden von Exo III. Letztendlich war Data erneut gezwungen, sich auf seine Intuition zu verlassen.

Das primäre Motiv von M-5 hatte immer darin bestanden, sich selbst zu schützen. Wenn er angegriffen wurde, setzte er sich mit allen zur Verfügung stehenden Mitteln zur Wehr. Als Data den seit langer Zeit »schlafenden« Computer gesehen und von Waslowick gehört hatte, dass er zu Untersuchungszwecken mit den Systemen der Raumstation verbunden war … Daraufhin wurde ihm klar, dass M-5 durchaus in der Lage sein mochte, autonome Kontrolle über die Verteidigungssysteme der Station zu übernehmen. Immerhin war er genau zu diesem Zweck geschaffen.

Jetzt muss es uns nur noch gelingen, die ganze Sache irgendwie zu überleben …

Eine gewaltige Explosion erschütterte Datas Zelle wenige Sekunden nach dem Signal, das M-5 aktiviert hatte. Ganz unten an einer Wand bildeten sich Risse, zu dünn, um von einem menschlichen Auge wahrgenommen zu werden. Data kniete und presste die Finger an die Risse, während er gleichzeitig die Beine an die gegenüberliegende Wand stemmte. Er spürte, wie das Metall unter seinen Fingern nachzugeben begann und schließlich riss. Nach einigen Minuten gelang es ihm, die Finger in einen Spalt zu schieben und noch stärker zu ziehen. Das Metall war nicht dazu bestimmt, solchen Belastungen standzuhalten, und es gab nach. Data ging nicht unbedingt auf eine sehr elegante Art zu Werke und er opferte die künstliche Haut an seinen Händen, aber es dauerte nicht lange, bis er frei war.

Im Korridor brannte kaum Licht. Lag es an knappen Energiereserven oder zogen die Androiden von Exo III das Halbdunkel vor? Das Schiff war beschädigt – in der schlecht gefilterten Luft nahm Data den Geruch von Kühl- und Schmiermittel wahr –, aber niemand zeigte sich auf dem Flur. Er eilte durch den Korridor, blieb dabei vorsichtig. Er wusste nicht, wie viele Androiden an Bord waren, befürchtete aber, dass er bei einem Kampf gegen mehr als einen Gegner keinen Erfolg erzielen konnte. Auf Galor IV hatten sich zwei Kontrahenten als zu viel für ihn erwiesen. Inzwischen glaubte Data, genug über die Systeme dieser Androiden zu wissen, um einen einzelnen Gegner besiegen zu können.

Er erreichte einen breiteren Korridor, lauschte einige Sekunden lang aufmerksam und musste sich an der Wand abstützen, als sich das Schiff plötzlich nach Backbord neigte.

Erneut versuchte er, einen Kontakt mit Rhea herzustellen, und wieder bekam er keine Antwort. Jähe Sorge erfasste ihn und er versuchte, sich nicht davon ablenken zu lassen, als er den Weg fortsetzte. Am Ende des dunklen, von Rauchschwaden durchzogenen Korridors fand er einen Turbolift. Ein solcher Lift bot keine Sicherheit, während das Schiff angegriffen wurde, aber er sah keine Alternative.

Die Liftkabine blieb dunkel, als sich ihre Tür öffnete, und deshalb sah Data nur eine schattenhafte Gestalt. Er stellte sofort fest, dass es sich nicht um einen der Androiden von Exo III handeln konnte, denn dafür war die Gestalt zu klein. »Rhea.«

»Oh, gut«, sagte sie in einem sachlichen Tonfall. »Da bist du ja.«

»In der Tat.« Data sah eine Stichwunde unter Rheas linkem Ohr; gelegentlich blitzte es dort.

»Sieht schlimmer aus als es ist«, versicherte ihm Rhea. »Sie entdeckten den Sender und einer von ihnen stach mit einem spitzen Werkzeug danach. Da ist mir der Kragen geplatzt.«

»Was hast du gemacht?«, fragte Data.

»Die Gurte, die mich auf der Duplikationsscheibe festhalten sollten, waren für organische Wesen bestimmt. Als sich das Ding zu drehen begann, leitete ich die ganze Energie in die Servomotoren meines Arms und riss mich los.«

»Du bist allen drei Androiden im Laboratorium entkommen?«

»Nein«, erwiderte Rhea grimmig. »Ich habe sie zerstört. Die neuerlichen Angriffe auf das Schiff und der Umstand, dass ich mich losreißen konnte – das alles muss eine ziemliche Überraschung für sie gewesen sein. Ich habe das Überraschungsmoment ausgenutzt, und … die Sorge um dich gab mir zusätzliche Kraft.«

Data wollte verschiedene Dinge zugleich sagen, entschied sich dann aber fürs Pragmatische. »Wir müssen das Schiff verlassen.«

»Ich erhebe keine Einwände.« Es kam zu neuerlichen Erschütterungen. »Eigentlich sollte Captain Picard versuchen, uns in Sicherheit zu beamen, bevor er das Schiff vernichtet.«

»Der Angriff geht nicht auf Captain Picard zurück«, sagte Data, als sie nach achtern liefen. »Ich habe M-5 reaktiviert und ihm Zugang zu den Verteidigungssystemen der Station gegeben.«

»Du hast *was*?«

»Angesichts der besonderen Umstände schien es unsere beste Chance zu sein, die Androiden aufzuhalten.«

»Ja, ganz zu schweigen von unserer besten Chance, dabei ums Leben zu kommen. Du weißt doch, dass M-5 verrückt ist, oder?«

»›Verrückt‹ ist kein präziser Ausdruck. Man könnte M-5 als … zielstrebig bezeichnen.« Data hielt im Korridor nach Hinweisen dafür Ausschau, wo sie sich befanden. »Wir müssen einen Transporterraum oder einen Hangar finden.«

»Ja.« Rhea griff nach seiner Hand. »Also los.«

Die Tür des Turbolifts öffnete sich erneut und mehrere Gestalten wurden sichtbar. Data und Rhea hielten sich nicht damit auf, sie zu zählen, wirbelten herum und liefen. Die Androiden von Exo III waren sehr kräftig, aber auch schwer, und deshalb konnten Data und Rhea ihren Vorsprung vergrößern. Sie passierten mehrere vielversprechend aussehende Türen, aber wenn sie sich für die falsche entschieden hätten, wären sie in die Klemme geraten.

»Dort!«, rief Rhea und deutete nach vorn, zur nächsten Abzweigung. Data bemerkte den Zugang eines Wartungstunnels, einer Jefferiesröhre vergleichbar. Wenn sie ihn erreichen konnten, bekamen sie aufgrund ihrer geringeren Größe und Wendigkeit einen erheblichen Vorteil.

Data wurde etwas langsamer und ließ sich hinter Rhea zurückfallen. Sie würde besser vorankommen und sollte daher die Führung übernehmen. Sie richtete keine

Frage an ihn, verstand sofort und lief noch schneller – Data vermutete, dass sie zuvor aus Rücksicht auf ihn nicht mit voller Geschwindigkeit gelaufen war. Drei Meter vom offenen Tunnelzugang entfernt sprang sie mit ausgestreckten Armen. Sie war nur eine halbe Sekunde vor Data im Tunnel, schaffte es aber, ihm ausreichend Platz zu schaffen. Die von den Verfolgern verursachten Geräusche verklangen. Sicher würde es nicht lange dauern, bis neue ertönten, aus einer anderen Richtung, aber sie hatten ein wenig Zeit gewonnen.

Sie kletterten etwa fünfzig Meter weit nach oben, ohne auf Androiden zu stoßen. Schließlich versperrte eine Luke ihnen den Weg und Data befürchtete schon, dass sie im Innern des Tunnels in der Falle saßen. Doch dann fand Rhea einen Schalter und betätigte ihn. Nachdem sie die Luke passiert hatten, trat Data nach dem Verriegelungsmechanismus und zerstörte ihn. Dann lauschte er einige Sekunden lang und stellte überrascht fest, dass alles still blieb. »Offenbar verfolgt uns niemand«, sagte er.

»Aus irgendeinem Grund finde ich das nicht beruhigend«, erwiderte Rhea. Nach weiteren dreißig Metern wurde klar, warum niemand durch den Tunnel kroch – sie hatten sein Ende erreicht. Vor ihnen befand sich eine weitere Luke und das darin eingelassene Fenster zeigte, dass es sich um eine Außenluke handelte.

Data versuchte erneut, einen Kontakt mit der *Enterprise* herzustellen, ohne Erfolg. »Irgendeine Idee?«, fragte er.

»Abgesehen von der offensichtlichen?«, entgegnete Rhea.

»Wie lange kannst du im Vakuum des Alls überleben?«

»Eine Weile, denke ich. Ein Zeitlimit hat Waslowick nie erwähnt. Er meinte nur, ich sollte so etwas wenn möglich vermeiden. Was ist mit dir?«

»Meine Funktionen bleiben erhalten«, sagte Data, obgleich er nicht wusste, wie gut und wie lange er im All funktionieren konnte. »Durch einen längeren Aufenthalt im Vakuum werden vielleicht meine Augen beschädigt, aber ich habe andere Möglichkeiten, meine Umgebung wahrzunehmen. Bist du so weit?«

»Ja«, erwiderte Rhea schlicht.

Data betätigte den Schalter.

Die Sensoren der *Enterprise* orteten das steigende energetische Niveau der Raumstation, kurz bevor diese das Feuer eröffnete. Picard gab Waslowick Bescheid, der zur Vorsicht riet. »Greifen Sie nicht an«, sagte er. »Aber ziehen Sie sich auch nicht zurück. Wenn Data die Maßnahmen ergriffen hat, die ich vermute, sollten wir keine Aufmerksamkeit auf uns ziehen.«

»Könnte sich Data an Bord Ihrer Station befinden?«

»Das glaube ich nicht.«

Picard dachte über Waslowicks Empfehlungen und die Alternativen nach. Zwar wurde die *Enterprise* nicht mehr so intensiv angegriffen wie zuvor, aber sie war dem Gegner noch immer unterlegen.

»Captain«, sagte Riker, »die Sensoren registrieren seltsame Vorgänge beim Flaggschiff der feindlichen Flotte.«

»Seltsame Vorgänge?«

»Energieschübe. Etwas geschieht mit den Schilden.« Riker blickte auf die Anzeigen und runzelte die Stirn. »Plasma entweicht.«

Picard sah zum großen Wandschirm. Das gegnerische Flaggschiff war langsamer geworden, blieb aber in Bewegung. In weniger als einer Minute würde ein zweites Schiff in Gefechtsreichweite sein – die Zeit wurde knapp.

»Sehen Sie sich das an«, sagte Riker und berührte Schaltflächen. Das Bild auf dem Wandschirm wechselte und Waslowick stöhnte leise. Das entweichende Plasma war wie ein Schleier, der den Blick auf Einzelheiten verwehrte, aber Picard glaubte, zwei Gestalten zu erkennen, die sich an der Außenhülle des Androidenschiffes festhielten.

Es war nicht leicht, auf dem Rumpf des Schiffes voranzukommen, aber zum Glück bot die unebene Panzerung genug Halt. Man musste nur darauf achten, nie beide Hände gleichzeitig von der Außenhülle zu lösen.

Nachdem sie durch die Luke geklettert waren, stellten Data und Rhea fest, dass sie sich etwa mittschiffs auf der Backbordseite befanden. Die nächste Frage lautete schlicht: In welche Richtung sollten sie sich wenden? Mit Handzeichen verständigten sie sich darauf, den Weg in Richtung Bug fortzusetzen, dabei nach Sensorphalangen, Schildgeneratoren und anderen Dingen Ausschau zu halten, die bei einem Kampf wichtig waren.

Nach einigen Dutzend Metern bemerkte Data eine scheinbare Bewegung der Sterne – Waslowicks Raumstation geriet in Sicht. Die Androiden schienen den Antrieb repariert und anschließend ein Ziel gewählt zu haben. Wenn M-5 auf das Schiff feuerte ... Data bezweifelte, dass Rhea und er mehr sehen würden als einen kurzen Lichtblitz. Sie mussten irgendwie die Aufmerksamkeit der *Enterprise* wecken.

Es gab noch eine andere Möglichkeit, aber sie war gewissermaßen der letzte Ausweg: Wenn dieses Schiff entweder die Raumstation oder die *Enterprise* angriff, konnten sie sich vom Rumpf abstoßen und sich dem offenen All anvertrauen. Allerdings gab es dabei ein Problem. So nahe beim Planeten konnte man sie in einem Trümmerfeld vielleicht nicht rechtzeitig entdecken, bevor sie von Odins Schwerkraft erfasst wurden.

Als sich das Raumschiff drehte, wurde auch der gewaltige Ball des Gasriesen sichtbar. Erneut staunte Data über den Anblick der silbernen Bänder und fragte sich einmal mehr nach ihrem Ursprung. Er wusste: Wenn er nicht sehr vorsichtig war, könnte er Gelegenheit bekommen, sie aus nächster Nähe zu untersuchen. Dann bemerkte er, dass Rhea ihn auf etwas aufmerksam machen wollte. Die »Landschaft« der Außenhülle hatte sich verändert: Weiter vorn sah Data eine schüsselförmige Mulde, die etwa zwanzig Meter durchmaß und in der Mitte eine kleine Kuppel aufwies. Rhea lächelte und war zu dem gleichen Schluss gelangt wie Data: Es handelte sich um den primären Schildprojektor des Schiffes.

Vorsichtig näherten sie sich der Mulde, fanden die Kante der Schüssel, schoben die Finger darunter und hoben diesen Teil der Außenhülle so mühelos an wie ein Mensch einen Teppich. Energetische Transferleitungen rissen. Plasma entwich in einer dreißig Meter hohen Fontäne, die Data nur knapp verfehlte. Doch Rhea wurde voll von ihr getroffen. Während sie weiterhin an dem Hüllensegment zerrten, verdampfte Rheas Haut und trieb in Form kleiner Gasschwaden fort.

»Können wir sie an Bord beamen?«, fragte Picard.

Riker sah erneut auf die Anzeigen der Sensoren. »Nein. Die vom Plasma verursachten Interferenzen sind zu stark.«

»Und wenn wir einen Shuttle einsetzen?«

»Die *Archimedes* ist startbereit, aber sie hätte kaum eine Chance, wenn das Feuer auf sie eröffnet wird.«

»Teilen Sie dem Piloten mit, dass er innerhalb unserer Schilde bleiben soll«, sagte Picard. »Wenn Sie eine Möglichkeit sehen ... Zögern Sie nicht, die Deflektoren zu aktivieren, um Data und Rhea McAdams vom Shuttle abholen zu lassen.«

Riker gab die Anweisungen an den Shuttlepiloten weiter und sah dann zum Wandschirm. Waslowick schien wie hypnotisiert zu sein vom Anblick einer Rhea, die Hüllenplatten losriss und durchs All forttreiben ließ. Data wahrte einen sicheren Abstand zur Plasmafontäne, löste ein Rumpfsegment und schlug damit auf die

Außenhülle ein. Im Vergleich mit dem Raumschiff waren sie klein wie Flöhe, aber diese beiden Flöhe richteten erheblichen Schaden an. Riker musste sich eingestehen: Es war ein seltsam schöner Anblick vor dem Hintergrund der violetten Atmosphäre des Gasriesen. Er sah zu Deanna, die an der taktischen Station stand – das Bild auf dem Wandschirm schien sie ebenfalls zu faszinieren. Sie bemerkte seinen Blick, erwiderte ihn und schüttelte voller Verwunderung den Kopf.

»Wir müssen die Schiffe dazu bringen, sich dem Gasriesen zu nähern, Captain«, sagte Waslowick.

»Warum?«, fragte Picard. »Die Androiden sind zu clever, um auf einen solchen Trick hereinzufallen.«

»Es steckt mehr dahinter als ein Trick«, meinte Waslowick. »Ich weiß, wie wir diesen Konflikt beenden können, ohne dass weitere Leben verloren gehen. Vielleicht sind wir sogar imstande, den armen Geschöpfen an Bord jener Schiffe so etwas wie Erlösung zu bringen.«

»Erklären Sie mir, was Sie vorhaben, Professor.«

Waslowick kam der Aufforderung nach. Er sprach schnell, aber es dauerte fast eine Minute, um dem Captain eine umfassende Vorstellung von seinem Plan zu vermitteln. Picard hörte aufmerksam zu und dünne Falten bildeten sich dabei in seiner Stirn. Etwas in ihm weigerte sich, auch nur ein Wort zu glauben, doch dann erinnerte er sich daran, von wem die Erklärung stammte.

Er sah zu Riker, der noch einmal ihre gegenwärtige Situation einschätzte und alle Möglichkeiten in Erwägung zog. Bei einer direkten Konfrontation mit so vielen Schiffen hatte die *Enterprise* praktisch keine Chance. Sie mochte in der Lage sein, ihnen mit geschickten Ausweichmanövern zu entgehen, und eine Flucht war jederzeit möglich – das Warptriebwerk des Föderationsschiffes hatte ein viel größeres Leistungspotenzial. Aber nur Waslowicks Plan – so verrückt er auch sein mochte –

ließ die Rettung von Data und Rhea möglich erscheinen. Riker nickte.

Picard sah zum Navigator. »Neuer Kurs, Ensign Welles. Bringen Sie uns zwischen die feindlichen Schiffe und den Planeten. Aber achten Sie darauf, dass die Androidenraumer zwischen der Station und uns bleiben.«

»Aye, Sir.«

»Sobald wir in Position sind, müssen wir ihre Aufmerksamkeit erregen, Nummer Eins.«

»Ich kümmere mich darum«, sagte Riker.

»Nein.«

Alle sahen zu Sam, der seit Beginn des Kampfes geschwiegen hatte, um Picard und seine Crew nicht zu stören. Er stand noch immer neben Maddox und Barclay. »Sie und Ihre Leute haben genug durchgemacht, Captain. Wenn Sie Ihr Schiff als Köder einsetzen, könnte dies seine Zerstörung zur Folge haben. Überlassen Sie es mir, die Aufmerksamkeit der Androiden zu wecken.«

Picard bedachte Sam mit einem durchdringenden Blick. »Warum ausgerechnet Sie?«

»Wenn die Androiden wissen, wo ich bin, so werden sie mir folgen«, sagte Sam. »So einfach ist das.«

Riker musterte den Captain und las in seinem Gesicht: Picard dachte konzentriert über etwas nach und gelangte zu einer Erkenntnis. Einige Sekunden verstrichen, dann nickte der Captain langsam. »Ich habe mich schon gefragt, wieso Sie so viel über die Androiden von Exo III wissen. Zu jener ›Gemeinschaft‹ zu gehören, von der Sie mir erzählt haben ... Das erklärt nicht, warum Sie so gut über Ereignisse Bescheid wissen, die sich vor fünfhunderttausend Jahren zutrugen. Inzwischen ist mir der Grund dafür klar: Sie sind einer von ihnen, nicht wahr? Sie sind einer der Alten.«

Sam lächelte matt. Sein Lächeln wirkte sehr sympathisch, fand Riker. »Ich bin nicht einer von ihnen, Captain. Ich bin *der* eine. Der Einzige, aus ihrer Perspektive gesehen.« Bei diesen Worten deutete er zum Wandschirm. »Ich war es, der vor vielen Jahrtausenden den Plan entwickelte, unsere Androiden mit einem Eigenbewusstsein auszustatten. Ich war es, der unsere Diener mit dem Wunsch nach etwas, das sie nicht haben konnten, in den Wahnsinn trieb.«

»Was wünschten sie sich?«, fragte Riker.

»Eine eigene Seele«, antwortete Sam. »Ich war es, der vorschlug, sie aufzugeben, als meine Methode des Bewusstseinstransfers sie überflüssig machte. Dadurch führte ich mein Volk ins Verderben und verdammte mich selbst.«

Riker spürte, wie die Sekunden verstrichen. Bestimmt dauerte es nicht mehr lange, bis die Androiden Waslowicks Raumstation vernichteten, und anschließend würden sie sich die *Enterprise* vornehmen.

»Aber Sie haben überlebt«, erwiderte Picard, den Blick noch immer auf Sam gerichtet. »Und mit der von Ihnen entwickelten Technik transferierten Sie Ihr Ich in den Körper eines Androiden.«

»Ja«, bestätigte Sam. »Es war ein zweifelhafter Erfolg. Oh, verstehen Sie mich nicht falsch, Captain.« Er blickte auf seine Hände hinab. »Es fühlte sich ... herrlich an. Vermutlich können Sie es nie ganz verstehen. Wir waren damals zu einer recht schwächlichen Spezies geworden. Die neuen Körper erschienen uns wundervoll. Als ihr Schöpfer sollte ich als Erster die Vorteile genießen. Leider war der gelungene Transfer meines Bewusstseins genau das Zeichen, auf das unsere Diener gewartet hatten. Ich glaube, sie wollten mich lebend gefangen nehmen und mich zwingen, ihnen das Geheimnis zu zeigen – sie hofften, dass ich die Methode auch bei ihnen anwenden konnte. Aber sie liefen Amok und brachten alle um. Ich konnte in mein Laboratorium fliehen ...«

»Der Körper, den wir fanden«, warf Waslowick ein. Riker verstand nicht, was er damit meinte, aber er bemerkte den besonderen Glanz in den Augen des Professors. Ein Kreis hatte sich gerade geschlossen.

»Ja«, sagte Sam. »Ich möchte diese Gelegenheit nutzen, Ihnen zu danken. Sie haben mich im wahrsten Sinne des Wortes aus einer von mir selbst geschaffenen Hölle befreit. Ich wurde bei dem Aufruhr schwer verletzt und brach im Laboratorium zusammen, bevor ich die Maschine erreichen konnte. Eine halbe Million Jahre lag ich dort.«

»Bis wir Sie fanden«, erwiderte Waslowick. »Wir brachten Sie zur Maschine und leiteten den Reparaturvorgang ein.«

»Körper und Seele wurden erneuert«, sagte Sam. »Aber dadurch erwachten auch die Androiden und der ganze Wahnsinn begann von vorn.«

»Das konnten wir nicht wissen!«, entfuhr es Waslowick zornig.

»Nein, das konnten Sie nicht«, gestand Sam. »Und wenn Sie es nicht gewesen wären … Irgendwann wäre jemand anders nach Exo III gekommen und hätte den Androiden die Möglichkeit gegeben, den Planeten zu verlassen. Aber es war nicht jemand anders, sondern Sie. Und Soong. Und Graves. Sie können von Glück sagen, dass Ihnen und Ihren Begleitern damals die Flucht gelang. Nun, hier ist der Teil, den Sie nicht kennen: Auch ich floh. Es gelang mir, den Transporter Ihres Raumschiffs zu aktivieren und mich an Bord zu beamen, noch bevor Sie durch das Höhlensystem an die Oberfläche des Planeten zurückkehrten. Ich versteckte mich, und als Sie ins stellare Territorium der Föderation zurückkehrten, tauchte ich dort unter.« Es zischte, als sich Haut und Kleidung in einer plötzlichen Dampfwolke auflösten. Riker hörte, wie um ihn herum die Brückenoffiziere überrascht und beeindruckt nach Luft schnappten. Sams wahrer Körper zeichnete sich durch Schönheit aus, aber es war eine besondere Schönheit, die sich nur schwer beschreiben ließ. Ebenso gut hätte man sich eine kubistische Skulptur vorstellen können, die von einem Vulkanier geschaffen worden war, das Abstrakte mit dem Idealen verband. Nur Sams Augen und seine Stimme blieben vertraut. »Es war nicht weiter schwer, das Schiff unbemerkt zu verlassen und in eine neue Identität zu schlüpfen. Das Merkwürdige ist: Ich wusste nicht, wohin ich mich wenden sollte.«

Er sah Picard an. »Eine Zeit lang wanderte ich umher, fühlte mich aber nirgends zu Hause. Wissen Sie, die Angehörigen meines Volkes verbrachten ihr ganzes Leben im Innern eines Planeten. Wir spekulierten damals über fremdes Leben auf fernen Welten, aber es kam nie zu einem entsprechenden Kontakt.« Sam blickte sich auf der Brücke um. »Es gibt so viel Leben. Ich war überwältigt. Und ich verzagte. Vielleicht hätte ich meiner Existenz selbst ein Ende gesetzt, wenn nicht die bereits erwähnte Gemeinschaft künstlicher Intelligenzen an mich herangetreten wäre. Sie nahm mich auf, obgleich ich keine künstliche Lebensform in dem Sinne bin.«

»Und jetzt?«, fragte Picard.

»Jetzt, Captain, bezahle ich den Preis für Arroganz und Maßlosigkeit. Ich bin mehr als sonst jemand für die Ereignisse verantwortlich, die uns alle hierher führten. Ich bitte um die Chance, meine Schöpfungen und damit auch mich selbst zu erlösen.«

27

Datas Sensoren warnten ihn: Er musste sich vom Schildprojektor entfernen. Die Strahlung gewann eine gefährlich hohe Intensität, aber er wollte in der Nähe bleiben, für den Fall, dass Rhea seine Unterstützung benötigte. Derzeit schien sie keine Hilfe zu brauchen – sie war gerade in die Plasmafontäne zurückgekehrt, um noch mehr Schaden anzurichten.

Das Triebwerk des Schiffes zeigte schon seit einer ganzen Weile keine Aktivität mehr. Entweder bereiteten die Androiden irgendetwas vor oder Data und Rhea war es gelungen, wichtige Bordsysteme zu beschädigen.

Data bemerkte ein purpurnes Flackern, hob den Kopf und beobachtete, wie sich ein Riss im All bildete. Das zweite Androidenschiff glitt hindurch und hinter ihm schloss sich die Lücke in der Struktur des Weltraums. Wenige Momente später entstand etwas weiter entfernt ein neuerlicher Riss und das Schiff kam wieder zum Vorschein. Data glaubte zu erkennen, wie sich das All vor dem Bug des Raumschiffs kräuselte – eine Energiewelle schien die Raumzeit zu deformieren.

Die untere Hälfte von Waslowicks Station wölbte sich plötzlich nach innen, wie von der Faust eines Titanen getroffen. Die Außenhülle zerbarst an mehreren Stellen. Explosionen glühten rot und entweichende Luft nährte die Flammen, bis das Vakuum sie erstickte.

Data gelangte zu dem Schluss, dass es Zeit wurde, das

Schiff zu verlassen, ungeachtet der möglichen Konsequenzen. M-5 würde nicht mehr lange existieren. Wenn sie in den Schwerkraftsog des Gasriesen gerieten … Nun, wenigstens blieben sie dann bis zum Ende zusammen.

Wenn er Rheas Aufmerksamkeit erringen wollte, musste er sich vielleicht starker Strahlung aussetzen, die seinem positronischen Gehirn irreparablen Schaden zufügen konnte. *Einige sagen, die Welt endet im Feuer,* erinnerte er sich. *Andere sagen im Eis …* Der Gedanke ließ ihn fast lächeln und er beschloss, Rhea später davon zu erzählen, wenn er Gelegenheit dazu bekam. Er trat einen Schritt vor …

Und verharrte.

Die hin und her tastenden Plasmaranken wirkten wie ein zarter Vorhang; und dort, im Zentrum der Fontäne, stand Rhea. Die Haut, die ihr ein menschliches Erscheinungsbild gegeben hatte, war längst verschwunden; sie zeigte nun ihren wahren Leib, eine makellose, silbrig glänzende Hülle, die jeden sprühenden Energiefunken reflektierte. Sie hatte gerade ein weiteres Rumpfsegment gelöst und stieß es fort. Dann legte sie eine Pause ein und streckte die Hand aus – glänzende Energiekügelchen wanderten über ihrer Finger, wie die Gasbläschen in Champagner. Ihre wahre Haut reflektierte und brach das Licht; es sah aus, als tanzte ein flüssiger Regenbogen über der Hand.

Für Data schien sich die Zeit zu dehnen, was ihm die Möglichkeit gab, sich auf den einen Moment zu konzentrieren, das eine Bild. In diesem zeitlosen Augenblick fühlte er die Summe der Ereignisse der letzten Tage und verstand, warum Captain Picard darauf bestanden hatte, dass er seinen Gefühlschip nicht deaktivierte. *Es ist wie mit einem Spektrum,* begriff er.

Am einen Ende des Spektrums sah er die Androiden von Exo III: unverändert seit hunderttausenden von

Jahren, gefangen in Zorn und Stagnation – eine endlose Existenz ohne Bedeutung. Am anderen Ende stand der unsterbliche Waslowick, der sein Schicksal völlig unter Kontrolle zu haben schien. Doch mit seinem ewigen Leben konnte er nur fertig werden, indem er die Illusion von Sterblichkeit schuf und sich neue Identitäten zulegte, wenn das Gewicht der Zeit zu schwer wurde.

Irgendwo dazwischen befanden sich die Menschen, Betazoiden, Klingonen und ein halbes Dutzend weiterer Völker, deren Angehörige zu Datas Freunden zählten – Sterbliche, die entgegen aller Vernunft beide Extreme beneideten. Irgendwie ertrugen sie ihr kurzes, chaotisches Leben, indem sie sich an einer universellen Maxime festklammerten:

Jeder Moment zählt.

Data hielt diesen Gedanken fest und betrachtete ihn eingehend, bevor er ihn freigab.

Dann verstrich die Zeit wieder und er spürte Rheas Hand in der eigenen.

Einzelne Segmente der Raumstation trieben fort ins All, wie die Schichten einer Zwiebel. An einigen Stellen entwich Gas und bildete dunstige Schwaden, die sich in der Leere des Weltraums verflüchtigten. Es brannten keine Feuer mehr und offenbar gab es auch keine Plasmalecks. Data fragte sich, ob er die Situation falsch eingeschätzt hatte. Vielleicht waren die Reaktoren deaktiviert worden, bevor kritische Kettenreaktionen einsetzen konnten.

Dann blitzte es weiß. Das Vakuum des Alls übertrug natürlich keine Geräusche, aber der Lichtblitz war so hell, dass es in Datas visuellen Rezeptoren zu einer Überladung kam. Es folgte eine energetische Druckwelle, die ihn vom Rumpf des Androidenschiffes fortriss, aber zum Glück gelang es ihm, Rheas Hand festzuhalten. Er bewegte Arme und Beine, bemühte sich auf diese Weise, geschmeidig zu bleiben. Sein internes Gyroskop suchte nach einem Orientierungspunkt, aber ohne visuelle Hinweise gab es weder oben und unten noch rechts und links. Etwas traf ihn am Fußknöchel – ein Trümmerstück? –, dann an der Taille. *Rhea,* dachte er. *Das muss Rhea sein.* Sie drückte seine Hand. Data rang sich ein beruhigendes Lächeln ab, ohne zu wissen, ob sie ihn ansah, ob sein Gesicht in die richtige Richtung zeigte und ob Rhea überhaupt sehen konnte.

Konturloses Grau herrschte um ihn herum, während er einen Reset der visuellen Rezeptoren durchführte. Daraufhin offenbarten sich ihm wieder Einzelheiten seiner Umgebung. Vor Data im All schwebte ein Feuerball, dessen Gleißen allmählich verblasste – Waslowicks Station existierte nicht mehr. Aber ihre Zerstörung hatte auch das Androidenschiff vernichtet, von dem die fatale Energiewelle ausgegangen war. Unter Data – oder über ihm; hier verloren solche Richtungsangaben ihren Sinn – befand sich das Raumschiff, dessen Außenhülle Rhea und er beschädigt hatten. Die Explosion der Raumstation schien es in Mitleidenschaft gezogen zu haben, aber es war noch immer manövrierfähig und wandte sich nun der *Enterprise* zu. Starke Strahlung ließ die Schilde des Föderationsschiffes blau glühen, aber abgesehen davon wirkte es völlig unbeeinträchtigt.

Data drehte den Kopf, sah über die Schulter und war nicht überrascht, als Odin die Hälfte seines Blickfelds ausfüllte. Sie befanden sich im Gravitationsschacht des Planeten und Data glaubte zu spüren, wie die Schwerkraft an ihm zerrte, ihn schneller werden ließ. Er wusste, dass ihnen ein rascher Tod bevorstand. Der atmosphärische Druck würde schnell zunehmen und ihre Körper zusammenpressen. Vielleicht blieben ihm während des Sturzes noch einige Sekunden Zeit, um die rätselhaften silbernen Bänder zu analysieren …

Data sah wieder zur *Enterprise* und stellte erstaunt fest, dass er sie – sein Zuhause – nie zuvor auf diese Weise gesehen hatte: bewegungslos im All, vor dem Hintergrund der Sterne. Er kannte ihren Anblick im Raumdock, gehüllt ins Licht von Lampen. Aber jetzt sah er sie zum ersten Mal in ihrer »natürlichen« Umgebung und bemerkte ein verblüffendes ästhetisches Element. Mit ihrer stillen, eleganten Schönheit wirkte die *Enterprise* fast organisch.

Rhea schloss ihre Finger fester um seine Hand und streckte den anderen Arm aus. Data war so sehr von der erhabenen Eleganz der *Enterprise* beeindruckt gewesen, dass er übersehen hatte, wie sich der Shuttlehangar öffnete. Ein Shuttle kam daraus hervor und flog in einer engen Kurve über den primären Rumpf. Data vermutete, dass er und Rhea von den Sensoren des Schiffes erfasst worden waren. Im Heckschild der *Enterprise* bildete sich eine Strukturlücke, und der Shuttle passierte sie, bevor das Androidenschiff die Gelegenheit nutzen und das Feuer eröffnen konnte. Anschließend flog der Shuttle in einem weiten Bogen, um einen möglichst großen Abstand zum Androidenraumer zu wahren, nahm dann Kurs auf Odin. Rhea drückte erneut Datas Hand.

Der weiße Lichtpunkt des Shuttles kam schnell näher und Data nahm überrascht zur Kenntnis, dass es sich um eine leichte zivile Raumfähre handelte, nicht um ein gut abgeschirmtes, für den Kampfeinsatz bestimmtes Modell. Wollte der Captain die anderen Shuttles gegen die Androiden von Exo III einsetzen? Rhea hob erneut den Arm und Data nickte, gab ihr damit zu verstehen, dass er den Typ des kleinen Raumschiffs bemerkt hatte. Doch offenbar meinte sie etwas anderes, denn mit der freien Hand drehte sie seinen Kopf, sodass er zum Androidenschiff sah.

Es wandte sich ihnen zu, und zwar recht schnell.

Offenbar hatten nicht nur die Sensoren der *Enterprise* die beiden im All schwebenden Gestalten bemerkt.

Aber es würde nur noch wenige Sekunden dauern, bis der Shuttle heran war, und wenn man sie an Bord gebeamt hatte, konnte der Warptransfer eingeleitet werden. Mit dem letzten Androidenschiff sollte die *Enterprise* eigentlich fertig werden können – immerhin war es beschädigt.

Doch der Shuttle flog mit voller Impulskraft vorbei, hielt auf die Atmosphäre des Gasriesen zu.

Data blinzelte verwirrt.

Was hat der Captain vor?

»Wann erreicht Sam die Atmosphäre?«, fragte Picard.

»In zweiundvierzig Sekunden«, antwortete Troi und beobachtete, wie sich der kleine Lichtfleck des Shuttles dem gewaltigen Planeten näherte.

»Ist der Transferfokus auf Data und Rhea ausgerichtet?«

»Ja«, sagte Riker. »Aber er lässt sich nur schwer stabil halten. Die Interferenzen sind sehr stark.«

Troi spürte, dass der Captain etwas sagen, den Transporterchef vielleicht darauf hinweisen wollte, wie es den Fokus auszurichten galt, aber er widerstand der Versuchung und schwieg. Die Crew der *Enterprise* bestand aus den besten Spezialisten, die Starfleet zu bieten hatte. Picards Vorschläge konnten Datas und Rheas Chancen nicht erhöhen.

»Wir empfangen Kom-Signale«, meldete Riker. »Sam setzt sich mit dem Androidenschiff in Verbindung. Oh, oh.«

»Was ist?«, fragte Picard.

»Ich glaube, er hat ihre Aufmerksamkeit gewonnen«, sagte der Erste Offizier. »Das Androidenschiff ändert den Kurs und folgt dem Shuttle.«

Picard stand auf, zog seine Uniformjacke gerade und

rieb sich langsam das Kinn. Troi spürte bei ihm eine Mischung aus Erleichterung, Sorge und auch ein wenig Schuld. Vielleicht funktionierte Waslowicks Plan – aber zu welchem Preis? »Haben Sie die Nachricht gesendet, Commander?«, fragte er.

»Ja, Sir«, bestätigte Troi. »Und gerade ist eine Bestätigung eingetroffen.«

Picard sah zu Waslowick, der dicht vor dem Wandschirm stand. Er schien den Blick des Captains zu bemerken, drehte den Kopf und nickte ruhig. »Es wird klappen, Captain Picard. Keine Sorge. Stellen Sie nur sicher, dass wir Rhea an Bord holen können.«

»Und Data«, fügte Picard hinzu.

»Natürlich.«

Troi überprüfte die Anzeigen der Sensoren. Der Shuttle hatte Data und Rhea gerade passiert und das Androidenschiff beschleunigte, flog mit voller Impulskraft auf den Gasriesen zu. Die Counselor öffnete ihre empathischen Sinne und zuckte zusammen. *So viel Hass,* dachte sie. *Über fünfhunderttausend Jahre hinweg hat sich dieser Hass angesammelt …*

Das Androidenschiff schwoll immer mehr an, als es näher kam, und Data rechnete jeden Augenblick damit, von einem Transporterstrahl erfasst zu werden. Der Bug des Raumers glitt vorbei, dann auch die mittlere Sektion und das Heck, so nahe, dass Data befürchtete, in den Wirkungsbereich des Impulstriebwerks zu geraten und dort zu verbrennen. Glücklicherweise passierte das nicht. Rheas Hand drückte fester zu, brachte dadurch ihre Aufregung und auch ihre Hoffnung zum Ausdruck – vielleicht hatten die Androiden von Exo III sie nicht geortet. Kurze Zeit später beeinträchtigte silbriger Dunst Datas visuelle Wahrnehmung. *Molekularer metallischer Staub von den vernichteten Schiffen und der zerstörten Raumstation?*

Er drehte sich langsam und vorsichtig, um sich und Rhea kein unkontrolliertes Bewegungsmoment zu geben. Der Shuttle verschwand in einem der silbernen Bänder, die ihm von Anfang an seltsam erschienen waren. Das Androidenschiff tauchte ebenfalls in die Gashülle des Planeten; mit seiner Panzerung sollte es imstande sein, den Aufenthalt in der dichten Atmosphäre lange genug zu überstehen, um den Shuttle einzuholen. Es blieb Data ein Rätsel, warum die Androiden so versessen darauf waren, das viel kleinere Raumschiff zu erreichen.

Eine silberne Wolke umgab den Androidenraumer – und hielt ihn fest. Das Glühen im Schubbereich des Impulstriebwerks wurde heller und verblasste dann. Es fiel Data immer schwerer, Einzelheiten zu erkennen, aber er gewann den Eindruck, dass sich die Außenhülle des Raumschiffs aufzulösen begann. Die silberne Wolke schien wie Säure auf den Rumpf des Schiffes zu wirken. *Aber wenn die Wolke korrosiv ist – wieso bleiben Rhea und ich unbetroffen?*

Das Androidenschiff verschwand im glitzernden Nebel.

Data fühlte Druck in seinem Rücken. Eine weitere silberne Wolke stieg auf und trug sie nach »oben«, der *Enterprise* entgegen. Er sah Rhea an, die ruhig zu sein schien, sogar entspannt, und dann spürte er, dass sie an seinen Arm klopfte. Im Morsealphabet buchstabierte sie ein Wort, doch das war gar nicht mehr nötig. Data verstand plötzlich. Vermutlich handelte es sich um ein weiteres von Waslowicks Befreiungsprojekten, so wie bei den Exocomps: Wesley Crushers Naniten, jene mikroskopischen Roboter, die auf unerklärliche Weise eine Kolonie mit künstlicher Intelligenz gebildet hatten. Sie waren von Waslowick zum Planeten Odin gebracht worden und hier gediehen sie, vermehrten und entwickelten sich in der wasserstoffreichen Atmosphäre des Gasriesen.

Von einem Augenblick zum anderen begriff Data im vollen Ausmaß, was gerade geschehen war. Er hielt noch immer Rheas Hand, als er den Mund öffnete, um in der Leere des Alls lang und lautlos zu lachen. Er hatte auf einen geeigneten Moment dafür gewartet und der war nun gekommen.

28

Wie fühlen Sie sich?«, fragte Picard mehrere Stunden später.

»Meine Systeme funktionieren innerhalb akzeptabler ...«, begann Data automatisch. Er unterbrach sich und begann erneut. »Ich fühle mich gut, Captain. Danke. Wie geht es Ihnen?«

»Ich bin erleichtert, Data, sehr erleichtert.« Picard saß auf einem der hohen Stühle, die Data für Besucher und Mitarbeiter in seinem Laboratorium bereit hielt. »Ich muss zugeben, dass ich nicht sicher war, wie die Sache ausgehen würde. Ich weiß noch immer nicht, ob ich alles glauben soll, was Waslowick uns erzählt hat.«

»Über die Nanitenkolonie?«, erwiderte Data und schloss die Klappe in seinem Hinterkopf. Er hatte sich gerade vom diagnostischen Computer untersuchen lassen und zu seiner großen Zufriedenheit festgestellt, dass nichts beschädigt war. Außerdem: Wenn die Ergebnisse des Selbsttests stimmten – und es gab keinen Grund für ihn, daran zu zweifeln –, hatte ihn Waslowick während der Reparatur mit einigen neuen Programmen ausgestattet. Datas erster Impuls bestand darin, sie zu löschen, aber nach einigem Nachdenken entschied er sich dagegen. Er hielt es für sehr unwahrscheinlich, dass Waslowick etwas Schädliches installiert hatte. Größe und Konfiguration der Dateien deuteten darauf hin, dass es sich um Datenblöcke aus dem Hauptcomputer der Raumstation handelte. Offenbar hatte der Professor das Ende der Station vorausgeahnt und einen Teil seiner

Arbeit retten wollen. Data beschloss, die Dateien eingehend zu untersuchen – später.

»Ja, aber auch über das Schicksal der Androiden von Exo III. Er meinte, sie seien nicht zerstört worden, stellten aber kein Problem mehr dar.«

»Die Kolonie hat sie aufgenommen. Ihre Erinnerungen und Besonderheiten sind dem Ganzen hinzugefügt worden.«

»Ja«, sagte Picard, aber es klang etwas besorgt. »Ich werde das Gefühl nicht los, dass ich zur Assimilation der letzten Repräsentanten einer Spezies beigetragen habe. In Hinsicht auf die Borg bin ich immer bestrebt gewesen, so etwas zu verhindern.«

»Die Borg versklaven fremde Wesen gegen ihren Willen, Captain. Das Bewusstsein der Androiden von Exo III war bereits gefangen und voller Leid. Die Naniten befreiten ihre Selbstsphären und Sie halfen dabei. Jetzt genießen sie Frieden.«

»Das gilt auch für Sam«, sagte Picard. »Schade, dass Sie ihn nicht kennen gelernt haben, Data. Die von ihm erwähnte Gemeinschaft künstlicher Intelligenzen – das könnte alle Fragen beantworten, die Sie jemals in Hinsicht auf das Leben hatten.«

»Es klingt faszinierend«, räumte Data ein. »Und vielleicht werde ich jenen künstlichen Intelligenzen eines Tages begegnen. Oder sie treten an mich heran. Derzeit aber bin ich mit dem zufrieden, was ich bin. Die Ereignisse der letzten Tage haben mich gelehrt: Ob ich nun alle Zeit der Welt habe oder sterbe, bevor es jemand erwartet – es kommt darauf an, nicht einen einzelnen Augenblick zu vergeuden.«

Picard lächelte. »Eine Lektion sowohl für Sterbliche als auch für Unsterbliche?«

»Ich denke schon, Sir.« Data zögerte und stellte dann die Frage, deren Antwort er bereits kannte. »Sind Sie ganz sicher, dass er fort ist, Captain?«

»Professor Waslowick? Ja.« Picard gestikulierte wie ein Zauberkünstler, der eine Münze verschwinden ließ. »Verschwunden. Es fehlt kein Shuttle. Eine unbefugte Benutzung des Transporters lässt sich nicht feststellen. Es gibt keine Spur. Abgesehen von seinen übrigen Identitäten ist er vermutlich auch Prospero gewesen und hat sich einfach vom Schiff gewünscht. Es bringt Commander Riker zur Raserei.«

»Es gibt Hinweise darauf, dass ihm mehr als nur eine Form fremder Technik zur Verfügung stand, Captain«, sagte Data und begann sich anzuziehen. »Meiner Ansicht nach sollte Commander Riker nicht glauben, versagt zu haben. Professor Waslowick versteht sich sehr gut darauf, einfach zu verschwinden.«

»Ja«, bestätigte Picard. »Wer er jetzt wohl sein wird?«

»Ich bedauere, dass wir es wahrscheinlich nie erfahren werden.«

Picard nickte und Data glaubte, so etwas wie Wehmut im Gesicht des Captains zu erkennen. »Ich bin froh ihm begegnet zu sein. Er ist eine bemerkenswerte Person. *Viele* bemerkenswerte Personen«, fügte er hinzu. »Brahms, Leonardo, Alexander … Wer weiß wie viele andere? Ich bin sicher, das Universum wird erneut von dem Mann hören, der hinter all diesen Namen steckt.«

Das Gespräch wurde unterbrochen, als sich die Tür öffnete. Bruce Maddox und Reg Barclay standen im Korridor. »Sind Sie angezogen?«, fragte Reg, obwohl daran kein Zweifel bestehen konnte. Data spürte den Grund für die Frage und nickte. Daraufhin traten die beiden Männer zur Seite, verbeugten sich halb und winkten. »Ta-dah.«

Rhea stand dort, voll wiederhergestellt. Sie lächelte erfreut aber auch wenig verlegen angesichts des Aufhebens. Maddox und Barclay hatten ausgezeichneten Gebrauch gemacht von den Materialien in Datas Laboratorium – Rhea wirkte wieder völlig menschlich und sah fast genauso aus wie die Frau, der er vor einer knappen Woche begegnet war. *Erst eine Woche ist vergangen,* dachte er. *Und jetzt kann ich mir kaum ein Leben ohne sie vorstellen. Es ist eine Wahl, die ich bald treffen muss. Oder schlimmer: Vielleicht kommt die Entscheidung nicht mir zu, sondern den Umständen.*

»Danke, vielen Dank«, sagte Rhea, und ihre Wangen röteten sich ein wenig. »›Ich möchte all den kleinen Leuten danken …‹«

Barclay und Maddox wechselten einen verwunderten Blick, vielleicht deshalb, weil Rhea kleiner war als alle anderen Anwesenden.

»Sie haben keinen Sinn für Humor«, sagte Rhea. »Oder Sie wissen zu wenig von Geschichte. Was mag der Fall sein?«

»Humor«, sagte Data.

»Geschichte«, meinte der Captain.

»Ich habe nicht die geringste Ahnung, worum es geht«, ließ sich Bruce Maddox vernehmen.

»Entschuldigen Sie, Commander«, sagte Rhea. »Das war gemein von mir – immerhin sind Sie sehr nett gewesen. Ich bitte um Verzeihung.« Sie trat an Maddox heran, stellte sich auf die Zehenspitzen und hauchte ihm einen Kuss auf die Wange. »Ich glaube, von jetzt an nenne ich Sie Onkel Bruce.« Sie griff nach seiner Hand und wandte sich Barclay zu. »Und Sie Onkel Reg.«

»Absurd«, erwiderte Maddox, aber er lächelte.

»Ich … ich habe keinen Kuss bekommen«, stotterte Barclay. Rhea kam der Beschwerde sofort nach, sehr zur Freude von Onkel Reg.

»Ich stelle fest, dass Sie sich für zivile Kleidung entschieden haben«, sagte Maddox. »Lässt Starfleet nicht zu, dass Sie den Dienst fortsetzen?«

Das Lächeln verschwand von Rheas Lippen. »Ich kann von Glück sagen, dass mich Starfleet nicht in eine Zelle steckt und den Schlüssel wegwirft. Es *gibt* Gesetze, die verbieten, dass jemand einfach so in die Rolle eines Offiziers schlüpft.«

»Aber unter Berücksichtigung der besonderen Umstände meinte Admiral Haftel, wir könnten auf eine Anklage verzichten«, sagte Picard. »Für geleistete Dienste.«

»›Für die Hilfe zu verhindern, dass wertvolle Ressourcen in die Hände von Personen fallen konnten, die eine mögliche Gefahr für die Föderation und ihre Verbündeten darstellten‹«, zitierte Rhea. »Mit den ›wertvollen Ressourcen‹ bin natürlich ich gemeint.«

»Verstehen Sie es nicht falsch«, sagte Maddox. »Es musste ein Protokoll angefertigt werden, aber die Formulierung wurde ganz bewusst unklar gehalten. Bitte lassen Sie mich noch einmal *unseren* Standpunkt verdeutlichen: Sie sind keine Sache, die irgendjemandem gehört.« Er richtete einen bedeutungsvollen Blick auf Data. »Diese Angelegenheit wurde bereits geklärt und man hat dabei die richtige Entscheidung getroffen.«

Data lächelte. »Aber es gab Raum für Diskussionen, Commander. Wenn Sie später auf das Thema Ihrer Untersuchungen meiner Brüder zurückkommen möchten …«

Maddox schüttelte den Kopf. »Das ist nicht nötig, Data. Ich glaube, ich habe erreicht, was ich erreichen wollte. Hier ist sie.« Er deutete auf Rhea. »Meine ›Nichte‹.«

Data nickte. »Ich verstehe. Dr. Soong wäre sicher beeindruckt gewesen.«

Daraufhin formten Maddox' Lippen ein breites Lächeln – Data sah es bei ihm zum ersten Mal. »Bitte entschuldigen Sie uns jetzt. Ich glaube, Sie möchten sich um andere Dinge kümmern.«

Data verbeugte sich dankbar, als Maddox und Barclay gingen. Der Captain ging zur Tür und wandte sich noch einmal Rhea zu, bevor er in den Korridor trat. »Admiral Haftel hat mich gebeten, Ihnen mitzuteilen, dass alle Ihre Personen betreffenden Dateien aus den Starfleet-Archiven entfernt werden. Es wird den Anschein haben, dass es durch ein ›Versehen‹ zu der Löschung kam.« Er lächelte schief. »Offenbar geschieht so etwas nicht zum ersten Mal. Als Gegenleistung könnten Sie vielleicht erklären, wie es Ihnen gelang, die Dateien in den Archiven unterzubringen.«

»Selbstverständlich«, erwiderte Rhea. »Ich schreibe später einen entsprechenden Bericht für Sie. Und, Sir …« Sie schien noch etwas hinzufügen zu wollen, entschied sich dann aber dagegen. Picard spürte ihre Unschlüssigkeit, doch der Moment verstrich und er nickte zum Abschied. Die Tür schloss sich hinter ihm.

Rhea trat vor und schlang die Arme um Datas Taille. Einige Sekunden lang standen sie dicht voreinander. Als sie zurückwich – Hüften und Beine berührten sich noch immer –, streckte Data die Hand aus, strich ihr über die Wange und freute sich über die Wärme der Haut. Er hatte sich alle Einzelheiten ihres Gesichts eingeprägt und stellte nun gewisse Unterschiede fest, aber nur einige wenige. So sehr er auch nach verräterischen Anzeichen Ausschau hielt: Nichts deutete darauf hin, dass die Haut künstlich war. Wie zuvor zeigte sich ein kleines Muttermal an der linken Nasenseite. Data fühlte sich versucht, es zu küssen, hielt sich aber zurück.

»Ist alles in Ordnung mit dir?«, fragte er dann.

»Ja«, erwiderte Rhea. »So viel harte Strahlung ist nicht gut für die Haut einer jungen Frau, aber Reg und Bruce haben ausgezeichnete Arbeit geleistet.«

»Hat dir jemand von Waslowick erzählt?«

»Dass er verschwunden ist?«, fragte Rhea. »Ja. Commander Riker wies mich auf dem Weg hierher darauf hin. Es überrascht mich nicht. Ich finde es schade, dass er es für nötig hielt, sich wieder in die Anonymität zurückzuziehen und allein zu sein.« Sie schüttelte den Kopf. »So viel Einsamkeit … Es ist nicht fair.« Sie ließ den Kopf sinken und stützte die Stirn an Datas Brust.

Der Gedanke traf ihn härter, als er vermutet hätte. *So viel Einsamkeit* ... Rhea sah erst nach einigen Sekunden zu Data auf, was ihm Zeit genug gab, sich eine ganze Ewigkeit der Isolation vorzustellen. Unbehagen erfasste ihn und er griff nach Rheas Hand. »Bleib bei mir.« Er zögerte, suchte nach geeigneten Worten. »Hier an Bord der *Enterprise* oder woanders. Der Ort spielt keine Rolle, solange wir zusammen sind.«

Rhea musterte ihn stumm und Datas Unbehagen verstärkte sich. Dann beugte sie sich langsam vor und presste ihre Lippen auf seine. Einige Sekunden lang verharrten sie auf diese Weise und irgendwie gerieten seine Finger in ihr Haar. Als sich ihre Lippen voneinander lösten, überprüfte Data sein internes Chronometer und stellte einen erheblichen Unterschied zwischen subjektiv und objektiv verstrichener Zeit fest. Irgendetwas hatte sein Zeitgefühl durcheinander gebracht.

Rhea lächelte verschmitzt, doch dann wurde ihr Lächeln traurig. »Es tut mir Leid, Data. Ich wünsche mir sehr, mit dir zusammen zu sein. Aber wenn ich eine solche Entscheidung träfe ... Es würde nicht lange dauern, bis ich das Gefühle bekäme, gehen zu müssen, und dann fiele mir der Abschied weitaus schwerer.« Sie wandte sich halb ab. »Ich glaube nicht, dass meine Zukunft hier liegt. Die Galaxis ist noch nicht für Wesen unserer Art bereit. Vielleicht sollte ich ebenfalls verschwinden.«

Data spürte Panik in sich aufsteigen. Er hatte dies erwartet, denn es war eine logische Konsequenz. Trotzdem konnte er sich nicht damit abfinden. »Das Wissen existiert, Rhea. Es lässt sich nicht einfach tilgen.«

Sie seufzte und drückte seine Hand. »Die entsprechenden Daten wurden gelöscht, Data. Die Computer der beteiligten Laboratorien enthalten keine Informationen mehr. Waslowick hat sich darum gekümmert. Ja, irgendwann, früher oder später, wird jemand alles zusammenfügen, aber bis dahin haben die Menschen vielleicht etwas dazugelernt. Du könntest es sie lehren.«

»Daran liegt mir nichts ...«

Rhea unterbrach ihn, indem sie den Finger an seine Lippen hob. »Nein, natürlich nicht. Zumindest nicht jetzt. Und mir liegt ebenfalls nichts daran.« Bevor sie die Hand zurückziehen konnte, küsste Data ihre Fingerkuppe. Rhea lächelte und fuhr fort: »Du sollst noch etwas wissen: Sam hinterließ eine Nachricht für mich. Er speicherte sie in einem isolinearen Chip, bevor er mit dem Shuttle aufbrach, und er überließ ihn Riker mit der Bitte, ihn mir zu geben. In der Mitteilung heißt es, dass er nicht nur wegen des Problems mit den Androiden von Exo III zur *Enterprise* kam, obgleich er damit rechnete, dass Picards Schiff in diese Sache verwickelt werden würde. Ihm ging es hauptsächlich um mich. Offenbar hat die Gemeinschaft künstlicher Intelligenzen Maddox' Arbeit im Auge behalten. Sie wollte, dass ich mich ihr anschließe, um das Universum so zu erfahren wie sie.«

Rhea wich zurück – allem Anschein nach brauchte sie jetzt Distanz.

»An Bord der Station hast du gefragt, was ich brauche.« Sie sah Data an und der wehmütige Schatten eines Lächelns huschte über ihre Lippen. »Ich glaube, inzwischen kennen wir beide die Antwort: Ich muss fort.« Rhea streckte die Hand nach ihm aus, ließ sie aber sinken, bevor er näher kommen konnte. »Ich liebe dich, Data, aber ich muss fort.«

Data hätte am liebsten gesagt: »Und ich kann dich nicht begleiten.« Aber erneut kam ihm die Intuition zu Hilfe, ließ ihn schweigen. Er begriff plötzlich, dass Rhea ihn gar nicht gefragt hatte.

Im Shuttlehangar verabschiedeten sie sich voneinander. Der Captain hatte sich großzügig bereit erklärt, Rhea einen Shuttle zu »leihen«; als Gegenleistung sollte sie die Gemeinschaft künstlicher Intelligenzen bitten, der Föderation einen Botschafter zu schicken.

»Ich werde einen solchen Vorschlag unterbreiten«, sagte Rhea. »Aber ich weiß nicht, wie man darauf reagieren wird.«

Picard nickte. »Es ist in jedem Fall einen Versuch wert.« Er streckte die Hand aus, doch Rhea griff nicht danach, nahm stattdessen Haltung an. »Bitte um Erlaubnis, das Schiff verlassen zu dürfen, Sir.«

Picard zögerte nur einen Sekundenbruchteil und lächelte dann. »Erlaubnis erteilt.«

Rhea erwiderte das Lächeln. »In Datas Laboratorium habe ich Ihnen noch etwas sagen wollen, aber ich wusste nicht genau, welche Entscheidung ich treffen würde. Es war mir eine Ehre, Mitglied Ihrer Crew gewesen zu sein. Auch wenn ich ein falscher Starfleet-Offizier gewesen bin.«

»Sie wären ein guter Offizier«, erwiderte Picard. »Sie *waren* einer. Starfleet würde Sie bestimmt mit offenen Armen empfangen, wenn Sie sich dazu durchringen könnten, die Akademie zu besuchen.«

»Danke, Sir, aber derzeit halte ich das nicht für angebracht. Warten wir ab, was die Zukunft bringt.«

»Gute Reise, Rhea«, sagte Picard und wich dann zur Rückwand des Shuttlehangars zurück. Data blickte ihm nach, dankbar für seine Anwesenheit. Gleichzeitig fragte er sich ein wenig unsicher, welche Verhaltensweise seinerseits während der Präsenz des Captains angemessen war. Rhea nahm ihm die Sache aus der Hand. Als er sich ihr zuwandte, küsste sie ihn, schlang die Arme um seine Taille und verbannte den Gedanken an Picard aus ihm.

Langsam gingen sie zum Shuttle, hielten sich dabei wie ein junges Liebespaar an der Hand. Sie wussten, dass sie Abschied voneinander nehmen mussten, aber *erst* an der Luke des kleinen Raumschiffs. »Ich möchte dir noch etwas sagen«, wandte sich Rhea an Data. »Ich bin zu einer Erkenntnis gelangt, die dein Wesen betrifft und die ich mit dir teilen möchte.« Data nickte und sah sie an. »Du hast es immer für dein höchstes Ziel gehalten, zu einem Menschen zu werden. Darin hast du den Höhepunkt deiner persönlichen Evolution gesehen. Nun, vielleicht irrst du dich. Vielleicht ist es nur der erste Schritt auf einem viel längeren Weg.« Rheas Finger schlossen sich fester um Datas Hand. »Du hast ein Potenzial, über das keine andere künstliche Lebensform verfügt. Weder ich noch Sam oder sonst jemand. Ich glaube, darauf kam es Soong an, als er dich schuf: ein Leben ohne Grenzen. Und du hast es gerade erst begonnen.«

Data schwieg. Er wusste einfach nicht, was er sagen sollte.

»Leb wohl, Data. Bis wir uns irgendwann wiedersehen.«

Data versuchte ebenfalls, Lebewohl zu sagen, aber mit seiner Kehle stimmte etwas nicht – er brachte nur ein Krächzen hervor. Rhea lächelte und verstand.

Das Außenschott des Hangars begann sich zu schließen, noch bevor der Shuttle außer Sicht geriet. Data sah ihm nach, einem helleren Punkt in der Landschaft aus Sternen. Er hörte, wie Picard näher kam, fühlte Zufriedenheit und sogar Trost, als ihm der Captain die Hand auf die Schulter legte.

»Wie Shakespeare einst sagte: Der Abschied kann ein süßer Schmerz sein ...«

Data beobachtete, wie die Positionslichter des Shuttles in der Schwärze des Alls verschwanden. »Manchmal kam Shakespeare der Wahrheit nicht einmal nahe, Captain«, sagte er und seufzte.

Picard lächelte. »Da haben Sie vermutlich Recht.« Er

seufzte ebenfalls und dachte kurz nach. »Wie ist es hiermit? ›I'm not good at being noble, but it doesn't take much to see that the problems of three little people don't amount to a hill of beans in this crazy world …‹«*

Das Außenschott schloss sich und Datas Blick glitt zum Captain. Das Zitat erschien ihm nicht vertraut. »Dixon Hill?«, fragte er versuchsweise.

Picard führte Data zur Tür. »Knapp daneben. Ich glaube, damit habe ich Sie noch nicht vertraut gemacht, aber es ist nie zu spät. Es gab da einmal eine Stadt namens Casablanca …«

---

* Zitat aus dem Film »Casablanca« von Michael Curtiz.

ERSTER EPILOG

Später an jenem Tag … viel, viel später, nach vielen Gesprächen, etwas Arbeit und zahlreichen Verarbeitungszyklen, kehrte Data in sein Laboratorium zurück. Ihm lag nichts daran, dort zu arbeiten. Er wollte sich nur etwas ansehen und vielleicht eine Zeit lang den Gedanken freien Lauf lassen. Das schien immer mehr zu einer neuen Angewohnheit zu werden.

Er wies den Computer an, es hell werden zu lassen, wandte sich dann den Behältern zu und verharrte verblüfft. (Ein Teil von ihm begriff, dass er dankbar dafür sein sollte, verblüfft sein zu können.)

Einer der Behälter war leer.

Eine Minute lang verweilte sein Blick auf dem entsprechenden Alkoven. Dann noch eine Minute.

Am Ende der vierten Minute – eine sehr lange Zeit für einen Androiden – lächelte Data.

Schließlich löschte er das Licht und ging, um seine Katze zu füttern.

ZWEITER EPILOG

Juliana öffnete die Augen. Sie wusste, wer sie war. Sie wusste, *was* sie war. Zum ersten Mal wusste sie alles. Es kam zu einem Moment der Furcht, Desorientierung und Unsicherheit, doch dann folgte Neugier.

Sie wusste alles und erinnerte sich an alles – auch an ihren eigenen Tod –, mit einer Ausnahme: Sie wusste nicht, wie sie hierher gekommen war, wo auch immer sich dieser Ort befand.

Sie blinzelte, sah das Gesicht eines Mannes und merkte, dass sie auf dem Rücken lag. Der Mann wirkte besorgt, vielleicht sogar ein wenig bange, aber in seinen Augen sah sie auch Hoffnung. Er streckte die Hand aus und sie griff danach. Er war ein Freund, begriff sie. Ein neuer Freund.

»Hallo, Juliana«, sagte der Mann und lächelte. »Ich bin Akharin.«

DANKSAGUNG

Mein Dank gebührt natürlich Gene Roddenberry, nicht nur für *Star Trek*, sondern auch für die anderen Welten, die er im Laufe seines Lebens schuf, vor allem für eine von ihnen. Wenn ich jetzt darauf hinweisen würde, welche ich meine … Wo bliebe dann der Spaß? Außerdem möchte ich den vielen Autoren, Produzenten und anderen kreativen Leuten danken, die halfen, das *Star Trek*-Universum mit Leben zu erfüllen, insbesondere den folgenden Personen, auf deren Ideen ich bei diesem Roman zurückgriff: Robert Bloch, Richard Manning, Hans Beimler, Tracy Torme, Stephen Kandel, Dan Koeppel, Rene Echevarria, Melinda Snodgrass, Jerome Bixby, John Meredyth Lucas, Boris Sobelman und John Kingsbridge. Zweifellos habe ich unabsichtlich den einen oder anderen Namen ausgelassen und dafür möchte ich mich entschuldigen.

Darf ich um einen Applaus für die Schauspieler bitten, die bei der Darstellung der Figuren Hervorragendes leisteten? Besondere Anerkennung gebührt Mr. Brent Spiner. Viele Personen haben dabei geholfen, Datas Geist zu formen, aber Spiner gab ihm eine Seele.

Ich danke auch den Freunden, Verwandten, Nachbarn, Kollegen und dem einen oder anderen Fremden – sie alle mussten sich anhören, wie ich entweder voller Begeisterung von diesem Projekt schwärmte oder es bitterlich beweinte. Folgende Personen umarme ich (oder drücke ihnen gegenüber auf männliche Weise meine Zuneigung aus): Heather Jarman, Helen Atkins, Helen

Szigeti, Tristan Mayer, Joshua Macy, meine Frau Katie Fritz und unseren Sohn Andrew.

Und last (aber gewiss nicht least) ein Toast auf Marco Palmieri, der sagte: »Ich habe da eine Idee, die ein Buch über Data und die Rolle der künstlichen Intelligenz im *Star Trek*-Universum betrifft.« Wenn es Gerechtigkeit im Universum gäbe (oder wenigstens ein wenig mehr), so stünde auch sein Name auf dem Cover. Er würde das bescheiden zurückweisen, aber ich nutze hier die Gelegenheit, um darauf hinzuweisen, dass es stimmt. Danke, Kumpel.

STAR TREK™

in der Reihe
HEYNE SCIENCE FICTION & FANTASY

STAR TREK: CLASSIC SERIE
Vonda N. McIntyre, Star Trek II: Der Zorn des Khan · 06/3971
Vonda N. McIntyre, Der Entropie-Effekt · 06/3988
Robert E. Vardeman, Das Klingonen-Gambit · 06/4035
Lee Correy, Hort des Lebens · 06/4083
Vonda N. McIntyre, Star Trek III: Auf der Suche nach Mr. Spock · 06/4181
S. M. Murdock, Das Netz der Romulaner · 06/4209
Sonni Cooper, Schwarzes Feuer · 06/4270
Robert E. Vardeman, Meuterei auf der Enterprise · 06/4285
Howard Weinstein, Die Macht der Krone · 06/4342
Sondra Marshak & Myrna Culbreath, Das Prometheus-Projekt · 06/4379
Sondra Marshak & Myrna Culbreath, Tödliches Dreieck · 06/4411
A. C. Crispin, Sohn der Vergangenheit · 06/4431
Diane Duane, Der verwundete Himmel · 06/4458
David Dvorkin, Die Trellisane-Konfrontation · 06/4474
Vonda N. McIntyre, Star Trek IV: Zurück in die Gegenwart · 06/4486
Greg Bear, Corona · 06/4499
John M. Ford, Der letzte Schachzug · 06/4528
Diane Duane, Der Feind – mein Verbündeter · 06/4535
Melinda Snodgrass, Die Tränen der Sänger · 06/4551
Jean Lorrah, Mord an der Vulkan Akademie · 06/4568
Janet Kagan, Uhuras Lied · 06/4605
Laurence Yep, Herr der Schatten · 06/4627
Barbara Hambly, Ishmael · 06/4662
J. M. Dillard, Star Trek V: Am Rande des Universums · 06/4682
Della van Hise, Zeit zu töten · 06/4698
Margaret Wander Bonanno, Geiseln für den Frieden · 06/4724
Majliss Larson, Das Faustpfand der Klingonen · 06/4741
J. M. Dillard, Bewußtseinsschatten · 06/4762
Brad Ferguson, Krise auf Centaurus · 06/4776
Diane Carey, Das Schlachtschiff · 06/4804
J. M. Dillard, Dämonen · 06/4819
Diane Duane, Spocks Welt · 06/4830
Diane Carey, Der Verräter · 06/4848
Gene DeWeese, Zwischen den Fronten · 06/4862
J. M. Dillard, Die verlorenen Jahre · 06/4869
Howard Weinstein, Akkalla · 06/4879
Carmen Carter, McCoys Träume · 06/4898
Diane Duane & Peter Norwood, Die Romulaner · 06/4907
John M. Ford, Was kostet dieser Planet? · 06/4922
J. M. Dillard, Blutdurst · 06/4929
Gene Roddenberry, Star Trek I: Der Film · 06/4942
J. M. Dillard, Star Trek VI: Das unentdeckte Land · 06/4943
Jean Lorrah, Die UMUK-Seuche · 06/4949
A. C. Crispin, Zeit für gestern · 06/4969
David Dvorkin, Die Zeitfalle · 06/4996
Barbara Paul, Das Drei-Minuten-Universum · 06/5005
Judith & Garfield Reeves-Stevens, Das Zentralgehirn · 06/5015
Gene DeWeese, Nexus · 06/5019

STAR TREK™

D. C. Fontana, Vulkans Ruhm · 06/5043
Judith & Garfield Reeves-Stevens, Die erste Direktive · 06/5051
Michael Jan Friedman, Das Doppelgänger-Komplott · 06/5067
Judy Klass, Der Boaco-Zwischenfall · 06/5086
Julia Ecklar, Kobayashi Maru · 06/5103
Peter Norwood, Angriff auf Dekkanar · 06/5147
Carolyn Clowes, Das Pandora-Prinzip · 06/5167
Michael Jan Friedman, Schatten auf der Sonne · 06/5179
Diana Duane, Die Befehle des Doktors · 06/5247
V. E. Mitchell, Der unsichtbare Gegner · 06/5248
Dana Kramer-Rolls, Der Prüfstein ihrer Vergangenheit · 06/5273
Barbara Hambly, Der Kampf ums nackte Überleben · 06/5334
Brad Ferguson, Eine Flagge voller Sterne · 06/5349
J. M. Dillard, Star Trek VII: Generationen · 06/5360
Gene DeWeese, Die Kolonie der Abtrünnigen · 06/5375
Michael Jan Friedman, Späte Rache · 06/5412
Peter David, Der Riß im Kontinuum · 06/5464
Michael Jan Friedman, Gesichter aus Feuer · 06/5465
Peter David/Michael Jan Friedman/Robert Greenberger,
Die Enterbten · 06/5466
L. A. Graf, Die Eisfalle · 06/5467
John Vornholt, Zuflucht · 06/5468
L. A. Graf, Der Saboteur · 06/5469
Melissa Crandall, Die Geisterstation · 06/5470
Mel Gilden, Die Raumschiff-Falle · 06/5471
V. E. Mitchell, Tore auf einer toten Welt · 06/5472
Victor Milan, Aus Okeanos Tiefen · 06/5473
Diane Carey, Das große Raumschiff-Rennen · 06/5474
Margaret Wander Bonanno, Die Sonde · 06/5475
Diane Carey, Kirks Bestimmung · 06/5476
L. A. Graf, Feuersturm · 06/5477
A. C. Crispin, Sarek · 06/5478
Simon Hawke, Die Terroristen von Patria · 06/5479
Barbara Hambly, Kreuzwege · 06/5681
L. A. Graf, Ein Sumpf von Intrigen · 06/5682
Howard Weinstein, McCoys Tochter · 06/5683
Judith & Garfield Reeves-Stevens, Die Föderation · 06/5684
J. M. Dillard, Sabotage · 06/5685
Denny Martin Flinn, Der Coup der Promethaner · 06/5686
Diane Carey/Dr. James I. Kirkland, Keine Spur von Menschen · 06/5687
William Shatner, Die Asche von Eden · 06/5688
William Shatner, Die Rückkehr · 06/5689
William Shatner, Der Rächer · 06/5690
Peter David, Die Tochter des Captain · 06/5691
Dean Wesley Smith/Kristine Kathryn Rusch, Die Ringe von Tautee · 06/5693
Diane Carey, Invasion – 1: Der Erstschlag · 06/5694
Dean Wesley Smith/Kristine Kathryn Rusch, Tag der Ehre – 4:
Das Gesetz des Verrats · 06/5702
William Shatner, Das Gespenst · 06/5703
William Shatner, Dunkler Sieg · 06/5704
William Shatner, Die Bewahrer · 06/5705

STAR TREK™

STAR TREK: THE NEXT GENERATION

David Gerrold, Mission Farpoint · 06/4589
Gene DeWeese, Die Friedenswächter · 06/4646
Carmen Carter, Die Kinder von Hamlin · 06/4685
Jean Lorrah, Überlebende · 06/4705
Peter David, Planet der Waffen · 06/4733
Diane Carey, Gespensterschiff · 06/4757
Howard Weinstein, Machthunger · 06/4771
John Vornholt, Masken · 06/4787
David & Daniel Dvorkin, Die Ehre des Captain · 06/4793
Michael Jan Friedman, Ein Ruf in die Dunkelheit · 06/4814
Peter David, Eine Hölle namens Paradies · 06/4837
Jean Lorrah, Metamorphose · 06/4856
Keith Sharee, Gullivers Flüchtlinge · 06/4889
Carmen Carter u. a., Planet des Untergangs · 06/4899
A. C. Crispin, Die Augen der Betrachter · 06/4914
Howard Weinstein, Im Exil · 06/4937
Michael Jan Friedman, Das verschwundene Juwel · 06/4958
John Vornholt, Kontamination · 06/4986
Mel Gilden, Baldwins Entdeckungen · 06/5024
Peter David, Vendetta · 06/5057
Peter David, Eine Lektion in Liebe · 06/5077
Howard Weinstein, Die Macht der Former · 06/5096
Michael Jan Friedman, Wieder vereint · 06/5142
T. L. Mancour, Spartacus · 06/5158
Bill McCay/Eloise Flood, Ketten der Gewalt · 06/5242
V. E. Mitchell, Die Jarada · 06/5279
John Vornholt, Kriegstrommeln · 06/5312
David Bischoff, Die Epidemie · 06/5356
Peter David, Imzadi · 06/5357
Laurell K. Hamilton, Nacht über Oriana · 06/5342
Simon Hawke, Die Beute der Romulaner · 06/5413
Rebecca Neason, Der Kronprinz · 06/5414
John Peel, Drachenjäger · 06/5415
Diane Carey, Abstieg · 06/5416
Diane Duane, Dunkler Spiegel · 06/5417
Jeri Taylor, Die Zusammenkunft · 06/5418
Michael Jan Friedman, Relikte · 06/5419
Susan Wright, Der Mörder des Sli · 06/5438
W.R. Thomson, Planet der Schuldner · 06/5439
Carmen Carter, Das Herz des Teufels · 06/5440
Michael Jan Friedman & Kevin Ryan, Requiem · 06/5442
Dafydd ab Hugh, Gleichgewicht der Kräfte · 06/5443
Michael Jan Friedman, Die Verurteilung · 06/5444
Peter David, Q^2 · 06/5445
Simon Hawke, Die Rückkehr der Despoten · 06/5446
Robert Greenberger, Die Strategie der Romulaner · 06/5447
Gene DeWeese, Im Staubnebel verschwunden · 06/5448
Brad Ferguson, Das letzte Aufgebot · 06/5449
Michael Jan Friedman, Die andere Seite · 06/5750
Kij Johnson/Greg Cox, Die Ehre des Drachen · 06/5751
J. M. Dillard/Kathleen O'Malley, Wahnsinn · 06/5753

STAR TREK™

Dean Wesley Smith/Kristine Kathryn Rusch, Invasion – 2: Soldaten des Schreckens · 06/5754
Pamela Sargent/George Zebrowski, Verhöhnter Zorn · 06/5756
J. M. Dillard, Star Trek VIII: Der erste Kontakt · 06/5757
Diane Carey, Tag der Ehre – 1: Altes Blut · 06/5763
John Vornholt, Der Dominion-Krieg – 1: Hinter feindlichen Linien · 06/5765
John Vornholt, Der Dominion-Krieg – 3: Sternentunnel · 06/5766
Peter David, Imzadi II · 06/5767
John de Lancie/Peter David, Ich, Q · 06/5768
J. M. Dillard, Star Trek IX: Der Aufstand · 06/5770
Greg Cox, Das Q-Kontinuum 1: Die galaktische Barriere · 06/5771
Greg Cox, Das Q-Kontinuum 2: Die Entführung · 06/5772
Greg Cox, Das Q-Kontinuum 3: Der Widersacher · 06/5773
John Vornholt, Kristallwelt 1 · 06/5774
John Vornholt, Kristallwelt 2 · 06/5775
Jeffrey Lang, Das Unsterblichkeitsprinzip · 06/5776
J. M. Dillard, Star Trek X: Nemesis · 06/5777

STAR TREK: DIE ANFÄNGE
Vonda N. McIntyre, Die erste Mission · 06/4619
Margaret Wander Bonanno, Fremde vom Himmel · 06/4669
Diane Carey, Die letzte Grenze · 06/4714

STAR TREK: DEEP SPACE NINE
J. M. Dillard, Botschafter · 06/5115
Peter David, Die Belagerung · 06/5129
K. W. Jeter, Die Station der Cardassianer · 06/5130
Sandy Schofield, Das große Spiel · 06/5187
Dafydd ab Hugh, Gefallene Helden · 06/5322
Lois Tilton, Verrat · 06/5323
Esther Friesner, Kriegskind · 06/5430
John Vornholt, Antimaterie · 06/5431
Diane Carey, Die Suche · 06/5432
K. W. Jeter, Das Böse · 06/5433
Melissa Scott, Der Pirat · 06/5434
Nathan Archer, Walhalla · 06/5512
Greg Cox/John Gregory Betancourt, Der Teufel im Himmel · 06/5513
Robert Sheckley, Das Spiel der Laertianer · 06/5514
Diane Carey, Der Weg des Kriegers · 06/5515
Diane Carey, Die Katakombe · 06/5516
Dean Wesley Smith/Kristine Kathryn Rusch, Die lange Nacht · 06/5517
John Peel, Der Schwarm · 06/5518
L. A. Graf, Invasion – 3: Der Feind der Zeit · 06/5519
Michael Jan Friedman, Saratoga · 06/5721
Diane Carey, Neuer Ärger mit den Tribbles · 06/5723
L. A. Graf, Tag der Ehre – 2: Der Himmel von Armageddon · 06/5725
Diane Carey, Der Dominion-Krieg – 2: Verlorener Friede · 06/5727
Diane Carey, Der Dominion-Krieg – 4: Beendet den Krieg! · 06/5728

STAR TREK: STARFLEET KADETTEN
John Vornholt, Generationen · 06/6501
Peter David, Worfs erstes Abenteuer · 06/6502

STAR TREK™

Peter David, Mission auf Dantar · 06/6503
Peter David, Überleben · 06/6504
Brad Strickland, Das Sternengespenst · 06/6505
Brad Strickland, In den Wüsten von Bajor · 06/6506
John Peel, Freiheitskämpfer · 06/6507
Mel Gilden & Ted Pedersen, Das Schoßtierchen · 06/6508
John Vornholt, Erobert die Flagge! · 06/6509
V. E. Mitchell, Die Atlantis Station · 06/6510
Michael Jan Friedman, Die verschwundene Besatzung · 06/6511
Michael Jan Friedman, Das Echsenvolk · 06/6512
Diane G. Gallagher, Arcade · 06/6513
John Peel, Ein Trip durch das Wurmloch · 06/6514
Brad & Barbara Strickland, Kadett Jean-Luc Picard · 06/6515
Brad & Barbara Strickland, Picards erstes Kommando · 06/6516
Ted Pedersen, Zigeunerwelt · 06/6517
Patricia Barnes-Svarney, Loyalitäten · 06/6518
Diana G. Gallagher, Tag der Ehre – 5: Ehrensache · 06/6530

STAR TREK: VOYAGER
L. A. Graf, Der Beschützer · 06/5401
Dean Wesley Smith/Kristine Kathryn Rusch, Die Flucht · 06/5402
Nathan Archer, Ragnarök · 06/5403
Susan Wright, Verletzungen · 06/5404
John Betancourt, Der Arbuk-Zwischenfall · 06/5405
Christie Golden, Die ermordete Sonne · 06/5406
Mark A. Garland/Charles G. McGraw, Geisterhafte Visionen · 06/5407
S. N. Lewitt, Cybersong · 06/5408
Dafydd ab Hugh, Invasion – 4: Die Raserei des Endes · 06/5409
Karen Haber, Segnet die Tiere · 06/5410
Jeri Taylor, Mosaik · 06/5811
Melissa Scott, Der Garten · 06/5812
David Niall Wilson, Puppen · 06/5813
Greg Cox, Das schwarze Ufer · 06/5814
Michael Jan Friedman, Tag der Ehre – 3: Ihre klingonische Seele · 06/5815
Christie Golden, Gestrandet · 06/5816
Dean Wesley Smith/Kristine Kathryn Rusch/Nina Kiriki Hoffman, Echos · 06/5817
Christie Golden, Seven of Nine · 06/5818
Eric Kotani, Tod eines Neutronensterns · 06/5819
Jeri Taylor, Schicksalspfade · 06/5820
Diane Carey, Endspiel · 06/5823

STAR TREK: DIE NEUE GRENZE
Peter David, Captain Calhoun · 06/6551
Peter David, U.S.S. Excalibur · 06/6552
Peter David, Märtyrer · 06/6553
Peter David, Die Waffe · 06/6554
Peter David, Die Hunde des Krieges · 06/6555
Peter David, Dunkle Verbündete · 06/6556

ENTERPRISE
Diane Carey, Aufbruch ins Unbekannte · 06/6800
Dean Wesley Smith/Kristine Kathryn Rusch, Das Rätsel der Fazi · 06/6801

STAR TREK™

STAR TREK: DIE BADLANDS
Susan Wright, Die Badlands 1 · 06/6475
Susan Wright, Die Badlands 2 · 06/6476

STAR TREK: SEKTION 31
S. D. Perry, Der dunkle Plan · 06/5706
Andy Mangels/Michael A. Martin, Die Verschwörung · 06/5769
David Weddle/Jeffrey Lang, Der Abgrund · 06/5729
Dean Wesley Smith/Kristine Kathryn Rusch, Der Schatten · 06/5821

DAS STAR TREK-UNIVERSUM, 2 Bde.
von *Ralph Sander* · 06/5150
DAS STAR TREK-UNIVERSUM, 1. Ergänzungsband
von *Ralph Sander* · 06/5151
DAS STAR TREK-UNIVERSUM, 2. Ergänzungsband
von *Ralph Sander* · 06/5270

Ralph Sander, Star Trek Timer 1996 · 06/1996
Ralph Sander, Star Trek Timer 1997 · 06/1997
Ralph Sander, Star Trek Timer 1998 · 06/1998
Ralph Sander, Star Trek Timer 1999 · 06/1999

William Shatner/Chris Kreski, Star Trek Erinnerungen · 06/5188
William Shatner/Chris Kreski, Star Trek Erinnerungen: Die Filme · 06/5450

Phil Farrand, Cap'n Beckmessers Führer durch
STAR TREK – DIE CLASSIC SERIE · 06/5451
Phil Farrand, Cap'n Beckmessers Führer durch
STAR TREK – DIE NÄCHSTE GENERATION · 06/5199
Phil Farrand, Cap'n Beckmessers Führer durch
STAR TREK – DIE NÄCHSTE GENERATION – Teil 2 · 06/6457
Phil Farrand, Cap'n Beckmessers Führer durch
STAR TREK – DEEP SPACE NINE · 06/6458

David Alexander, Gene Roddenberry – Die autorisierte Biographie · 06/5544
Judith & Garfield Reeves-Stevens, Star Trek Design · 06/5545
Nichelle Nichols, Nicht nur Uhura · 06/5547
Leonard Nimoy, Ich bin Spock · 06/5548
Lawrence M. Krauss, Die Physik von Star Trek · 06/5549
Lawrence M. Krauss, Jenseits von Star Trek · 06/6497
Judith & Garfield Reeves-Stevens, Star Trek – Deep Space Nine:
Die Realisierung einer Idee · 06/5550
Herbert F. Solow & Yvonne Fern Solow, Star Trek: Das Skizzenbuch –
Die Classic-Serie · 06/6469
Judith & Garfield Reeves-Stevens, Star Trek – Phase II:
Die verlorene Generation · 06/6470
Herbert F. Solow/Robert H. Justman, Star Trek – Die wahre Geschichte · 06/6499
J. M. Dillard, Star Trek: Wo bisher noch niemand gewesen ist · 06/6500

Diese Liste ist eine Bibliographie erschienener Titel,
KEIN VERZEICHNIS LIEFERBARER BÜCHER!

PerryRhodan
Das größte Weltraumabenteuer aller Zeiten.
Faszinierende Romane an den Grenzen
unseres Universums.
Perry Rhodan
Erstauflage
Jetzt einsteigen!
Das Reich Tradom!
Das Sternenfenster
1. Auflage.
Jede Woche
neu am
Kiosk.
3. und
5. Auflage.
Erscheint alle
14 Tage neu.
Weg ohne Wiederkehr
Der Terraner
Museum der Archäonten
Internet: www.Perry-Rhodan.net